ein Wispern um Mitternacht

DARCY BURKE

USA TODAY BESTSELLING AUTHOR

OLIVERHEBERBOOKS

EIN WISPERN UM MITTERNACHT

Privatdetektivin Matilda Wren hat eine neue Klientin, die Beweise sucht, um sich von ihrem Mann scheiden zu lassen. Sie ist zudem die ehemalige Verlobte ihres vorigen Klienten und guten Freundes – Lord Ravenhurst. Wenn er Tilda seine Unterstützung auch voller Enthusiasmus bei zukünftigen Ermittlungen offeriert hat, kann sie seine Hilfe in dieser Sache nicht annehmen. Insbesondere nicht, als der Ehemann ihrer Klientin ermordet wird und Ravenhurst unter Verdacht gerät.

Nie hat sich Hadrian Becket, Earl of Ravenhurst, lebendiger gefühlt als beim gemeinsamen Lösen von Rätseln mit Miss Wren, selbst wenn ihn beim Einsatz seine neu erworbenen Fähigkeit Kopfschmerzen plagen, sobald er einen Gegenstand berührt, um in die Erinnerungen einer fremden Person einzutauchen. Sein sehnlichster Wunsch besteht in der Fortsetzung ihrer beruflichen Zusammenarbeit und der Vertiefung ihrer Freundschaft. Nun muss er jedoch den Beweis seiner Unschuld an dem Mord erbringen, auch wenn das bedeutet, dass er gegen seine ehemalige Partnerin arbeiten muss.

Tilda glaubt nicht, dass Hadrian imstande ist, jemandem etwas anzutun, aber wie gut kennt sie ihn wirklich? Sie muss sich auf ihren Scharfsinn und ihre Fähigkeiten als Ermittlerin verlassen –und sie darf sich ihr Urteilsvermögen keinesfalls durch ihre Zuneigung zu ihm trüben lassen. Als der Mörder erneut zuschlägt, erkennt Tilda, dass es nicht ihre Freundschaft ist, für die Gefahr besteht, sondern ihre Existenz.

KAPITEL 1

London, März 1868

Vor zwei Tagen hatte die aufstrebende Ermittlerin Miss Matilda Wren den Auftrag erhalten, eine Frau in einer heiklen Sache zu unterstützen, denn sie will sich von ihrem Ehegatten scheiden lassen. Im erstem Moment war Tilda über das Angebot eines weiteren Ermittlungsauftrags gegen Entgelt hocherfreut, doch als sie dann erfuhr, wer ihre neue Kundin war, fühlte sie sich schockiert. Es war keine andere als die ehemalige Verlobte ihres Freundes und Kollegen Lord Ravenhurst.

Hadrian, um genau zu sein. Denn bei ihrer letzten Begegnung, die ebenfalls vor zwei Tagen stattgefunden hatte, war Tilda von ihm gebeten worden, ihn beim Vornamen zu nennen. Von der Ermittlung im Auftrag seiner ehemaligen Verlobten hatte er zu jenem Zeitpunkt, als er das Haus ihrer Großmutter verlassen hatte, wo er zum Tee mit ihnen eingeladen war, nichts gewusst. Tildas hatte auch nicht vor, ihm irgendetwas zu sagen.

Die Verlobung war damals aus einem Anlass aufgelöst worden, der für Hadrian nicht nur peinlich, sondern auch verletzend gewesen war. Denn er hatte seine Verlobte inflagranti in einer eindeutigen Situation mit einem anderen ertappt. Hadrian hatte sich also von seiner Verlobten getrennt, die dann den Mann geheiratet hatte, mit dem Hadrian sie beim Küssen erwischt hatte.

Tilda wollte die Verantwortung nicht auf sich nehmen, diese Frau ein weiteres Mal in sein Leben oder auch nur in sein Bewusstsein zurückzubringen. Genau genommen haderte sie angesichts der Art und Weise, wie diese Frau mit Hadrian umgesprungen war, mit sich, ob sie den Auftrag überhaupt annehmen sollte. Tilda brauchte diese Arbeit allerdings.

Sie wohnte bei ihrer Großmutter und verwaltete deren Haushalt und die Finanzen, die sich erst kürzlich von einem vollkommen desolaten Zustand zu einem knapp ausreichenden Auskommen positiv verändert hatten. Der Anwalt ihrer Großmutter hatte ein Konto mit einem Kapital wiederentdeckt, das in einem früheren Wechsel des Anwalts »verloren gegangen« war. Die Summe war nicht sonderlich üppig, aber sie ermöglichte ihnen die Unterstützung des neuesten Mitglieds ihres Haushalts – das war der Butler von Tildas Großonkel, der durch dessen Tod obdachlos geworden war.

Nun waren sie außerdem imstande, das Geld für die Medikamente gegen die Schmerzen in Großmutters Händen aufzubringen, damit sie ihrer liebsten Beschäftigung, dem Sticken, wieder nachgehen konnte. Das Geld leistete auch einen Beitrag zu Tildas Nachtschlaf, der dadurch eine neue Ruhe fand, wofür sie überaus dankbar war. Dennoch haushalteten sie sparsam mit ihrem Geld und Tilda war fest entschlossen, Sorge dafür zu tragen, dass ihre Lebensumstände nie wieder so prekär wurden.

Aus diesem Grund würde sie den Auftrag annehmen und Hadrians ehemaliger Verlobten helfen.

Tilda holte tief Luft und betrat das Vorzimmer von Mr. Forrest. Er war der Anwalt, der um ihre Unterstützung gebeten und für den sie bereits mehrfach gearbeitet hatte. Sein Angestellter, Mr. Clarence, blickte von seinem Schreibtisch auf und nahm seine Brille ab. Er legte sie vor sich hin und lächelte sie an, während er aufstand. »Guten Tag, Miss Wren. Es freut mich, Sie zu sehen.«

»Guten Tag, Mr. Clarence.« Tilda nickte dem drahtigen Mann freundlich zu. Er war Anfang fünfzig, sein graues Haar wurde schütter und seine braunen Augen hatten einen scharfen, abschätzenden Ausdruck.

»Gehen Sie bitte rein, Miss Wren. Mr. Forrest erwartet Sie.«

Tilda trat durch die bereits offene Tür in das großzügige Büro des Anwalts. Eigentlich war es eher eine kleine Bibliothek, mit Bücherregalen an zwei Wänden. Mr. Forrest stand von seinem imposanten Schreibtisch aus Eichenholz und wies mit einer Geste auf die Sitzgruppe beim Kamin.

Der Anwalt war ein Bär von einem Mann, und er hätte wohl auch gut zur Metropolitan Police gepasst. Seine Statur war kräftig und er machte einen robusten Eindruck, während seine blauen Augen einen freundlich Ausdruck hatten, was im Widerspruch zu seiner imposanten Erscheinung stand. Sein Kinn war ein wenig zu lang geraten und stand leicht vor, wenn er nachdachte, was bei seinem Beruf des Öfteren vorkam.

»Willkommen, Miss Wren«, begrüßte er sie mit seinem gewohnt gewinnenden Lächeln. »Ich freue mich, dass Sie mir helfen können. Diese Angelegenheit ist gelinde gesagt heikel.«

»Ich verstehe.« Tilda setzte sich in den Sessel, in dem sie in der Regel Platz nahm, wenn Mr. Forrest sie zu einem Fall rief. »Ihre Mandantin möchte die Scheidung wegen Grausamkeit und Ehebruch durchsetzen?«

»Ja. Mrs. Chambers behauptet außerdem, Mr. Chambers habe einen Teil ihres Schmucks entwendet und veräußert. Da sie aber verheiratet sind, ist dieser Schmuck sein Eigentum. Dagegen hat sie keinerlei Handhabe.« Er sprach in einem sachlichen Tonfall, aber in seinen Augen war ein kurzes Aufblitzen von Mitgefühl zu sehen gewesen.

Es galt zwar als vollkommen legal, dass Mr. Chambers über den Schmuck seiner Frau nach Belieben verfügte, aber Tilda würde sich dennoch alle Mühe geben, um diesen Schmuck wiederzubeschaffen. Die Frage war allerdings, ob Mrs. Chambers gewillt war, Tilda für diese Art der Ermittlung zu entlohnen. Denn die Wiederbeschaffung des Schmucks war nicht in ihrem Auftrag von Mr. Forrest enthalten. Tilda konnte es sich aber nicht leisten, unentgeltlich zu arbeiten.

Nun kam sie nicht umhin, eine gewisse Neugier auf die Frau zu entwickeln, die einst mit Hadrian verlobt gewesen war. Hadrian hatte zwar seine Freude darüber erklärt, einer unglücklichen Ehe entgangen zu sein, doch über seine Gefühle zu Mrs. Chambers hatte er nichts geäußert. War er in sie verliebt gewesen? Er hatte sie wissen lassen, dass er ein glücklicher Junggeselle war. Aber war das nicht vielleicht darauf begründet, dass er sich sein Herz nicht noch einmal brechen lassen wollte?

Tilda würde nicht daran denken, dieses Risiko ein zweites Mal einzugehen. Um ehrlich zu sein, würde sie dieses Risiko auch kein erstes Mal eingehen. Die Ehe bedeutete für eine Frau den Verlust ihrer Unabhängigkeit. Dieser Preis war eindeutig viel zu hoch. Und mit welchem Zweck? Tilda war zwar Zeugin einer glücklichen Ehe geworden, nämlich die ihrer Großeltern, doch andererseits hatte sie noch viel mehr Zeit als Zeugin einer unglücklichen Ehe verbracht, und zwar die ihrer Eltern. Schon vor langer Zeit hatte sie beschlossen, besser ihren eigenen Weg zu gehen, ohne sich auf andere verlassen zu müssen.

Ihr war es mehr als recht, ein Leben als alte Jungfer zu führen und ihren Ruf als Ermittlerin zu festigen. Inzwischen hatte sie mit Hadrians Unterstützung bereits den Mord an dem Cousin ihres Großvaters sowie weitere Morde aufgeklärt, die damit im Zusammenhang standen.

Nun schob sie die Gedanken an Hadrian allerdings beiseite und richtete ihre Aufmerksamkeit auf den Anwalt und den anstehenden Fall. »Welche Informationen können Sie mir denn zur Verfügung stellen, damit ich mit den Ermittlungen anfangen kann?«

»Was die Grausamkeit angeht, behauptet Mrs. Chambers, ihr Mann würde sie regelmäßig schubsen und mit festem Griff packen. Sie hat blaue Flecken, sagt sie. Doch ich habe nicht darum gebeten, diese blauen Flecken zu sehen.« Er nickte Tilda zu. »Das überlasse ich Ihnen.«

Dies war eine ihrer wichtigsten Aufgabe bei den Ermittlungen für Mr. Forrest. Tilda sollte sämtliche Verletzungen oder Spuren auf Misshandlung am Körper der Frau auflisten und eine eidesstattliche Erklärung über ihre Beobachtungen abfassen. Im Anschluss daran würde dann ein Bericht bei der Metropolitan Police eingereicht.

»Ich werde Mrs. Chambers so rasch wie möglich aufsuchen«, bemerkte Tilda. »Wissen Sie von einer bestimmten Zeit, zu der ich vorbeikommen kann, ohne ihrem Ehemann zu begegnen?« Mrs.

Chambers würde Tilda aller Wahrscheinlichkeit nach nicht im Beisein von Mr. Chambers empfangen wollen.

Mr. Forrest lächelte kurz. »Zufälligerweise wünscht Mrs. Chambers, dass Sie sie heute Nachmittag besuchen – Catherine Place 20. Wäre es für Sie möglich, direkt dorthin zu fahren?«

Das war eine prächtige Straße. Somit hatte Hadrians ehemalige Verlobte eine gute Partie gemacht. »Selbstverständlich.« Damit stand Tilda auf, denn sie konnte es kaum abwarten, mit ihren Ermittlungen zu beginnen.

Der Anwalt stand ebenfalls auf. »Das trifft sich ausgezeichnet. Ich freue mich auf Ihren Bericht.«

Mit einem Nicken zum Abschied begab sich Tilda zur Tür. Nachdem sie sich noch einmal bei dem Angestellten bedankt hatte, trat sie ins Freie und rasch hatte sie eine Mietdroschke gefunden, die sie zum Catherine Place brachte.

Nachdem sie ausgestiegen war, betrachtete sie die Fassade des eleganten Reihenhauses aus Backstein und Ziegel mit dem schmiedeeisernen Balkon im ersten Stock. Sie holte tief Luft, ehe sie die kurze Steintreppe zur Haustür emporstieg und anklopfte. Einen Moment später wurde ihr von einem kräftigen Butler geöffnet.

Tilda lächelte. »Guten Tag, ich bin Miss Wren. Mrs. Chambers erwartet mich, glaube ich.«

»So ist es.« Nun machte er die Tür ganz auf, damit sie in die mit Marmor gefliese Eingangshalle treten konnte. »Wenn Sie mir bitte folgen würden.«

Der Butler führte sie in die Treppenhalle und dann die Treppe hinauf. Die Einrichtung wirkte zwar teuer und elegant, doch die Inneneinrichtung war weniger prunkvoll als von Tilda erwartet. Nur wenige Gemälde hingen an den Wänden und die Ausstattung war beinahe als minimalistisch zu beschreiben. Vielleicht waren ihre Erwartungen durch ihren kürzlichen Besuch im überaus opulenten Northumberland House ein wenig überhöht, wo sie vor einigen Tagen mit Hadrian an einer Veranstaltung teilgenommen hatte.

In Wahrheit fühlte sie sich hier jedoch wohler als in Northumberland House oder Hadrians Residenz, dem Ravenhurst House. An Überfluss war sie ganz und gar nicht gewöhnt, auch wenn ihre Mutter oft Geld ausgegeben hatte, das, wie Tilda später erfahren hatte, gar nicht vorhanden war. Ihre Mutter hatte ein Faible für schöne Dinge – Kleidung und Accessoires, Bettwäsche und Einrichtungsgegenstände. Als Tildas Vater starb, hatte ihre Mutter Schulden, die Tildas Großvater zum Teil durch die Veräußerung eines Teils eben dieser Einrichtungsgegenstände beglichen hatte. Diese schlimme Erfahrung konnte als wichtigster Grund dafür angeführt werden, dass Tilda sich weigerte, Schulden zu machen. Sie war entschlossen, so sparsam wie möglich zu leben.

Tilda lenkte ihre Aufmerksamkeit wieder in die Gegenwart, als der Butler sie in den Salon führte. Eine Frau – vermutlich Mrs. Chambers – erhob sich von einem Sessel, der mitten im Raum stand. Genau genommen war dies die einzige bequeme Sitzgelegenheit, wenn man einmal von ein paar Stühlen absah, die an der Wand standen und der Chaiselongue in der Ecke. Mrs. Chambers nickte dem Butler zu, der sich daraufhin zurückzog, und richtete ihre Aufmerksamkeit auf Tilda.

»Guten Tag, ich bin Miss Wren«, stellte Tilda sich vor und trat näher zu ihrer neuen Kundin.

»Ich freue mich sehr, dass Sie gekommen sind«, sagte Mrs. Chambers mit einem zaghaften, vielleicht etwas nervösen Lächeln. Sie war wunderschön, mit schokoladenbraunen Haaren und großen, bernsteinfarbenen Augen. Ihre zarten Augenbrauen waren hübsch geschwungen, und ihre Wangenknochen waren hoch und markant. Ihre kleinen rosa Lippen formten einen zarten Bogen, als sie auf den zweiten Sessel deutete. Tilda konnte verstehen, warum Hadrian sich zu ihr hingezogen gefühlt hatte. Vorausgesetzt, dass dem so gewesen war. Sie hatten sich nicht darüber unterhalten, und dafür gab es auch gar keinen Grund.

Mrs. Chambers´ Blick wanderte über Tilda hinweg und verharrte nicht gleich auf ihr. Die Reaktion war subtil, doch Tilda war sofort klar, dass ihre Kleidung altmodisch war und eine Frau wie Mrs. Chambers sie möglicherweise nach ihrem Äußeren beurteilte.

»Möchten Sie Platz nehmen?«, fragte Mrs. Chambers.

»Vielen Dank.« Tilda ließ sich auf das Polster sinken und nahm ein Notizbuch und einen Bleistift aus ihrer Handtasche. »Ich werde mir während unseres Gesprächs Notizen machen«, bemerkte sie. »Mr. Forrest hat mir von Ihrer Situation erzählt. Es tut mir leid, dass

Sie sich in dieser Lage befinden und die Auflösung ihrer Ehe als einzige Lösung erachten. Mir ist bewusst, dass Ihnen diese Entscheidung nicht leicht gefallen sein kann.«

»Gewiss nicht. Insbesondere, da mir so viele davon abgeraten haben, ihn zu heiraten«, entgegnete Mrs. Chambers bitter und sie wirkte wütend und niedergeschlagen.

Tilda war bekannt, dass Hadrian damals Mrs. Chambers erwischt hatte, wie sie sich mit ihrem jetzigen Ehemanns küsste. War sie von Chambers gezwungen worden? Hätte sie lieber Hadrian geheiratet und hatte erkennen müssen, dass dies nicht möglich war, nachdem er sie in einer kompromittierenden Situation auf frischer Tat ertappt hatte?

Diese Fragen waren zwar interessant, aber Tilda musste sich auf das Vorantreiben der Ermittlungen konzentrieren und nicht ihrer persönlichen Neugier nachgehen. »Warum war das so?«

Mrs. Chambers seufzte und verzog den Mund zu einem fast schmollenden Ausdruck. »Es ist eine langweilige Geschichte. Es genügt zu sagen, dass ich von Louis verführt wurde und mir letztendlich keine andere Wahl blieb. Sehnlichst wünschte ich, die Dinge wären anders verlaufen.«

Insgesamt war das eine vage Schilderung der Ereignisse, zumal Mrs. Chambers nicht wusste, dass Tilda sehr gut darüber Bescheid wusste, wie es anders hätte sein können. Tilda kam zu dem Urteil, dass es lohnenswert sein könnte, Genaueres darüber zu erfahren, wie die Ehe ihrer Kundin angefangen hatte und welche Entwicklung dann bis zu der aktuellen Situation stattgefunden hatte. »Hatten Sie ihn denn nicht heiraten wollen?«

Mrs. Chambers nahm sich einen Moment Zeit, ehe sie zu einer Antwort ansetzte, und es schien ihr nicht leicht zu fallen, die richtigen Wort zu finden. »Ich wollte ihn damals schon heiraten, doch er hat mich hinteres Licht geführt. Durch seine Schmeicheleien und seine Leidenschaft hat er mich becirct, bis ich ganz hingerissen von ihm war. Damals schien mir das so wichtig.«

»Sie wurden getäuscht, sagen sie?«, meinte Tilda dann. »Kann ich davon ausgehen, dass die Zeit der Schmeicheleien und Leidenschaft nicht von Dauer waren?«

»So war es«, antwortete Mrs. Chambers mit aller Entschiedenheit. »Mehrere Monate später, es könnte vielleicht ein knappes Jahr gewesen sein, habe ich sein aufkeimendes Desinteresse spüren können. Im Laufe der Zeit verwandelte sich dieses Desinteresse in Abneigung und unsere Beziehung wurde immer konfliktreicher. Meines Glaubens haben wir beide bereut, dass wir einander geheiratet haben, was zu bedauern ist.«

»Es tut mir leid, dass Sie Ihre Ehe bereuen.« Ganz gleich, wie Tilda über die Tatsache dachte, dass Mrs. Chambers den armen Hadrian wegen ihres Ehemannes hatte sitzenlassen, so hatte sie dennoch großes Mitgefühl für eine Frau, die sich in ihrer Ehe gefangen fühlte. Denn sie *war* gefangen. »Ihnen ist doch bewusst, wie schwierig es selbst heute noch ist, eine Scheidung durchzusetzen?«

»Ja, durchaus«, gab Mrs. Chambers mit einem Nicken zurück. »Allerdings muss ich einen Versuch unternehmen. Vielleicht wird mir meine Familie dann verzeihen und mich wieder aufnehmen. Obwohl ich mir da keine allzu großen Hoffnungen mache. Es steht zu erwarten, dass sie mich erneut verstoßen werden. Dieses Mal werden sie sich darauf berufen, dass ich geschieden bin.«

Tildas Mitleid für die Frau nahm weiter zu und trotz Mrs. Chambers' Vergangenheit mit Hadrian entschloss sie sich, ihr zu helfen. »Ich werde für Sie hoffen, dass Ihre Familie sie wieder aufnimmt«, meinte Tilda darauf. »Das Dasein kann sich für eine geschiedene Frau als schwierig erweisen. Haben Sie denn schon Pläne geschmiedet, was Sie unternehmen werden, falls Sie erfolgreich sind?« Den Zusatz, *falls Ihre Familie Sie nicht wieder aufnehmen sollte,* ersparte sie sich, doch das war eigentlich der zweite Teil der Frage.

»Das habe ich noch nicht ernstlich bedacht.« Sie sah Tilda mit feurigem Blick an. »Mein Ehemann sollte mir doch eine Abfindung zahlen, oder? Das ist nur gerecht, denn er hat ja meine Mitgift erhalten, ganz zu schweigen davon, wie er mich behandelt hat. Er ist untreu und er ist ... grob.« Sie ließ den Kopf hängen und sah auf ihren Schoß.

»Das tut mir leid«, sagte Tilda. »Mr. Forrest hat mir davon berichtet, und ich bin hier, um die genauen Einzelheiten zu erfahren. Möchten Sie zuerst über Mr. Chambers' Untreue sprechen oder möchten Sie mir lieber zeigen, auf welche Art er Sie misshandelt hat?«

Mrs. Chambers zuckte mit den Schultern. »Mr. Forrest sagte, Sie würden sich die blauen Flecken an meinen Armen anschauen. Louis packt mich immer grob an und schleudert mich dann zu Boden oder er stößt mich. Am Kopf habe ich eine Platzwunde, die ich mir bei seinem letzten Ausbruch zugezogen habe. Ich bin mit dem Schädel an der Kommode entlang gestreift, bevor ich auf den Boden aufgeschlagen bin.« Sie hob die Hände zu ihrem dunklen Haar und tastete vorsichtig den vorderen linken Teil ihres Kopfes ab. »Hier.« Sie zog ihr Haar auseinander.

Tilda stand auf und ging nun zu Mrs. Chambers hinüber, um sich die freiliegende Stelle am Kopf genauer anzuschauen. Dort war eine kleine, verkrustete Wunde. »Ich kann die Wunde sehen. Wann ist das passiert?«

»Das war vor vier Tagen«, antwortete Mrs. Chambers.

Tilda setzte sich wieder hin, notierte das Datum der Verletzung und bat Mrs. Chambers, ihr genau zu schildern, wie sich der Vorfall ereignet hatte. Gespannt wartete sie, während Mrs. Chambers ihre Hände in den Schoß sinken ließ.

Ihr Gegenüber spielte nervös mit ihren Fingern, bevor sie Tildas Blick erwiderte. »Endlich hatte ich Mut gefasst, ihn mit seiner Untreue zu konfrontieren. Ich fragte ihn, mit wem er eine Affäre habe, worauf er mich auslachte und beschuldigte, selbst eine Liebschaft zu haben. Das ist aber lächerlich.«

Tatsächlich? Mrs. Chambers war dem Mann untreu geworden, mit dem sie verlobt gewesen war.

Tilda mochte kein Urteil über sie fällen. Jedenfalls jetzt noch nicht. Sie sammelte lediglich Informationen – aber sie konnte nicht darauf vertrauen, dass Mrs. Chambers Aussagen alle der Wahrheit entsprachen, selbst wenn sie Mitleid erregend klangen. Genau genommen handelte es sich hier nur um Mrs. Chambers Sichtweise.

»Warum haben Sie denn den Verdacht, dass er Sie betrogen hat?«

»Wie ich bereits erwähnt habe, hat er im Laufe des ersten Jahres unserer Heirat das Interesse an mir verloren. Immer häufiger war er insbesondere an den Abenden nicht zu Hause. Ich wartete in seinem Zimmer auf ihn, doch dann schlief ich oft ein, da er meist sehr spät zurückkam. Häufig war er betrunken und gelegentlich roch er nach Parfüm. In jenen Nächten hatte er nie ein Interesse daran bekundet, mit mir zu schlafen. Also ging ich in meine Schlafgemach zurück. Seit nahezu drei Jahren haben wir nicht mehr miteinander geschlafen.«

Nachdem Tilda sich Notizen gemacht hatte, sah sie Mrs. Chambers an. »Lassen Sie uns über Ihren Verdacht seiner Untreue sprechen. Haben Sie eine bestimmte Frau in Verdacht oder denken Sie eher, dass er verschiedene Affären unterhält?«

»Er besucht meines Glaubens ein Bordell oder wie auch immer man das nennt.« Mrs. Chambers schniefte. »Das Parfüm, das ich vor kurzem an ihm gerochen habe, schien allerdings sehr kostspielig zu sein. Ich hege die Vermutung, dass er vielleicht eine Geliebte hat.«

Was bei Männern sehr häufig vorkommt, dachte Tilda. »Haben Sie das Parfüm erkannt?« Es wäre schwierig, eine Frau allein anhand ihres Duftes ausfindig zu machen, und schon gar, wenn es nicht speziell für eine bestimmte Person kreiert wurde.

Mrs. Chambers schüttelte den Kopf. »Vielleicht war es blumig? Ich muss zugeben, dass ich nicht sonderlich auf den Duft geachtet habe.«

Tilda stellte noch eine weitere Frage, um eine wichtige Information zu bestätigen. »Sie haben keine Kinder?« Mr. Forrest hatte nichts davon erwähnt, und das hätte er getan, aber Tilda wollte sichergehen.

»Nein, Gott sei Dank. In einem solchen Fall würde ich mich nicht scheiden lassen können. Das wäre ein zu hartes Los für die Kinder.« Sie schniefte ein weiteres Mal und presste die Lippen fest aufeinander, als wollte sie ihre Gefühle zurückhalten. »Mir ist bewusst, wie wenig hilfreich es ist, dass ich seine Untreue nicht beweisen kann, aber hoffentlich sind Sie dazu imstande«, brachte sie mit erwartungsvoller Miene hervor.

»Das ist meine Aufgabe«, entgegnete Tilda in einem, wie sie hoffte, beruhigenden Ton. »Sind Sie in der Lage, mir irgendwelche Informationen darüber zu nennen, wo er seine Abende verbringt?«

»Er geht zu Arthur's.« Mrs. Chambers runzelte die Stirn. »Dort wird er sich allerdings nicht mit Frauen treffen.«

»Nein, das wird er wohl nicht. Es kann aber möglich sein, dass jemand im Club weiß, wohin er anschließend geht«, gab Tilda zu bedenken, obwohl sie natürlich nicht einfach dorthin gehen und ihre

Fragen stellen konnte. Wenn Hadrian ihr auch dieses Mal wieder helfen würde, könnte er diese Aufgabe übernehmen. Andererseits konnte sie ihn jedoch nicht in diese Angelegenheit hineinziehen. Also müsste sie eine andere Möglichkeit finden, an Informationen zu kommen. »Sind Ihnen noch weitere Orte bekannt, an denen Ihr Mann sich aufhält?«

»Ich kenne keine.« Mrs. Chambers rang die Hände, ehe sie die flachen Handflächen in ihren Schoß drückte. »Er erzählt mir kaum noch etwas. Angeblich arbeitet er sehr viel. Er eröffnet mit seinem Partner Edgar Pollard ein Geschäft für Stoffe.«

Tilda schrieb den Namen auf. »Können Sie mir auch seine Adresse und die Geschäftsadresse nennen?«

Mrs. Chambers nannte ihr die Privatadresse des Mannes, doch sie konnte nicht sagen, wo sich das Geschäft befand, nur dass es ihrer Meinung nach in der Oxford Street lag. »Ich sollte wissen, wo sich das Geschäft befindet«, meinte Mrs. Chambers, die beinahe verlegen war. »Ich fürchte allerdings, dass ich Luis' Berichten über seine geschäftlichen Unternehmungen nicht viel Aufmerksamkeit schenke, und er möchte von mir auch nicht danach gefragt werden.«

Das klang wirklich nach einer schrecklichen Beziehung. Tilda nickte ihr mitfühlend zu. »Ich werde die Geschäftsadresse in Erfahrung bringen.«

»Hat Mr. Forrest Ihnen auch erzählt, dass Louis meinen Schmuck entwendet hat?«, fragte Mrs. Chambers nun.

»Ja, das hat er allerdings. Mich würde interessieren, wann Sie den Verlust bemerkt haben und ich hätte gerne eine Beschreibung jedes einzelnen Gegenstands. Anschließend kann ich eine Auflistung in der Zeitung veröffentlichen. Das könnte uns helfen, die Stücke ausfindig zu machen, falls sie veräußert worden sind.«

»Heißt das, Sie glauben mir?« Mrs. Chambers machte große Augen. »Ich hatte den Verdacht, dass Mr. Forrest mir nicht glaubt. Vielleicht war es ihm aber auch einfach egal. Seiner Aussage nach sei mein Schmuck bei meiner Heirat in den Besitz meines Mannes übergegangen. Louis kann aber doch nicht einfach Erbstücke, die seit Generationen in meiner Familie sind, ohne meine Erlaubnis an sich nehmen.«

»Das kann er sehr wohl, fürchte ich, was aber nicht bedeuten muss, dass ich sie nicht für Sie finden kann«, meinte Tilda. »Dies gehört jedoch nicht zu den Ermittlungen, mit denen mich Mr. Forrest beauftragt hat. Somit müssen Sie mich leider direkt beauftragen, nach Ihrem Schmuck zu suchen. Möchten Sie das tun?«

»Ja.« In Mrs. Chambers´ Stimme schwang ein wenig Zögern mit. »Ich habe nur noch sehr wenig Geld, und Louis gesteht mir kaum noch etwas zu. Das Geld für Mr. Forrest habe ich mir von einer Freundin geliehen. Könnte ich Sie bezahlen, indem ich eines der Schmuckstücke verkaufe, nachdem Sie diese gefunden haben?«

Das konnte sich Tilda eigentlich nicht leisten. »Ich habe nur Sorge, dass ich leer ausgehe, wenn ich sie nicht finde.«

»Natürlich. Ich kann mir bestimmt noch etwas mehr Geld von meiner Freundin borgen.« Mrs. Chambers sah sie mit flehendem Blick an. »Bitte sagen Sie mir, dass Sie nach meinem Schmuck suchen werden.«

»Das werde ich gern tun, vorausgesetzt, Sie bezahlen mich«, sagte Tilda mit einem ermutigenden Lächeln. »Sind Sie sicher, dass Ihre Freundin Ihnen mehr Geld leihen wird? Zu meinem Bedauern kann ich nicht ohne Bezahlung arbeiten.« Das entsprach der Wahrheit, aber Tilda wollte Mrs. Chambers trotzdem helfen.

»Das verstehe ich.« Mrs. Chambers runzelte die Stirn. »Ich werde schnellstmöglich mit meiner Freundin sprechen. Wir können die Angelegenheit zunächst nur erörtern, bis ich Sie bezahlen kann.«

Tilda fühlte sich unwohl, weil sie dieser Frau ihre Hilfe nicht einfach zusagen konnte. Die Frau war in Not. »Bitte erzählen Sie mir, warum Sie glauben, dass Ihr Schmuck von Ihrem Mann entwendet worden ist.«

Vielleicht war Tilda naiv, aber sie hatte Vertrauen in Mrs. Chambers, dass sie den nötigen Geldbetrag beschaffen würde. Tilda war einfach nicht imstande, *nein* zu sagen, denn es waren die Erbstücke dieser Frau.

Mrs. Chambers zuckte kurz mit den Schultern. »Ich bin mir nicht sicher, aber vielleicht hat er den Schmuck verkauft, weil er mehr Geld für sein Geschäft brauchte. Oder er hat ihn seiner Geliebten geschenkt – es war Dezember, als mein Schmuck zu verschwinden begann, und da habe ich zum ersten Mal dieses Parfüm gerochen.« Sie verzog die Lippen zu einer Grimasse und

Tilda erkannte eine tiefe Wut hinter dem Gesichtsausdruck der Frau.

Tilda notierte Mrs. Chambers' Verdacht und schrieb dann eine genaue Beschreibung der fehlenden Gegenstände nieder, wobei sie auch den Zeitpunkt angab, wann diese aus ihrem Schmuckkästchen verschwunden waren. Tilda blickte von ihrem Notizheft auf und fragte: »Gibt es noch etwas, das ich wissen sollte?«

»Im Augenblick fällt mir nichts ein. Ich sollte Ihnen die blauen Flecken an meinen Armen zeigen.« Mrs. Chambers stand auf. »Wir gehen in mein Schlafgemach.«

Tilda erhob sich und folgte ihr aus dem Salon. Sie folgten dem Korridor im ersten Stock bis zur hinteren Ecke, wo Mrs. Chambers sie in ein hübsches Schlafzimmer führte, das mit bunten Blumenmustern dekoriert war und über eine kleine Sitzecke neben dem Kamin verfügte. In einer Ecke befand sich außerdem ein Ankleidebereich mit einem Paravent und einem Tisch mit Spiegel.

Eine Zofe kam durch eine schmale Tür in der gegenüberliegenden Ecke, die kaum zu sehen war, weil sie von einer Wandverkleidung und Blumen-Tapeten verdeckt wurde. Sie war ein paar Jahre jünger als Tilda und Mrs. Chambers, hatte runde Wangen und haselnussbraune Augen. Sie trug ein schlichtes dunkelblaues Kleid und eine weiße Haube auf ihrem dunkelbraunen Haar. Die Zofe warf Tilda einen nervösen Blick zu, als sie hereinkam.

»Das ist Clara«, sagte Mrs. Chambers. »Ich habe ihr gesagt, sie solle hier auf mich warten, da ich ihre Hilfe beim Ausziehen benötige.« Sie ging hinter den Paravent, und die Zofe folgte ihr.

Tilda nutzte die Gelegenheit, sich im Zimmer umzusehen. »Wo ist Ihre Schmuckschatulle?«

»Ich habe sie am Ende versteckt, nachdem vor etwa einer Woche die Granatkette verschwunden ist«, antwortete Mrs. Chambers. »Ich habe noch ein paar Stücke übrig, und ich werde nicht tatenlos zusehen, wie er noch mehr stiehlt. Ich hätte den Schmuck schon nach dem ersten Mal verstecken sollen.« Ihre Stimme hatte einen bitteren Klang und das konnte Tilda ihr nicht verübeln.

Mrs. Chambers kam hinter dem Paravent hervor. Sie hatte ihr Kleid abgelegt, trug aber noch ihre Unterröcke und ihr Korsett.

Tilda trat auf ihre Kundin zu und untersuchte ihren linken Arm.

Im oberen Bereich waren schwache Blutergüsse zu sehen. Sie neigte den Kopf, um die Rückseite zu sehen, und Mrs. Chambers drehte ihren Arm so, dass sie ihn gut betrachten konnte. »Danke«, murmelte Tilda.

Die blauen Flecken sahen tatsächlich so aus, als stammten sie von Fingern, die sich fest in die Haut gedrückt hatten. Tilda notierte ihre Beobachtungen und wandte sich dann dem rechten Arm zu, wo sie ähnliche blaue Flecken entdeckte.

»Gibt es noch mehr?«, fragte Tilda.

»Im Moment nicht. Ich hatte einen an der Schulter, als er mich gestoßen hat, aber das ist schon über eine Woche her und er ist inzwischen verblasst.« Sie hielt ihre rechte Schulter hin, und Tilda konnte einen sehr schwachen gelben Streifen erkennen.

»Ich sehe die Spuren noch«, stellte Tilda fest, bevor sie die Beobachtung in ihrem Notizbuch festhielt. »Vielen Dank, Mrs. Chambers. Sie können sich jetzt wieder anziehen.«

Die Frau zog sich mit der Zofe hinter den Paravent zurück, und Tilda sah sich im Zimmer um. »Wie sind diese Verletzungen entstanden?«

»Die blauen Flecken an meinen Armen stammen von einem Streit, den wir vor drei Tagen nach dem Abendessen hatten. Ich hatte ihn gefragt, ob er meine Granatkette genommen hat. Ich hatte ihn auch nach dem anderen Schmuck gefragt, der verschwunden war, wobei er aber jedes Mal behauptet hatte, dass es nicht sein Verschulden war. Trotzdem wollte ich ihn fragen – nur um ihn wissen zu lassen, dass mir sehr wohl bekannt ist, wer der Dieb war.« Sie klang wütend und trotzig.

Tilda schätzte die Frau für ihren Mut, für sich selbst einstehen zu wolle, doch sie fragte sich, ob dies das Opfer wert war. »War er bei den anderen Malen auch gewalttätig geworden, als sie ihn gefragt haben?«

»Nein. Dieses gewalttätige Verhalten ist eher neu.«

»Wann genau hat es denn angefangen?«, fragte Tilda, während sie in ihr Notizbuch schrieb.

»Es war im Dezember, glaube ich. Zwar hatte er mir früher schon gedroht, aber handgreiflich war er bislang nie geworden.«

»Können Sie mir sagen, woher die Prellung an Ihrer Schulter stammt?«

»Ich hatte sein Arbeitszimmer im Erdgeschoss betreten. Es gefällt ihm nicht, wenn ich dort eindringe.« Mrs. Chambers kam hinter dem Paravent hervor. »Er befahl mir, hinauszugehen und stieß mich. Ich prallte gegen den Türrahmen.«

Tilda notierte sich die Aussage der Frau. »Können Sie mich zum Arbeitszimmer führen und mir zeigen, wo er Sie gestoßen hat?«

»Natürlich.« Mrs. Chambers begab sich zur Tür, als die Zofe hinter dem Paravent hervorkam. Sie hielt den Kopf gesenkt, während sie zur Tür in der Ecke ging und das Zimmer verließ.

Mrs. Chambers führte Tilda wieder nach unten und dieses Mal begaben sie sich zu einem maskulin eingerichtetem Zimmer im hinteren Teil des Hauses. Sie nickte in Richtung einer geschlossenen Tür. »Das Schlafzimmer meines Mannes ist dort.«

Tilda nickte, ehe sie sich im Raum umsah. Es gab einen Schreibtisch, eine Sitzecke und mehrere Bücherregale. »Wo hat er Sie gestoßen?«

»Er hat mich gegen diesen Türrahmen gestoßen«, antwortete Mrs. Chambers und zeigte auf die Tür von einem kleinen Wohnzimmer zum Arbeitszimmer.

Tilda notierte sich den Ort der Gewalttat in ihrem Notizbuch und erschrak, als sich die Tür zum Schlafzimmer öffnete.

Ein großer, schlanker Gentleman füllte die Türöffnung aus und kniff die kleinen Augen zusammen, als er Tilda und Mrs. Chambers sah. Sein dunkles, widerborstiges Haar war ein wenig zerzaust, und sein Krawattenschal saß schief.

»Was zum Teufel machen Sie hier?«, donnerte der Mann.

Tilda bemerkte, dass Mrs. Chambers zusammenzuckte, sich aber ansonsten nicht bewegte. Es musste sich hier also um ihren Mann handeln.

»Warum bist du nicht im Geschäft?«, fragte Mrs. Chambers mit besorgter Stimme.

»Wer ist diese Frau?«, fragte Mr. Chambers seine Frau, obwohl er Tilda weiterhin wütend anstarrte.

Tilda setzte ein freundliches Lächeln auf und antwortete: »Mrs. Chambers hat mich gebeten, ihr bei einigen Renovierungsideen zu helfen, und ich habe darauf bestanden, dass sie mir die Bibliothek zeigt. Ich möchte sichergehen, dass ich keinen Stil einbringe, der nicht zum gesamten Haus passt.« Tilda schloss ihr Notizbuch.

Mr. Chambers betrat die Bibliothek und richtete seine volle Aufmerksamkeit auf seine Frau. Die Nasenflügel seiner langen, scharfen Nase blähten sich. »Renovierung? Was für ein Unsinn! Dafür ist kein Geld da, während ich in dieses neue Unternehmen investiert habe. Es muss sowieso nichts renoviert werden, und schon gar nicht von einer Person, die so altmodisch daherkommt.« Sein Blick wanderte mit unverhohlener Aversion über Tilda, bevor er zu seiner Frau zurückkehrte. »Du bist der Inbegriff von Verschwendung, meine Liebe.«

Mrs. Chambers zuckte mit den Schultern. »Du bist der Verschwender, nicht ich.«

Ein weiteres Mal erkannte Tilda die Trotzhaltung der Frau, und sie hoffte nur, dass Mrs. Chambers dieses Mal nicht dafür büßen müsste.

Offene Wut loderte in Mr. Chambers' Blick. Tilda bemerkte, dass er kurz die Hände zu Fäusten ballte. Sie war zwischen dem Wunsch, schnellstmöglich aus diesem Haus zu verschwinden, und dem Wunsch, ihre Kundin nicht mit ihrem Mann allein zu lassen, hin- und hergerissen.

»Ich muss zurück in das Geschäft«, sagte Mr. Chambers mit zusammengebissenen Zähnen. Er verzog kurz das Gesicht und fuhr sich mit der Hand über den Bauch, was Tilda merkwürdig fand. Dann richtete er seine Aufmerksamkeit auf Tilda. »Ich möchte Sie hier nicht wieder sehen. Eine Renovierung wird es hier nicht geben.« Er stürmte aus dem Arbeitszimmer, schritt zwischen ihnen hindurch und stieß seine Frau dabei mit der Schulter an.

Tilda ging zu der Frau hinüber. »Ist alles in Ordnung?«

Mrs. Chambers nickte, während sie sich die Stelle an der Schulter rieb, an der er sie gestoßen hatte. »Es ist alles in Ordnung. Ich glaube, er hat gestern Abend wieder zu viel getrunken. Er fühlt sich in letzter Zeit nicht gut, weil er dem Alkohol zu ausgiebig zuspricht.« Sie rümpfte angewidert die Nase.

»Ich kann gerne noch eine Weile bleiben, wenn Sie dies wünschen«, bot Tilda aufrichtig an.

»Das ist nicht nötig. Er ist schon gegangen.«

Tilda machte ein besorgtes Gesicht. »Er wird aber wiederkommen. Haben Sie eine Zuflucht, wo Sie bleiben können?« Tilda machte sich ernsthaft Sorgen um die Sicherheit der Frau. »Sie könnten sogar in einem Hotel übernachten«, schlug Tilda vor, obwohl Geld angesichts der Äußerungen von Mr. Chambers wohl ein Problem sein dürfte. Und wenn er seiner Frau den Schmuck stahl, könnte das ein Hinweis auf finanzielle Schwierigkeiten sein.

»Ich werde darüber nachdenken, danke.« Mrs. Chambers lächelte zwar, doch die feinen Fältchen um ihren Mund verrieten ihre innere Unruhe.

»Ich besuche Sie morgen, wenn es Ihnen recht ist«, schlug Tilda vor.

»Vielen Dank.« Mrs. Chambers führte sie aus dem Arbeitszimmer in die Eingangshalle. »Für Ihre Hilfe bin ich Ihnen wirklich überaus dankbar. Meine Situation ist unhaltbar geworden. So kann es nicht mehr weitergehen.« Ein beinahe wildes Funkeln war in ihre Augen getreten.

»Ich verstehe«, meinte Tilda mitfühlend in der Hoffnung, die Frau zu beruhigen. »Wir werden die Scheidung so schnell wie möglich einreichen. Versuchen Sie einfach, sich zurückzuziehen und geben Sie gut auf sich acht.«

Als Tilda das Haus verließ, wurde sie das ungute Gefühl nicht los, dass etwas Schlimmes passieren würde. Sie war fest entschlossen, ihr Möglichstes zu tun, um das zu verhindern.

KAPITEL 2

Hadrian Becket, der Earl of Ravenhurst, entstieg seiner Kutsche und betrachtete das vor ihm liegende Haus. Es handelte sich um eines der größeren Häuser dieser Straße, und es besaß eine ansprechende Steinfassade, die mit schmiedeeisernen Elementen besonders betont wurde. Seine ehemalige Verlobte, die jetzt Mrs. Beryl Chambers war, schien es offenbar gut getroffen zu haben, wenn sie ihn auch wegen ihres derzeitigen Ehemannes verlassen hatte. Einen selbstgefälligeren, arroganteren Mann wie ihm war Hadrian wahrlich noch nie begegnet.

Seltsamerweise war Hadrian gestern Abend mit ihm zusammengetroffen. Er hatte sich von einem seiner Kollegen überreden lassen, dessen Club zu besuchen, in dem auch Louis Chambers Mitglied war.

Trotz der langen Zeit, die diese Sache inzwischen zurücklag, konnte Hadrian immer noch nicht verstehen, warum Beryl Chambers diesen Kerl ihm vorgezogen hatte. Sie sei in ihn verliebt, hatte sie damals behauptet, aber Hadrian konnte einfach keine positiven Facetten an dem Mann ausmachen. Mr. Chambers war laut und er benahm sich unausstehlich, während er sich seines irritierenden Verhaltens nicht im Geringsten bewusst zu sein schien.

Hadrian musste sich eingestehen, dass er eine gewisse Erleichterung empfunden hatte, als er sie damals auf dem Ball in Chambers' Armen erwischt hatte. Nun, diese Erleichterung hatte sich jedenfalls eingestellt, nachdem sich seine erste Wut über den Verrat gelegt hatte.

Beryl und er hatten sich getrennt, worauf sie dann Chambers geheiratet hatte. Hadrian hatte sein gewohntes Leben fortgesetzt. Allein.

Nun war er jedoch hier, weil sie ihm gestern eine reichlich knappe Nachricht geschickt hatte, mit der sie ihn um einen Besuch heute bat. Sie benötige dringend seinen Rat, hatte sie geschrieben, und eventuell auch seine Unterstützung. Der Brief endete bedeutungsschwer. Dort stand, wenn sie ihm jemals etwas bedeutet habe, würde er kommen.

Also war er hergekommen. Es kam ihm wie ein merkwürdiger Zufall vor, dass Beryl ihn um seine Hilfe gebeten hatte und er dann später auf ihren Ehemann gestoßen war.

»Was ist das denn dort?«, fragte sein Kutscher Leach in seinem gewohnten rauen Tonfall. Er drehte den Kopf zu einem Gefährt hin, die vor dem nächsten Haus stand.

»Das ist die Metropolitan Police«, antwortete Hadrian mit leicht gerunzelter Stirn. Er hoffte, dass bei den Nachbarn alles in Ordnung war.

Der Anblick des Gefährts rief ihm Tilda in Erinnerung. Nur eine Woche war es her, dass er so eines das letzte Mal gesehen hatte. Damals hatte die Polizei den schrecklichen Verbrecher abtransportiert, den Tilda nach einer gründlichen und ziemlich intensiven Ermittlung gefasst hatte.

Er hatte sie vor einigen Tagen zwar noch einmal getroffen, aber er hatte bereits Sehnsucht nach ihr. Seiner Vermutung nach war das normal, da sie für ein paar Wochen jeden Tag miteinander verbracht hatten. Um ehrlich zu sein, hatte er das Gefühl, als würden sie sich schon viel länger kennen. Während ihrer Zusammenarbeit an einem Fall hatte sich eine schöne Freundschaft zwischen ihnen entwickelt – das war für einen Mann und eine Frau recht ungewöhnlich.

Er vermisste sie auch wegen des Umstands, dass sie der einzige Mensch auf Erden war, der von seiner seltsamen neuen Gabe wusste, die ihm vor etwa zwei Monaten, nach einer Messerattacke bei der er niedergestochen worden war, einfach so zugefallen war. Bei dem Angriff war er mit dem Schädel auf dem Bürgersteig aufgeschlagen und nun hatte er Visionen. Er konnte Empfindungen spüren, wenn er bestimmte Gegenstände oder sogar Menschen berührte. Das hatte sich bei ihren Ermittlungen als bemerkenswert nützlich erwiesen.

Allerdings konnte diese Fähigkeit auch sehr frustrierend sein, da Hadrian unter schmerzhaften Kopfschmerzen litt und es ihm an Kenntnis darüber mangelte, ob und wie diese Gabe steuerbar war. Er konnte einen Gegenstand oder eine Person berühren und nichts spüren. Wenn er den gleichen Vorgang zehn Minuten später wiederholte, war es möglich, dass eine Vision in seinem Kopf aufflackerte.

Inzwischen hatte er bereits herausgefunden, dass diese »Gabe«, wie er es betrachtete, nicht bei Menschen oder Gegenständen funktionierte, die er gut kannte. Aus verschiedenen Gründen betrachtete er seine Gabe teilweise auch als Fluch, nicht zuletzt wegen der Gefahr, dabei den Verstand zu verlieren. Wenn sein Diener ihn berührte, war Hadrian weder Visionen ausgesetzt noch spürte er irgendetwas.

Scheinbar klappte es mit seiner Gabe auch nicht bei Verstorbenen. Das vermutete er, nachdem er und Tilda eine Leiche entdeckt hatten. Vohrer hatte Hadrian die Erinnerungen des Mannes in seiner Vision sehen können, aber nachdem dieser gestorben war, war ihm das nicht mehr möglich.

Zu einem späteren Zeitpunkt hatte er dann jedoch noch einmal eine Vision, als er ein Objekt berührte, das einer Person gehört hatte, die schon seit einiger Zeit tot war. Dies brachte Hadrian auf die Vermutung, dass die Dauer des Todes eines Menschen eine Rolle spielte. Vielleicht war es aber auch seine Gabe, die sich im Laufe der Zeit änderte. Mit Ausnahme der damit verbundenen Kopfschmerzen wusste er in Wahrheit nie, was ihn erwartete.

Es war ein Glück, dass er beim Berühren von Gegenständen in seinem Haushalt nicht betroffen war. Von den Gefühlen oder Erinnerungen anderer Personen in seinem Haushalt oder von denjenigen, die einst hier gelebt hatten, wie beispielsweise seinem Vater, überfallen zu werden, wäre mehr als beunruhigend.

Die beste Verteidigung gegen seine neu erworbene Gabe bestand darin, seine Handschuhe anzubehalten. Dann konnte sie ihm nichts anhaben. Als er die Haustür erreicht hatte, betätigte er den Türklopfer. Er war gespannt darauf zu erfahren, warum Beryl ihn hergerufen hatte.

Einen Moment später schwang die Tür auf. Der Butler blickte Hadrian überrascht an. Er war ein mittelgroßer Mann Mitte fünfzig mit kräftigem Körperbau, großen Augen und blassem, rundem Gesicht. In seinem Blick lag allerdings noch etwas anderes – Unruhe oder vielleicht sogar Sorge.

»Guten Morgen«, brachte Hadrian gemessen hervor, während er dem Butler seine Visitenkarte reichte. »Ich bin hier, um Mrs. Chambers zu sprechen.«

Der Butler warf einen Blick auf die Karte, ehe er sich vor Hadrian verneigte. »Ihre Lordschaft. Sie hat erwähnt, dass Sie vielleicht kommen würden. Ich fürchte jedoch, dass die Familie gerade von einem tragischen Ereignis schwer getroffen wurde, und vielleicht wäre es besser, wenn Sie zu einem anderen Zeitpunkt wiederkommen würden.«

Eine Tragödie? Auf der Straße stand ein Wagen der Metropolitan Police. »Ist die Polizei hier?«, fragte Hadrian, dessen Neugierde aufgrund von Beryls Nachricht immer mehr wuchs.

»Ja. Die Polizei ist vor kurzem hier eingetroffen.« Die Stimme des Butlers klang sehr aufgewühlt.

»Ich werde Ihnen behilflich sein«, entgegnete Hadrian ruhig. Er betrat die Eingangshalle, und dem Butler blieb keine andere Wahl, als die Tür hinter ihm zu schließen. »Ich bin ein alter Freund von Mrs. Chambers, und da sie um meine Anwesenheit gebeten hat, bin ich sicher, dass ich helfen kann. Wo ist sie?«

Der Butler presste die Lippen zusammen, und runzelte die auffallend breite Stirn. »Im Arbeitszimmer, Mylord. Mit der Polizei. Allerdings ist es eine … heikle Situation.«

Hadrian nickte dem Mann zur Ermutigung zu. »Geht es zum Arbeitszimmer hier entlang?« Hadrian ging auf den Torbogen im hinteren Teil der Eingangshalle zu.

»Ja, Mylord.« Der Butler eilte an ihm vorbei in die Treppenhalle und dann in ein Wohnzimmer, in dem er sich dann nach links wendete.

Stimmen drangen aus dem Raum, den der Butler mit ihm gerade betreten wollte, wobei es sich sehr wahrscheinlich um das Arbeitszimmer handelte. Der Butler trat beiseite, nachdem er die Schwelle überschritten hatte. Ein Constable sprach mit Beryl. Ihre Wangen und ihre Nase waren rot, als hätte sie geweint.

»Beryl?«, fragte Hadrian zögernd, als er sich ihnen näherte.

»Oh, Hadrian!«, rief Beryl und rannte ihm fast entgegen, um ihn zu umarmen. Er spürte ihren zitternden Körper an seinem.

Von ihrer Umarmung überrascht, hielt Hadrian sie locker fest, wobei seine Unbeholfenheit mit einem überwältigenden Gefühl des Unbehagens zu kämpfen hatte. Hier war eindeutig etwas faul.

Der Constable räusperte sich, und Hadrian löste sich von Beryl. Sie schniefte und tupfte sich mit einem Taschentuch die Augen ab.

Hadrian wandte sich an den Constable. »Guten Morgen, ich bin Lord Ravenhurst.«

»Er ist ein Freund von mir«, erklärte Beryl. Sie umklammerte Hadrians Arm nun noch fester und ihre Finger gruben sich in seinen Frack. »Louis wurde ermordet. Das Dienstmädchen hat ihn heute Morgen gefunden.«

Das brachte Hadrians Puls auf Touren. Mit so etwas hatte er nicht gerechnet. Es war schon seltsam, dass er diesem Mann gestern Abend begegnet war.

Zudem hatte er Beryls Nachricht gestern bekommen. Offenbar hatte sie Hadrian nur wenige Stunden, bevor ihr Ehemann tot aufgefunden wurde, um seine Hilfe gebeten. Was um alles in der Welt wurde hier gespielt?

»Es tut mir so leid, Beryl«, murmelte Hadrian und tätschelte ihr tröstend die Hand. Zum Glück lockerte sie ihren Griff, aber sie ließ ihn nicht ganz los.

»Ich bin nur froh, dass du hier bist«, brachte sie schniefend hervor.

Aus dem Nebenzimmer kam ein Mann in das Arbeitszimmer. »Habe ich richtig gehört, dass Lord Ravenhurst eingetroffen ist?« Inspector Samuel Teague blickte Hadrian an. Der Inspector war Mitte dreißig, von durchschnittlicher Größe und Statur. Heute war er nicht mit seiner üblichen Polizeiuniform, ihrem blauem Mantel und dem Helm gekleidet.

»Teague«, brachte Hadrian hervor. Er war überrascht, ihn hier zu sehen, obwohl er das eigentlich nicht sein sollte. »Wo ist Ihre Uniform?«

»Ich wurde befördert und gehöre nun zur Kriminalpolizei, nachdem der vermissten jungen Frau durch mich Gerechtigkeit widerfahren ist.« Damit bezog er sich auf die Ermittlungen, die Tilda und Hadrian abgeschlossen hatten und bei denen Teague assistiert hatte. »Das ist tatsächlich erst vor zwei Tagen geschehen. Es war meine Absicht, Miss Wren und Sie über meine Beförderung in Kenntnis zu setzen.« Teague warf ihm einen aufrichtig dankbaren Blick zu.

Zwar war Teague bei der Festnahme des Täters eine große Hilfe gewesen, doch die Ermittlungsarbeiten waren hauptsächlich von Tilda und Hadrian geleistet worden. Dennoch freute sich Hadrian, dass der Mann zum Detective Inspector befördert worden war. »Herzlichen Glückwunsch«, sagte er herzlich. »Das haben Sie sich verdient.«

»Vielen Dank. Wie kommt es, dass Sie hier sind?«

»Ich bin ein alter Freund von Mrs. Chambers«, antwortete Hadrian. Dass sie ihn um sein Kommen gebeten hatte, verschwieg er zunächst einmal. Ehe er weitere Informationen preisgab, wollte er erst selbst welche sammeln.

Teague machte ein finsteres Gesicht. »Ihr Ehemann wurde ermordet.«

Hadrian drehte den Kopf in Richtung der Tür, neben der Teague stand. »Dort drinnen?«

»Das ist sein Schlafzimmer«, antwortete Beryl. Die Tränen standen ihr in den Augen. »Ich kann nicht glauben, dass er tot ist.« Erschüttert löste sie ihre Hand von Hadrians Arm und presste sie auf ihren Mund, während ein Schluchzen ihren Körper schüttelte.

»Darf ich einen Blick hineinwerfen?«, fragte Hadrian, obwohl er in Wahrheit mehr daran interessiert war, irgendetwas dort drinnen zu berühren, um herauszufinden, ob seine Gabe ihm half, mehr über die Geschehnisse herauszufinden. Schon einmal hatte er die Erinnerungen des Mannes erkennen können, der ein Mordattentat auf ihn verübt hatte. Vielleicht würde er die Erinnerungen von Chambers Mörder wahrnehmen und den Täter identifizieren können. Seine Erkenntnisse

könnte Hadrian dann allerdings unmöglich Teague mitteilen, denn
dann hätte er sein Wissen und damit seine »Gabe« rechtfertigen
müssen. Aller Wahrscheinlichkeit nach würde der Inspector ihm dann
dringend raten, sich in ärztliche Behandlung zu begeben.

Teague hob seine rotbraunen Augenbrauen. »Wir sammeln
Beweise.«

»Ich könnte Ihnen helfen«, bot Hadrian an. »Ihnen ist ja bekannt,
dass ich in diesem Bereich von Nutzen sein kann.«

Der Detective Inspector grunzte als Antwort. »Sie können an der
Tür stehen.«

»Das genügt vollkommen«, entgegnete Hadrian freundlich. Mit
etwas Glück würde er sich wahrscheinlich hineinschleichen können.
Bevor er sich das Schlafzimmer ansah, traf er Beryls Blick. »Bringt
dir jemand einen Tee? Vielleicht solltest du dich setzen.«

»Dazu bin ich glaube ich nicht imstande. Ich bin zu aufgewühlt.«
Sie schüttelte den Kopf und kniff die Augen dann fest zu.

»Alles wird gut werden«, flüsterte Hadrian ihr zu. Er verspürte
einen Drang, bei Beryl zu bleiben und sie zu trösten, doch andererseits wurde er auch von seiner Neugier getrieben, was er im Schlafgemach herausfinden würde.

Hadrian warf einen Blick auf den jungen Constable, der ganz in
der Nähe stand. Er hielt ein Notizbuch in der Hand und hatte
Beryl wahrscheinlich Fragen gestellt. In aller Heimlichkeit zog
Hadrian seine Handschuhe aus, steckte sie in seine Fracktasche,
ehe er sich dann dem Schlafzimmer zuwandte und in der Tür
stehen blieb.

Ein großes Himmelbett dominierte den Raum. Die Vorhänge
waren aufgezogen, um das Morgenlicht hereinzulassen. Zusätzlich
waren einige Lampen im Raum aufgestellt worden, die für ausreichend Licht sorgten.

Die Bettdecke war zurückgeschlagen und gab den Blick auf die
Leiche von Louis Chambers frei. Er trug ein Nachthemd, dessen
Vorderseite einen großen, dunklen braunroten Flecken aufwies.

Ein weiterer Constable kritzelte etwas in ein Notizbuch oder
vielleicht fertigte er auch eine Zeichnung an. Teague untersuchte den
Raum, indem er in die Ecken und unter Möbelstücke schaute.

»Wie ist er zu Tode gekommen?«, erkundigte sich Hadrian.

»Man hat ihm ins Herz gestochen«, antwortete Teague. »Ich suche nach dem Messer – bisher ohne Erfolg.«

Mit seiner bloßen Hand berührte Hadrian den Türrahmen und hielt den Atem an, in der Hoffnung, etwas zu spüren oder zu sehen.

Doch da war nichts.

»Möchten Sie, dass ich Ihnen bei der Suche behilflich bin?«, bot Hadrian an.

»Das ist Sache der Polizei«, sagte Teague, während er auf die Knie sank und sich bückte, um unter dem Bett nachzuschauen. »Ich brauche eine Laterne.«

Hadrian reagierte rasch, indem er eine von einer Kommode nahm und sie zu Teague brachte, der dort kauerte. Kurz bevor er die Laterne neben dem Inspector auf den Boden stellte, blitzte ein Bild in Hadrians Kopf auf: Er konnte einen Kamin erkennen. Begleitet wurde dieses Bild von einem Gefühl der Müdigkeit, als hätte er nicht lange genug geschlafen. Hadrian ging davon aus, dass es die Erinnerung eines Dienstboten war, der die Laterne wohl irgendwann einmal berührt haben musste.

Teague blickte ihn stirnrunzelnd an. »Sie sollten doch nicht hereinkommen.«

»Entschuldigung, ich wollte nur helfen.« Hadrian legte seine Hand an das Bettgestell, als er sich abwandte, um zur Tür zurückzugehen.

Mit einem Mal blitzte Chambers´ Gesicht in Hadrians Gedanken auf. Der Mann lachte. Dann wurden seine Augen auf eine verführerische Weise ganz schmal. Hadrian verspürte ein starkes Verlangen, doch dieses Gefühl war nicht sein eigenes. Es stammte von dem Mann, dessen Erinnerungen er sah. Chambers streckte die Hand aus, und Hadrian fühlte sich, als würde er von etwas angezogen. Ganz deutlich konnte er eine weibliche Hand erkennen, die Chambers´ Finger umklammerte. Chambers sank auf das Bett zurück und, und Hadrian landete auf ihm.

Gott sei Dank verschwand die Vision und Hadrian blinzelte. Er war sich nicht sicher, ob er sehen – oder fühlen – wollte, was als Nächstes passieren würde. Das konnte er sich allerdings denken. Bei der Person, deren Erinnerung Hadrian gerade erlebt hat, handelte es sich um eine Frau, mit der Chambers ins Bett gegangen war.

Hadrian musste davon ausgehen, dass Beryl diese Frau war. Er war nicht sonderlich interessiert daran, die Erinnerungen seiner ehemaligen Verlobten zu sehen, und auf keinen Fall lag ihm daran, ihre Gefühle zu spüren.

»Woher kennen Sie Mrs. Chambers?«, fragte Teague, während er unter das Bett schaute.

Hadrian, der von seiner Vision erschüttert war und unter Kopfschmerzen litt, war für die Unterbrechung seiner Gedanken dankbar und kehrte zur Tür zurück. »Sie war einst meine Verlobte.«

Teague stieß sich den Kopf an der Unterseite des Bettes und fluchte dann bemerkenswert laut. Er kroch unter dem Bett hervor und rieb sich beim Aufstehen über den Schädel.

»Sie hätten diese Verbindung wohl besser erwähnen sollen, als Sie angekommen sind. Haben Sie denn über die Arbeit bei den Ermittlungen und den Austausch von Informationen zur Aufklärung von Verbrechen gar nichts gelernt?«

»Ich habe nichts verheimlicht«, sagte Hadrian. »Es ist ein Schock.«

»Sie finden das schockierend?«, fragte Teague und kniff die braunen Augen zusammen. »Und offenbar sind Sie immer noch mit Ihrer ehemaligen Verlobten befreundet?«

»Es ist schockierend, wenn ein Mann in seinem Bett ermordet wird. Und ich bin mit Mrs. Chambers *locker* befreundet«, gab sich Hadrian vage. Dringend musste er Teague von der Nachricht erzählen, die er von Beryl erhalten hatte, denn sie könnten für seine Ermittlungen vielleicht relevant sein. Warum zögerte er also? Der Grund dafür war scheinbar, dass ihm zunächst daran lag, mehr über die Situation zu erfahren, bevor er etwas sagte oder tat, das Beryl belasten könnte. Sie hatte Hadrian eine Nachricht geschickt, die kaum einen Zweifel an ihrer Verzweiflung ließ, und dann war ihr Mann ermordet worden. Unweigerlich musste er sich fragen, was diese beiden Dinge miteinander zu tun hatten.

Hadrian stutzte. Glaubte er etwa, sie hätte ihren Mann eigenhändig getötet? Nein, das konnte er sich eigentlich nicht vorstellen.

Teagues Blick war weiter auf Hadrian gerichtet. »Warum haben Sie sie nicht geheiratet?«

»Wir waren kein Liebespaar«, gab Hadrian zurück.

»Mrs. Chambers, es tut mir so leid.« Die weibliche Stimme drang aus dem Arbeitszimmer zu Hadrian im Schlafzimmer. Er kannte diese Stimme. Sein Puls schlug auf einmal schneller, als er von einer Welle der Vorfreude erfasst wurde. Der Schmerz in seinem Kopf ebbte nun ab, als würde er von seiner Erregung verdrängt.

Hadrian drehte sich um und er kehrte in das Arbeitszimmer zurück. Sein Blick fiel auf Tilda, und er konnte sich ein Lächeln nicht verkneifen. Sie sah bezaubernd aus. Ihr rotblondes Haar war ordentlich unter ihrem eleganten grünen Hut versteckt. Sie hatte ihre grünen Augen fest auf Mrs. Chambers geheftet.

Moment. Was um alles in der Welt hatte Tilda hier zu suchen?

Er trat auf sie zu. »Tilda, was für eine Überraschung, Sie hier zu sehen.« Er sah die Überraschung in ihren Augen aufblitzen, und dann schlug sie den Blick auf eine Weise nieder, der ihre Verlegenheit über diese Situation deutlich machte.

»Ich arbeite an einer Ermittlung, die Mrs. Chambers betrifft«, antwortete Tilda, deren herzförmiges Gesicht Besorgnis und vielleicht auch ein gewisses Zaudern widerspiegelte. »Ich bin überrascht, *Sie* hier zu sehen.«

»Ich habe ihn eingeladen«, erklärte Mrs. Chambers leise.

Sowohl Tilda als auch Hadrian schauten nun zu ihr hin.

Mrs. Chambers fuhr mit leiser Stimme fort: »Ich wollte ihn um Hilfe bei der Suche nach einer Unterkunft bitten, wie Sie vorgeschlagen haben, Miss Wren. Das war vorher. Bevor Louis etwas zugestoßen ist.«

Warum schlug Tilda Beryl vor, ihr Zuhause zu verlassen? Hadrian sah von Beryl zu Tilda.

»Was für eine Ermittlung ist das?«, fragte Hadrian ebenfalls leise.

»Ich wollte mich von Louis scheiden lassen«, flüsterte Beryl.

Hadrian wurde für einen kurzen Augenblick ganz flau im Magen. Sie wollte sich von ihrem Mann scheiden lassen, und jetzt war er tot.

»Ist Detective Inspector Teague darüber informiert?«, erkundigte sich Hadrian.

Tilda richtete ihre volle Aufmerksamkeit nun auf Hadrian. »Teague ist hier? Und er ist jetzt Detective Inspector?«

Hadrian nickte. »Vor zwei Tagen ist er befördert worden. Er ist im Schlafzimmer.« Dann fiel sein Blick auf den Constable, der sie misstrauisch beäugte. »Vielleicht sollten wir dieses Gespräch auf später verschieben.«

»Ja«, gab Tilda murmelnd zur Antwort. »Der Butler hat mich informiert, dass Mr. Chambers ermordet worden ist. Haben Sie bereits Kenntnis darüber, was sich ereignet hat?«

»Er wurde mit einem Stich ins Herz ermordet«, antwortete Hadrian.

Ein Schluchzen entrang sich Beryls Kehle. Sie presste ihr Taschentuch auf den Mund, während ihr die Tränen über die Wangen liefen. »Clara hat ihn gefunden, als sie heute Morgen das Feuer schüren wollte. Sie ist vollkommen außer sich.«

»Clara ist das Dienstmädchen?«, fragte Hadrian, und Beryl nickte.

Tilda sah Beryl mitfühlend an. »Dann haben Sie die Polizei gerufen?«

»Ja. Ich glaube, ich muss mich setzen. Und den Tee trinken, den du erwähnt hast, Hadrian.«

»Natürlich«, sagte er. »Ich gehe nach unten und hole welchen.«

»Ich komme mit.« Tilda legte sanft ihre Hand auf Beryls Arm und führte sie zu einem Tisch und einem Stuhl. »Wir sind gleich mit dem Tee zurück.«

Tilda verließ das Arbeitszimmer, und Hadrian folgte ihr. Als sie im Wohnzimmer waren, drehte sie den Kopf und warf ihm einen spöttischen Blick zu.

»Was?«, fragte Hadrian.

Tilda ging zu einer Tür in der Ecke, die zur Dienstbotentreppe und damit in die Küche führte, und öffnete sie. »Ich hätte Sie hier nicht erwartet.«

»Ich Sie auch nicht. Sind Sie Beryl bei der Scheidung behilflich?«

Tilda führte aus, dass sie von dem Anwalt, der sie manchmal bei Scheidungsfällen als Assistentin engagierte, beauftragt worden war, Beryl zu unterstützen. »Ich habe sie gestern besucht, um die ersten Informationen zu erhalten. Sie hatte blaue Flecken und erzählte von der körperlichen Gewalt und dem bedrohlichen Verhalten ihres Mannes.« Inzwischen waren sie bei der untersten Stufe angekommen. Tilda drehte sich zu ihm um. »Ich hatte ihr versprochen, heute wiederzukommen, um nach ihr zu sehen. Es hat mich wirklich mit

Sorge erfüllt, dass sie hier mit Chambers zusammen war. Aus diesem Grund habe ich ihr den Vorschlag gemacht, vorübergehend in eine neue Unterkunft auszuweichen – zu ihrer eigenen Sicherheit. In dieser Sache hat sie sich dann wohl offenbar an Sie gewandt.« Tildas Neugier war offensichtlich, doch sie war auch die neugierigste Person, die Hadrian je kennengelernt hatte.

Er hatte nicht die geringste Ahnung gehabt, dass Beryls Leben eine derart dramatische Wendung genommen hatte. »Ich wusste nicht, dass Chambers sie verletzt hat.« Er wurde von einer wilden Wut gepackt, die sich gegen den Mann richtete, der ihm seine Verlobte abspenstig gemacht hatte. »Beryl und ich unterhalten seit der Auflösung unserer Verlobung keinen engen Kontakt. Ich habe sie in den letzten Jahren nur ein paar Mal gesehen, und das auch nur zufällig.«

Obwohl er ihr gegenüber freundlich war, hatte er nach der Peinlichkeit der aufgelösten Verlobung nicht einmal eine Freundschaft mit ihr gepflegt. Möglicherweise war dies darauf zurückzuführen, dass seine Wut so schnell in Erleichterung umgeschlagen war, nachdem Beryl sich entschieden hatte, Chambers an seiner statt zu heiraten.

Zu Beginn ihrer Beziehung hatte er ein aufregendes Flattern in seiner Brust verspürt, und es war dasselbe Gefühl, das er gerade eben empfunden hatte, als er Tilda gesehen hatte. Während ihrer Verlobungszeit war es aber verblasst. Er hatte es fälschlicherweise für »Liebe« gehalten und war froh, dass er die Heirat mit Beryl vermieden hatte.

»Sie sind verärgert«, stellte Tilda fest und holte ihn in die Gegenwart zurück.

»Ich bin wütend, weil Beryl schlecht behandelt worden ist. Das sind Sie wahrscheinlich auch, wie ich vermuten möchte.«

»Ja«, sagte Tilda mit einem Nicken. »Anders als Sie habe ich aber keine gemeinsame Vergangenheit mit Mrs. Chambers. Sie hat Sie gebeten, sie zu besuchen, obwohl Sie nicht befreundet sind?«

Er nickte. »Sie hat mir gestern eine Nachricht geschickt, was ich seltsam fand.«

»Was stand in der Nachricht?«, fragte Tilda, die unübersehbar in ihre Ermittlungen vertieft war.

»Sie bat mich um einen Besuch, weil sie dringend meine Hilfe benötigte.«

»Hat Sie das beunruhigt?«, fragte Tilda.

»Ja, und zwar insbesondere deshalb, weil wir uns nicht nahestanden. Ich konnte mir überhaupt nicht vorstellen, warum sie mich um Hilfe gebeten hatte.« Hadrian lächelte sie an. »Wie Sie sicher verstehen können, hat mich das sehr neugierig gemacht.«

Sie erwiderte sein Lächeln. »Das kann ich.« Ihre Miene wurde wieder ernst. »Sind Sie bereits von Teague befragt worden?«

»Er ist gerade mit der Durchsuchung von Chambers' Schlafzimmer beschäftigt«, antwortete Hadrian. »Ich habe ihm von meiner Verlobung mit Beryl erzählt.«

Ihr Blick bekam etwas Mitfühlendes. »Das ist Ihnen sicher nicht leicht gefallen. Ich bedauere sehr für Sie, dass diese alte Sache wieder ausgegraben wird.«

»Besonders seltsam daran ist, dass ich Chambers gestern Abend begegnet bin.«

Tilda ließ ihre Augenbrauen in die Höhe schnellen. »Wo war das?«

»Ich bin ihm in einem Club namens Arthur's über den Weg gelaufen. Dort bin ich zwar kein Mitglied, aber ein Kollege hatte mich dorthin eingeladen.«

»Haben Sie sich denn dort mit Chambers unterhalten?«

Hadrian rief sich ihr Zusammentreffen in Erinnerung. Dabei hatte er Unbehagen und Überraschung empfunden. Tilda hatte vollkommen recht. Diese Sache war nicht leicht, denn viel lieber würde er die Vergangenheit ruhen lassen. Damit war insbesondere das Kapitel gemeint, das Beryl und ihren Ehemann betraf. Da er Tilda jedoch bei ihrem Kennenlernen seine Gabe verheimlicht hatte, war ihm von ihr das Versprechen abgenommen worden, von nun an vollkommen ehrlich zu ihr zu sein.

Bei seiner Antwort verzog er das Gesicht. »Das würde ich so nicht beschreiben. Chambers hat mich quer durch den Raum angeschrien. Scheinbar ist er ein lärmender, geselliger Mensch, was er allerdings nicht gerade auf eine charmante Weise ist.« Nach Hadrians begrenzter Erfahrung war dieser Mann überaus unsympathisch.

»Sie mochten ihn nicht?« Für einen kurzen Moment schloss sie die Augen. »Entschuldigung. Natürlich weiß ich, dass Sie ihn nicht mochten, denn Sie hatten ihn ja mit ihrer damaligen Verlobten Beryl erwischt. *Selbstverständlich* mochten Sie ihn nicht.«

»Ich kannte ihn nur flüchtig«, presste Hadrian mit zusammengebissenen Zähnen hervor. »Wie die meisten Leute, einschließlich meines Kollegen Sir Godfrey Hammersmith, kam er mir außerordentlich nervtötend vor.«

»Was geschah, nachdem Chambers Sie angeschrien hat?«, fragte sie.

Hadrian rief sich die Begebenheit in Erinnerung und entschloss sich, seine Erzählung ganz von vorne zu beginnen. »Bei meiner Ankunft stand Chambers mit einigen anderen Herren im großen Empfangsraum. Sie unterhielten sich und tranken dabei etwas. Ich erkannte Chambers unverzüglich und hoffte gleich, einer Begegnung mit ihm entgehen zu können. Dann entdeckte Chambers mich aber doch. Er rief meinen Namen quer durch den Raum und schritt dann auf mich zu. Er wirkte nicht erfreut, mich dort zu sehen und verlangte von mir zu erfahren, was ich hier zu suchen hatte.« Hadrian fiel seine auflodernde Verärgerung wieder ein, die sich angesichts von Chambers' Verhalten eingestellt hatte. »Ich glaube, seine Worte waren: ›Was zum Teufel machen Sie in meinem Club?‹.«

Tilda verzog das Gesicht. »Das kann nicht sehr angenehm gewesen sein. Aus welchem Grund hat er Sie denn so rüde angesprochen?«

Hadrian zuckte mit den Schultern. »Das weiß ich wirklich nicht. Wir sind uns nur selten begegnet, und ich kann mich nicht erinnern, wann ich ihn das letzte Mal gesehen habe. Wir verkehren in unterschiedlichen Kreisen.«

»Ich kann mir nicht vorstellen, dass Ihnen nach seinem Verhalten gegenüber Ihrer Verlobten der Sinn danach steht, mit ihm zu verkehren«, bemerkte Tilda leise. »Was ist anschließend passiert?«

»Er war meines Glaubens betrunken«, bemerkte Hadrian. »Nach seiner unangenehmen Begrüßung meinte er, ich würde Arthur's nicht mögen und wäre in meinem selbstgefälligen Club für arrogante Schnösel eher zu Hause, da ich ja selbst einer sei. Sehen Sie mir bitte meine Ausdrucksweise nach, aber genau das waren seine

Worte. Dann kam einer der Gentlemen aus Chambers Gruppe hinzu und zog ihn mit sich. Sir Godfrey und ich sind danach zu einem anderen Teil des Clubs übergesiedelt.«

»Hatten Sie denn nicht den Wunsch, zu gehen?«, fragte Tilda.

»Das hatte ich schon, aber ich wollte Sir Godfrey noch nicht so rasch wieder allein lassen. Wir zogen uns nach oben in einen ruhigeren Raum zurück und tranken Portwein. Ungefähr eine Stunde nach meiner Ankunft verabschiedete ich mich. Glücklicherweise bin ich Chambers nicht wieder begegnet.«

»Teague wird von dieser Begegnung wissen wollen«, meinte Tilda. »Was war, nachdem Sie den Club verlassen hatten? Sind Sie denn direkt nach Hause gegangen?«

Hadrian kniff die Augen zusammen. »Nehmen Sie etwa an, ich sei noch woanders gewesen?«

»Ich denke, Sie sollten ein Alibi haben«, antwortete sie ruhig.

Unwillkürlich erschauderte Hadrian bei ihren Worten. »Sie glauben doch nicht, dass ich Chambers getötet habe.«

»Das glaube ich nicht, aber Sie haben ein Motiv.«

Die Alarmglocken schrillten nun in Hadrians Kopf und ließen ihn heiß und unruhig werden. »Welches Motiv?«

»Eifersucht. Rache. Vielleicht auch Wut darüber, auf welche Weise Chambers Sie im Club behandelt hat.«

»Ich bin schon schlechter behandelt worden«, konterte Hadrian mit einem Schnaufen. »Zudem bin ich weder eifersüchtig, noch habe ich einen Grund, mich zu rächen.«

Ein weiteres Mal trat Mitgefühl in Tildas Blick und das gefiel ihm überhaupt nicht. »Chambers hat Ihnen die Verlobte ausgespannt. Denn Sie haben die beiden in einer kompromittierenden Situation erwischt.«

»Das ist richtig, aber am Ende ist alles so gekommen, wie es kommen sollte«, gab er kühl zurück. Tilda behielt recht damit, dass es nicht leicht war, diese Sache wieder aufleben zu lassen. Ganz bestimmt wollte er nicht darüber sprechen.

»Waren Sie denn nicht ... untröstlich?«, fragte Tilda mit gerunzelter Stirn. »Sie müssen verzeihen, aber ich hatte gedacht, dass Sie Mrs. Chambers damals heiraten wollten, weil Sie sie geliebt haben.«

Hadrian seufzte. »Ist es wirklich vonnöten, das in allen Einzelheiten zu erörtern? Ich war nicht untröstlich. Ich war erleichtert. Jedenfalls, nachdem ich mich beruhigt hatte. Das Ganze hatte sich zu einer peinlichen Situation entwickelt.« Immer weniger konnte Hadrian nachvollziehen, warum Beryl diesem Chambers den Vorzug gegeben hatte.

»Ich verstehe. Nun, ich werde nicht weiter darauf eingehen, aber Teague könnte geneigt sein, der Sache tiefer auf den Grund zu gehen. Also sollten Sie darauf vorbereitet sein.«

Hadrian bewegte die Schultern, um seine Erregung abzuschütteln. »Sollten wir nicht Tee für Beryl holen?«

»Ja, kommen Sie. Wir sprechen mit der Köchin.« Sie ging ihm in die Küche voraus, wo drei Frauen um einen Tisch standen. Zwei der Frauen waren um die vierzig, und eine der beiden trug eine Schürze, während die dritte, die ein dunkelblaues Kleid anhatte, noch sehr jung war – jünger als Tilda.

Die Frau mit der Schürze bemerkte Hadrian und Tilda zuerst und sah sie an. Dann wurden auch die anderen beiden auf sie aufmerksam. »Kann ich Ihnen helfen?«, fragte die Frau in der Schürze.

»Das ist Miss Wren«, bemerkte die junge Frau. Auf ihrem dunkelbraunen Haar trug sie eine weiße Haube, und Hadrian vermutete, dass es sich bei ihr um das Dienstmädchen handelte.

Auf diese Enthüllung reagierten die anderen beiden Frauen kaum. Es war, als wüssten sie über Tilda Bescheid, ohne ihr jedoch bislang begegnet zu sein.

»Guten Morgen, Clara«, sagte Tilda mit einem kurzen Lächeln, als sie auf sie zuging. Hadrian folgte ihr. »Das mit Mr. Chambers tut mir leid.«

Das Dienstmädchen schlug den Blick nieder und die beiden anderen schauten sich an. In ihrem Schweigen schien eine ganze Menge Kommunikation enthalten zu sein.

Als keine etwas sagte, übernahm Tilda das Reden: »Mrs. Chambers hätte gern Tee.«

»Ich bringe ihn gleich hinauf«, erbot sich die Frau mit der Schürze. Sie holte eine Kanne vom Warmhalteofen.

Die andere ältere Frau – sie schien die Älteste der drei und war wahrscheinlich bereits fast fünfzig – trug ebenfalls eine weiße

Haube, die ihr streng frisiertes graumeliertes Haar bedeckte. Ihre braunen Augen musterten Hadrian und Tilda scharf und abschätzend. »Ich bin Mrs. Blank, die Haushälterin. Das ist Mrs. Dunning, unsere Köchin.« Nun lenkte sie ihre Aufmerksamkeit direkt auf Tilda. »Ich glaube, Sie haben Clara gestern schon kennengelernt.«

»Ja«, sagte Tilda mit einem Nicken. »Ich freue mich ebenfalls, Sie kennenzulernen. Das ist Lord Ravenhurst.«

Alle drei Bediensteten reagierten – einschließlich der Köchin, die gerade das Tablett aufgenommen hatte –, aber das junge Dienstmädchen zeigte bei weitem die deutlichste Reaktion. Kurz stand ihr der Mund offen, bevor sie ihn wieder zumachte und ihren Blick abwandte.

»Haben Sie seinen Namen schon einmal gehört?«, fragte Tilda.

Hadrian war keineswegs überrascht, dass Tilda auf die Reaktion des Dienstmädchens aufmerksam geworden war und sie nun befragte.

Clara nickte, aber es war die Haushälterin, Mrs. Blank, die das Wort ergriff. »Wir wissen, wer Seine Lordschaft ist.« Sie sah mit einem rätselhaften Blick zu Hadrian, der seine Neugier weckte. Was wussten diese Frauen?

»Hat Mrs. Chambers ihn erwähnt?«, hakte Tilda nach.

»Und Mr. Chambers«, antwortete Clara.

Mrs. Blank presste die Lippen zusammen, ohne jedoch einen Ton zu sagen. Die Köchin brummte, als sie mit dem Teetablett davon ging.

Jetzt war Hadrian noch neugieriger. Warum sprachen sie über ihn, Jahre nachdem Beryl beschlossen hatte, Chambers zu heiraten? Ihm war gar nicht wohl dabei, insbesondere, weil er in diese Situation verwickelt war.

»Mr. Chambers hat über Seine Lordschaft gesprochen?«, fragte Tilda. »Wie seltsam, da sie nicht befreundet sind.«

»Er hat ihn nur einige Male erwähnt«, murmelte Clara.

Der Butler betrat die Küche über einen Gang, der zur Vorderseite des Hauses führte. Er sah Hadrian und Tilda an. »Eure Lordschaft. Miss Wren.« Dann lenkte er den Blick auf das junge Dienstmädchen. »Clara, Sie sind an der Reihe, mit dem Constable zu sprechen.«

Clara holte tief Luft und kaute auf ihrer Lippe.

»Keine Sorge«, beschwichtigte Mrs. Blank. »Beantworte einfach seine Fragen.« Sie sah die junge Frau direkt an, und wieder hatte Hadrian das Gefühl, dass sie sich stillschweigend verständigten.

Das Dienstmädchen strebte raschen Schrittes auf die Tür zu, durch die der Butler eingetreten war, und verschwand im Flur.

»Der Constable hat Sie alle befragt?«, fragte Tilda.

»Ja«, antwortete Mrs. Blank. »Er fragt uns, ob wir irgendwelche Anzeichen für einen Einbruch bemerkt haben. Heute Morgen war aber alles in bester Ordnung. Mit Ausnahme von Mr. Chambers natürlich.«

»Es war nicht alles in Ordnung«, wandte Oswald ein. »Was ist mit dem fehlenden Küchenmesser?«

Hadrian wandte sich nun dem Butler zu und bemerkte, dass Tilda ebenso reagierte. »Es fehlt ein Messer?«, fragte Tilda.

»Mrs. Dunning hat das Fehlen des Messers heute Morgen bemerkt«, antwortete Oswald.

»Brauchen Sie etwas?«, fragte Mrs. Blank mit erwartungsvollem Blick.

»Nein. Wir wollten nur um den Tee bitten.« Tilda lächelte die Haushälterin an. »Wir lassen Sie in Ruhe.« Sie drehte sich um und neigte leicht den Kopf in Richtung der Tür zur Treppe, wobei sie Hadrians Blick auffing.

Er führte sie aus der Küche, und sie stiegen die Treppe zum Treppenabsatz im Erdgeschoss hinauf. Die Tür zum Wohnzimmer stand einen Spalt offen.

»Mir ist nicht entgangen, dass Sie die Bediensteten befragen wollten«, sagte Hadrian. »Ich bin sehr neugierig, warum Chambers nach all dieser Zeit mich erwähnt.«

Als sie sich nun zu ihm umdrehte, lagen ihre Gesichtszüge im Schatten, da nur eine einzige Kerze in einer Wandleuchte brannte. »Wir führen keine Ermittlungen durch. Ich wurde beauftragt, bei einer Scheidung unterstützend mitzuwirken. Das hat sich jetzt erledigt.«

»Aber wir sind ein gutes Team«, entgegnete Hadrian mit einem Lächeln. »So sehr hatte ich gehofft, wir hätten einen Grund, wieder zusammenzuarbeiten, und nun stehen wir hier am Tatort eines Mordes.«

Mrs. Dunning öffnete die Tür zum Wohnzimmer weiter und blieb stehen, als sie die beiden sah.

»Entschuldigen Sie uns«, sagte Tilda, als sie an der Köchin vorbei ins Wohnzimmer trat. Hadrian folgte ihr, und die Köchin ging in die Treppenhalle weiter.

Tildas Blick folgte den Bewegungen der Köchin. »Mrs. Dunning, ich habe gehört, dass eines Ihrer Messer abhanden gekommen ist.«

Die Köchin drehte sich um und kniff die Augen leicht zusammen. »Ja, aber ich habe es nicht benutzt, um Mr. Chambers zu töten. Ich habe bereits mit dem Constable gesprochen.« In ihrem Blick lag ein Hinweis auf eine gewisse Besorgnis.

»Wann haben Sie das Messer denn zuletzt benutzt?«, fragte Tilda.

»Gestern Morgen, als ich ein Perlhuhn geschlachtet habe. Ich habe das Messer gereinigt und zurück in den Block gesteckt. Heute Morgen war es weg.« Die Köchin legte die Hand auf die Hüfte. »Warum fragen Sie das?«

»Ich bin Ermittlerin«, sagte Tilda.

»Ich dachte, Sie ermitteln gegen Mr. Chambers, damit Mrs. Chambers die Scheidung einreichen kann.« Mrs. Dunning klang skeptisch.

»So ist es.« Tilda schenkte der Frau ein freundliches Lächeln ohne noch etwas hinzuzufügen. Die Köchin ging nach unten.

Hadrian schloss die Tür zum Treppenhaus für das Personal. »Haben Sie den Eindruck, dass die Bediensteten etwas verheimlichen?«

»Vielleicht. Sie scheinen sehr zurückhaltend – zumindest die Köchin und die Haushälterin.« Sie warf einen Blick auf Hadrians Hände. »Sie tragen keine Handschuhe. Haben Sie etwas Nützliches gesehen oder gefühlt?«

»Tatsächlich hatte ich eine Vision in Chambers' Schlafgemach.«

»Teague hat Sie dort hereingelassen?«, fragte sie.

»Nicht wirklich. Aber er benötigte Licht, um unter das Bett zu sehen, also reichte ich ihm eine Laterne.« Er machte sich nicht die Mühe, ihr von der Vision zu erzählen, die ihn dazu veranlasst hatte, aber er erzählte ihr, was er gesehen hatte, als er das Bett berührt hatte, einschließlich der Gefühle der Begierde, die diese Frau empfunden hatte.

Tildas Wangen färbten sich leicht rosa. »Wie seltsam, dass Sie solche Dinge empfinden mussten. Welche Hand von ihr haben Sie gesehen?«

Hadrian überlegte. »Die linke.« Diese Einzelheiten waren überaus wichtig und aufschlussreich, weshalb Tilda immer sehr darauf achtete.

»Trug sie einen Ring am Finger?«

»Nein.« Dann war es nicht Beryl. Sie trug einen Ehering an der linken Hand.

»Es war also nicht Mrs. Chambers. Ich hätte wirklich nicht auf sie getippt. Sie hat seit fast drei Jahren nicht mehr mit ihrem Mann geschlafen. Aber vielleicht haben Sie eine Erinnerung aus früheren Jahren gesehen. Wie wir wissen, ist das eine Möglichkeit.«

So war es tatsächlich, denn Hadrian hatte schon Erinnerungen gesehen, die mehr als dreißig Jahre zurückreichten. »Chambers *war* damals sowohl ein Frauenheld als auch grausam.«

»Mrs. Chambers glaubt, dass er eine Affäre hatte, und sie muss Ehebruch beweisen, um eine Scheidung zu erwirken.« Tilda warf einen Blick in Richtung Arbeitszimmer. »Nicht, dass sie noch eine Scheidung braucht.«

Wenn Hadrian als potenzieller Verdächtiger in Frage kam, dann auch Beryl. Sie war wahrscheinlich noch eher verdächtig als er. »Dass Beryl ihn umgebracht hat, glaube ich nicht.« Die Worte waren ihm einfach über die Lippen gekommen, ehe ihm aufging, was er da sagte.

Tilda sah ihn scharf an. »Warum nicht? Besonders tief scheint Ihre Bekanntschaft zu ihr ja nicht zu sein.«

»Früher kannte ich sie und mit einer Mörderin hätte ich mich niemals verlobt.«

»Ich bezweifle, dass Sie vorhatten, eine untreue Frau zu heiraten«, sagte Tilda ironisch.

»Da haben Sie auch wieder recht.« Das ärgerte ihn allerdings. »Beryl ist wohl nicht gerade ein Ausbund an Treue, aber sie ist keine Mörderin.«

Ein Mann trat aus dem Treppenhaus, das sie gerade verlassen hatten. Er warf einen Blick auf Tilda und Hadrian, doch er blieb nicht stehen. Allem Anschein nach hatte er es eilig und sein Gesicht war gerötet, als er in das Arbeitszimmer weiterging.

Hadrian tauschte einen Blick mit Tilda, ehe sie dem unbekannten Mann wortlos folgten.

»Wie ist er gestorben?« Seine Frage hatte der hochgewachsene, schlanke Unbekannte, dem das dunkle Haar in die Stirn fiel, an Teague gerichtet.

Beryl stand in der Nähe und rang nervös mit den Händen. »Das ist der Kammerdiener meines Mannes, Massey.«

»Wir müssen Ihnen einige Fragen stellen«, sagte Teague zu dem Kammerdiener.

»Ich muss zuerst Mr. Chambers sehen«, beharrte der Diener.

Beryl wollte ihn am Arm berühren. »Massey, er ist tot.«

Der Diener schüttelte ihre Hand ab und drehte den Kopf, um sie finster anzublicken. »Das freut Sie sicher sehr«, schleuderte er ihr mit verächtlich verzogenen Lippen entgegen.

Hadrian trat auf den Diener zu. »Ein solches Benehmen ist in diesem Moment nicht angebracht. Für uns alle ist dies ein trauriges und schockierendes Erlebnis.«

Massey musterte Hadrian von Kopf bis Fuß. »Wer zum Teufel sind Sie?«

»Ravenhurst«, antwortete Hadrian knapp.

Nun riss Massey die dunklen Augen weit auf und sein Kiefer erschlaffte kurz. »*Sie?*«

»Sind Sie mit dem Earl bekannt?«, fragte Teague mit interessierter Miene.

»Mr. Chambers hat berichtet, dass er Ravenhurst gestern Abend in seinem Club gesehen habe.«

Teague bedachte Hadrian mit einem zornigen Blick. »Sie haben Chambers gestern Abend gesehen?« Dann sah er wieder zu Massey. »Entschuldigen Sie, Massey, aber ich muss Lord Ravenhurst zuerst befragen.«

KAPITEL 3

Tilda beobachtete ein Zucken in Hadrians Auge, als das Wort »befragen« fiel. War Hadrian verärgert? Sie versuchte sich zu erinnern, ob sie ihn je richtig wütend gesehen hatte, doch ihr fiel nichts ein. Er hatte seine Gefühl in der Regel ausgezeichnet unter Kontrolle.

Teague wandte sich an Mrs. Chambers. »Haben Sie hier einen Raum, in dem ich Ravenhurst unter vier Augen sprechen kann?«

»Das Wohnzimmer. Es liegt neben der Eingangshalle«, schlug die Witwe vor.

Teague sah Hadrian an, nickte in Richtung Tür und meinte dann zu Mrs. Chambers: »Entschuldigen Sie uns bitte.« Dann wandte er sich an den Diener: »Massey, mit Ihnen spreche ich dann bei meiner Rückkehr.«

Hadrian warf Tilda einen Blick zu, ehe er dann das Arbeitszimmer mit Teague auf den Fersen verließ. Tilda ging den beiden nach. Als sie die Eingangshalle erreichten, drehte Teague sich zu ihr um und sah sie stirnrunzelnd an.

»Sie habe ich nicht aufgefordert, mitzukommen«, brachte Teague ziemlich verärgert hervor. Normalerweise war er ein angenehmer, freundlicher Mensch, zu dem Tilda und Hadrian ein gutes Verhältnis unterhielten. Sie hatten zusammen daran gearbeitet den Messerstecher zu finden, der Hadrian attackiert hatte.

»Trotzdem bin ich hier«, entgegnete Tilda mit einem vagen

Lächeln. »Haben Sie wirklich etwas gegen meine Anwesenheit einzuwenden? Wie Sie wissen, wird Hadrian mir alles erzählen, was Sie beide besprechen.«

»Also schön.« Teague nickte, und alle zusammen gingen sie dann ins Wohnzimmer.

Hadrian sah mit hochgezogener Augenbraue in Tildas Richtung. Obwohl er verärgert schien, war er mit seinem kantigen Kinn und den markanten Augenbrauen trotzdem noch sehr attraktiv. Lange, dunkle Wimpern umkränzten seine blauen Augen, um die ihn jede Frau – mit Ausnahme von Tilda – beneiden würde.

»Finden Sie meine Anwesenheit störend?«, fragte sie.

»Ganz und gar nicht. Wie Sie schon sagten, würde ich Ihnen ohnehin alles erzählen.« Damit wandte er sich dem Detective Inspector zu und sah ihn an. »Wie ich auch Teague alles erzählen werde, was er wissen will.«

»*Alles*«, betonte Teague. »Ich möchte alles wissen. Fangen Sie bitte damit an, wo und wann Sie Chambers gestern Abend gesehen haben. Machen Sie bitte sehr genaue Angaben.«

Hadrian schilderte die Ereignisse bei Arthur's fast genau so, wie er sie zuvor Tilda erzählt hatte.

»Haben Sie denn keinen Verdacht, aus welchem Grund Chambers sich Ihnen gegenüber so verhalten hat?«, fragte Teague, womit er Tildas Frage wiederholte.

»Ich habe nicht die geringste Ahnung.«

Teague grunzte. »Berichten Sie mir bitte von Ihrer Verlobung mit Mrs. Chambers und erklären Sie mir, warum Sie beide am Ende nicht geheiratet haben.«

Hadrian spannte den Kiefer an. »Vor vier Jahren waren wir verlobt. Dann habe ich Beryl auf einem Ball in Chambers' Armen erwischt. Konsequenterweise entschlossen wir uns, nicht zu heiraten, und sie hat dann Chambers zum Ehemann genommen.« Seine Stimme hatte etwas Abgehacktes. Tilda tat es für ihn leid, dass er diese Sache nun schon wieder zur Sprache bringen musste.

»Ich kann verstehen, warum Sie mir diese Einzelheiten nicht ohne Weiteres erzählt haben«, meinte Teague nun. »Trotzdem hätten Sie mich darüber informieren müssen.«

»Verzeihen Sie mir, wenn es mir widerstrebt, Ihnen darzulegen, wie ich betrogen wurde«, antwortete Hadrian eisig. »Ich möchte lieber nicht darüber sprechen.«

Teague sah ihn misstrauisch und abschätzend an. »Zurück zu gestern Abend: Was geschah, nachdem Sie den Club verlassen haben?«

»Mein Kutscher fuhr mich nach Hause. Wir kamen kurz vor Mitternacht an.«

»Ich oder einer der Constables muss mit ihm sprechen.«

»Er wartet draußen auf mich«, sagte Hadrian und deutete zum Fenster, das zur Straße hinausging.

Teague nickte. »Sind Sie anschließend zu Hause geblieben oder sind Sie noch einmal weggegangen?«

»Ich habe mich in mein Schlafgemach zurückgezogen.« Hadrian warf Teague einen strengen Blick zu. »Mein Kammerdiener kann das bestätigen.«

»Kann er auch bestätigen, dass Sie die ganze Nacht in Ihrem Schlafgemach verbracht haben?«, fragte Teague.

Hadrian presste die Lippen zusammen und machte einen bedrängten Eindruck. »Ich schlafe allein, also kann er das nicht bestätigen. Heute Morgen hat er mich um acht Uhr geweckt, und ich war noch in meinem Bett. Hilft Ihnen das weiter?«

Tilda konnte die Verärgerung und seinen Sarkasmus genau heraushören. Das fand sie zwar ganz und gar nicht hilfreich, doch sie sagte auch nichts dazu.

Teague hatte Hadrian während seiner Antwort aufmerksam beobachtet und bei dessen Frustration keine Reaktion gezeigt. »Hatten Sie seit ihrer Hochzeit irgendwelchen Kontakt zu Chambers – oder Mrs. Chambers?«

»Ich bin Beryl ein- oder zweimal begegnet, aber nur zufällig. Deshalb war ich einigermaßen schockiert, als ich gestern einen Brief von ihr erhielt, in dem sie mich um einen Besuch bat. Sie schrieb, es sei eine dringende Angelegenheit, und wenn ich sie je gemocht hätte, würde ich kommen.«

Tilda hatte er vorhin nicht über den Inhalt des Briefes informiert. Ihr war nicht bekannt, dass Mrs. Chambers zu Gefühlsausbrüchen neigte.

»Ich brauche den Brief«, verlangte Teague. »Ich nehme an, dass

Sie ihn noch haben?«

Hadrian nickte. »Ich werde ihn heute später am Tag zu Scotland Yard bringen, wenn Ihnen das recht ist.«

»Gerne, danke.« Teague betrachtete Hadrian einen Moment. »Sie haben also nach all dieser Zeit diesen Brief von Mrs. Chambers erhalten und sich entschlossen, hierher zu kommen. Bei Ihrer Ankunft haben Sie dann erfahren, dass ihr Ehemann verstorben ist.«

»Das ist unglaublich schockierend.« Hadrian warf Tilda einen Blick zu. »Ich war auch über die Nachricht überrascht, die ich von Tilda erfahren habe: Dass Beryl sich von ihrem Mann scheiden lassen wollte.«

Teague sah Tilda an. »Bisher habe ich mich noch nicht ausführlich mit Mrs. Chambers unterhalten, und wusste daher nichts davon. Woher haben Sie Kenntnis davon?«

»Ich arbeite für den Anwalt, den sie mit der Abwicklung der Scheidung beauftragt hat«, antwortete Tilda. »Gestern bin ich hierher gekommen, um Mrs. Chambers aufzusuchen.« Tilda gab nun einen genauen Bericht dessen, was sie am Vortag erfahren hatte. Dazu gehörten auch Beryls blaue Flecken, der verschwundene Schmuck und ihr Verdacht auf die Affäre, die ihr Mann wahrscheinlich hatte.

»Das ist alles sehr beunruhigend«, sinnierte Teague. »Chambers klingt nicht gerade wie ein ausnehmend umgänglicher Zeitgenosse.«

»Nein«, stimmte Tilda ihm zu. »Ich habe ihn gestern kurz getroffen, und er war äußerst unangenehm. Um den wahren Grund meines Besuchs zu verheimlichen, behauptete ich, dass ich gekommen sei, um bei der Renovierung der Innenräume zu helfen. Das brachte ihn richtig auf, und er behauptete, es sei überhaupt kein Geld dafür vorhanden. Auf dem Weg nach draußen prallte er mit Mrs. Chambers zusammen. Wenn das auch harmlos klingen mag, war sein Stoß sehr heftig. Ich glaube nicht, dass dies unbeabsichtigt war.«

»Mrs. Chambers ist ohne ihn besser dran, wage ich zu behaupten«, bemerkte Teague mit finsterer Miene. »Was sie zu einer Verdächtigen macht.«

Tilda antwortete nicht darauf, sondern sah zu Hadrian, dessen Miene etwas finster war. Sie wandte sich erneut an Teague und erklärte: »Ich habe bereits eine Liste der fehlenden Schmuckstücke in einigen Zeitungen veröffentlicht.«

»Bitte lassen Sie mich wissen, wenn Sie etwas erfahren«, bat Teague. »Ich bin Ihnen dankbar, dass Sie mir diese Informationen gegeben haben. Wie geht es jetzt mit Ihren Ermittlungen weiter?«

»Da für Mrs. Chambers eine Scheidung nun hinfällig ist, kann mein Auftrag hier als erledigt betrachtet werden. Einmal abgesehen von der Suche nach dem Schmuck. Das war eine separate Angelegenheit.«

Teague nickte. »Ich hatte schon die Befürchtung, dass Sie mir eröffnen würden, Sie hätten vor, den Mord an Chambers zu untersuchen.«

Das wünschte sich Tilda tatsächlich, aber sie konnte es sich nicht leisten, ohne Bezahlung zu arbeiten. »Dafür wurde ich nicht unter Vertrag genommen. Aber hätten Sie etwas dagegen?« Die Frage klang, als ginge sie davon aus, dass er etwas dagegen einzuwenden hätte.

»Als Kriminalinspector obliegt mir die Aufgabe, diese Ermittlungen zu führen«, sagte er. »Dieser Fall wird meine volle Aufmerksamkeit erhalten, bis ich den Mörder gefasst habe.«

»Das freut mich zu hören«, entgegnete Tilda mit einem Lächeln. »Herzlichen Glückwunsch. Die Metropolitan Police kann sich glücklich schätzen, Sie in dieser Position zu haben.«

Teague erwiderte ihr Lächeln. »Vielen Dank, Miss Wren. Wenn Ihnen noch etwas einfällt, was bei unseren Ermittlungen dienlich sein könnte, lassen Sie es mich bitte wissen.«

»Selbstverständlich. Ich bin sicher, Sie werden versuchen herauszufinden, ob Mr. Chambers eine Geliebte hatte und wenn ja, wer sie sein könnte. Sie sollten auch das Stoffgeschäft unter die Lupe nehmen, das er zusammen mit einem Mann namens Edgar Pollard eröffnen wollte.«

»Ich habe von dem Laden gehört«, sagte Teague. »Ich glaube, der Butler sagte, jemand solle seinen Partner benachrichtigen.« Er wandte sich an Hadrian. »Haben Sie noch etwas hinzuzufügen?«

Hadrian schüttelte den Kopf. »Ich habe Ihnen alles gesagt. Ich werde Ihnen Beryls Brief heute noch vorbeibringen.«

»Vielen Dank. Ich entschuldige mich für die Unannehmlichkeiten, die Sie durch diese Situation erdulden mussten. Ich wollte Sie nicht beleidigen.« Er wandte sich zur Tür. »Ich muss Massey befragen. Würden Sie bitte noch einen Moment warten, ich möchte einen Constable zu Ihrem Kutscher schicken.«

»Selbstverständlich«, antwortete Hadrian.

Teague ging, und Hadrian wandte sich an Tilda. »Bin ich jetzt ein Verdächtiger?«

»Das hat er nicht gesagt, aber er sammelt zumindest alle Informationen, die er bekommen kann, darunter natürlich auch Angaben zu Ihrem Alibi. Ich würde das Gleiche tun.«

»Was Sie aber unterlassen, weil dies nicht Ihre Ermittlung ist.« Hadrian musterte sie einen Moment lang. »Wünschten Sie sich, dass es Ihre Ermittlung wäre?«

»Es hat keinen Sinn, sich etwas zu wünschen«, sagte Tilda barsch – denn dies war beinahe ein Herzenswunsch. »Ich kann mir nicht leisten, ohne Bezahlung zu arbeiten, und Mrs. Chambers benötigt meine Dienste nicht mehr, um eine Scheidung zu erwirken.« Tilda runzelte leicht die Stirn. »Es ist günstig, dass ihr Ehemann verstorben ist. Ich habe zwar gehört, wie Sie versichert haben, dass Mrs. Chambers ihren Ehemann niemals umbringen würden. Trotzdem glaube ich, dass Teague seine Ermittlungen auf sie konzentrieren wird. So würde ich jedenfalls zunächst vorgehen.«

»In diesem Fall muss Mrs. Chambers jemanden an ihrer Seite haben, der die Wahrheit herausfindet. Sie müssen ermitteln. Ich werde Ihnen in ihrem Namen den Auftrag erteilen.« Hadrian hatte sie für ihre letzte Ermittlung engagiert, die als Suche nach dem Mann ihren Anfang genommen hatte, von dem er niedergestochen worden war.

»Sie können mich nicht ständig für Ermittlungen bezahlen.«

Hadrian zog eine dunkle Augenbraue in die Höhe. »Ist das nicht Ihr Beruf?« Sein Tonfall war von einer gewissen Ironie geprägt, und Tilda musste sich bemühen, nicht die Augen zu verdrehen.

»Das ist richtig. Beim letzten Mal hatten Sie allerdings ein persönliches Interesse, weil Sie um ein Haar umgebracht worden wären.« Tilda legte den Kopf schief. »Es sei denn, Sie haben auch an dieser Ermittlung ein persönliches Interesse?«

»So ist es. Jedenfalls, wenn Teague mich als Verdächtigen betrachtet.«

Tilda sah, wie der Constable durch die Eingangshalle ins Freie trat, wo er vermutlich Leach zu Hadrians Aufbruch vom Arthur's am Vorabend befragen wollte. »Der Constable ist gerade gegangen«, sagte sie.

Hadrian warf einen Blick zum Fenster. »Auch wenn ich für Teague nicht als Verdächtiger in Frage komme, stellt er trotzdem Nachforschungen zu meiner Person an.« Er sah Tilda an. »Genau deshalb möchte ich Ihnen den Auftrag erteilen, den Beweis zu erbringen, dass der Mord von einer anderen Person begangen worden ist.«

Daran konnte sie nichts auszusetzen finden, obwohl sie jetzt, da sie gute Freunde waren, von ihm kein Geld für ihre Dienste annehmen wollte. Andererseits konnte sie nicht abstreiten, dass sie diesen Mord unbedingt aufklären wollte – und fast ebenso wichtig war ihr, Sorge dafür tragen zu wollen, dass Hadrian durch die Ermittlungen nicht zu Schaden kam. Eine Mordanschuldigung wäre eine unangenehme Angelegenheit, und es war schon schlimm genug, dass er sich erneut mit seiner gescheiterten Verlobung befassen musste, die längst Vergangenheit war. »Meinen Sie es ernst damit, mich unter Vertrag zu nehmen?«

Er lächelte. »Gewiss. Sie sind jetzt offiziell mit dem Fall betraut. Wenn Sie einverstanden sind. Bitte sagen Sie zu.«

Tilda wollte sicherstellen, dass er wusste, worum er sie bat. »Was geschieht, wenn ich herausfinde, dass Beryl ihren Mann getötet hat?«

Er sah ihr mit einem durchdringenden Blick in die Augen. »Ich vertraue darauf, dass Sie die Wahrheit herausfinden werden, wie auch immer sie aussehen mag.«

Tilda war über diese Antwort erleichtert und nickte. »Einverstanden. Ich werde den Fall in Ihrem Auftrag untersuchen.« Er lächelte erleichtert, und sie wusste, dass sie die richtige Entscheidung getroffen hatte, indem sie ihm half. »Ich möchte versuchen, ob ich hier noch mehr herausfinden kann. Lassen Sie uns ins Arbeitszimmer zurückkehren.«

»Darf ich Sie begleiten?«, fragte er freundlich. Nun waren sie offiziell wieder in ihren Rollen, die sich während ihrer letzten Ermittlungen eingespielt hatten. Oder vielleicht nicht?

Tilda war schon auf dem Weg zur Eingangshalle, drehte sich aber noch einmal zu ihm um. »Wollen Sie mir wie bisher helfen?«

»Vielleicht wird Ihnen meine verfluchte Gabe dieses Mal nützen. Ich hoffe auch, dass ich mit meinem Verstand einen Beitrag zur Untersuchung leisten kann.«

»Beides ist nützlich«, antwortete Tilda, während sie sich zur Eingangshalle wandte. »Ich möchte noch mit Mrs. Chambers sprechen, bevor wir gehen. Ich muss mit ihr über den verschwundenen Schmuck sprechen und fragen, ob ich weiter danach suchen soll.«

Hadrian folgte ihr in die Eingangshalle. »Gehört dieser abhanden gekommene Schmuck jetzt zu der Mordermittlung?«

Tilda zögerte. »Ja, so ist es wohl.« Jetzt musste Tilda sich keine Sorgen mehr machen, ob Mrs. Chambers sie bezahlen würde. Da Hadrian nun die Ermittlungen finanzierte, würde das auch Tildas Suche nach den verschwundenen Erbstücken einschließen.

Als sie nebeneinanderher zum Arbeitszimmer gingen, war Tilda sich Hadrians Nähe bewusst. Sie nahm seinen Duft wahr, bei dem es sich um ein unverwechselbares Parfüm handelte, das er stets trug. Es war angenehm, aber sie war nicht in der Lage einzelne Duftnoten durch Riechen zu erkennen. Hadrian wäre aller Wahrscheinlichkeit dazu imstande, und das nicht, weil er sein Parfüm eigenhändig erstanden hat, sondern weil er eine Nase für solche Dinge hatte.

Sie *hatte* ihn vermisst, obwohl kaum eine Woche seit Abschluss ihrer letzten Ermittlung vergangen war. Nun ermittelten sie beide weiter. Es war einfach aufregend. Das konnte sie nicht leugnen.

Ihr Vater war Polizeisergeant gewesen und hatte kurz vor der Beförderung zum Kriminalbeamten gestanden, als er bei einem Einbruch ums Leben kam. Er hatte Tilda alles beigebracht, was sie über die Beobachtung von Situationen und Menschen wusste. Er hatte sie auch darin unterrichtet, wie man Probleme löst und Antworten findet. Sie wäre selbst zur Polizei gegangen, wenn sie die Möglichkeit dazu gehabt hätte.

Als sie das Wohnzimmer betraten, winkte Hadrian ihr, stehen zu bleiben. Er schlich sich zur Tür des Arbeitszimmers und bedeutete ihr, sich vor ihn zu stellen. Er legte den Finger an die Lippen und neigte den Kopf in Richtung Tür.

Tilda lauschte und sie konnte die Worte gut verstehen, die zwischen dem Diener und Teague gewechselt wurden.

»Mr. Chambers kam gegen Mitternacht aus seinem Club zurück«, gab Massey gerade an. »Ich habe ihn ausgekleidet und mich dann zurückgezogen. Ich hatte meinen regulären freien Abend. Alle zwei Wochen habe ich einen Abend für mich.«

»Warum waren Sie dann so spät hier?«, fragte Teague.

»Mr. Chambers wünscht, dass ich ihm beim Auskleiden und beim Wegräumen seiner Kleidung helfe. Im Gegenzug erwartet er nicht, dass ich vor Mittag zurückkehre.«

»Und wohin gehen Sie dann?«

Es folgte eine lange Pause, bevor der Diener antwortete. »Ist das wichtig?«

»Wir benötigen von allen ein Alibi.«

Es folgte erneut eine Pause, bevor Massey etwas sagte, das Tilda nicht verstehen konnte.

»Wie bitte?«, fragte Teague.

Massey sprach erneut, aber Tilda konnte immer noch nicht verstehen, was er sagte.

»Ich verstehe«, antwortete Teague langsam. »Für Ihre Sorge habe ich Verständnis. Ich bin nicht hier, um jemanden für ein anderes Vergehen, als den Mord an Ihrem Arbeitgeber zu bestrafen. Allerdings benötige ich möglicherweise den Namen des ... Etablissements, das Sie besucht haben, damit ich Ihr Alibi überprüfen kann. Ich werde den Namen später nicht in den Bericht aufnehmen. Als Sie gestern Abend das Haus verlassen haben, war Mr. Chambers da noch am Leben?«

Es folgte erneut Stille. Vielleicht hatte der Diener genickt.

»Verzeihen Sie mir die Indiskretion meiner nächsten Frage«, meinte Teague. »Wussten Sie, dass Mr. Chambers eine Affäre hatte?«

»Es steht mir nicht zu, solche Dinge zu bemerken.« Der Diener klang fast gleichgültig. »Ich weiß, dass Mr. Chambers in seiner Ehe unglücklich war und seine Frau ihm den Zugang zu ihrem Bett verweigert hatte.«

Das hatte Mrs. Chambers Tilda nicht erzählt. Allerdings musste sie die Möglichkeit in Betracht ziehen, dass ihre Klientin gelogen hatte.

»Sie haben keinen Verdacht, wer die Geliebte Ihres Arbeitgebers gewesen sein könnte?«, hakte Teague nach.

»Wie ich bereits sagte, schenke ich solchen Dingen keine Beachtung. Ich *kann nur* sagen, dass Mrs. Chambers eine Affäre hatte.«

»Sie wussten von ihrer Affäre, aber nicht von der ihres Ehemannes«, stellte Teague fest. Das klang nicht wie eine Frage. »Mit wem hat sie eine Affäre?«

»Ich bin mir nicht sicher.«

»Haben Sie einen Verdacht?«, hakte Teague nach.

»Mr. Chambers erwähnte oft die Untreue seiner Frau. Erst gestern Abend vermutete er, dass es wahrscheinlich Ravenhurst sei.«

Tilda hörte, wie Hadrian hinter ihr scharf Luft holte. Sie drehte den Kopf und warf ihm einen beschwichtigenden Blick zu.

»Hatte er irgendwelche Beweise für diese Behauptung?«, fragte Teague.

»Das hat er nicht gesagt. Sie haben nicht danach gefragt, aber es würde mich nicht überraschen, wenn Mrs. Chambers ihn getötet hätte.«

»Warum das?«

»Sie hat ihren Mann überhaupt nicht geliebt«, sagte der Diener verächtlich. »Sie haben sich häufig gestritten.«

»Worüber haben sie gestritten?«

»Meistens ging es um Geld. Mrs. Chambers ist sehr verschwenderisch. Ihre unüberlegten Einkäufe und Schulden waren für Mr. Chambers eine große Belastung. Er hat sie deswegen ständig kritisiert, woraufhin sie dann wütend wurde. Außerdem hat sie seine Investition in das Stoffgeschäft nicht unterstützt, was ihn verärgerte. Er war bemüht, ihre finanzielle Situation zu verbessern, indem er sich als Geschäftsmann versuchte.«

»Ich verstehe«, sagte Teague.

»Darf ich jetzt zu Mr. Chambers?«, fragte Massey mit einer hohl klingenden Stimme.

»Ja. Ich habe im Moment keine weiteren Fragen. Wir müssen die Leiche für die morgige Untersuchung mitnehmen. Sie können mich ins Schlafgemach begleiten, aber Sie dürfen *nichts* anfassen. Ist das klar?«

Der Constable, der nach draußen gegangen war, kehrte zurück. Er warf Tilda und Hadrian einen Blick zu, bevor er sie in das Arbeitszimmer begleitete.

Tilda trat von der Tür zurück, und Hadrian folgte ihr. »Nicht eine Sekunde glaube ich, dass ein Diener nicht weiß, wenn sein Arbeitgeber eine Affäre hat. Ich hatte noch nie einen Diener oder eine Kammerzofe, aber würden sie nicht wissen, wenn ihr Arbeitgeber jemanden, der nicht ihr Ehepartner ist, in ihrem Schlafzimmer empfängt? Und wir wissen, dass Chambers das getan hat, weil Sie es gesehen haben.«

»Es würde mich wundern, wenn ein Diener *davon nichts* wüsste. Das denke ich insbesondere deshalb, weil Massey weiß, was in diesem Haushalt zwischen seinem Arbeitgeber und dessen Frau vor sich geht.«

Massey schritt aus dem Arbeitszimmer, sein Blick fiel kurz auf Tilda und Hadrian, bevor er weiter ins Wohnzimmer ging. Tilda reckte den Hals, um ihn durch die offene Tür zum Treppenhaus für das Personal zu sehen.

»Sie sind noch hier«, sagte Teague und zog sie zu sich, damit sie sich zu ihm umdrehten, der in der Tür zum Arbeitszimmer stand. »Mein Constable sagt, Sie hätten wahrscheinlich mein Gespräch mit dem Diener belauscht.«

»Ich habe Mrs. Chambers gesucht«, sagte Tilda und ging bewusst nicht auf Teagues Bemerkung ein. »Ich muss mit ihr sprechen, um unsere Angelegenheit zu erledigen, bevor ich mich verabschiede.«

»Ich bin hier.« Mrs. Chambers trat ins Wohnzimmer. Sie hatte eine schwarze Schleife an ihrem Mieder befestigt.

»Sie haben den Vortritt«, meinte Teague. »Anschließend können Sie sich dann auf den Weg machen.« Er lächelte freundlich, aber Tilda entging nicht, wie gern er sie loswerden wollte, damit sie bei seinem Verhör nicht lauschte. Was sie zweifellos getan hatten und was Tilda bei Gelegenheit gerne wieder tun würde.

»Inspector, wissen Sie, wann die Untersuchung stattfindet?«, fragte Tilda. »Vermutlich wünschen Sie, dass Hadrian dabei ist.«

»Er wird vorgeladen werden«, bestätigte Teague. »Sie ebenfalls, da Sie Informationen darüber haben, dass Mrs. Chambers die Scheidung von ihrem Mann angestrebt hat. Der Untersuchungsrichter wird feststellen, dass Chambers ermordet wurde. Daran habe ich keinen Zweifel. Er wird auch eine Untersuchung durchführen, um uns bei der Aufklärung des Verbrechens zu unterstützen.«

»Muss ich auch dort erscheinen?«, fragte Mrs. Chambers mit leiser Stimme. Ihre Gesichtszüge waren von Sorge geprägt.

»Sie werden ebenfalls vorgeladen«, sagte Teague. »Sie sind sowohl Verdächtige als auch Zeugin.«

Mrs. Chambers' bernsteinfarbene Augen wurden groß und ihr Gesicht kreidebleich, ehe sie gleich darauf zu Boden sank.

KAPITEL 4

Hadrian eilte herbei, um Beryl noch aufzufangen, ehe sie auf dem Boden aufschlug. Er nahm sie in seine Arme und sah, dass ihre Wimpern bereits flatterten.

»Bringen Sie sie ins Wohnzimmer«, schlug Tilda vor.

»Das wollte ich nicht«, meinte Teague mit besorgter Miene.

Hadrian schritt mit seiner Last ins Wohnzimmer, wo er Beryl auf das Sofa bettete und ein Kissen zwischen ihren Kopf und die Armlehne schob. Sie war immer noch blass und ihre Lippen leicht geöffnet, während ihre langen, dunklen Wimpern sich auf ihrer elfenbeinfarbenen Haut fächerten.

Er hatte Mitleid mit ihr. Nicht nur, weil sie ihren Mann verloren hatte, was eine Tragödie war, sondern auch, weil sie offenbar von ihm misshandelt worden war. Er fragte sich ein weiteres Mal, ob sie bereute, dass sie Chambers den Vorzug vor Hadrian gegeben hatte.

Ein Teil von ihm hoffte, dass dem so war. Damals hatte ihr Verhalten ihn in Verlegenheit gebracht und verärgert. Er stellte fest, dass er nach all dieser Zeit ein weiteres Mal verärgert war, insbesondere, da er nun wusste, was für ein Schuft Chambers gewesen war. Sein Stolz war verletzt, weil Beryl einen Kerl wie Chambers ihm vorgezogen hatte.

Dann kam ihm allerdings wieder in Erinnerung, wie zufrieden er mit dem Ausgang der Angelegenheit gewesen war. Nachdem er Beryl und Chambers zusammen erwischt hatte, war er nicht mehr gewillt gewesen, sie zur Frau zu nehmen – das war zunächst aus Wut geschehen, doch dann war ihm klar geworden, dass er sie nie wirklich geliebt hatte. Aber Liebe war für Hadrian offenbar sehr wichtig.

Ehe er nun diesen Gedanken weiterspinnen konnte, schlug Beryl die Augen auf. Sie brauchte einen Augenblick, bis sie ihren Blick auf Hadrian richten konnte. »Was ist passiert?«

»Sie sind in Ohnmacht gefallen«, antwortete Hadrian.

»Soll ich das Riechsalz holen?«, erkundigte sich Tilda, als sie den Salon betrat. Ihr Blick fiel auf Beryl. »Das ist wohl überflüssig.«

Teague stand hinter Tilda und seine Besorgnis war ihm deutlich anzusehen. »Ist sie wohlauf?«

»Sie wird sich rasch wieder erholen«, antwortete Hadrian. »Wir kümmern uns um sie.«

Sichtlich erleichtert nickte Teague. »Bitte verzeihen Sie mir, Mrs. Chambers. Ich hätte eine zurückhaltendere Ausdrucksweise wählen sollen.«

»Danke«, raunte Beryl leise, ohne Teague anzusehen. Der Inspector nickte Hadrian zu und verließ dann den Raum.

Beryl versuchte sich aufzurichten. »Ist dieser Inspector wirklich des Glaubens, ich hätte meinen Mann ermordet?«

Hadrian half ihr, sich aufzusetzen, ehe er dann neben ihr Platz nahm. »Das hat er so nicht ausgedrückt. Er sagte nur, du wärst verdächtig.«

»Bitte versuchen Sie, sich nicht aufzuregen«, meinte Tilda. »Es ist normal, dass der Ehepartner einer ermordeten Person unter Verdacht steht.«

»Das kann stimmen, aber es ist trotzdem sehr beunruhigend.« Beryl rieb sich die Finger über die sorgenvolle Stirn. »Ich habe Louis nicht umgebracht.«

»Aber du wolltest dich von ihm scheiden lassen«, warf Hadrian ein.

Beryl drehte ihm ihr Gesicht zu. »Das hatte ich dir heute sagen wollen. Ich bin so froh, dass du gekommen bist. Ich war mir nicht ganz sicher, ob du meiner Aufforderung Folge leisten würdest.«

»Deine Nachricht hat an der Dringlichkeit keinen Zweifel gelassen.«

»Wohl eher an der Verzweiflung«, konterte Beryl mit einem Anflug von Humor.

»Warum hast du ausgerechnet an mich geschrieben?«, fragte Hadrian.

»Als Miss Wren mir den Vorschlag unterbreitet hat, mich nach einer anderen Unterkunft umzuschauen, um meine eigne Sicherheit zu gewährleisten, musste ich gleich an dich denken. Immer habe ich mich bei dir sicher gefühlt.« Beryl erwiderte Hadrians Blick mit einem zaghaften Lächeln. »An meine Eltern konnte ich mich nicht wenden. Seit meiner Heirat mit Louis hat es keinen Kontakt zwischen uns gegeben. Zwar habe ich eine Freundin, die ich schlimmstenfalls um Hilfe bitten könnte, aber sie greift mir bereits auf andere Weise unter die Arme.« Nun wanderte ihr Blick zu Tilda, die sich in einen Sessel gesetzt hatte, der dem Sofa gegenüber stand. »Woher kennt ihr beide euch denn?«

»Ich hatte Tilda für eine Untersuchung unter Vertrag genommen«, antwortete Hadrian. Im Augenblick wollte er nicht näher auf diese Frage eingehen. Zudem war er ein wenig unsicher, wie er Beryls Worte auffassen sollte. Er freute sich über ihr Geständnis, dass er ihr Sicherheit vermittelt hatte, doch das war eigentlich nicht seine Aufgabe – sie beide standen sich nicht nahe.

»Was für ein Zufall«, bemerkte Beryl.

»Tatsächlich«, murmelte Tilda. »Was meine Ermittlungen zur Unterstützung bei Ihrer Scheidung angeht, so sind diese ja nun hinfällig.«

»Das stimmt«, entgegnete Beryl und schüttelte den Kopf. »Noch kann ich nicht so recht glauben, dass ich frei bin.«

Hadrian war froh, dass Teague nicht hier bei ihnen war. Denn diese Bemerkung hätte er sicherlich falsch interpretiert.

Beryl nahm Tilda fest ins Visier. »Was ist mit meinem verschwundenen Schmuck? Diese Ermittlungen werden Sie doch fortsetzen, nicht wahr?«

»Ich habe die Liste der vermissten Schmuckstücke bereits in einigen Zeitungen veröffentlichen lassen. Hoffentlich meldet sich jemand mit Informationen bei Mr. Forrest.« Tilda hielt kurz inne.

»Warum nicht bei Ihnen?«, fragte Beryl. »Er hatte allem Anschein nach nicht geglaubt, ich würde meine Erbstücke zurückbekommen.«

»Ich habe ihn als Kontaktperson eingesetzt«, antwortete Tilda. »Denn ich habe kein eigenes Büro, um Informationen entgegenzunehmen.«

Hadrian fragte sich, ob Tilda dieses Büro eines Tages besitzen wollte.

»Bislang hatte ich noch keine Gelegenheit, mit meiner Freundin darüber zu sprechen, ob sie mir mehr Geld borgen kann«, meinte Beryl zu Tilda. »Nun, da Louis tot ist, kann ich Ihre Dienste wahrscheinlich aus der Haushaltskasse bezahlen«, meinte Beryl lächelnd und sie wirkte sehr erleichtert. Dann verzog sie ihr Gesicht jedoch zu einer Grimasse. »Ich weiß allerdings nicht, wie ich an diese Geldmittel herankomme. Vielleicht kannst du mir dabei behilflich sein, Hadrian?« Sie klimperte mit den Wimpern, und Hadrian spannte seinen Kiefer an.

»Ich werde dir helfen«, versicherte Hadrian ihr. Auf diese Weise könnte er sich einen Überblick über die finanzielle Situation von Chambers verschaffen, was für Tildas Ermittlungen sicher nützlich wäre.

Beryl atmete erleichtert auf. »Vielen Dank. Louis hat sich über unsere Finanzen ausgeschwiegen und ich bin nicht auf dem Laufenden. Es ginge mich nichts an, hat er immer gesagt. Er gab mir jedes Quartal ein bisschen Taschengeld, aber seit unserer Hochzeit ist der Betrag stetig gesunken, insbesondere in den vergangenen Monaten. Für diese Saison ist meine Garderobe völlig unzureichend. Es ist allerdings auch nicht so, als ob wir viele Veranstaltungen besuchen würden. Dennoch bin ich stets bemüht, mich von meiner besten Seite zu präsentieren.«

Beryl machte einen überaus modischen Eindruck. Hadrian warf einen Blick auf Tilda, deren Garderobe sträflich antiquiert war. Er hatte wirklich die Hoffnung, dass sie in dieser Angelegenheit nun eine Verbesserung herbeiführen konnte, denn sie und ihre Großmutter verfügten nun über ein wenig mehr Einkommen. Hadrian hatte dem Anwalt einen Geldbetrag anvertraut, der die Finanzen von Tildas Großmutter verwaltete, aber weder Tilda noch ihre Großmutter wussten davon. Tilda hätte dieses Geschenk von Hadrian niemals angenommen, insbesondere deshalb nicht, weil er sie bereits für ihre Ermittlungsarbeit entlohnt hatte.

»Jetzt brauche ich schwarze Kleider«, brachte Beryl sehr aufgeregt hervor, und ihre Gesichtszüge waren von Sorge gezeichnet. »Wie soll ich das bewerkstelligen, wenn ich das Haus nicht verlassen kann, da ich frisch verwitwet bin?«

»Vielleicht kann Ihre Freundin Ihnen eine Hilfe sein?«, schlug Tilda vor.

»Ich werde sie fragen. Sie wohnt nebenan – Mrs. Styles-Rowdon.« Beryl schüttelte den Kopf. »Man sollte meinen, es sei kein Problem für mich, neue Kleider zu bekommen, da mein Mann ein Stoffgeschäft eröffnet.«

Tildas Blick wurde ein wenig schmaler und scharfsinniger. »Sie haben wahrscheinlich einen Anteil an dem Geschäft, da Ihr Mann investiert hat.«

Ein Leuchten trat in Beryls Augen. »Das habe ich nicht bedacht. Ich weiß ehrlich gesagt nicht das Geringste über das Geschäft.« Beryl schüttelte den Kopf. »Louis wollte nicht, dass ich mich damit beschäftige. Ich fühle mich so dumm.«

Hadrian berührte sie sanft am Arm. »Sei nicht so streng mit dir selbst. Wir werden mit seinem Partner sprechen.«

Beryl entspannte sich daraufhin gleich wieder und lehnte sich mit dem ganzen Körper gegen die Rückenlehne des Sofas. »Danke, Hadrian. Ich bin dir so dankbar, dass du hier bist.« Sie sah Tilda an. »Und Ihnen auch, Miss Wren, oder darf ich Sie Tilda nennen, wie Hadrian? Wie glücklich ich mich schätze, dass ihr beide miteinander bekannt seid und mir mit vereinten Kräften helfen könnt.«

Tilda zog die Augenbrauen kurz hoch und warf Hadrian einen raschen Blick zu. Er fragte sich, ob sie beide den gleichen Gedanken hatten – dass Tilda *ihm* helfen wollte. Dennoch glaubte er nicht, dass Tildas Ermittlungen zum Ergebnis führten, Beryl als Mörderin ihres Mannes zu überführen. Seiner Vermutung nach half Tilda ihr auch in dieser Hinsicht.

»Das geht in Ordnung«, antwortete Tilda, vielleicht etwas angespannt. »Ich kann Ihnen am besten helfen, indem ich Informationen sammle. Können Sie mir über letzte Nacht noch etwas erzählen? Wann haben Sie Ihren Mann zuletzt gesehen?«

Beryl presste die Handflächen aneinander. »Beim Abendessen. Louis war in einer sehr unangenehmen Stimmung.« Sie warf Tilda einen beredeten Blick zu. »Sie haben ihn gestern ja selbst erlebt. So war er auch später noch, nur noch schlimmer.«

»Das muss schwierig gewesen sein«, sagte Tilda leise. »Wann ist er denn nach Hause gekommen? Zum zweiten Mal, will ich damit sagen.«

»Das war glaube ich gegen halb sieben«, antwortete Beryl nach kurzem Zögern. »In der Regel essen wir um acht zu Abend. Danach geht er in seinen Club oder wohin auch immer es ihn treibt. Er hatte sich zum Abendessen verspätet. Ich habe nichts dazu gesagt, aber er hat versucht, mich zu einem Streit zu provozieren.«

»Inwiefern?«, fragte Tilda.

»Seit er mit Mr. Pollard zusammenarbeitet, verspätet er sich häufig. Früher habe ich ihn darauf angesprochen, aber seit einigen Monaten unterlasse ich das, weil er sich nie entschuldigt hat und immer wütend wurde. Gestern Abend wollte er wissen, warum ich ihn nicht darauf anspreche. Er schien aufgeregter als sonst.«

Hadrian rief sich Chambers Verhalten von gestern Abend im Club in Erinnerung. »War er oft so aufgeregt?«

»In letzter Zeit war er gereizt, würde ich sagen. Es gab auch viele Abende, an denen er überhaupt nicht zum Abendessen nach Hause kam.« Beryl wandte ihren Blick von Tilda und Hadrian ab. »Das war ehrlich gesagt, ganz angenehm.«

»Ist beim Abendessen etwas vorgefallen?«, fragte Tilda.

Beryl schüttelte den Kopf und sah Tilda an. »Er sagte mir erneut, dass er keine Renovierung bezahlen würde, und fragte mich, warum ich überhaupt jemanden hierher bestellt hätte, um darüber zu sprechen. Ich entschuldigte mich und entgegnete, dass das nicht wieder vorkommen würde. Dann versuchte ich, ihn nach der finanziellen Situation zu fragen. Ich war sehr vorsichtig. Wenigstens habe ich es versucht. Ich fragte ihn, ob er eine zu hohe Investition in das Geschäft getätigt hatte.« Sie hielt inne, um Luft zu holen. »Da wurde er besonders wütend. Er sagte, das sei seine Angelegenheit, das ginge mich nichts an. Dann stürmte er hinaus.«

Tilda schrieb mit dem Bleistift in ihr Notizbuch und sah dann auf, wobei sie sich leicht nach vorne beugte. »Um wie viel Uhr war das?«

»Bevor der letzte Gang serviert wurde, also vor neun.«

»Und war das das letzte Mal, dass Sie ihn gesehen haben?«, fragte Tilda und kniff die Augen leicht zusammen. Ihr Gesichtsausdruck zeigte sowohl Interesse als auch Nachdenklichkeit. Hadrian hatte diesen Ausdruck schon oft bei ihr gesehen und wusste, dass sie jede Einzelheit von Beryls Erzählung aufnahm.

»Ja«, sagte Beryl mit einem Nicken. »Ich habe zu Abend gegessen, dann habe ich gebadet und bis kurz nach elf gelesen, bevor ich zu Bett gegangen bin. Clara weiß das sicher.«

»Haben Sie gestern Abend, nachdem Sie sich zurückgezogen hatten, irgendetwas Ungewöhnliches unten gehört?«, fragte Tilda.

»Der Inspector fragte mich, ob ich laute Geräusche oder vielleicht Schreie gehört hätte.« Beryl holte tief Luft und strich sich mit den Händen über den Rock. »Ich habe nichts gehört. Der Gedanke, dass jemand hier unten war ... und Louis *getötet* hat, wühlt mich so auf. Und ich habe die ganze Zeit geschlafen. Meist nehme ich ein Schlafmittel und schlafe wie eine Tote.« Sie verzog das Gesicht und murmelte: »Das war unglücklich ausgedrückt.«

Hadrian berührte erneut ihren Arm, aber diesmal ließ er seine Fingerspitzen einen Moment auf ihrem Ärmel ruhen. Da kam ihm der Gedanke, dass er ihre bloße Hand in seine nehmen könnte. Würde er etwas sehen oder spüren? Um das herauszufinden, gab es nur einen Weg.

Er ließ seine Hand ihren Arm hinuntergleiten und umfasste ihre Hand. Sie drehte ihr Gesicht zu ihm, ihre Augen waren jetzt offen. Sie wirkte überrascht, aber auch dankbar. Ihre Hand schloss sich um seine. Er bereitete sich darauf vor, eine Vision zu erleben oder etwas durch ihre Berührung zu spüren, aber es geschah nichts.

»Ich weiß, dass das sehr erschütternd ist«, beteuerte Hadrian. »Ich bedauere auch, dass du morgen alles noch einmal durchmachen musst.« Er versuchte, durch ihre Berührung etwas zu spüren, aber da war immer noch nichts, also ließ er ihre Hand los.

»Es wird die Mühe wert sein, wenn der Mörder dadurch ermittelt werden kann. Ich frage mich, ob ich etwas zu befürchten habe, wenn ich hier in diesem Haus bleibe.« Beryl sah Tilda an.

»Ich glaube nicht, dass Sie Angst haben müssen«, meinte Tilda entschlossen. »Wer auch immer Louis getötet hat, ist nach Verübung des Verbrechens wieder gegangen, ohne die anderen Personen zu belästigen, die sich ebenfalls im Haus befunden haben.«

Beryl schniefte. »Ich glaube, der Mörder muss ein Bekannter von Louis sein. Vielleicht war es sogar jemand, den *ich* kenne. Ich glaube, es könnte seine Geliebte gewesen sein, wer auch immer sie ist.«

»Sie sagten, Clara habe Louis in seinem Bett gefunden?«, fragte Tilda.

Beryl nickte. »Jeden Morgen nach dem Aufstehen nehme ich eine kleine Mahlzeit in meinem Zimmer ein – eine Tasse Tee und Toast oder etwas in dieser Art. Ich war gerade bei meinem kleinen Frühstück, als ich Clara schreien hörte. Sie geht jeden Morgen in Louis` Schlafzimmer, um den Kamin anzufachen oder die Kohlen zu schüren. Dort hat sie ihn gefunden. Als ich sie hörte, bin ich sofort nach unten gerannt.«

Tilda sah sie mitfühlend an. »Sind Sie in sein Schlafzimmer gegangen?«

»Ja. Der Butler und die Haushälterin waren auch da, ebenso wie die Köchin, Mrs. Dunning. Sie war es, die die arme Clara getröstet hat.«

»Ist das Ihr gesamtes Personal? Zusätzlich zu dem Kammerdiener Ihres Mannes?«, fügte Tilda hinzu. Als Beryl nickte, fuhr Tilda fort: »Haben Sie eine Zofe?«

»Ja, aber sie ist vor fast zwei Wochen gegangen.« Beryl verzog die Lippen zu einem kleinen Lächeln. »Louis meinte, Clara könne zusätzlich zu ihren anderen Arbeiten auch die Aufgaben einer Zofe übernehmen. Die Haushälterin hat ebenfalls zusätzliche Aufgaben übernommen, die Clara vor dem Weggang meiner Zofe erledigt hatte.«

Tilda zog ihre hellen Augenbrauen zusammen. »Warum hat Ihre Zofe – Farrow, hieß sie doch? – gekündigt?«

»Ja, Farrow. Das weiß ich nicht.« Beryl zuckte mit den Schultern. »Sie hat wirklich überraschend plötzlich gekündigt. Ich hatte keine Ahnung, dass sie mit dem Gedanken gespielt hatte, mich zu verlassen. Zum Glück hat sie damit bis zum Tag nach unserer letzten Dinnerparty gewartet. Trotzdem war es sehr rücksichtslos von ihr, ohne Vorwarnung zu kündigen.« Beryl sah Hadrian an. »Inwiefern ist denn der Grund wichtig, aus dem meine Zofe gegangen ist?«

Bevor er antworten konnte, meldete sich Tilda zu Wort. »Meines Erachtens ist es das Beste, so viele Informationen wie möglich zu sammeln. Dazu gehören auch Dinge, die vielleicht irrelevant oder unwichtig erscheinen.« Ein sanftes Lächeln huschte über ihre Lippen. »Wer hat die Polizei gerufen?«

»Das war Oswald, der Butler.«

Tilda runzelte kurz die Stirn, ehe sie dann tief Luft holte und ihre Gesichtszüge wieder glättete. »Ich habe eine Frage, die Sie vielleicht etwas beunruhigen wird, Mrs. Chambers, und ich entschuldige mich dafür. Sie sagten, Mr. Chambers habe Sie einer Affäre bezichtigt. Entspricht das zufällig der Wahrheit?«

Beryls Wangen färbten sich rosa. »Warum fragen Sie das?«

»Weil ich das wissen muss, auch wenn ich vermute, dass die Antwort *Nein* lautet.«

Beryl presste ihre Hände fester zusammen. »Louis war schrecklich, aber ich wäre niemals untreu.«

Das war sie aber doch gewesen. Und zwar mit Chambers, als sie mit Hadrian verlobt war. Sein Blick traf Tildas für einen kurzen Moment. Sie schien dasselbe zu denken.

Hadrian erkannte, dass Beryl nicht zu trauen war, selbst wenn sie das wollten. Beryl hatte ihre Untreue bereits vor langer Zeit unter Beweis gestellt, und es schein unwahrscheinlich, dass sich daran etwas geändert hat. Das brachte ihn auf die Frage, ob sie auch in anderer Hinsicht log.

Er warf einen Blick zur Tür und erwartete fast, Teague dort erwartungsvoll stehen zu sehen. Als er dann wieder zu Tilda sah, fragte er: »Sollten wir bald gehen?«

»Ja«, entgegnete sie mit einem Nicken.

Beryl legte ihre Hand auf seinen Ärmel. »Ihr dürft noch nicht gehen. Ich möchte noch einige Fragen zu der Untersuchung stellen.«

»Morgen früh können wir vor der Untersuchung hierherkommen«, schlug Tilda daraufhin vor. »Vielleicht können wir mit allen Teilnehmern aus diesem Haus sprechen und auch die Fragen beantworten, die Sie uns dann noch stellen wollen.«

Hadrian hatte den Verdacht, dass Tilda alle befragen wollte. Ihr Vorgehen während der Vorbereitung auf die Untersuchung war ziemlich clever.

Beryl entspannte ihre Gesichtszüge, doch ihre Haltung drückte noch immer Anspannung aus. »Das wäre sehr hilfreich, danke.« Sie sah die beiden ernst an. »Ich hatte gehofft, ich könnte dich bitten, ein paar Besorgungen für mich zu erledigen. Ich brauche einen schwarzen Hut und ein Paar schwarze Handschuhe. Könntest du die bei meiner Modistin besorgen? Flanders in der Regent Street.«

Tilda sah Hadrian an. Er zuckte mit den Schultern, als er Beryl antwortete. »Wir helfen dir gerne. Was ist die andere Besorgung?«

»Ich benötige mehr Schlaftonikum«, sagte sie fast schüchtern. »Ich brauche es fast jede Nacht und es steht zu befürchten, dass ich heute Nacht große Schwierigkeiten haben werde, einzuschlafen. Du musst zu meinem Apotheker Newbold in der Leicester Place gehen. Mrs. Styles-Rowdon hat ihn mir empfohlen. Der Mann ist ein bisschen sonderbar, aber sein Schlaftonikum wirkt bei mir Wunder. Ich habe dort ein Konto, ebenso wie bei Flanders«, fügte Beryl hinzu.

»Das können wir Ihnen besorgen«, antwortete Tilda freundlich. »Und später bringen wir alles wieder hierher zurück.«

Beryl sank sanft gegen die Rückenlehne des Sofas. »Vielen Dank.« Sie wandte ihren Kopf Hadrian zu. »Ohne dich hätte ich diesen Tag nicht überstanden.«

»Ich bin froh, dass wir in der Not helfen konnten.«

Beryl wandte sich an Tilda. »Ihnen auch vielen Dank. Sie werden Mr. Forrest bitte mitteilen, dass die Scheidung nicht notwendig ist?« Sie erhob sich, und Hadrian sprang ebenfalls auf.

»Das werde ich«, versprach Tilda, die gerade von ihrem Platz aufstand. »Ich hoffe, Sie können sich etwas ausruhen.«

Beryl verließ das Wohnzimmer.

Tilda sah Hadrian fest an. »Haben Sie etwas gesehen, als Sie sie berührt haben?«

»Nein. Ich wünschte, ich könnte diese verdammte Gabe begreifen, damit ich sie kontrollieren kann.« Er atmete tief aus. »Es tut mir leid, dass ich Ihnen heute nicht helfen konnte.«

»Schon gut«, entgegnet sie mit einem Lächeln. »Ich freue mich, dass Sie keine Kopfschmerzen zu ertragen haben.«

»Freuen Sie sich darauf, ihre Apothekerin und Modistin zu besuchen?«, fragte Hadrian.

Tilda verzog den Mund zu einem Lächeln. »Natürlich.«

»Sie können auch noch mit Leach sprechen, bevor wir uns verabschieden. Dann können Sie mein Alibi überprüfen«, fügte er hinzu.

»Das werde ich, aber ich weiß, dass Sie Chambers nicht getötet haben.«

»Danke«, sagte er leise, denn er wusste ihr Vertrauen in ihn wirklich sehr zu schätzen.

»Ich kann nicht glauben, dass ich Ihre Kutsche übersehen habe, als ich angekommen bin«, bemerkte Tilda gerade, als sie zur Eingangshalle gingen.

»Leach ist vielleicht noch eine Runde gefahren, um die Pferde in Bewegung zu halten. Sind Sie bereit?«

»Ja.« Hadrian zog seine Handschuhe aus der Tasche und streifte sie über. Er öffnete die Tür, und sie traten in den kühlen Märztag hinaus.

Der Kutscher neigte den Kopf in Tildas Richtung. »Guten Morgen, Miss Wren. Es freut mich, Sie zu sehen.«

»Ich freue mich auch, Sie zu sehen, Leach«, antwortete sie mit einem Lächeln.

Hadrian war darauf erpicht, sein Alibi bestätigen zu lassen. »Leach, wann haben Sie mich gestern Abend vom Club nach Hause gefahren?«

»Kurz nach elf, Mylord. Genau wie ich es dem Constable gesagt habe.«

»Und wir sind direkt nach Hause gefahren«, sagte Hadrian und warf Tilda einen Blick zu.

Leach sah ihn an, als hätte er sich wieder den Kopf gestoßen. »Ja. Das habe ich dem Constable auch gesagt.«

Hadrian lächelte Tilda an. »Zufrieden?«

»Ja, aber ich habe Ihnen ohnehin geglaubt.«

»Es tut mir leid, dass der Ehemann Ihrer Freundin verstorben ist«, sagte Leach besorgt.

»Sie werden mehr über diese unglückliche Situation erfahren, da Miss Wren Ermittlungen anstellen wird und ich sie erneut unterstützen werde.«

»Ich kann nicht sagen, dass es mir leidtut, mehr von Miss Wren zu sehen«, meinte Leach daraufhin und lächelte Tilda warm an, während er die Tür zur Kutsche öffnete.

»Vielen Dank, Leach, das ist sehr freundlich von Ihnen.« Tilda stieg ein.

»Tilda, würde es Ihnen etwas ausmachen, wenn wir bei Ravenhurst House vorbeifahren, um den Brief abzuholen, den Beryl mir geschickt hat?«

»Aber natürlich nicht«, antwortete sie.

Hadrian wies Leach an, sie erst zum Ravenhurst House und dann zum Apotheker am Leicester Place zu fahren, und stieg dann in die Kutsche. Tilda hatte den vorderen Sitz eingenommen, worauf er bei ihrer ersten Begegnung bestanden hatte. Erfreut stellte er fest, dass sie das nicht vergessen hatte.

Während Hadrian sich an die Rückenlehne lehnte, genoss er das angenehme Gefühl, mit Tilda zusammen zu sein. Er freute sich sehr, wieder mit ihr zusammenzuarbeiten.

»Wir sind wieder Partner bei der Ermittlung«, sagte er.

Sie neigte den Kopf. »Das sind wir in der Tat, auch wenn es mir leidtut, dass es notwendig ist. Ich wünschte wirklich, Sie wären in diese Situation mit Mrs. Chambers nicht hineingezogen worden.«

»Sie können sie genauso gut Beryl nennen, da sie Sie Tilda nennt«, bemerkte er ironisch. »Ich gebe zu, ich wünschte auch, ich wäre nicht in diese Angelegenheit verwickelt worden. Ich war ganz zufrieden damit, Beryl und ihren Mann nicht mehr sehen oder mit ihnen zu tun haben zu müssen.«

»War es schrecklich für Sie, als die Verlobung aufgelöst wurde?«

»Wenn Sie mich nach dem Skandal fragen, den das zur Folge gehabt hatte, dann lautet die Antwort Ja. Obwohl es viel schlimmer hätte kommen können. Niemand hat von ihrer Umarmung auf dem Ball gewusst. Wie durch ein Wunder war ich offenbar der einzige Zeuge.«

Tilda neigte den Kopf. »Warum gab es dann einen Skandal? Ich bin nicht sehr versiert in gesellschaftlichen Angelegenheiten.«

»Weil wir die Verlobung aufgelöst haben. Das ist normalerweise nicht üblich. Sobald ein Paar verlobt ist, darf es sich näherkommen, und der Ruf einer Frau kann darunter leiden.«

»Natürlich würde nur die Frau darunter leiden«, gab Tilda mit einem leisen Schnalzen mit der Zunge von sich. »Ich kann mir nicht vorstellen, dass Beryl davon unberührt geblieben ist?«

»Da sie geheiratet hat, ist es ihr besser ergangen als den meisten Frauen.«

»Sind diese Frauen dann ruiniert?« Tilda machte ein Geräusch in ihrer Kehle, das eher undamenhaft war. »Wie schrecklich, dass eine Frau – oder ein Mann – seine Meinung nicht ändern kann. Es ist doch bestimmt besser, das vor der Hochzeit zu tun als hinterher.« Sie runzelte die Stirn. »Ich hoffe, es war nicht allzu anstrengend für Sie. Ich werde mein Bestes tun, damit Sie nicht in einen weiteren Skandal verwickelt werden.« Als ihr Blick den seinen traf konnte er ihre Entschlossenheit deutlich darin erkennen.

Sein Puls beschleunigte sich. »Vielen Dank.«

»Ich werde alles in meiner Macht Stehende tun, um diesen Fall so schnell und so diskret wie möglich aufzuklären.«

»Wenn es jemanden gibt, der dazu imstande ist, dann Sie.«

KAPITEL 5

Tilda blieb in der Kutsche sitzen, während Hadrian rasch ins Ravenhurst House eilte, um Beryls Brief für den Inspector zu holen. Hadrians Residenz war atemberaubend groß. Zwar hatte sie ihn schon einmal hier besucht und sich bemüht, nicht zu sehr über die Pracht seines Anwesens zu staunen. Das Haus lag ein wenig zurückgesetzt von der Straße und besaß eine strahlend weiße Fassade mit sechs Säulen und einen gepflegten Garten in dem herrliche Narzissen blühten, die Tilda sehr gefielen.

Das Bild, das sich ihr hier bot, erinnerte sie schmerzlich an den Unterschied zwischen ihren sozialen Schichten, wie auch ihre Unterhaltung in der Kutsche vor ihrer Ankunft hier. Tilda hatte nicht nach den Einzelheiten des Skandals um seine aufgelöste Verlobung gefragt, aber sie konnte sich das viele Gerede nur zu gut vorstellen, das es darum gegeben hatte. Hatte dieses Erlebnis einen Einfluss auf seine Arbeit oder sein gesellschaftliches Leben genommen? War er aus seinem Club ausgeschlossen worden? Möglicherweise war sogar eine Notiz darüber in der Zeitung erschienen. Oder in mehreren Zeitungen.

Es musste schrecklich sein, wenn das eigene Leben so in den Mittelpunkt geriet. Als sie ihm erklärt hatte, den Fall so schnell wie möglich lösen zu wollen und den Skandal in Schach zu halten, war das ihr vollkommener Ernst gewesen. Sie wollte nicht daran denken, welche Folgen es haben könnte, wenn publik würde, dass Scotland

Yard den Earl of Ravenhurst als Verdächtigen in einem Mordfall ausgerechnet des Mannes betrachtete, der ihm seine Verlobte abspenstig gemacht hatte.

Hadrian kehrte zur Kutsche zurück und reichte ihr ein gefaltetes Stück Pergament. »Möchten Sie es lesen?«

»Das möchte ich gern.« Tilda öffnete den Brief und las die kurze Nachricht, die mit einer unsteten Handschrift niedergeschrieben worden war.

Mein lieber Hadrian,

Beryls Verwendung von »mein lieber« ließ Tilda mit den Augen rollen.

Ich hoffe, dieser Brief erreicht Dich bei guter Gesundheit. Sicher bist Du über den Erhalt dieses Briefes von mir überrascht, aber ich wusste nicht, an wen ich mich sonst wenden sollte. Ich benötige unbedingt Deinen Rat und vielleicht auch Deine Hilfe in einer dringenden Angelegenheit. Bitte besuche mich morgen. Wenn ich Dir jemals etwas bedeutet habe, wirst du kommen.
Liebe Grüße
Beryl

»Ich bin nicht überrascht, dass Sie Ihrer Bitte Folge geleistet haben«, meinte Tilda, als sie den Brief zusammenfaltete und ihm zurückgab. »Das klingt überaus verzweifelt.«

Hadrian schob den Brief in die Innentasche seines Fracks, die sich direkt über seiner Brust befand. »Diesen Ausdruck haben Sie vorher schon verwendet.«

»Es überrascht mich, dass Sie keinen Groll gegen Beryl hegen, denn sie hat Sie in diese Sache mit hineingezogen.«

»Sie konnte nicht wissen, dass ihr Mann getötet werden würde. Außerdem bin ich froh, dass ich aufgrund dieser Umstände mit Ihnen zusammenarbeiten kann.«

Tilda spürte eine besondere Art der Hitze in ihrem Bauch aufsteigen. Sie schaute aus dem Fenster und versuchte, keinen Gedanken an die immer tiefer werdende Verbindung zwischen ihr und Hadrian zu denken.

Stattdessen ging sie auf seine Bemerkung ein, dass Beryl zu dem Zeitpunkt nichts von der Tötung ihres Mannes gewusst haben konnte. »Wie wäre es, wenn Beryl bereits gewusst hätte, dass ihr Mann sterben würde?«

»Weil sie geplant hatte, ihn umzubringen?«, fragte Hadrian.

Tilda sah ihn an. »Das ist nicht unmöglich. Es ist auch nicht auszuschließen, dass sie Ihnen diesen *verzweifelten* Brief geschrieben hat, um Sie – als einen potenziellen Verdächtigen – in die Sache mit hineinzuziehen.«

Hadrian holte tief Luft. »Dieser Gedanke gefällt mir nicht, aber möglich ist das.«

»Derzeit müssen wir alles für möglich halten«, meinte Tilda sanft.

Eine steile Falte grub sich in seine Stirn. »Hoffentlich schließt mich das als Mörder aus.«

»Nein, das ist wahrscheinlich nicht anzunehmen.« Tilda konnte ihn nicht als Mörder sehen. Mit welchem Recht durfte sie ihn aber aufgrund des vermeintlichen Wissens, das sie über ihn hatte, als Verdächtigen ausschließen, während er das gleiche Recht für eine Person, die er einmal gut kannte und die ihm etwas bedeutet hatte, nicht in Anspruch nehmen durfte?

Kurz darauf erreichten sie den Leicester Place. Leach öffnete die Tür, Hadrian stieg aus und war Tilda dann behilflich, bis diese sicher auf dem Bürgersteig stand. Sie befanden sich vor der Apotheke.

Sie wirkte klein und ein wenig schmuddelig. Das Schaufenster hätte eine gründliche Reinigung vertragen können, was auch für das Schild mit der Aufschrift »*F. Newbold, Apotheker*« galt.

Hadrian öffnete die Tür und er ließ ihr den Vortritt in den schummrigen Innenraum. Eine Theke erstreckte sich über den gesamten Laden. Dahinter waren Regale voller Flaschen in verschiedenen Größen und Formen zu sehen. Als Tilda die Etiketten betrachtete – wenigstens diejenigen, die sie entziffern konnte –, bemerkte sie, dass neben Medikamenten auch Gifte verkauft wurden, was nichts Ungewöhnliches war.

Ein kleiner, dürrer Mann kam mit schlurfenden Schritten aus dem hinteren Teil des Ladens. Das schüttere, weiße Haar zog sich wie ein Kranz um seinen Schädel, während er oben kahl war.

»Guten Tag, sind Sie Mr. Newbold?«, fragte Hadrian.

»Ja«, antwortete der Apotheker. »Kann ich Ihnen behilflich sein?«

»Das ist meine Hoffnung«, entgegnete Hadrian freundlich. »Ich bin gekommen, um ein Schlafmittel für meine Freundin, Mrs. Louis Chambers, abzuholen. Ich bin Lord Ravenhurst.«

Newbolds Nasenflügel blähten sich, dann warf er einen Blick auf Tilda. »Sind Sie Lady Ravenhurst?«

»Nein«, antwortete Tilda schnell. Sie wollte nicht für eine Ehefrau gehalten werden – nicht einmal für Hadrians. Noch wichtiger war ihr, dass sie niemandes Ehefrau *sein* wollte. »Ich bin ebenfalls eine Freundin von Mrs. Chambers. Wir sind in ihrem Auftrag gekommen, denn sie ist verhindert, weil sich eine schreckliche Tragödie ereignet hat.« Damit sah sie zu Hadrian, damit er dem Apotheker die schlimmen Neuigkeiten mitteilen konnte.

Dieser lenkte den Blick erwartungsvoll zu Hadrian.

»Ich bedauere, Ihnen dies sagen zu müssen, aber Mr. Chambers ist verstorben«, brachte Hadrian mit grimmiger Miene hervor. »Mrs. Chambers benötigt das Tonikum, damit sie heute Nacht ruhig schlafen kann.«

Die Falten in Newbolds Gesicht gewannen an noch größerer Tiefe. Er schüttelte den Kopf. »Wie entsetzlich für Mrs. Chambers. Bitte richten Sie ihr mein Beileid aus. Ich habe das Tonikum, das sie bevorzugt, gleich hier.« Er schlurfte zu einem Regal und rückte einen Hocker zurecht, damit er darauf steigen und die Flasche erreichen konnte. Dabei handelte es sich um eine von vielen gleich aussehenden Flaschen. Angesichts der großen Anzahl im Vergleich zu anderen Artikeln würde Tilda schätzen, dass das Tonikum ein beliebtes Produkt war.

Newbold kehrte zum Tresen zurück und stellte die Flasche vor Hadrian hin. »Werden Sie das bezahlen?«

»Mrs. Chambers hat uns wissen lassen, dass sie hier bei Ihnen ein Konto hat«, sagte Hadrian. »Können Sie dies auf ihre Rechnung setzen?«

»Gewiss«, entgegnete Newbold schroff, der von dieser Bitte offensichtlich nicht erfreut war.

»Lord Ravenhurst hat dies erfragt, weil wir Grund zu der Annahme haben, dass Mrs. Chambers eventuell Schulden bei Ihnen hat«, meinte Tilda mit einem freundlichen Lächeln. »Vielleicht könnten Sie uns die Höhe mitteilen, damit wir dann Mrs. Chambers informieren können.« Tilda war neugierig, wie viel Geld Beryl schuldete.

Die Nasenflügel des Apothekers blähten sich. »Das hat Sie nicht zu interessieren. Meine Kunden vertrauen auf meine Diskretion.«

»Ich unterstütze Mrs. Chambers bei der Verwaltung ihrer Finanzen«, warf Hadrian ein. Er sprach mit Autorität und seine Stimme klang nun ganz so wie die eines Earls. »Sicher verstehen Sie, was für eine Tragödie dies für die arme Mrs. Chambers ist und wie erschüttert sie darüber ist. Wir sind lediglich bemüht, ihr auf jede erdenkliche Weise zur Seite zu stehen.«

»Ich werde ihr eine Rechnung zusenden und dann kann sie selbst entscheiden, wem sie diese Information anvertrauen möchte«, beharrte Newbold hartnäckig.

Hadrian nahm die Flasche Tonikum an sich. »Das wäre sehr hilfreich. Vielen Dank, Mr. Newbold.«

»Vielen Dank«, meinte Tilda ebenfalls zum Abschied, ehe sie Hadrian aus dem Laden folgte.

Sobald beide draußen auf dem Bürgersteig standen und die Tür ins Schloss gefallen war, warf Tilda einen finsteren Blick auf die Apotheke. »Beryl hat ihn mit ‚sonderbar‘ treffend beschrieben.«

»Tatsächlich. Das hat sie. Ich bedauere, dass Sie nichts herausgefunden haben.«

»Hoffentlich ist unser Besuch bei der Modistin ergiebiger«, meinte sie, als sie beide sich auf den Weg zur Kutsche machten.

Hadrian gab Leach die Adresse der Modistin in der Regent Street, und schon waren sie wieder unterwegs. »Auf Chambers finanzielle Lage bin ich schon ganz gespannt«, meinte er nun. »Hatte er wirklich finanzielle Schwierigkeiten oder hat er nur die Ausgaben seiner Frau im Rahmen halten wollen?«

»Um sie zu kontrollieren, meinen Sie?«, fragte Tilda, denn sie hatte den Verdacht, dass dieses Verhalten zu dem Mann passte, dessen Bekanntschaft sie am Vortag gemacht hatte.

»Entweder trifft das zu oder Beryl *ist* eine Verschwenderin, wie der Kammerdiener behauptet hat.«

»Beides könnte zutreffen«, bemerkte Tilda. »Meines Erachtens können wir wohl nur mit Sicherheit sagen, dass ihre Ehe unglücklich war. Gestern hatte ich Gelegenheit, das selbst mitzuerleben. Er richtete harsche Worte gegen Beryl, und sie tat es ihm gleich, wenn auch weniger heftig. Als er dann den Raum verließ, kam er an Beryl vorbei und stieß sie mit dem Arm an. Ich glaube nicht, dass er ihr dabei einen Schmerz zugefügt hat, aber es war eindeutig eine körperliche Warnung. Angesichts dessen und der blauen Flecken an Beryls Armen glaube ich ihr ohne Schwierigkeiten, dass er ihr gegenüber gewalttätig geworden war.«

Hadrian machte ein finsteres Gesicht. »Ich hasse den Gedanken, dass diese Ehe so für sie enden musste, nachdem sie ihm den Vorzug vor mir gegeben hatte.«

»Aber Sie waren doch auch erleichtert, dass Beryl diese Entscheidung getroffen hatte«, gab Tilda zu bedenken.

»Ja. Das war ich und genau das stimmt mich ein wenig unruhig, denn mit mir wäre sie besser dran gewesen.« Hadrian lehnte sich gegen die Rückenlehne zurück.

»Was hat Sie anfangs zu ihr hingezogen?« Tilda gab nun ihrer Neugier nach, die schon während ihrer Unterhaltung auf dem Weg zum Ravenhurst House angestachelt worden war. Dann befürchtete sie jedoch, dass sie vielleicht zu aufdringlich sein könnte. »Sie müssen diese Frage nicht beantworten. Mir ist bewusst, wie unangenehm es Ihnen wahrscheinlich ist, über diese Zeit zu sprechen.«

»Es ist nicht unangenehm, aber vielleicht ist es ein bisschen peinlich, so wie ich mich vorhin gegenüber Teague gefühlt habe. Bei Ihnen stört mich das allerdings nicht im Geringsten.« Nun begegneten sich ihre Blicke, und Tilda war ein weiteres Mal von dieser ungewöhnlichen Wärme überrascht. Wann würde sie aufhören, davon überrascht zu sein?

»Ich bin mir nicht ganz sicher, ob ich einem Menschen helfen könnte, der mich einmal so schlecht behandelt hat.« Wenn anstatt Hadrian Tilda verlobt gewesen wäre und dieser Verlobte, eine Affäre mit einer anderen Frau gehabt hätte, würde sie wütend auf ihn sein, und sie bezweifelte, dass diese Gefühle im Laufe der Zeit verblassen würden.

Hadrian zuckte mit den Schultern. »Ich habe Beryl auf einem Ball kennengelernt. Damals war sie eher als ein Mauerblümchen zu beschreiben. Ich hatte mir vorgenommen, bei solchen Anlässen immer mit einer oder zweien dieser Mauerblümchen zu tanzen. Ehrlich gesagt waren diese Frauen meist weitaus interessanter als die jungen Ladys, die sich größerer Beliebtheit erfreuten. Ich mochte Beryl, denn sie wirkte so aufrichtig. Ihr kam die Londoner Gesellschaft einschüchternd vor, aber sie wollte ihre Eltern stolz machen, indem sie eine gute Partie heiratete.«

»Sie ist auch sehr hübsch«, bemerkte Tilda.

»Ja. Ich muss gestehen, dass ich in der Regel ein Auge für attraktive Frauen habe«, meinte er sarkastisch.

Tilda fragte sich nun, ob Hadrian sie auch als eine solche betrachtete. Diesen Gedanken verwarf sie jedoch schnell wieder. Warum sollte sie daran interessiert sein, das er sie attraktiv fand? Das würde ihre Beziehung nur verkomplizieren. Es war allerdings nicht von der Hand zu weisen, dass sie ihn umwerfend attraktiv fand.

»Beryl war jung«, fuhr Hadrian nun fort, »und ihre Familie drängte sie zu einer Heirat mit mir, glaubte ich. Nie hat sie behauptet, mich zu lieben, und ich sie auch nicht, also waren wir kein romantisches Paar. Sie hat mir aber gesagt, dass sie Chambers liebte, und deshalb tut sie mir so leid. Sie hat aus Liebe geheiratet, und dann ist es für sie so schlecht ausgegangen.«

Das war ein weiterer Beweis dafür, dass die Ehe ein Risiko war, und die gesetzten Erwartungen oft nicht erfüllt wurden. Tilda freute sich für Hadrian, weil er diesem Risiko entkommen war. Zudem bewunderte sie seinen Willen, der Frau zu helfen, die ihm erhebliche Schwierigkeiten bereitet hatte. »Sie sind ein überaus großherziger Mann.«

Die Kutsche hielt an, und als Tilda aus dem Fenster sah, erkannte sie, dass sie vor Flanders' Millinery standen. Zusammen entstiegen sie der Kutsche und betraten das Geschäft, das viel größer als die Apotheke war. Es war auch erheblich besser hergerichtet, und in den Schaufenstern waren modische Accessoires präsentiert.

Einige Ladys begutachteten die Waren. Ein Mädchen von sechzehn oder siebzehn Jahren begrüßte sie mit einem reizenden Lächeln. Sie war elegant gekleidet und trug trotz der Innenräume einen kleinen, charmanten Hut. Tilda nahm an, dass er aus dem Laden stammte.

Das Mädchen betrachtete Tildas aus der Mode gekommene Aufmachung und hob leicht eine Augenbraue. »Willkommen bei Flanders.«

»Guten Tag«, sagte Tilda und ignorierte das flüchtige Gefühl der Unsicherheit, das sie überkam, als sie erkannte, dass ihre altmodische Garderobe nicht mit der Ausstaffierung der anderen Lady – einer angesehenen Countess – mithalten konnte. Dass sie keine modischen Kleider besaß, hatte sie bisher nie sonderlich gestört. Jedenfalls nicht, bis sie angefangen hatte, mit Hadrian umzugehen. Jetzt fühlte sie sich fehl am Platz. Es war ein Gefühl, das ihr nicht gefiel und sie verdrängte es kurzerhand. »Ist Mr. Flanders anwesend? Wir würden ihn gerne wegen einer heiklen und dringenden Angelegenheit sprechen.«

Die braunen Augen des Mädchens wurden etwas größer. »Er ist mein Vater. Ich hole ihn.« Sie eilte hinter den Tresen und durch eine Tür.

»Soll ich meine Handschuhe ausziehen und versuchen, etwas anzufassen?«, flüsterte Hadrian.

Tilda drehte den Kopf zu ihm. »Das könnte seltsam wirken. Wenn Sie eine Gelegenheit sehen, können Sie es gerne versuchen. Allerdings glaube ich, dass Sie dann Visionen von zahlreichen Kunden haben werden.«

»Das ist sicherlich möglich. Vielleicht bietet sich mir ja die Gelegenheit, Mr. Flanders die Hand zu schütteln, was dann eventuell etwas über Beryl verraten wird.«

Tilda bemerkte, dass noch eine weitere Frau in diesem Geschäft beschäftigt war. So schien es jedenfalls, da sie mit zwei Frauen sprach, die deutlich älter waren als sie. Alle trugen Hüte, aber die jüngere hatte keine Handtasche dabei, was Tilda vermuten ließ, dass sie eine Angestellte und keine Kundin war.

»Dies scheint mir ein schönes, florierendes Geschäft zu sein«, bemerkte Hadrian. »Nicht, dass ich mich mit Hutmacherei besonders gut auskenne.«

»Es ist reizend«, stimmte Tilda ihm zu. »Obwohl ich noch nie hier war. In der Regent Street einkaufen zu gehen, liegt weit über meinen finanziellen Möglichkeiten. Auch wenn das nicht der Fall wäre, habe ich mich nie sonderlich für Einkaufen begeistern können.«

»Sie sind eine überaus praktische und effiziente Person«, stellte Hadrian mit einem kleinen Lächeln fest. »Ich kann mir nicht vorstellen, dass Sie Geld für einen Einkauf ausgeben, der nicht unbedingt vonnöten ist.«

»So ist es. Warum sollte man das tun?«, fragte sie mit einem Achselzucken. Obwohl ein echter Bedarf und der Wunsch nach etwas manches Mal doch eng miteinander verflochten waren. Eine Frau konnte etwas brauchen, aber auch wünschen, dass dieses Etwas eine bestimmte Qualität besaß, die sie sich eigentlich nicht leisten konnte. Längst hatte Tilda sich daran gewöhnt, sich mit dem zufrieden zu geben, was ihr zu Verfügung stand. Dennoch fände sie es schön, wenn sie eines Tages in einem Geschäft wie dem Flanders etwas einkaufen konnte.

Miss Flanders kam zu Tilda und Hadrian zurück und teilte ihnen mit, dass ihr Vater sie im privaten Wohnzimmer empfangen würde. Sie führte sie zu einer Tür neben der Theke und öffnete sie, damit sie in einen gediegen eingerichteten Raum betreten konnten, der mit einem Sofa und mehreren Sesseln ausgestattet war. In einer Ecke stand ein großer Spiegel, und Tilda kam der Gedanke, dass dieser Raum für besondere Kunden vorbehalten sein musste, die in aller Ruhe einkaufen wollten.

Ein Mann trat durch die andere Tür ein, und sein schmales Gesicht war von Sorge gezeichnet. »Guten Tag, ich bin Flanders. Meine Tochter sagte, Sie wünschen mich zu sprechen. Bitte nehmen Sie doch Platz.«

Tilda und Hadrian tauschten einen Blick und setzten sich dann zusammen auf das Sofa. Mr. Flanders ließ sich in einem Sessel ihnen gegenüber nieder und seine Tochter blieb in der Nähe der Tür stehen, die sie zum Laden geschlossen hatte.

Hadrian sah Tilda an, die ihm leicht zunickte. »Ich bin Lord Ravenhurst, und dies ist Miss Wren. Wir sind im Auftrag von Mrs. Louis Chambers, unserer lieben Freundin, hier.« Tilda spannte sich bei dem Wort »liebe« innerlich ein wenig an, denn das war nicht im Geringsten der Fall. Dennoch könnte es ihrer Sache dienlich sein, dies so zu sagen. »Ich bedaure, Ihnen mitteilen zu müssen, dass ihr

Ehemann verstorben ist. Wir sind hier, um Traueraccessoires für Mrs. Chambers zu besorgen.«

Miss Flanders schluchzte auf und hielt sich dann die Hand vor den Mund. Tränen liefen ihr über die Wangen, während ein Beben ihre Schultern durchlief. Tilda hatte Mitleid mit ihr. Sie musste Beryl sehr gut kennen.

»Wie kann das sein?«, brachte Flanders entsetzt hervor. Ihm standen zwar keine Tränen in den Augen, aber auch er wirkte erschüttert, und jede Farbe war aus seinem Gesicht gewichen. »Wir haben Mrs. Chambers noch vor wenigen Tagen gesehen, und alles war in Ordnung. Zumindest hat sie nicht erwähnt, dass ihr Ehemann erkrankt war.«

Nun sah Hadrian ein weiteres Mal zu Tilda, und wieder nickte sie. Sie beide konnten den Flanders auch gleich die Wahrheit sagen. Wenn es auch schmerzlich war, dass Chambers ermordet worden ist und sie dem Apotheker nichts erzählt hatten, handelt es sich aber auch nicht um ein Geheimnis. Allerdings hatte der Apotheker lange nicht so betroffen gewirkt.

»Ich entschuldige mich für meine Taktlosigkeit «, sagte Hadrian sanft und warf Miss Flanders einen mitfühlenden Blick zu. »Ich fürchte, Mr. Chambers ist das Opfer eines Mordes geworden.«

Als Miss Flanders daraufhin noch lauter schluchzte, warf Mr. Flanders ihr einen besorgten Blick zu. »Bitte verzeihen Sie meiner Tochter. Sie schätzt Mrs. Chambers sehr, denn sie kam etwa einmal in der Woche zu uns. Wir haben sie gut kennengelernt. Diese Tragödie macht mich sehr bestürzt. Wie geht es Mrs. Chambers?«

»Wie Sie sich sicher vorstellen können, steht sie unter Schock«, antwortete Tilda. »Deshalb haben wir ihr angeboten, uns um dringende Dinge zu kümmern, zum Beispiel darum, dass sie angemessene Traueraccessoires erhält.«

Mr. Flanders schniefte. »Sie sind wirklich liebe Freunde. Ich weiß genau, was sie benötigen wird. Bitte erlauben Sie mir, einige Dinge aus dem Geschäft zu holen. Meine Tochter kann Tee bringen, wenn Sie möchten.«

»Das ist nicht erforderlich«, antwortete Tilda. »Aber vielen Dank für Ihre Freundlichkeit.«

Mr. Flanders nickte, ehe er dann aufstand und zu seiner Tochter trat. Er flüsterte ihr etwas zu, gab ihr einen Kuss auf den Kopf und ging dann in die Geschäftsräume zurück, wobei er die Tür hinter sich schloss.

Beim Anblick des schlichten Aktes dieses Vaters, der seine Tochter tröstet, zog sich Tildas Herz zusammen. Sie vermisste ihren Vater so schmerzlich. Die letzten elf Jahre ohne ihn waren schwierig gewesen, doch es war ihr gelungen, ihre Emotionen in Schach zu halten. Als sie jedoch Mr. Flanders mit seiner Tochter zusammen sah, wurde ihr wieder bewusst, wie viel sie verloren hatte. Ihre Gefühle wallten auf und sie musste tief durchatmen, um die Fassung nicht zu verlieren.

Hadrian wandte sich Tilda zu. »Ich habe vergessen zu fragen, ob ich die Einkäufe bezahlen soll.«

»Mrs. Chambers hat ein Konto«, meinte Miss Flanders, während sie sich mit einem Taschentuch die Augen abtupfte. »Allerdings hat sie schon seit geraumer Zeit nicht mehr bezahlt, und mein Vater hat mir gestern mitgeteilt, dass wir ihr wirklich nichts mehr auf Kredit geben sollten.«

»Ich kann für die Accessoires gerne bezahlen«, bot Hadrian mit einem beruhigenden Lächeln an. »Sie mögen Mrs. Chambers sehr, nicht wahr?«

Miss Flanders nickte. »Sie hat ein wunderbares Gespür für Mode. Meine Mutter ist vor einigen Jahren verstorben, und Mrs. Chambers hat mir gute Ratschläge gegeben, was ... weibliche Dinge angeht.«

Tilda war froh zu hören, dass Beryl dieser jungen Frau geholfen hatte. Sie war auch gespannt, was Miss Flanders noch erzählen würde. »Kannten Sie auch Mr. Chambers?«

»Nein.« Miss Flanders rümpfte die Nase. »Mrs. Chambers sagte, er sei nicht sehr zuvorkommend zu ihr. Immer wieder hat sie mich gewarnt, vorsichtig mit den Männern zu sein. Ich solle mich nicht von ihren schönen Worten oder ihrem übertriebenen Charme blenden lassen, hat sie dann gesagt. Sie wünschte, sie hätte ihn nie geheiratet, hat sie mir anvertraut«, fügte die junge Frau flüsternd hinzu, als würde sie ein Geheimnis verraten.

Tilda und Hadrian tauschten erneut einen Blick. »Wir werden Mrs. Chambers Ihr Beileid ausrichten«, sagte Hadrian.

»Oh, ja«, sagte Miss Flanders erschrocken. »Das hätte ich sofort sagen sollen. Ich bin schrecklich erschüttert von dieser Nachricht. Bitte sagen Sie ihr, dass ich an sie denke und hoffe, dass sie sich bald erholen wird.«

In diesem Moment kehrte Mr. Flanders zurück und kam durch die Tür, in der seine Tochter stand. Er sah sie an. »Elinor, ich habe einige Sachen hinter den Tresen gelegt. Würdest du sie bitte für Lord Ravenhurst und Miss Wren einpacken?«

»Ja, Papa.« Miss Flanders verschwand durch die Tür, und ihr Vater schloss sie hinter ihr.

»Ich kann Ihnen die Sachen bezahlen«, sagte Hadrian. »Wie viel?«

Mr. Flanders winkte ab. »Das kommt nicht in Frage. Das sind Geschenke für Mrs. Chambers, denn sie ist eine unserer besten Kundinnen. Bitte richten Sie ihr unser tiefstes Beileid aus.«

»Das werden wir tun«, sagte Tilda und stand vom Sofa auf. Hadrian trat neben sie.

»Ich bin neugierig, was mit dem neuen Geschäft ihres Mannes geschehen wird«, sagte Mr. Flanders. »Wird es denn überhaupt eröffnet werden, da jetzt ein Partner fehlt?«

Tilda ergriff die Gelegenheit, über Chambers' Geschäftsvorhaben zu sprechen. »Das habe ich mich auch gefragt. Wissen Sie denn, wo sich das Geschäft befindet?«

»Es ist nicht weit von hier. Westlich des Regent Circus in der Oxford Street. Es ist dort viel renoviert worden. Nun sieht alles sehr elegant aus. Ich war schon ein paar Mal dort.«

»Sie kennen Mr. Chambers also?«, fragte Hadrian.

»Ein wenig. Er wollte mir unbedingt das Geschäft zeigen. Ich konnte sehen, dass er sehr stolz darauf war. Aber sein Partner Pollard ist ein wenig unangenehm, wenn Sie mir die Ausdrucksweise gestatten.« Flanders verzog angewidert das Gesicht. »Ich kenne ihn schon seit einiger Zeit. Sein Onkel besitzt ein Textilwarengeschäft in Cheapside, und ich habe gelegentlich bei ihm eingekauft. Pollard arbeitet dort– oder zumindest hat er das früher getan. Ich bin mir nicht sicher, ob er dafür noch Zeit hat, da er mit Chambers dieses Geschäft eröffnet hat. Außerdem hat seine Frau viele Jahre lang für eine Freundin von mir, Madame Ousset, als Schneiderin gearbeitet. Bis sie Pollard geheiratet hat.«

»Was hat Ihre Meinung über Mr. Pollard beeinflusst?«, fragte Tilda.

»Meinen Sie, warum ich ihn für einen Dummkopf halte?«, schnaufte Flanders. »Er sah mich als Konkurrenten, was mich zunächst überraschte. Ich dachte, sie würden nur ein Stoffgeschäft eröffnen, aber Pollard sagte, es solle viel größer werden und ein breites Sortiment anbieten. Ich glaube, er orientiert sich an Harding, Howard & Company.« Flanders rückte näher an sie heran und sprach leise, obwohl niemand ihn hören konnte. »Ich habe einen Konflikt zwischen Pollard und Chambers wegen des Geschäfts gespürt. Als Sie sagten, Chambers sei ermordet worden, war mein erster Gedanke, dass Pollard der Täter sein muss. Hat er ihn umgebracht?«

»Die Polizei hat noch niemanden festgenommen«, antwortete Tilda.

»Morgen findet eine Untersuchung statt«, fügte Hadrian hinzu.

Flanders' dünne, dunkle Augenbrauen zogen sich kurz zusammen. »Wirklich? Ich werde vielleicht hingehen, schon allein, um zu erfahren, was passiert ist. Das ist wirklich schrecklich.« Er schnalzte mit der Zunge und senkte den Blick.

»Wir danken Ihnen für Ihre Zeit«, sagte Hadrian. »Und für Ihre Großzügigkeit.«

»Das ist das Mindeste, was ich tun kann«, sagte Flanders mit einem kurzen Lächeln. Er öffnete ihnen die Tür zum Laden. »Elinor wird Ihnen die Sachen von Mrs. Chambers an der Theke geben.«

»Vielen Dank«, sagte Tilda, bevor sie zur Theke ging, wo Miss Flanders die Sachen in Kartons verpackte.

Die junge Frau sah Tilda mit traurigem Blick über den Tresen hinweg an. Sie deutete auf die runde, mit einem Band verschlossene Schachtel. »Das sind zwei Hüte, einer davon mit einem dicken Schleier, den sie bei Bedarf abnehmen kann.« Sie stellte eine weitere Schachtel daneben. »Hier sind drei Paar schwarze Handschuhe und einige Taschentücher. Die sind weiß, aber mit schwarzen Mustern bestickt. Bitte sagen Sie ihr, dass ich jeden Abend für sie beten werde.«

Hadrian nahm die Schachteln. »Das werden wir. Vielen Dank, Miss Flanders.«

»Ja, danke.« Tilda schenkte der jungen Frau ein herzliches Lächeln. »Sie sind sehr liebenswürdig.«

Sie verabschiedeten sich, und Tilda fragte sofort, ob sie zum nahe gelegenen Stoffgeschäft fahren könnten, um hoffentlich mit Pollard zu sprechen. Grinsend antwortete Hadrian, dass er das gerne tun würde, und gab Leach die Wegbeschreibung zum Geschäft.

In der Kutsche stellte Hadrian die Schachteln neben sich auf den Rücksitz.

»Sie könnten sich neben mich setzen, wenn es Ihnen zu eng dort ist«, schlug Tilda vor, als die Kutsche anfuhr. »Oder wenn Sie lieber nach vorne schauen möchten. Es ist genügend Platz.« Sie verstand, warum sie sich seit ihrer ersten Begegnung immer gegenüber gesetzt hatten, aber jetzt, wo sie Freunde waren, spielte das doch keine Rolle mehr, oder? Andererseits war es manchmal einfacher, sich zu unterhalten, wenn man sich gegenüber saß.

»Ich bleibe vorerst lieber hier«, antwortete Hadrian. »Aber ich werde mich an Ihre freundliche Einladung erinnern.« Seine Augen leuchteten mit etwas, das sie nicht definieren konnte, und sie beschloss, dass es wohl ratsamer war, nicht weiter darüber nachzudenken.

»Schade, dass Sie Flanders nicht die Hand geben konnten«, bemerkte Tilda.

»Vielleicht habe ich bei unserem nächsten Ziel mehr Glück.«

Tilda war jedoch sehr zufrieden mit den Informationen, die sie von der Modistin erfahren hatte. »Mr. Flanders´ Bemerkungen über Pollard und das Geschäft, das er mit Chambers eröffnen wollte, waren äußerst interessant«, stellte sie fest.

»Ja. Es war sehr hilfreich von ihm, uns diese Informationen mitzuteilen.« Die Kutsche hielt an, und Hadrian sah ihr in die Augen. »Sollen wir der Frage auf den Grund gehen, ob Pollard ein Mörder ist?«

KAPITEL 6

Hadrian und Tilda schritten zur Ladentür, die sie allerdings verschlossen vorfanden. Die Fensterfront war verdeckt, sodass sie nicht hineinsehen konnten. Er klopfte laut.

»Ich hoffe, dass er da ist«, äußerte Tilda und presste kurz die Lippen zusammen. »Ich habe einige Fragen an Mr. Pollard.«

Die hatte Hadrian auch. Er klopfte noch einmal, um sicherzugehen.

Nach einer langen Wartezeit öffnete sich die Tür und ein kleiner Mann mit dunklem, drahtigem Haar trat hervor. Er trug eine Brille und er wirkte mehr als gehetzt, sein Mund war zu einer tiefen Falte verzogen und seine haselnussbraunen Augen waren zusammengekniffen. »Ja?«, fragte er schroff.

»Guten Tag«, sagte Hadrian freundlich. »Ich bin Lord Ravenhurst und suche Mr. Pollard.«

»Ich bin Pollard«, sagte der Mann, dessen Gesichtszüge sich nur geringfügig entspannten. »Womit kann ich Ihnen helfen?«

Hadrian nickte Tilda zu. »Das ist Miss Matilda Wren. Wir möchten mit Ihnen über Mr. Louis Chambers sprechen. War die Polizei heute schon hier?« Hadrian war sich nicht sicher, ob Teague aufgrund seiner Arbeit im Zusammenhang mit dem Mord bereits Zeit gehabt hatte, vorbeizukommen.

Pollards Augenbrauen schossen nach oben und seine Augen

wurden für einen kurzen Moment groß. »Warum sollte die Polizei hierherkommen?«

Er wirkte überrascht, wie Hadrian bemerkte, obwohl das natürlich auch nur gespielt sein konnte. »Dürfen wir hereinkommen, um mit Ihnen zu sprechen? Es handelt sich um eine ziemlich heikle Angelegenheit.«

»Bitte.« Seine Stimme klang noch verärgert, wenn auch weniger, als er die Tür weiter öffnete, um sie eintreten zu lassen.

Tilda nahm ihre Hand von Hadrians Arm und ging vor ihm in den Laden. Er war recht groß und in mehrere Bereiche unterteilt. Sie konnten nicht einmal den gesamten Laden überblicken, da er sich offenbar über eine breite Treppe in der Mitte nach oben fortsetzte.

Pollard schloss die Tür. »Kommen Sie bitte gleich zur Sache. Ich bin sehr beschäftigt, und mein Partner hat schon wieder beschlossen, heute Vormittag nicht zu erscheinen. Hoffentlich wissen Sie, wo er ist, da er der Grund für Ihren Besuch ist.«

Schon wieder? War er oft abwesend?

Hadrian sah mit fragendem Blick zu Tilda und sie ermutigte ihn wortlos, die Nachricht zu überbringen. »Ich bedaure, Ihnen mitteilen zu müssen, dass Ihr Partner, Mr. Chambers, heute Morgen tot aufgefunden worden ist. Er ist erstochen worden.«

»Verdammt«, murmelte Pollard, dessen Kiefer kurz erschlaffte, bevor er sich wieder unter Kontrolle hatte und die Hand vor den Mund hielt. Er schüttelte den Kopf und blinzelte. Dann ging er von ihnen weg und wieder zurück. »Er ist tot? Das ist ... schockierend. Wer hat ihn getötet?«

»Die Polizei hat das noch nicht festgestellt. Morgen wird eine Untersuchung des Todesfalls stattfinden, aber ich bin sicher, dass es sich um Mord handeln wird.« Hadrian überlegte, wie er sich eine Gelegenheit verschaffen könnte, seinen Handschuh heimlich auszuziehen, in der Hoffnung, einen Gegenstand im Laden berühren zu können. Bei ihrer Ankunft hätte er versuchen sollen, Pollard die Hand zu geben.

Pollard fixierte Hadrian und Tilda nun mit seinem Blick. »Wie schrecklich für seine Frau. Geht es ihr gut?«

»Sie steht unter Schock, aber sie kommt zurecht«, sagte Hadrian.

»Ist sie verdächtig?«, fragte Pollard. »Die beiden waren sehr unglücklich. Chambers hat mir mehrfach erzählt, dass er sich wünschte, sie nie geheiratet zu haben. Vor ein paar Tagen sagte er sogar, er erwäge eine Scheidung.«

Hadrian tauschte einen Blick mit Tilda, aber bevor sie etwas sagen konnten, fuhr Pollard fort.

Der Mann runzelte seine dunklen, buschigen Augenbrauen und musterte sie nun mit einem argwöhnischen Gesichtsausdruck. »Woher kennen Sie beide Mr. und Mrs. Chambers, und warum überbringen Sie mir diese Nachricht und nicht die Polizei?«

»Ich bin ein alter Freund von Mrs. Chambers«, sagte Hadrian.

Bevor Hadrian erklären konnte, dass Tilda in dieser Angelegenheit ermittelte, nickte Pollard energisch. »Natürlich. Ravenhurst. Ich hatte vergessen, dass Sie einmal mit Mrs. Chambers verlobt waren. Ich bin überrascht, dass Sie Ihre Freundschaft aufrechterhalten haben.«

Sein Tonfall hatte etwas Sarkastisches, das Hadrian nicht gefiel. Tatsächlich war sein erster Eindruck von Pollard kein sonderlich positiver.

Tilda schenkte dem Mann ein kühles Lächeln. »Ich ermittle in diesem Mordfall. Woher wissen Sie von Lord Ravenhurst?«

Pollard musterte Tilda kurz, als ob er sich ein Bild machen wollte, ob sie überhaupt imstande war, einen Mord zu untersuchen. »Chambers hat seinen Namen mehrmals erwähnt.« Er warf Hadrian einen entschuldigenden Blick zu. »Ich fürchte allerdings, dass er sich nicht besonders nett über Sie geäußert hat.«

»Das ist seltsam, denn wir kannten uns kaum.« Hadrian machte keinen Hehl aus seiner Verärgerung.

Tilda stand neben ihm und rückte nun noch dichter an ihn heran, um ihn sanft mit dem Ellbogen anzustoßen. »Wie wird sich Chambers´ Tod auf die Eröffnung Ihres Geschäfts auswirken?« Sie sah sich um.

»Ehrlich gesagt, wird es die Dinge erheblich vereinfachen.« Pollard schüttelte die Schultern und lächelte fast. »Chambers war nicht so engagiert, wie er hätte sein sollen – und wie er anfangs auch war. Zudem war er außerstande, die zugesagte finanzielle Unterstützung zu leisten.«

»In welcher Hinsicht?«, fragte Tilda.

»Wir haben eine schriftliche Vereinbarung über unsere Partner-schaft, und er ist verpflichtet, in verschiedenen Phasen bestimmte Geldbeträge zu entrichten. Im Laufe der letzten Monate hat er diese Zahlungen verspätet geleistet, was die erforderlichen Arbeiten verzögert hat. Wir hatten den Laden eigentlich nächste Woche eröffnen sollen, aber jetzt sind es noch mehrere Wochen bis zur endgültigen Eröffnung.« Pollards Stimme klang bitter und seine Augen blitzten. Die von Flanders erwähnten Differenzen waren eindeutig.

»Haben Sie die gesamte Investition bereits leisten können?«, fragte Hadrian.

»Nein, und ich glaube auch nicht, dass ich je das Geld dazu haben werde.« Pollard stemmte die Hände in die Hüften und sah sich in dem noch nicht ganz fertigen Laden um. Abgesehen von den noch ausstehenden Arbeiten waren die Vitrinen größtenteils leer. »Es ist gut, dass ich mit einem anderen potenziellen Investor gesprochen habe, obwohl Louis davon nichts hatte wissen wollen. Er war sehr wütend.« Pollard sah Tilda fest in die Augen. »Glauben Sie jetzt aber nicht, dass ich ihn wegen unserer Meinungsverschiedenheiten umgebracht habe. Das habe ich nicht.«

»Ich ziehe keine voreiligen Schlüsse«, sagte Tilda ruhig. »Ich sammle lediglich Informationen und Ihre Offenheit weiß ich sehr zu schätzen. Worüber waren Sie sich außer in finanziellen Angelegen-heiten noch uneinig?«

»Das Geld war der Hauptgrund für unseren Konflikt, obwohl wir letztendlich unterschiedliche Visionen für das Geschäft hatten. Ich habe immer gesagt, dass ich ein Kaufhaus aufbauen möchte, das expandiert. Louis hat nie an große Pläne gedacht.« Pollard lachte höhnisch. »Er stellte sich vor, dass wir einfach Kleider verkaufen und später Herrenbekleidung hinzufügen würden. Ich wollte, dass die Kunden Pollard and Chambers betreten und dort alle ihre Bedürfnisse in Bezug auf Kleidung erfüllen können, einschließlich Schuhen und Stiefel.«

»Wie sind Sie und Mr. Chambers auf die Idee gekommen, gemeinsam ein Unternehmen zu gründen?«, fragte Tilda.

Pollard seufzte. »Louis suchte nach einer Möglichkeit, sich zu profilieren. Sein älterer Bruder hatte die Ingenieursfirma ihres

Vaters geerbt, und Louis hatte ohnehin nicht die Fähigkeiten dafür. Sein jüngerer Bruder ist Vikar. Louis hatte gar keine Karriere, und dann hatte er plötzlich eine Frau, die er meiner Meinung nach gar nicht richtig gewollt hatte.« Er zuckte mit den Schultern. »Wir waren durch unseren Club befreundet, und eines Abends, nachdem wir zu viel getrunken hatten, erzählte ich ihm von meinem Traum, ein Kaufhaus zu eröffnen. Mein Onkel besitzt ein Stofflager, und ich hatte für ihn gearbeitet. Er würde uns die Materialien für das Geschäft zu einem außergewöhnlich günstigen Preis liefern können, und meine Frau ist eine begabte Schneiderin.«

»Näht sie alles für das Geschäft?«, fragte Tilda erstaunt.

»Natürlich nicht. Sie hat Schneiderinnen, Schneider und Modistinnen eingestellt, die bereits an den Artikeln arbeiten, die bei der Eröffnung im Laden zum Verkauf stehen werden. Wir hatten gehofft, einen Schuhmacher einstellen zu können, aber dafür reicht das Geld nicht.« Pollards Augen verengten sich wieder vor Wut. »Deshalb war es so wichtig, dass Louis seine Zahlungen pünktlich leistete, und das hat er nicht getan.«

Tilda nickte mitfühlend. »Ich kann Ihre Frustration verstehen. Haben Sie Schulden bei der Firma Ihres Onkels?«

Pollard runzelte die Stirn. »Ich glaube, Sie gehen jetzt zu weit.«

»Ich bin sicher, die Polizei wird Ihnen dieselbe Frage stellen, und Sie werden sie beantworten müssen«, sagte sie mit einem ruhigen Lächeln. »Das macht nichts.«

»Ja, mein Onkel hat mir Geld geliehen und mir Material gegen Vorauszahlung zur Verfügung gestellt«, sagte Pollard knapp. »Ich habe diese Woche eine Zahlung von Louis erwartet. Sie war bereits überfällig, aber er hatte versprochen, sie bis gestern zu leisten.«

»Was er nicht getan hat«, sagte Hadrian, der der Meinung war, dass eine weitere Nichtzahlung von Geldern, zu denen Chambers verpflichtet war, ein ebenso gutes Motiv für einen Mord war wie alles andere.

»War er gestern ebenfalls abwesend?«, fragte Tilda an Pollard gewandt. »Sie haben angedeutet, das käme häufiger vor.«

»Er war hier, aber wie meistens in letzter Zeit kam er zu spät. Er behauptete, er sei krank.« Pollards Lippen verzogen sich leicht. »Meiner Vermutung nach trinkt er einfach zu viel. Ich bereue es zutiefst, mich mit ihm zusammengetan zu haben.« Er schüttelte den Kopf.

»Sie haben erwähnt, dass Sie mit einem anderen Investor gesprochen haben«, bemerkte Tilda. »Wird er nun Chambers' Platz in der Partnerschaft einnehmen, da er tot ist?«

Pollard dachte einen Moment nach. »Das könnte er vermutlich. Es tut mir leid, dass Louis tot ist, aber für mich ist das ein Glücksfall. Vielleicht kann ich jetzt den Laden wie geplant eröffnen, wenn auch mit Verspätung.«

»Wer ist dieser neue Partner?«, fragte Hadrian.

»Das möchte ich lieber nicht sagen, da wir noch nichts Schriftliches vereinbart haben«, antwortete Pollard und hob das Kinn. »Ich habe Ihnen bereits genug geholfen, denke ich. Wenn die Polizei vorbeikommen will, ist sie herzlich eingeladen.«

Die Ladentür öffnete sich und Detective Inspector Teague betrat zusammen mit zwei Constables den Raum. Hadrian unterdrückte ein Lächeln über das perfekte Timing des Mannes.

Teague blickte von Tilda zu Hadrian. »Ich sollte überrascht sein, Sie hier zu sehen, aber das bin ich nicht.« Er richtete seinen Blick auf Pollard. »Ich bin Detective Inspector Teague von der Metropolitan Police.«

»Lord Ravenhurst und Miss Wren haben mir erzählt, was mit Louis passiert ist«, sagte Pollard. »Es tut mir leid, das zu hören, Mr. Teague.«

Teague sah sich im Laden um. »Ich fürchte, Sie müssen mir noch einmal wiederholen, was Sie ihnen gesagt haben.«

»Gerne.« Pollard deutete auf die Treppe. »Ich habe ein Arbeitszimmer, wo wir uns unterhalten können, wenn Sie möchten. Es befindet sich allerdings im zweiten Stock.«

»Wo immer es Ihnen recht ist«, sagte Teague. »Entschuldigen Sie mich jedoch zunächst für einen Moment, ich muss noch einen Augenblick mit Ravenhurst und Miss Wren sprechen.« Er nickte in Richtung Tür.

Der Kriminalinspector führte sie hinaus und schloss die Tür, sodass die Constables mit Pollard allein blieben. Er sah Tilda an und runzelte leicht die Stirn. »Ich dachte, Sie sagten, Sie würden in dieser Angelegenheit nicht ermitteln.«

»Ravenhurst hat mich beauftragt, den Mörder zu finden«, entgegnete Tilda. »Ich bin entschlossen, seine Unschuld zu beweisen.«

Teague wandte sich an Hadrian. »Ich habe einen Constable zum Ravenhurst House geschickt, um mit Ihren Bediensteten darüber zu sprechen, wann Sie gestern Abend nach Hause gekommen sind und was Sie in der Nacht gemacht haben.«

Hadrian hoffte, dass keiner der Nachbarn die Ankunft des Constable beobachtet hatte, da dies Neugier und Spekulationen nach sich ziehen würde. Die Möglichkeit, zum Gegenstand von Klatsch und Tratsch zu werden, war bereits zur Genüge gegeben. »Ausgezeichnet.« Er bemühte sich nicht, den Sarkasmus aus seiner Stimme zu verbannen.

»Da ich Sie hier getroffen habe, hoffe ich, dass Sie mir gestatten, Sie zu etwas zu befragen, das in meinem Gespräch mit dem Kammerdiener zur Sprache kam. Vielleicht wissen Sie bereits, was ich Sie fragen werde.«

Da Hadrian und Tilda gelauscht hatten, konnte er sich das gut vorstellen. »Nein, ich habe keine Affäre mit Beryl.« Der Gedanke war ihm zuwider. »Zu solch einem Verhalten würde ich mich niemals mit einer verheirateten Person hergeben.« Oder einer verlobten.

»Wenn ich Ihnen als Nächstes die Frage stelle, ob Sie sich mit Mrs. Chambers verschworen haben, um ihren Ehemann zu töten, würden Sie diese Frage verneinen?«

Hadrian warf Teague einen finsteren Blick zu. Er mochte und respektierte den Mann, aber er konnte sich des Gefühls nicht erwehren, dass seine Frage beleidigend war. »Eindeutig.«

Tilda warf Hadrian einen ermutigenden Blick zu, bevor sie ihre Aufmerksamkeit wieder Teague zuwandte. »Ich würde Ihnen Informationen weitergeben, wie wir es bei unserem letzten Fall getan haben, aber ich verstehe, dass Sie das vielleicht nicht möchten, da Sie offiziell mit diesem Fall betraut sind.«

Teague war nicht mit den Ermittlungen beauftragt gewesen, die Tilda und Hadrian im Zusammenhang mit der Messerattacke auf Hadrian durchgeführt hatten. Ein anderer, mit ziemlicher Sicherheit korrupter Ermittler hatte versucht, die Ermittlungen zu Hadrians

Angriff zu vertuschen. Es war auch anzunehmen, dass er im Auftrag des Mannes gehandelt hatte, der hinter allem steckte, obwohl sie das nicht beweisen konnten. Dieser Ermittler, Padgett, war aus dem Polizeidienst ausgeschieden.

Obgleich er nicht direkt mit diesem Fall betraut worden war, hatte Teague vermutet, dass etwas nicht stimmte, und in seiner Freizeit Tilda und Hadrian bei den Ermittlungen unterstützt. Er hatte auch maßgeblich dazu beigetragen, den Verbrecher zu fassen. Nun hatten sie allerdings eine ganz andere Situation, und Hadrian war sich nicht sicher, wie der Mann reagieren würde.

Teague seufzte. »Ich kann nicht mit einem Privatdetektiv zusammenarbeiten. Aber unter uns gesagt, nehme ich Ihre Hilfe gerne an.«

»Und werden Sie mir bei meinen Ermittlungen helfen?«, fragte Tilda mit hochgezogenen Augenbrauen.

Der Inspector verzog das Gesicht. »Sie wissen sicher, dass die Metropolitan Police das nicht gutheißen würde, zumal Sie eine Frau sind.«

»Die Tochter eines hoch angesehenen Sergeants, der im Dienst ums Leben gekommen ist. Das ist doch für Sie nicht bedeutungslos «, sagte Hadrian mit einer gewissen Erregung.

Tilda war Hadrians für die Verteidigung ihres Vaters sehr dankbar. Aber sie wusste, dass es der Polizei ihre Herkunft nicht wichtig war. Sie konzentrierte sich weiterhin auf Teague und sagte: »Ich verstehe. Mein vorrangiges Ziel besteht darin, Hadrians Unschuld zu beweisen und zu verhindern, dass seine Verwicklung in diese Angelegenheit sensationslüstern aufgebauscht wird. Ich weiß, dass Sie alle Verdächtigen überprüfen müssen, aber Hadrian hat kein starkes Motiv. Sie sollten sich lieber auf Beryl Chambers oder sogar Mr. Pollard konzentrieren. Er hat einen großen Vorteil von Louis Chambers´ Tod, und das werden Sie bei Ihrer Befragung auch feststellen können.«

Hadrian unterdrückte ein Lächeln. Sie würde Teague hart arbeiten lassen, um die Einzelheiten zu erfahren.

»Ich würde es vorziehen, wenn alles, was mit dieser Untersuchung zu tun hat, nicht unnötig aufgebauscht wird«, meinte Teague. »Lassen Sie uns daran arbeiten, das Verbrechen so schnell wie möglich aufzuklären, einverstanden?«

Tilda nickte zustimmend. »Genau aus diesem Grund bin ich zu Pollards Laden gekommen. Ich wäre Ihnen dankbar, wenn Sie mir mitteilen könnten, wer Pollards neuer Partner ist. Er wollte uns das nicht sagen.«

Teague runzelte die Stirn. »Ein neuer Partner? Ich bin sehr gespannt auf ein Gespräch mit ihm. Wir sehen uns morgen bei der Untersuchung.«

Hadrian zog Beryls Brief aus seiner Brusttasche und reichte ihn Teague. »Hier ist der Brief, den Beryl mir gestern geschickt hat.«

»Vielen Dank, Ravenhurst.« Teague steckte das Schreiben in seine eigene Jackentasche. Eine leichte Grimasse huschte über sein Gesicht. »Hoffentlich verstehen Sie, dass ich nur meine Arbeit mache, indem ich Ihre Verbindung zu Louis Chambers untersuche.«

»Das tue ich«, antwortete Hadrian. »Aber gutheißen muss ich das nicht.«

»Das kann ich mir auch nicht vorstellen.« Teague winkte ihnen zu, bevor er in den Laden zurückging.

Hadrian runzelte die Stirn und blickte zur Tür. »Ich hätte Pollard die Hand geben sollen, als ich angekommen bin. Und ich hatte keine Gelegenheit, meine Handschuhe auszuziehen, um etwas anzufassen.«

»Vielleicht können Sie es an der Tür versuchen«, schlug Tilda vor.

Hadrian zog schnell seinen rechten Handschuh aus, trat an die Tür und legte seine Hand auf das Holz. Da er nichts spürte, bewegte er seine Hand langsam hin und her. Er konzentrierte sich darauf, etwas zu sehen oder zu fühlen, und wünschte, er besäße mehr Kontrolle über diese Kraft.

Eine Vision tauchte auf, die zunächst verschwommen war, aber dann erkannte Hadrian den Laden. Dort unterhielten sich zwei Männer – Pollard und jemand, den Hadrian noch nie gesehen hatte. Er war jünger als Pollard und auch jünger als Hadrian. Hadrian konnte ihn nur im Profil sehen, doch der Mann hatte dunkles Haar und eine lange Nase. Das Bild verschwand, und Hadrian bewegte seine Hand leicht, in der Hoffnung, es noch einmal heraufzubeschwören. Wie sehr wünschte er sich, er könnte hören, was in seinen Visionen gesprochen wurde, aber das war noch nie geschehen.

Er zog seine Hand zurück und drehte sich mit einem frustrierten Grunzen um.

Tilda beobachtete ihn aufmerksam. »Haben Sie etwas gesehen?«

»Kurz. Pollard war im Laden und sprach mit einem dunkelhaarigen jungen Mann, aber ich habe keine Ahnung, wer es war.« Er drückte seine Finger gegen die Schläfe, als ein dumpfer Schmerz sich über seine Stirn ausbreitete. »Die beiden haben sich unterhalten, aber dummerweise kann ich nie etwas hören, was sehr ärgerlich ist.«

»Das tut mir leid. Wenigstens haben sie aber etwas gesehen. Vielleicht haben wir diesen jungen Mann noch nicht getroffen. Würden Sie ihn wiedererkennen, wenn wir ihn sehen?«

»Ich bin mir nicht sicher. Ich habe ihn nur im Profil gesehen. Er hatte eine lange Nase, vielleicht hilft das bei der Identifizierung.« Er warf einen Blick auf seine Kutsche. »Sollen wir zu Beryl fahren?«

»Das sollten wir wohl, denke ich, wenn es auch schade ist, dass wir nicht hören können, wie Teague Pollard verhört.« Sie ging mit Hadrian zur Kutsche. »Manchmal wünsche ich mir wirklich, ich wäre Mitglied der Metropolitan Police.«

Leach öffnete die Tür, und Tilda stieg ein. Hadrian informierte Leach, dass sie als Nächstes zu Beryls Haus fahren würden, dann folgte er Tilda in die Kutsche. Er beschloss, ihren Vorschlag anzunehmen und setzte sich neben sie auf den vorderen Sitz.

Sie sah ihn überrascht an.

»Stört es Sie nicht?«, fragte er, obwohl sie ihn zuvor dazu eingeladen hatte.

»Ich habe Sie dazu ermutigt, wenn Sie sich erinnern«, antwortete sie mit einem Lächeln. »Es ist nur logisch, denn Beryls Sachen liegen ja auf der anderen Sitzbank.«

Bedeutete das, er sollte nur neben ihr sitzen, wenn sie die Kutsche als Transportmittel für Gegenstände benutzten? Warum machte er sich darüber so viele Gedanken? Das war eine Änderung der Sitzordnung, keine Liebeserklärung.

Vielleicht war es aber gerade das. Oder zumindest eine Vertiefung ihrer Freundschaft.

Zumindest fühlte er sich verändert, wenn er neben ihr saß. Der Innenraum der Kutsche kam ihm kleiner vor. Intimer. Empfand sie das ebenso? Danach würde er sie allerdings nicht fragen. Stattdessen würde er diese Veränderung einfach genießen.

Vielleicht sollte er jedoch etwas Leichtigkeit in die Situation bringen. »Sie haben doch nicht vor, mich wieder mit dem Ellbogen anzustoßen, oder?« Hadrian lächelte.

Die Kutsche fuhr los, als Tilda mit einem humorvollen Funkeln in den Augen zu ihm hinüberschaute. »Ich hatte Angst, dass Sie sich aufregen oder zumindest darüber ärgern, was Pollard über Chambers gesagt hat. Mir war es darum gegangen, dass Sie Pollard nicht daran hindern, mit uns zu sprechen.«

»Ich habe mich gereizt gefühlt. Das gebe ich zu.« Hadrian blickte geradeaus. »Das hätte ich nicht sein sollen. Ich verstehe einfach nicht, warum Chambers mich so hasst.«

»Es ist wohl nicht von der Hand zu weisen, dass er starke Gefühle gegen Sie hegt«, überlegte Tilda. »Und was meinte Pollard damit, dass Chambers eigentlich keine Frau wollte?«

Hadrian wandte den Kopf zu Tilda. »Das war interessant, nicht wahr? Ich frage mich, ob Beryl davon weiß.«

»Sie glauben doch nicht, dass Chambers ihr das gestanden hat?« Tilda klang zweifelnd.

»Vielleicht hat er das während einer ihrer hitzigen Auseinandersetzungen. Aber ich bin mir nicht sicher, ob ich sie danach fragen möchte, falls sie nichts davon weiß.«

Tilda zuckte mit den Schultern. »Es ist durchaus möglich, dass Pollard sich geirrt oder übertrieben hat.« Sie schwieg einen Moment lang und schaute nachdenklich aus dem Fenster. Schließlich sagte sie: »Wenn es stimmt, dass Chambers Beryl nicht hatte heiraten wollen und sie davon wusste, würde das den Konflikt in ihrer Ehe erklären.«

»Das würde auch ihr Motiv für den Mord bekräftigen«, meinte Hadrian mit gerunzelter Stirn.

»Das ist möglich, aber es erscheint mir nicht logisch, dass sie eine Scheidung wollte und gleichzeitig seinen Mord plante. Es sei denn, sie wollte den Anschein erwecken, als hätte nicht sie ihn umgebracht.«

Hadrian stieß hörbar die Luft aus und verschränkte die Arme vor der Brust. »Das ist wohl möglich. In diesem Fall ist sie eine überaus begabte Lügnerin und Schauspielerin. Ich habe ihr heute ihre Verzweiflung abgenommen. Und ihr Brief hat mich bestimmt auch überzeugt.«

»Ich habe ihr auch geglaubt«, meinte Tilda. »Ihre Aufgelöstheit kann auch darauf zurückzuführen sein, dass sie ihren Ehemann in einem Anfall von Leidenschaft getötet hat. Dann hätte sie allerdings ein Messer aus der Küche holen müssen – wenn das fehlende Messer die Tatwaffe ist – und ihren Mann in seinem Bett erstochen, und das passt nicht zu einer plötzlichen, unkontrollierbaren Wut, die zu einem Mord führen könnte. Vielleicht war es ein bisschen von beidem – ungeplant und dann schnell ausgeführt.«

»Ganz gewiss hatte sie jede Menge Gründe, einen Groll auf ihn zu hegen, ganz zu schweigen davon, dass sie ihn regelrecht verabscheut hat.«

Tilda schwieg einen Moment. »Sie haben recht«, pflichtete sie ihm dann bei. »Sie hat mehrere Gründe, ihren Mann zu hassen. Sie glaubt, er habe ihren Schmuck gestohlen. Außerdem hat er schreckliche Dinge zu ihr gesagt und sie körperlich misshandelt, und sie glaubt, er habe eine Affäre.«

»Wir wissen, dass das alles stimmt, mit Ausnahme des Schmucks«, bemerkte Hadrian.

»Dank Ihrer Visionen, ja. Würden Sie bitte eine Vision über den verschwundenen Schmuck haben, damit wir das bestätigen können?«, fragte sie mit einem Lächeln.

Hadrian lachte leise. »Ich werde mich bemühen. Wie viele Stücke fehlen?«

»Insgesamt neun«, antwortete Tilda. »Ein dreiteiliges Set ist vor Weihnachten verschwunden, die letzten Stücke in den vergangenen Wochen.«

»Das ist eine lange Zeit für Diebstähle«, bemerkte Hadrian. »Ich nehme an, Chambers musste ständig Wertgegenstände verkaufen, um die notwendigen Zahlungen an Pollard für den Laden zu leisten.«

Die Kutsche wurde langsamer, als sie sich Beryls Haus näherten.

»Glauben Sie, Chambers hat Beryls Schmuck an einen Pfandleiher veräußert, um an das benötigte Geld zu kommen? Wenn dem so ist, dann hoffe ich, dass der Pfandleiher die veröffentlichte

Liste sieht und sich mit Informationen meldet, die uns weiterhelfen.«

Uns. Hadrian lächelte darüber, dass sie wieder ein Team waren.

Die Kutsche hielt an, und Hadrian nahm die Dinge, die sie für Beryl besorgt hatten, vom gegenüberliegenden Sitz. Er folgte Tilda aus der Kutsche und bemerkte, dass bereits ein mit schwarzem Band geschmückter Eiben-Kranz an der Tür des Hauses angebracht war.

Oswald begrüßte sie knapp. »Mrs. Chambers hat gerade Besuch.«

»Wir werden warten, bis wir mit ihr sprechen können«, sagte Hadrian.

»Hier entlang, bitte.« Der Butler führte sie in das Wohnzimmer, in dem sie bereits früher am Tag gesessen hatten.

»Vielen Dank«, sagte Tilda zum Butler, bevor er sich entfernte. Sie wartete einen Moment, bevor sie sich an Hadrian wandte. »Schade, dass wir nicht einfach in Chambers' Schlafzimmer warten können. Ich würde es mir gerne genauer ansehen.«

»Was hoffen Sie denn, dort zu finden?«

»Alles Mögliche, aber eine Spur, die Aufschluss über die Identität seiner Geliebten gibt, wäre sehr hilfreich. Wie auch alle Hinweise, die mit Beryls verschwundenem Schmuck zu tun haben.« Tilda zog ihre Handschuhe aus und steckte sie in ihre Handtasche. »So, jetzt können Sie Ihre Handschuhe ebenfalls ausziehen, dann sieht es nicht so seltsam aus.«

Hadrian stellte die Kisten und den Schlaftrunk auf einen Tisch und zog dann seine Handschuhe aus. »Finden Sie es nicht seltsam, dass wir jemanden ohne Handschuhe besuchen?«

Tilda zuckte mit den Schultern. »Vielleicht, aber wir gelten doch als ›gute‹ Freunde der Person, die wir besuchen, oder? Das gilt jedenfalls für Sie.«

»Wie klug«, antwortete Hadrian mit einem Lachen.

Stimmen drangen aus dem Salon, und sowohl Tilda als auch Hadrian wandten sich zur Tür, durch die sie gekommen waren. Einen Moment später erschien Beryl. Ein Gentleman begleitete sie. Er war groß, hatte dunkles Haar und eine ziemlich lange Nase.

Der Mann drehte den Kopf leicht in Beryls Richtung, sodass Hadrian sein Profil sehen konnte. Hadrian holte tief Luft und ergriff ohne nachzudenken Tildas Hand.

Der Kontakt ihrer Haut mit seiner versetzte ihn in eine angenehme Erregung. Und das hatte absolut nichts mit einer Vision zu tun. Sie zu berühren fühlte sich ganz anders an. Es war ... belebend.

Er bedauerte nur, dass der Zeitpunkt nicht besser gewählt war, denn es war das erste Mal, dass er sie so berührte, und er wollte diesen Moment genießen. Stattdessen überwältigte ihn eine Welle der Aufregung, als er erkannte, wer der Mann an Beryls Seite war.

Tilda drehte den Kopf zu ihm, runzelte die Stirn und sah ihn neugierig an.

»Das ist er«, flüsterte Hadrian. »Der Mann, den ich in der Vision gesehen habe – in dem Laden mit Pollard. Was um alles in der Welt hat er denn hier verloren?«

KAPITEL 7

$\mathcal{I}$n dem Moment, als Hadrian nach Tildas Hand griff und sie dann in der seinen hielt, antwortete ihr Körper mit einer höchst merkwürdigen Reaktion. Er verkrampfte sich, was aber keineswegs an ihrer Anspannung lag. Eine neue Art von Erwartungsfreude flammte in ihr auf und nahm immer mehr von ihr in Besitz. Das Gefühl, wie seine bloße Hand und ihre sich berührten, war fast ... elektrisierend. Es fühlte sich auch erschreckenderweise *richtig* an. Und Tilda war sich überhaupt nicht sicher, was das zu bedeuten hatte.

Als er dann zu flüstern anfing, brachte er seine Worte in schneller, eindringlicher Weise hervor. Sie konnte seine Aufregung wahrnehmen und bemühte sich, ihre ausdruckslose Miene beizubehalten. Dieser Mann, der da gerade bei Beryl stand, war in Hadrians Vision in Pollards Laden gewesen.

Scheinbar war er etwa in Tildas Alter, um die fünfundzwanzig, und er war hochgewachsen, wenn auch nicht ganz so groß wie Hadrian, der gut einen Meter achtzig maß. Genau wie Hadrian aus seiner Vision beschrieben hatte, besaß er dunkles Haar und eine lange Nase. Allerdings hatte der Mann auch etwas Vertrautes, das Tilda nicht so ganz zu fassen vermochte.

Beryls Aufmerksamkeit richtete sich nun auf Tilda und Hadrian. Dabei entging ihrem Blick nicht, dass die beiden sich an den Händen hielten. Hadrian ließ Tilda genau in dem Moment los, als sie ihren

Griff lockerte. Tilda verschränkte die Hände vor ihrem Leib, in dem Bestreben, dass beharrliche Kribbeln in ihrer Handfläche zu ignorieren, wo er sie berührt hatte.

»Ihr seid zurück«, begrüßte Beryl sie. Sie wandte ihren Kopf kurz zu dem Mann an ihrer Seite. »Darf ich Ihnen Lord Ravenhurst und Miss Wren vorstellen?«

»Ich freue mich, Ihre Bekanntschaft zu machen«, entgegnete der Mann, ohne ein Lächeln. »Ich bin Oliver Chambers. Louis war mein älterer Bruder.«

Das war also der Grund, warum er ihr so bekannt vorkam. Jetzt erkannte Tilda es genauer – seine Gesichtsform war die gleiche wie die seines Bruders, und ihre Nasen waren identisch. Der jüngere Chambers besaß dichteres Haar als sein Bruder und es fiel ihm in weichen Wellen ins Gesicht. Auch seinen Augen waren anders. Sie waren grau statt braun, aber nicht ganz so kalt. Allerdings starrte Oliver Chambers gerade niemanden finster oder beleidigend an.

Oliver Chambers sprach weiter. »Ich bin gekommen, um meiner Schwägerin Trost in dieser schweren Stunde zu spenden.«

»Das ist sehr freundlich von Ihnen«, sagte Hadrian. »Bitte gestatten Sie uns, Ihnen unser tiefstes Beileid zum Verlust Ihres Bruders auszusprechen.«

»Uns?« Tilda verstand nicht ganz, warum er auch für sie sprach. Sie beide waren Geschäftspartner, aber kein Liebespaar und sie waren auch nicht miteinander verwandt oder auf einen andere Art verbunden, die Hadrian veranlassen könnte, sie in seine Beileidsbekundungen einzubeziehen. Sie wollte ihre Beunruhigung darüber einfach vergessen, doch der Gedanke nagte weiter an ihr.

»Ja, es tut mir sehr leid«, sagte Tilda.

Chambers bewegte den Kopf hin und her, als wolle er einen Gedanken abschütteln. »Ich bin ganz schockiert. Vorhin hat uns ein Kriminalinspector unterrichtet und ich bin sofort hierher geeilt, um Beryl aufzusuchen.« Er sah sie mit leicht gerunzelter Stirn an. »Es ist eine Tragödie, den Ehemann in so jungen Jahren zu verlieren.«

Beryl warf ihm nur einen kurzen Blick zu, ehe sie den Blick wieder niederschlug.

»Haben Sie denn noch mehr Brüder?«, fragte Tilda. Und wo

waren sie? Warum waren sie nicht zu diesem Kondolenzbesuch mitgekommen?

»Ja, das habe ich. Aber Daniel hat die Nachricht nicht gut aufgenommen. Er hat sich mit einer Flasche Brandy in seinem Arbeitszimmer eingeschlossen, glaube ich.« Der jüngere Chambers Bruder verzog das Gesicht. »Ich sollte mich auf den Weg machen, um zu ihm zurückzukehren.«

»Sie leben zusammen?«, fragte Tilda, wohl wissend, dass sie, insbesondere in dieser Zeit von Schock und Trauer auf dem schmalen Grat zwischen freundlicher Konversation und unangebrachter Neugier balancierte.

»Vorrübergehend ja. Ich bin erst im Dezember nach London zurückgekehrt.«

»Oliver war Vikar in Kent«, meinte Beryl. »Aber er entschied, dass das religiöse Leben nichts für ihn ist.«

Chambers drehte sich um, legte seine Hand auf Beryls Oberarm und drückte ihr einen Kuss auf die Wange. »Bis morgen.«

»Werden Sie zur Untersuchung kommen?«, fragte Tilda und riskierte erneut, zu neugierig zu sein. Als Ermittlerin musste sie dies ja auch sein, denn schließlich war dies ihr Beruf.

»Das werde ich. Denn ich gedenke, Beryl beizustehen«, antwortete Chambers. Er sah Hadrian an. »Ich freue mich, dass sie auch Ihre Unterstützung hat. Ich wünsche Ihnen einen guten Tag.« Damit nickte er ihnen zu und wandte sich zur Tür.

Nachdem er den Raum verlassen hatte, fragte Beryl sofort, ob sie das Schlafmittel besorgt hätten.

»Ja, und wir haben auch einige Accessoires von Flanders mitgebracht«, sagte Hadrian. »Ich hole die Sachen aus dem Salon.«

Während Hadrian unterwegs war, erkundigte Tilda sich bei Beryl, wie sie sich fühle. »Haben Sie sich denn ein wenig ausruhen können?«

»Das ist mir leider nicht so richtig gelungen«, antwortete Beryl, und tatsächlich sah sie auch nicht danach aus. Um die Augen und den Mund hatten sich Falten gebildet und sie war noch etwas blass. »Ich habe mich zwar eine Weile hingelegt, aber dann kam Oliver. Ich bin so froh, dass er mich besucht hat.«

»Stehen Sie Ihren Schwagern nahe?«, fragte Tilda.

»Nur Oliver. Er war immer sehr liebenswürdig und rücksichtsvoll, was man von Louis nicht behaupten kann. Ihr älterer Bruder Daniel ist eher von stoischer Natur. Er ist schwer zu durchschauen.« Beryl runzelte kurz die Stirn. »Es überrascht mich eigentlich, dass er die Nachricht so schwer aufgenommen hat. Eine solche Sentimentalität hätte ich ihm gar nicht zugetraut.«

Hadrian kam mit den Schachteln und dem Schlafmittel zurück, das obenauf lag. »Mr. Flanders hat dir die Hüte und Handschuhe in den Kisten geschenkt. Seine Tochter und er waren sehr bestürzt, als sie vom Tod deines Mannes erfahren haben.«

Beryl legte einen Moment lang die Finger an die Lippen und blinzelte, als müsse sie ihre Gefühle unterdrücken. Schließlich sagte sie: »Wie aufmerksam von ihnen. Ich hoffe, die liebe Elinor war nicht zu untröstlich. Sie ist ein so liebenswertes Mädchen.«

»Sie hat mit Ihnen gefühlt«, antwortete Tilda sanft. »Und sie lässt ihr Beileid ausrichten.«

»Ich werde den Flanders einen Brief schreiben, der zusammen mit der Traueranzeige zugestellt wird. Oliver kümmert sich um die Anzeige, die wir allerdings erst drucken lassen können, wenn ich weiß, wann die Beerdigung stattfindet.« Beryl rang die Hände. »Der Inspector konnte mir noch nicht mitteilen, wann Louis' Leichnam zurückgebracht wird.«

»Das sollte nicht länger als ein paar Tage dauern«, sagte Tilda.

»Ich bin froh, dass ihr beide hier seid, um mir zu helfen. Hadrian, ich habe das Haushaltsbuch gefunden, für den Fall, dass du es für mich einmal durchsehen möchtest.«

»Natürlich«, antwortete Hadrian. »In diesem Zusammenhang würde ich dich gerne fragen, ob du noch Schulden beim Apotheker und bei den Flanders hast?«

Beryl holte tief Luft. »Haben sie das gesagt?«

»Nein«, sagte Tilda. »Hadrian will nur helfen, und er muss wissen, ob Sie noch Schulden haben.«

Beryls Wangen färbten sich rosa. »Ich weiß nicht, wie viel ich schulde, aber ich habe in letzter Zeit keine Zahlungen geleistet, weil Louis meine Zuwendung gekürzt hat.«

Tilda hatte Mitgefühl mit der Frau, die ohne Kontrolle über ihre finanzielle Situation war, denn das war gleichbedeutend damit, dass sie keine wirkliche Unabhängigkeit über ihr Leben besaß. »Allem Anschein nach hatte Ihr Ehemann finanzielle Schwierigkeiten.«

»Das erklärt, warum er meinen Schmuck gestohlen hat«, sagte Beryl mit einem Anflug von Verärgerung.

»Sind Sie sicher, dass *er* ihn gestohlen hat?«, fragte Tilda vorsichtig. »Ich weiß, dass Sie das glauben, aber haben Sie Beweise dafür, dass er es war?«

Beryl öffnete den Mund, schloss ihn dann wieder und presste die Lippen aufeinander. »Ich habe keine Beweise. Ist es nicht Ihre Aufgabe, diese Beweise zu finden?«

»Ja, das ist es«, gab Hadrian schnell zur Antwort. »Allerdings kann Tilda ihre Aufgabe nur auf der Grundlage der Informationen erfüllen, die ihr zur Verfügung stehen. Deine Überzeugung, dass dein Mann deinen Schmuck gestohlen hat, hilft ihr dabei nicht besonders weiter.« Er sprach freundlich, und Beryl nickte.

»Ich habe bereits alles gesagt, was ich weiß«, sagte Beryl.

»Ist es möglich, dass jemand anderes die Schmuckstücke entwendet hat?«, fragte Hadrian. »Könnte vielleicht jemand vom Personal dafür in Frage kommen? Ich möchte ja nichts unterstellen, aber ich denke, du solltest diese Möglichkeit in Betracht ziehen.«

Blitzartig richtete Beryl ihren Blick auf ihn, und ihre Augen weiteten sich. »Keiner von ihnen würde so etwas tun.«

»Was ist mit dem Dienstmädchen, das so plötzlich aus Ihrem Haushalt verschwunden ist?«, fragte Tilda.

»Farrow würde mich niemals bestehlen.« Beryl blickte nachdenklich zur Decke und verzog ihr Gesicht dabei vor Anstrengung. »Mir fällt gerade auf, dass seit ihrem Weggang nichts mehr verschwunden ist.« Das klang sehr niedergeschlagen, was Tilda nur zu gut nachvollziehen konnte. Immer war der Gedanke schrecklich, von jemandem bestohlen worden zu sein, dem man vertraut hat. Möglicherweise war Beryl auch enttäuscht, dass der Übeltäter gar nicht ihr verhasster Ehemann gewesen war.

»Wissen Sie, wo ich Farrow finden kann? Auch ihr Vorname wäre hilfreich.« Tilda würde sie aufspüren.

»Martha, aber ich habe keine Ahnung, wo sie steckt. Moment. Ich glaube, sie hat mir einmal erzählt, dass ihre Familie in Stepney lebt. Vielleicht finden Sie sie dort?«

»Das werde ich versuchen.« Tilda lächelte ihr aufmunternd zu. »Dann würde ich gern noch mit Ihrem Personal sprechen. Vielleicht könnte Hadrian währenddessen Ihre Kontobücher überprüfen?«

Beryl nickte. »Ja, bitte sprechen Sie mit Clara. Sie ist wegen der Untersuchung morgen sehr nervös.«

»Sehr gerne«, antwortete Tilda.

»Im Augenblick ist sie in ihrem Zimmer. Ich kann Sie hinaufbringen.« Beryls Blick fiel auf die Gegenstände, die Hadrian in den Händen hielt. »Die nehme ich auch. Du kannst ins Arbeitszimmer gehen, während ich Tilda nach oben begleite, um mit Clara zu sprechen.« Sie lächelte ihn an, als sie die Schachteln an sich nahm. Die Flasche mit dem Tonikum, die obenauf balancierte, geriet ins Wanken.

Hadrian nahm sie und steckte sie in die oberste Schachtel. »So fällt sie nicht herunter, wenn ihr die Treppe hinaufgeht.«

Beryls Blick wurde weicher, als sie Hadrian anlächelte. »Das ist so aufmerksam. Das Hauptbuch liegt auf Louis' Schreibtisch.« Sie wandte sich zur Treppe.

Tilda tauschte einen Blick mit Hadrian. Sie wollte mit Clara allein sprechen. »Beryl, gehen Sie doch mit Hadrian ins Arbeitszimmer. Er hat bestimmt Fragen zum Hauptbuch.«

Hadrian nickte. »Ja, das wäre sehr hilfreich.«

Beryl blickte über ihre Schulter zurück. »Natürlich. Ich komme gleich zu dir.« Sie drehte sich noch einmal um.

Tilda lächelte Hadrian an und flüsterte kaum hörbar: »Danke.«

»Viel Glück«, antwortete er leise, bevor Tilda Beryl folgte. Sie blieben weder im ersten noch im zweiten Stock stehen. Sie stiegen bis in den obersten Stock mit seinen niedrigeren Decken und schmalen Fluren hinauf.

Beryl blickte über ihre Schulter zu Tilda zurück. »Claras Zimmer ist am Ende.«

Als sie ihre Tür erreichten, klopfte Beryl leise. »Clara, Miss Wren ist zurück. Ist jetzt ein guter Zeitpunkt, um mit ihr zu sprechen?«

»Ja«, kam die Antwort. Einen Moment später öffnete sich die Tür und Clara trat hervor. Sie zupfte nervös an ihrem Rock und schlug den Blick nieder.

Sie tat Tilda leid. Es musste ein Schock für sie gewesen sein, ihren Arbeitgeber tot aufzufinden. »Darf ich eintreten?«, fragte Tilda und lächelte das junge Dienstmädchen freundlich an.

Beryl hielt die Schachteln leicht in Richtung des Dienstmädchens. »Clara, die Modistin hat schwarze Hüte und Handschuhe für mich geschickt. War das nicht nett von ihr? Wenn Sie sich dazu in der Lage fühlen, können Sie herunterkommen und sie auspacken. Ich weiß, wie sehr Sie sich über neue Sachen freuen.«

»Das werde ich, Mrs. Chambers«, sagte Clara, und Beryl ging.

Tilda schloss die Tür. »Ich verstehe, dass Sie wegen der Untersuchung morgen eine gewisse Sorge verspüren.«

Die Hausangestellte schien zwar besorgt, aber sie war auch skeptisch, als wäre sie sich nicht sicher, ob sie Tilda vertrauen sollte. Sie deutete auf den Stuhl, den sie verlassen hatte. »Sie können sich setzen, wenn Sie möchten.«

»Vielen Dank«, sagte Tilda. »Wo werden Sie sitzen?«

»Ich kann mich auf das Bett setzen.« Clara setzte sich auf die Bettkante und nahm dabei eine Haltung ein, als wäre sie ein Vogel, der jeden Moment aufflattern wollte.

Tilda drehte den Stuhl zu Clara und setzte sich. »Sie brauchen keine Angst vor der Untersuchung zu haben. Der Untersuchungsrichter wird den Zeugen Fragen stellen. Und eine Jury wird die Todesursache feststellen.«

»Aber ich werde befragt werden.« Clara kaute auf ihrer Lippe. »Ich habe eine Vorladung erhalten.«

»Seien Sie nicht nervös.« Tilda lächelte ihr aufmunternd zu. »Beantworten Sie einfach die Fragen. Können Sie das?«

Clara nickte. »Ich habe bereits die Fragen des Constables beantwortet. Werden die ähnlich sein?«

»Ja. Umso weniger Grund, nervös zu sein. Sie haben das bereits hinter sich. Soll ich Ihnen ein paar Fragen stellen, damit Sie sich sicherer fühlen?«

»Würden Sie das tun?« Als Tilda nickte, fragte das Dienstmädchen: »Woher wissen Sie so viel darüber?«

»Mein Vater hat bei der Metropolitan Police gearbeitet, und ich bin Ermittlerin.«

Clara sah sie bewundernd an. »Ich wusste nicht, dass eine Frau so etwas tun kann.«

»Die meisten Menschen glauben nicht, dass Frauen das können«, bemerkte Tilda sarkastisch. »Allerdings arbeite ich für einen Anwalt, der meine Fähigkeiten zu schätzen weiß, und ich beginne gerade, mich als Privatdetektivin selbstständig zu machen.« Dass bisher einzig und allein der Earl of Ravenhurst ihr Kunde gewesen war, spielte keine Rolle. »Sind Sie bereit, ein paar Fragen zu beantworten?«

Clara straffte die Schultern und sah Tilda in die Augen. »Ja.«

Tilda lächelte. »Das ist eine ausgezeichnete Art, sich zu präsentieren – mit Selbstvertrauen und Enthusiasmus. Wann haben Sie angefangen, hier im Haushalt der Chambers zu arbeiten?«

»Vor sechs Jahren, als ich siebzehn war. Ich habe einige Monate in der Spülküche gearbeitet und wurde dann Dienstmädchen, als meine Vorgängerin weggegangen ist.«

»Sie waren das einzige Dienstmädchen?«, fragte Tilda.

»Bis Mr. Chambers heiratete und eine Zofe für Mrs. Chambers einstellte.«

»Das war Martha Farrow, die gekündigt hat? Dann wurden Sie die Zofe von Mrs. Chambers?«

»Ja, aber ich erledige immer noch die meisten meiner regulären Aufgaben.«

Tilda war froh, mit ihr über die Kammerzofe sprechen zu können, die gekündigt hatte. »Kannten Sie Martha Farrow gut?«

Clara faltete die Hände im Schoß und ihr Körper schien sich zu verspannen. »Wir standen uns nicht besonders nahe, aber wir haben zwischendurch miteinander gesprochen und gelacht.«

»Wissen Sie, warum sie gegangen ist?«

Die Hausangestellte schüttelte den Kopf. »Es ging alles sehr schnell. Sie sagte mir, dass sie gehen würde, und am nächsten Tag war sie fort.«

»Gab es irgendetwas, das sie dazu veranlasst haben könnte, zu gehen?«, fragte Tilda. »Vielleicht war sie hier unglücklich?«

Clara wandte den Blick ab, und sie kaute wieder auf ihrer Lippe, was Tilda als Zeichen ihrer Aufregung deutete. »Das hat sie nicht gesagt. Massey schien sie besser zu kennen. Sie könnten ihn fragen.«

Tilda machte sich eine Notiz. »Das werde ich. Wissen Sie, wo Farrow jetzt arbeitet?«

»Nein, aber Massey weiß das vielleicht. Oder Sie könnten ihre Familie fragen. Ihr Vater ist in Stepney im Rechtswesen tätig.«

»Ist er Anwalt oder Notar?«

Clara hob die Hand und gestikulierte begeistert. »Anwalt, glaube ich.«

Tilda strahlte sie an. »Clara, das machen Sie sehr gut.«

Ein Lächeln erhellte Claras Gesicht. »Danke. Ich fühle mich viel besser. Trotz allem.«

»Darf ich Ihnen noch ein paar Fragen stellen?«, fragte Tilda.

»Ja, bitte, das ist sehr hilfreich.«

»Ausgezeichnet.« Tilda strich sich mit den Händen über den Schoß. »Sie wissen, dass der Schmuck von Mrs. Chambers verschwunden ist.« Tilda wusste das, weil Beryl gestern darüber gesprochen hatte, als Clara im Zimmer war.

Clara runzelte die Stirn. »Sie ist sehr aufgebracht darüber.«

»Das wäre ich auch«, sagte Tilda. »Sie glaubt, Mr. Chambers hat ihn gestohlen, aber seit Farrow weg ist, ist nichts mehr verschwunden. Halten Sie es für möglich, dass sie den Schmuck genommen hat?«

»Ich schätze, das ist möglich.« Clara runzelte die Stirn. »Das kann ich wirklich nicht sagen.«

»Das ist in Ordnung.« Tilda nickte ihr beruhigend zu. »Können Sie mir etwas über Mr. und Mrs. Chambers erzählen? Wie haben sie sich Ihrer Meinung nach verstanden?«

»Nicht besonders gut. Sie stritten sich, und Mr. Chambers packte Mrs. Chambers manchmal oder stieß sie.«

»Haben Sie das selbst beobachtet?«

Clara schüttelte den Kopf. »Ich nicht, aber Farrow erzählte mir kurz vor ihrem Abschied, dass sie kürzlich gesehen habe, wie Mr. Chambers Mrs. Chambers auf einen Stuhl gestoßen habe.«

Tilda hatte Martha Farrow ohnehin schon befragen wollen, doch nun war dies unumgänglich. Vielleicht war sie auch zur Untersuchung vorgeladen worden. Wenn nicht, würde Tilda sie finden. Und sie hatte einen Anhaltspunkt in Stepney, wo ihre Familie lebte.

»War es schwierig, hier zu arbeiten, obwohl Sie das über Mr. Chambers wussten?«, fragte Tilda.

Clara zögerte. Als sie antwortete, sprach sie fast flüsternd. »Ich war mir nicht sicher, ob ich das glauben sollte. Mr. Chambers hat mich eingestellt, und ich bin ihm gegenüber loyal.« Sie presste die Lippen fest aufeinander, als wollte sie sich davon abhalten, mehr zu sagen. Ihr Kiefer spannte sich an.

»Das verstehe ich«, meinte Tilda sanft.

»Aber dann habe ich die blauen Flecken gesehen.« Clara sah Tilda mit brennender Wut an. »Ich hätte nicht gedacht, dass er so grausam sein kann. Zu mir war er immer sehr freundlich. Das dachte ich wenigstens.« Sie wandte den Blick ab. Eine Träne rollte ihr über die Wange, aber sie wischte sie schnell weg.

Tilda hatte ein ungutes Gefühl, was sie als Nächstes erfahren würde. »Inwiefern war er freundlich zu Ihnen?«

Clara sah Tilda wieder an, senkte dann aber den Blick auf ihren Schoß. »Er gab mir das Gefühl, etwas Besonderes zu sein. Kurz bevor ich hier zu arbeiten begann, war meine Mutter gestorben und mein Vater hatte uns vor langer Zeit verlassen. Ich war allein, aber er sorgte dafür, dass ich mich geschätzt fühlte.«

Geschätzt? »So wie Ihr Vater Sie geschätzt hätte?« Allerdings war Louis Chambers mindestens zehn Jahre älter als Clara.

Clara brauchte einen Moment, ehe sie Antwort gab. »Nein. Nicht wie ein Vater.«

Tilda unterdrückte ihre Abscheu vor dem, was Clara vielleicht preisgeben würde. »Hatte er … eine intime Beziehung zu Ihnen?«

Clara nickte. Sie wischte sich die Wangen ab und hielt den Kopf gesenkt. »Mrs. Chambers weiß nichts davon. Sie würde mich ohne Referenz entlassen.«

»Ihre Affäre dauerte bis zum Tod von Mr. Chambers?« Tilda wollte sichergehen, dass sie alles verstanden hatte.

Clara hob abrupt den Kopf und starrte Tilda an. »*Nein. Das hörte auf, als sie heirateten. Ich weigerte mich, mit ihm zu schlafen, obwohl er versucht hatte, mich dazu zu überreden.«

»Dann hat er Sie schließlich in Ruhe gelassen?«

»Ich bin sicher, dass er andere Frauen hatte.« Clara senkte erneut den Blick und zupfte an ihrem Rock. »Ich glaube, er hat Martha manchmal mit in sein Bett genommen, aber ich bin mir nicht sicher.«

Martha wurde immer interessanter. Tilda wollte unbedingt wissen, warum sie gegangen war und ob sie etwas von Beryls Schmuck mitgenommen hatte.

»Wissen Sie etwas über die anderen Frauen?«, fragte Tilda. »Jemand, die vielleicht seine Geliebte war und welches sie Parfüm trug?«

Clara runzelte die Stirn. »Mir fällt niemand ein, aber es würde mich nicht überraschen. Ich komme mir so dumm vor, dass ich ihn so viele Jahre lang für einen so gütigen Mann gehalten habe. Als ich dann begann, mich um Mrs. Chambers zu kümmern, sah ich die Spuren seines Missbrauchs. Ohne ihn ist sie besser dran«, fügte sie heftig hinzu und überraschte Tilda mit ihrer Vehemenz.

»Danke, dass Sie mir das erzählt haben, Clara. Ich würde Ihnen raten, morgen nur das zu sagen, was Sie wissen. Der Untersuchungsrichter muss Ihre Meinung nicht hören.« Vor allem nicht, wenn sie damit Clara als Verdächtige ins Rampenlicht rücken würde. Obwohl sie das vielleicht sein sollte.

»Ich werde daran denken«, sagte Clara eifrig. »Vielen Dank für Ihre Hilfe. Aber bitte erzählen Sie Mrs. Chambers nichts darüber, wie es vor ihrer Ehe mit Mr. Chambers war.«

Tilda sah die Hausangestellte mitfühlend an. »Das wird wahrscheinlich bei der Untersuchung herauskommen. Es tut mir leid. Vielleicht wäre es besser, wenn Sie es ihr vorher sagen, damit sie nicht überrascht ist.«

Clara erblasste. »Das bringe ich nicht über mich«, flüsterte sie.

»Soll ich es ihr sagen?«

»Sie würde mich rauswerfen.« Clara wirkte erschüttert, fast panisch. »Wahrscheinlich ohne Referenz.«

»Ich hoffe nicht, aber wenn doch, werde ich mein Bestes tun, Ihnen eine neue Anstellung zu suchen.« Tilda wollte das Dienstmädchen beruhigen. Aber sie meinte ihre Wort auch ernst. Vorausgesetzt, Clara war nicht in den Mord an Chambers verwickelt. »Vertrauen Sie mir, dass ich Ihnen helfen werde?«

Clara nickte. »Ich glaube, ich habe keine andere Wahl.«

Tilda streckte die Hand aus und berührte Claras Hand, woraufhin das Dienstmädchen ihren Blick erwiderte. »Ich verspreche Ihnen, dass ich alles tun werde, um Ihnen eine Stelle zu verschaffen – entweder hier oder woanders. Vielleicht wird Mrs. Chambers Sie nicht entlassen. Es ist ja nicht so, als hätten Sie eine Affäre mit ihm gehabt, nachdem die beiden verheiratet waren.«

In der Hoffnung, die junge Frau von ihren Sorgen abzulenken, kam Tilda auf die Untersuchung zurück. »Der Untersuchungsrichter wird Sie auch fragen, wie Sie Mr. Chambers heute Morgen gefunden haben. Sie müssen das nicht noch einmal mit mir durchgehen. Ich bin sicher, dass es sehr erschütternd war.«

»Das war es.« Clara wischte sich die Stirn. »Ich hatte mit Unordnung gerechnet, aber nicht damit.« Sie schauderte.

Tildas Neugierde gewann wie so oft die Oberhand. »Was für eine Unordnung hatten Sie denn erwartet?«

»Mr. Chambers hatte in den letzten Wochen übermäßig viel getrunken.« Clara rümpfte die Nase. »Sein Nachttopf war ekelhaft.«

»Erbrochenes?« Tilda wollte Einzelheiten wissen, so unangenehm sie auch waren.

»Und die Bettwäsche war einfach ...« Clara verzog das Gesicht. »Verzeihen Sie mir. Er war sehr krank vom Trinken.«

Tilda nickte. »Ich glaube, ich verstehe. Das werden Sie sicherlich nicht vermissen.«

Clara lächelte sogar. »Nein, das werde ich nicht.«

Tilda stand auf. »Eine herzhafte Mahlzeit und ein ausgiebiger Nachtschlaf werden Wunder bei Ihnen bewirken.« Sie ging zur Tür. »Ich bin morgen hier und werde Mrs. Chambers zur Untersuchung begleiten. Wenn Ihnen bis dahin noch weitere Fragen einfallen, können Sie mich dann darauf ansprechen.«

»Vielen Dank«, antwortete Clara.

Tilda verabschiedete sich, schloss die Tür hinter sich und zögerte einen Augenblick im Korridor. Allem Anschein nach gab es also zwei neue Verdächtige: Clara und Martha Farrow. Außerdem lagen nun weitere Beweise vor, welche die verabscheuungswürdige Natur von Luis Chambers bestätigten. Dieser Mensch hatte eine junge Bedienstete in seinem Haushalt sexuell ausgenutzt. Vielleicht waren es sogar zwei Bedienstete, wenn Martha Farrow ebenfalls sein Bett geteilt hatte.

War ein Mordopfer verabscheuungswürdig und wurde es von vielen Menschen abgelehnt oder sogar gehasst, war die Liste derer lang, die über seinen Tod frohlockten.

Tilda hatte alle Hände voll zu tun.

KAPITEL 8

*H*adrian betrat das Arbeitszimmer und sofort erkannte er das Hauptbuch, das auf dem Schreibtisch lag. Zunächst schenkte er ihm allerdings keine weitere Beachtung und er ging direkt zum Schlafzimmer, wo er die Tür langsam öffnete, damit sie nicht quietschte und jemanden auf sein Eindringen aufmerksam machten.

Das Zimmer war dunkel, die Vorhänge zugezogen. Es war fast genauso wie am Morgen. Sogar die blutbefleckten Laken lagen noch auf dem Bett. Das war wohl verständlich. Die gesamte Hausgemeinschaft hatte einen großen Schock erlebt.

Hadrian war sich nicht sicher, wie viel Zeit ihm zur Verfügung stand, weshalb er entschied, rasch zu Werke zu gehen. Nun, jedenfalls so schnell er konnte, während er versuchte, seinen Geist dazu zu bringen, eine Vision zu sehen. Er wünschte, er wüsste besser darüber Bescheid, wie diese verdammte Gabe funktionierte. Wäre es einfacher, wenn er eine Vorstellung davon hätte, was er zu sehen versuchte? Oder zumindest, in wessen Erinnerungen er Einblick nehmen wollte?

Vielleicht sollte er an Beryl denken, aber er wollte wirklich nicht auch noch Zeuge irgendwelcher intimen Momente zwischen ihr und Chambers werden. Vielleicht sollte er daran denken, wie zornig sie auf ihren Mann war, damit er stattdessen ihre Zwietracht sehen konnte. Das interessierte ihn am meisten.

Würde ihn das aber wirklich weiterbringen, wenn er nicht hören konnte, was gesagt wurde? Er dachte an die Visionen zurück, die für den Fall von entscheidender Bedeutung gewesen waren, den er erst kürzlich mit Tilda gelöst hatte.

In den Visionen, hatte er die beteiligten Personen erkennen können. Anschließend hatten sie, Tilda und er, diese Personen befragt und weitere Informationen erhalten. Die hilfreichste Vision war die, in der er den Mörder identifiziert hatte, was aber nur gelungen war, weil mehrere Personen anwesend waren. Hadrian hatte den Mörder in der Erinnerung einer anderen Person sehen können. Ihm wurde klar, dass er damit zum ersten Mal die Erinnerungen eines Verstorbenen gesehen hatte.

Von Seiten der Leiche hatte Hadrian weder etwas sehen noch fühlen können – und Hadrian *hatte* die Erinnerungen dieses Mannes gesehen, als er noch gelebt hatte. Hadrian hatte auch die Erinnerungen von Tildas Großonkel nicht sehen können, der kürzlich verstorben war. Worin bestand der Unterschied? Lag es daran, dass der eine Mann schon länger tot war? Oder daran, dass er nicht wie die anderen ermordet worden war? Hadrian wünschte sich wirklich, dass er mit seiner neuen Gabe auch gleich eine Gebrauchsanweisung dazu bekommen hätte.

Möglicherweise würde seine Gabe im Lauf der Zeit eine Veränderung durchmachen, insbesondere wenn Hadrian sie zu kontrollieren lernte. *Wenn* er das lernen konnte.

Hadrian trat an das Bett heran und berührte das Kopfteil. Nichts geschah. Er ging um das Bett herum, ließ seine Hände über die Bettdecke gleiten, wobei er darauf achtete, kein Blut zu berühren, und auch die Pfosten und Vorhänge mied er. Immer noch nichts.

Das hätte ihn nicht überraschen sollen. Vielleicht konnte er Chambers´ Erinnerungen nicht sehen, weil der Mann erst vor kurzem gestorben oder ermordet worden war. Oder vielleicht beides.

Er blieb an dem Pfosten stehen, von dem aus er heute Morgen die Vision aus der Perspektive der Geliebten gesehen hatte, und drückte die Hände gegen das geschnitzte Holz. Er wollte nicht unbedingt Erinnerungen an ihre sexuellen Handlungen mit Chambers aufleben lassen, aber kontrollieren konnte er das auch nicht.

Er konzentrierte sich auf das, was er zuvor gesehen hatte. Die Vision tauchte in seinem Kopf auf – oder war es nur seine Erinnerung an die Vision? Ein Schmerz durchzuckte seine Schläfe. Dann *war* es offenbar eine Vision.

Allerdings deckte sie sich nicht genau mit dem, was er zuvor gesehen hatte. Chambers sah etwas anders aus. Sein Haar war länger. Er lag auch in einer anderen Position auf dem Bett. Er lag vollständig zurückgelehnt, seine Lippen zu einem trägen Lächeln geformt. Zumindest legte die Frau, deren Erinnerung er auch immer sah, ihre Hände auf seine nackte Brust. Das erinnerte ihn an Tildas Frage nach einem Ring an der Hand der Frau. Dort war kein Ring. Aber diese Hände waren anders als diejenigen, die er zuvor gesehen hatte. Sie waren rauer, die Nägel kurz und stumpf.

Hadrian wurde klar, dass in der ersten Erinnerung eine Frau von höheren Stand zu sehen gewesen war als in der jetzigen.

Chambers drehte den Kopf plötzlich zur Tür. Und Hadrian blickte nun ebenfalls zur Tür. Sie war geschlossen. Die Frau sprang vom Bett auf und zog etwas hinter sich her – Kleidung, wie er erkannte. Er sah eine weiße Haube und ein dunkelblaues Kleidungsstück.

Hadrians Blickwinkel veränderte sich mit ihren Bewegungen. Sie drückte sich flach auf den Boden und schlüpfte unter das Bett. Hadrian wurde von Angst und Beklemmung überwältigt. Er kam zu dem Schluss, dass jemand den Raum betreten würde und sie nicht in Chambers´ Bett erwischt werden wollte.

»Hadrian?«

Verdammt. Er hatte nicht darauf geachtet, wie lange er hier drin war, und jetzt war Beryl im Arbeitszimmer.

Er massierte seine Stirn, als der Schmerz einsetzte. Er befürchtete, dass diese Kopfschmerzen eine Weile dauern würden, bis sie irgendwann nachließen.

Er drehte sich um und ging zur Tür, aber er fühlte sich etwas wackelig auf den Beinen. Er stützte sich mit der Hand an der Rückenlehne eines Stuhls ab, um das Gleichgewicht zu halten. Eine weitere Vision blitzte in seinem Kopf auf. Eine Frau stand vor ihm. Sie war als Dienstmädchen gekleidet, ihr dunkelblondes Haar war unter einer weißen Haube hochgesteckt. Sie war hübsch, hatte volle

Lippen und sinnliche Augen mit schweren Lidern, aber Hadrian kam sie nicht bekannt vor.

Eine Hand bewegte sich vor ihm. Sie gehörte zu der Person, deren Erinnerung er sah. Das Handgelenk war weiblich. Und sie trug einen mit Granaten besetzten Ehering.

Wieder durchzuckte ihn ein Schmerz. Er zwang sich, den Stuhl loszulassen, um die Vision zu beenden und weil er das Schlafgemach verlassen musste.

Er atmete mehrmals tief durch, während er zum Arbeitszimmer ging. »Beryl, entschuldige bitte. Ich konnte nicht widerstehen, in das Schlafzimmer zu schauen.« Er schloss die Tür hinter sich und sein Kopf pochte.

Sie stand beim Schreibtisch. »Warum?«

»Ich hatte nach etwas Ausschau gehalten, das uns vielleicht bei den Ermittlungen hilft.«

»Du willst den Inspector unterstützen?«, fragte Beryl entsetzt. »Aber er hält mich für schuldig.«

»Das denke ich nicht«, entgegnete Hadrian. »Aber ich verstehe, wie es sich anfühlt, unter Verdacht zu stehen. Der Inspector sieht mich auch als Verdächtigen.«

Beryl lachte höhnisch. »Das ist lächerlich.«

»Ich habe Miss Wren auch beauftragt, Louis' Mörder zu finden.«

»Hilfst du ihr dabei, indem du Louis' Schlafzimmer unter die Lupe nimmst?«

»Ja«, antwortete Hadrian. »Bestimmt wird sie selbst noch einmal nachsehen wollen, sobald sie mit dem Dienstmädchen fertig ist. Dessen bin ich sicher.«

Beryl neigte den Kopf. »Wenn Miss Wren es ohnehin durchsuchen wird, warum kümmerst du dich dann darum? Hilfst du ihr bei den Ermittlungen?«

»Ja. Wir waren ein gutes Team, als wir beim letzten Mal zusammengearbeitet haben.«

»Aber ich dachte, du hättest sie engagiert, um *für* dich zu ermitteln.« Beryl schien verwirrt.

»So ist es, und ich habe ihr auch Unterstützung angeboten.« Er wollte nicht näher darauf eingehen, dass er Tilda eine wertvolle

Ressource zur Verfügung stellte. »In diesem Fall ist sie über meine Hilfe froh, da wir beide uns schon seit mehreren Jahren kennen.«

»Wir kennen uns nicht gut«, meinte Beryl darauf, vielleicht mit einem Anflug von Bedauern. »Zumindest nicht, seit ich ... Louis geheiratet habe. Das tut mir leid«, fügte sie leise hinzu. »Wenn ich die Zeit zurückdrehen könnte, würde ich mich von ihm nicht noch einmal verleiten lassen, mit dir Schluss zu machen.«

Da hatte Hadrian seine Antwort. »Es tut mir leid, dass du das bereust. Aber ich dachte, du hättest ihn geliebt.«

»Das hatte ich wirklich gedacht. Er gab mir das Gefühl, sehr begehrenswert zu sein. Nicht, dass du das nicht getan hättest. Es ist nur ... er war so beharrlich und ... leidenschaftlich.« Sie schien ihre Worte sehr sorgfältig zu wählen. Damit wollte sie vielleicht sagen, dass Hadrian nicht so leidenschaftlich für sie empfunden hatte wie Chambers. Rückblickend hatte sie damit recht. Hadrian war nicht im Mindesten leidenschaftlich gewesen.

Aber Hadrian wollte sie in ihrer derzeitigen schwierigen Lage nicht noch mehr aufregen. »Es tut mir leid, wie das alles ausgegangen ist.« Das stimmte nicht ganz, denn er war bemerkenswert erleichtert darüber, dass sie nicht geheiratet hatten. Es war jedoch besser, das zu sagen, als ihr zu gestehen, dass er bereute, sich mit ihr verlobt zu haben, obwohl das die Wahrheit war. Er hatte einen Fehler gemacht, und den hatte sie durch ihre Untreue wieder berichtigt. Wie kalt das klang.

»Man könnte wohl sagen, dass wir uns nicht besonders gut kannten, als wir uns verlobten«, sagte sie. »Ich gebe zu, dass ich mich von dir eingeschüchtert gefühlt habe.«

»Warum?«

Sie zuckte mit den Schultern. »Anfangs war es nur, weil du ein Earl bist. Nie hätte ich gedacht, einmal das Interesse von einem Gentleman wie dir zu wecken. Als wir uns näher kennenlernten, merkte ich, dass du anders warst als die Männer auf dem Heiratsmarkt. Kultiviert und intelligent. Insbesondere schienst du ein aufrichtiges Interesse gehabt zu haben, mich kennenzulernen.«

»Ich *war* aufrichtig interessiert«, beteuerte Hadrian. Als er an ihr damaliges Verhalten zurückdachte, konnte er erkennen, wie schüchtern und zögerlich sie anfangs gewesen war. Ihr hatte das Selbstbewusstsein gefehlt, das Tilda ausstrahlte. Jetzt fragte er sich, was ihn ursprünglich an Beryl fasziniert hatte.

Sie war ihm attraktiv erschienen und es hatte ihm gefallen, dass sie nicht aus London stammte. Insbesondere wegen seines Titels war er auf dem Heiratsmarkt begehrt, aber Beryl hatte sich nicht um seine Aufmerksamkeit bemüht. Er hatte sie auf einigen Bällen gesehen, und niemand hatte mit ihr getanzt. Damals hatte er sich immer die Mühe gemacht, mit den Mauerblümchen zu tanzen. Selbst wenn er kein Interesse daran hatte, ihnen den Hof zu machen, würden sie auf diese Weise zumindest gesehen werden, wie sie mit einem Earl tanzten. Manche Leute legten großen Wert auf solche Dinge.

»Du bist doch nicht mehr eingeschüchtert, hoffe ich«, fügte er mit einem Lächeln hinzu.

»Nein. Da ich die Ehe mit Louis ausgehalten habe, bin ich wohl aus härterem Holz geschnitzt.«

Hadrian wurde ernst. »Es tut mir aufrichtig leid, was du alles durchleiden musstest. Ich hatte keine Ahnung, dass er so grausam war.«

»Das hatte ich auch nicht, denn sonst hätte ich ihn nicht geheiratet, oder?«, fragte sie ironisch. »Trotzdem erfüllt es mich mit Kummer, dass er gestorben ist, und dazu noch auf so eine grausame Weise. Ich weiß, dass eine Scheidung schwierig oder vielleicht sogar unmöglich gewesen wäre, aber ich hatte sie unbedingt durchsetzen wollen. Wenn ich ihn hätte töten wollen, warum hätte ich dann einen Anwalt engagiert?«

»Sie müssen mich nicht überzeugen«, wiegelte Hadrian ab und hob die Hand. Aber war in ihm nicht ein leiser Verdacht aufgekeimt, dass sie des Verbrechens schuldig sein könnte?

Dennoch *glaubte* er fest an ihre Unschuld. Vielleicht hatte sie aus Verzweiflung oder einem Gefühl des Selbstschutzes gehandelt – darüber hatten er und Tilda sogar gesprochen.

Vielleicht konnte er sich aber einfach nicht dazu durchringen, sich einzugestehen, dass er sich mit einer Mörderin verlobt hatte. Aber er musste sich eingestehen, dass er sich mit einer Frau verlobt *hatte*, die fähig gewesen war, ihn zu betrügen.

Hadrian verdrängte diesen Gedanken. »Sollen wir uns nun das Hauptbuch vornehmen?«

»Ja.« Beryl wandte sich dem Schreibtisch zu. »Ich habe nur einen kurzen Blick hineingeworfen, muss ich gestehen, um mich zu vergewissern, dass es sich um das richtige Hauptbuch handelt.«

Hadrian setzte sich an den Schreibtisch, und Beryl wählte einen Stuhl an seiner Seite. Er litt noch immer unter Kopfschmerzen und massierte sich die Stirn, während er das Hauptbuch aufschlug.

Nachdem er mehrere Seiten durchgeblättert hatte, wusste er, dass jede Seite die Einträge für einen bestimmten Monat aufwies. Dabei handelte es sich um die üblichen Haushaltsaufzeichnungen, die sich jedoch nicht mit den Zahlungen an die Bediensteten deckten, die in einigen Monaten auf die einzelnen Begünstigten aufgeschlüsselt und in anderen zusammengefasst waren.

Beryls vierteljährliche Zuwendung war hier dokumentiert, und Hadrian konnte anhand der Zahlen nachvollziehen, wie der Umfang im letzten Jahr zurückgegangen war. Ab August waren auch Zahlungen an Pollard verzeichnet. Über drei Monate waren sie gleich hoch, doch dann nahmen sie im November und Dezember ab. Dieser Rückgang stimmte mit dem überein, was Pollard ihnen erzählt hatte.

Im Dezember gab es auch einen Eintrag für »Oliver«.

Hadrian warf Beryl einen Blick zu. »Warum hat Louis seinem Bruder zwanzig Pfund gegeben?« Für eine finanziell angeschlagene Person war das eine große Summe.

»Das kann ich nicht sagen.« Beryl zuckte mit den Schultern und senkte den Blick auf das Hauptbuch. »Vielleicht wollte er Oliver helfen, nachdem dieser seinen Posten in Kent aufgegeben hatte.«

Hadrian blätterte zum Januar und stellte fest, dass es in diesem Monat keinen Eintrag für Pollard gab. Auch im Februar war nichts verzeichnet. Seine Buchführung war seit Neujahr als schlampig zu bezeichnen. Im Januar gab es Einnahmen – seine »vierteljährlichen Zinsen« –, doch Anfang März war kaum noch Geld übrig. Rückblickend konnte Hadrian nicht nachvollziehen, wo das gesamte Geld geblieben war. Allem Anschein nach hatte er einige der Zahlungen nicht erfasst oder sie waren mit falschen Beträgen eingetragen worden. Welchen Grund auch immer es hatte, dass derzeit nicht viel Geld vorhanden zu sein schien, blieb noch festzustellen.

Beryl beugte sich zu ihm hinüber. »Was stimmt nicht?«, fragte sie stirnrunzelnd.

Hadrian drehte den Kopf zu ihr und war überrascht, ihr Gesicht nur wenige Zentimeter von seinem entfernt zu sehen. Er konnte die goldenen Sprenkel in ihren bernsteinfarbenen Augen deutlich sehen. Ihre Existenz war in seiner Erinnerung in Vergessenheit geraten, aber jetzt fühlte er sich in die Zeit zurückversetzt, als er sie in seinen Armen gehalten und geküsst hatte. Das schien eine Ewigkeit her. So lange schon hatte er nicht mehr an sie gedacht. Nun musste er feststellen, dass er nicht mehr auf diese Weise an sie dachte und das auch gar nicht wollte.

Ein Geräusch an der Tür ließ sie beide den Kopf drehen. Mit ruhigem Gesichtsausdruck stand Tilda da und sah sie beide aus ihren grünen Augen an. »Ich hoffe, ich störe nicht.«

»Ganz und gar nicht.« Hadrian stand auf. Er fühlte sich überaus unbehaglich, als wäre er in einer kompromittierenden Situation ertappt worden, was lächerlich war.

Zum einen war zwischen Beryl und ihm nicht das Geringste und zum anderen wäre Tilda nicht verärgert, falls da doch etwas wäre. Oder? Hadrian erstarrte für einen Moment. Hegte er womöglich romantische Gefühle für Tilda?

Das war wohl nicht auszuschließen.

Hadrian schüttelte in Gedanken den Kopf über sich selbst und kam zu dem Urteil, dass es eindeutig zu früh war, über solche Dinge nachzudenken. Ihre Bekanntschaft war noch nicht einmal einen Monat alt.

»Wie ist Ihr Gespräch mit Clara verlaufen?« Beryl stand von ihrem Stuhl auf. »Konnten Sie sie beruhigen?«

»Ein bisschen schon.« Tilda trat näher. »Mir ist bewusst, dass dies alles sehr anstrengend für Sie und Ihren Haushalt ist.«

Beryl senkte den Blick zu Boden. »Ja, so ist es «, murmelte sie.

Der Butler erschien in der Tür. »Mrs. Chambers, Sie haben Besuch. Mrs. Styles-Rowdon ist hier. Sie ist mit ihrer Zofe und einer Auswahl an schwarzer Garderobe erschienen. Sie wartet im Salon.«

Beryls Augen leuchteten vor Freude auf, und ein Lächeln zeigte sich auf ihrem Gesicht. »Wunderbar, vielen danke, Oswald. Sagen sie ihr bitte, dass ich sofort komme. «

Der Butler nickte und entfernte sich.

»Ist dies Ihre Nachbarin?«, fragte Tilda.

»Ja. Sie sollten sie kennenlernen«, schlug Beryl begeistert vor.

Tilda warf Beryl einen erwartungsvollen Blick zu. »Darf ich mir kurz das Schlafzimmer ansehen? Ich würde gerne mit eigenen Augen sehen, wo Ihr Mann gestorben ist. Es dauert nicht lange.«

»Das können Sie gern tun. Es macht mir nichts aus«, entgegnete Beryl und schritt auf die Tür zu, durch die der Butler den Raum gerade verlassen hatte. »Hadrian hat bereits angekündigt, dass Sie das gern tun würden. Ich bin Ihnen für jede Hilfe dankbar, die Sie mir bei der Beweisführung meiner Unschuld leisten können.« Damit lenkte sie den Blick zu Hadrian, und ihre Gesichtszüge wurden etwas weicher. »Wie ich auch dir für deine Unterstützung zutiefst dankbar bin. Ohne dich könnte ich das nicht schaffen.«

Beryl verließ das Arbeitszimmer, und Tilda warf Hadrian einen fragenden Blick zu. »Haben Sie ihr etwa gesagt, ich würde ihre Unschuld beweisen? Dafür haben Sie mich nicht engagiert.«

»Ich sagte zu ihr, dass Sie den Mörder finden würden und wir beide unschuldig sind. Das waren in etwa meine Worte. Ich hatte erreichen wollen, dass wir das Schlafgemach durchsuchen dürfen. Ich war gerade dort drinnen, als sie kam.«

Tilda zog die Augenbrauen hoch. »Tatsächlich? Haben Sie etwas herausgefunden? So muss es sein – denn Sie massieren Ihre Schläfe«, stellte sie mit gerunzelter Stirn fest.

Hadrian war sich gar nicht bewusst gewesen, dass er die Hand zu seinem Schädel erhoben hatte. »Ich habe Kopfschmerzen.«

»Was haben Sie denn sehen können?«

»Möchten Sie zuerst etwas über die Visionen hören oder über das Hauptbuch?«

»Habe ich Sie richtig verstanden? Haben Sie Visionen gesagt, im Plural?« Sie hob die Hand. »Berichten Sie mir vom Hauptbuch. Das Beste hebe ich mir immer gern für den Schluss auf.« Sie ging zum Schlafgemach.

Er folgte ihr. »Warum?«

Sie zuckte mit den Schultern. »Vermutlich liegt das an dem Gefühl der Vorfreude, das ich sehr gern mag. Vielleicht habe ich es aber auch immer vorgezogen, zuerst die schwierigeren oder weniger interessanten Dinge zu erledigen, um dann die Dinge, die mir wirklich am Herzen liegen richtig zu genießen.«

Hadrian lächelte. »Ich mache es ganz genauso. Immer habe ich zuerst Latein gelernt.« Er schauderte, als er an seine vielen Mühen dachte, diese Sprache einigermaßen zu beherrschen.

»Ich kann nur ein paar Brocken Latein. Und ein bisschen mehr Französisch.« Als sie im Schlafzimmer waren, drehte sie sich zu ihm um. In ihrem Blick lag eine Spur von Wehmut. »Ich hätte liebend gern Sprachen gelernt. Ich habe es versucht, aber ich hatte niemanden, mit dem ich üben konnte.«

»Mit dem Französischen kann ich Ihnen gern behilflich sein. Mein Griechisch und Latein sind weit weniger beeindruckend, und ich kann mich in diesen beiden Sprachen auch nicht ordentlich verbal ausdrücken.«

Sie lachte leise. »Wenn Sie jemanden finden, mit dem Sie außerhalb der Universität Latein sprechen können, werde ich sehr beeindruckt sein.« Sie drehte sich um und begann, den Raum unter die Lupe zu nehmen, wobei sie mit dem kleinen Tisch neben der Tür anfing. Er hatte eine einzige Schublade, die sie öffnete. »Erzählen Sie mir von dem Hauptbuch.«

Hadrian beobachtete, wie sie den Inhalt durchsah, um die Schublade dann wieder fest zu schließen. »Chambers hat Pollard ab August drei Monate lang den gleichen Betrag gezahlt, dann zwei Monate lang geringere Beträge. Im Januar war Pollard aus dem Hauptbuch verschwunden.«

Tilda warf ihm einen Blick zu, während sie ihre Suche fortsetzte und zum Kamin ging, wo sie hinter und unter die Uhr schaute, die auf dem Kaminsims stand. »Was könnte Ihrer Meinung nach der Grund dafür sein, dass Chambers die Zahlungen an Pollard gekürzt hat?«

»Ich habe keine Ahnung, aber Louis hat seinem Bruder Oliver im Dezember zwanzig Pfund überwiesen. Es gibt keinen Hinweis auf einen Grund dafür. Beryl vermutete, dass es Oliver helfen sollte, nachdem er seine Stelle als Vikar in Kent aufgegeben hatte.«

Tilda hielt kurz inne, legte die Hand auf die Hüfte und sah Hadrian an. »Zwanzig Pfund sind eine Menge Geld für jemanden, der offenbar knapp bei Kasse war.«

»Zu demselben Schluss bin ich auch gekommen«, sagte Hadrian. »Seit März befindet sich nicht mehr viel Geld auf dem Haushaltskonto – und eindeutig nicht genug, um die Ausgaben zu decken.«

»Wie gut, dass Sie die Ermittlungen zu ihrem verschwundenen Schmuck im Rahmen der Morduntersuchung bezahlen«, bemerkte Tilda. »Sie kommen immer zur Rettung.«

»Für Sie, ja.« Stets war Hadrian bereit, anderen behilflich zu sein. Mit Tilda war dies irgendwie anders – das war ihm nur zu bewusst.

Tilda brach den Blickkontakt ab und trat zu einer Kommode auf der anderen Seite des Kamins, die eine Ecke des Schlafgemachs einnahm. Sie öffnete die Schubladen und durchsuchte sie. Dann schloss sie sie und trat zum Bett, wo sie die Nase rümpfte. »Ich frage mich, wann die Bettwäsche wohl gewaschen werden sollte.«

»Ich bin sicher, dass alle abgelenkt sind und von Trauer überwältigt.«

»Ja, vermutlich«, murmelte sie. Sie schob die Kissen und die Bettwäsche hin und her, wobei sie darauf achtete, keine blutbefleckten Stellen zu berühren.

»Suchen Sie etwas Bestimmtes?«, fragte er.

»Nein«, antwortete sie knapp. »Wahrscheinlich habe ich nur das Messer im Kopf, mit dem er erstochen wurde, aber eine gute Ermittlerin sucht nicht mit einem bestimmten Ziel vor Augen. Dann würde man zu leicht etwas übersehen. Es ist viel besser, mit offener Neugier nach allem zu forschen, was man finden könnte.«

»Haben Sie dies von Ihrem Vater gelernt?«, fragte er leise. Er wusste, wie sehr sie ihren Vater bewundert und geliebt hatte, und wie viel er ihr über Ermittlungsarbeit beigebracht hatte.

Sie stand über das Bett gebeugt, drehte den Kopf und sah ihn kurz an. »Ja.« Dann richtete sie sich auf. »Was haben Sie hier vorhin gesehen? Ich meine, mit Ihrer Gabe.«

»Ich wusste, was Sie meinten«, sagte er ironisch. »Die erste Vision ähnelte der anderen, die ich mit der Frau und Chambers hatte. Er lud sie in sein Bett ein, aber es war nicht dieselbe Frau.«

Tilda sah ihn scharfsinnig an. »Woher wissen Sie das?«

»Wegen Ihrer Frage vorhin, bezüglich der Hände habe ich genau darauf geachtet. Es war kein Ehering zu sehen und ihre Fingernägel waren kurz und stumpf während die Haut ihrer Hände rau war. Sie gehörte bestimmt nicht zu derselben gesellschaftlichen Schicht wie die erste Frau, die ich gesehen habe.«

Tildas Nasenflügel blähten sich, was ihm zeigte, wie sehr sie das interessierte. »Gut gemacht, Hadrian. Haben Sie noch etwas gesehen, das auf die Identität der Frau hindeuten könnte?«

»Ja, tatsächlich«, Hadrian war auf ihre Reaktion gespannt. »Die Frau und Chambers wurden gestört. Ich konnte ihre Angst und Unruhe spüren. Sie sprang vom Bett und huschte darunter, um sich zu verstecken, wobei sie einige ihre Kleidungsstücke an sich raffte und mit sich zog. Ich konnte eine weiße Haube und ein dunkelblaues Kleidungsstück erkennen. Ich habe den Verdacht, dass es sich um eines der Dienstmädchen gehandelt hat.«

Tildas Augen leuchteten vor Aufregung. »Das ist wirklich überaus hilfreich. Ich habe aus meinem Gespräch mit Clara erfahren, dass sie eine intime Beziehung zu Chambers hatte, bevor er Beryl heiratete.«

Hadrian kannte das genaue Alter von Clara zwar nicht, aber er schätzte sie jünger als Tilda, die fünfundzwanzig war. »Sie muss noch sehr jung gewesen sein.«

»Sie war erst siebzehn, als sie in den Haushalt kam«, bestätigte Tilda. »Chambers behandelte sie grauenhaft.«

»Dass meine Meinung über ihn noch weiter sinken könnte, hätte ich eigentlich nicht angenommen, aber so ist es.« Hadrian war froh, dass er diesen Mann nie wiedersehen musste. »Glauben Sie denn, ich habe Clara in seinem Bett gesehen?«

»Das halte ich nicht für ausgeschlossen. Was war Ihre zweite Vision?«

»Sie ist mir gekommen, als ich den Stuhl berührte.« Er überlegte, ob er seine Hand noch einmal auf die Lehne legen sollte, doch gerade erst ließen seine Kopfschmerzen nach.

»Kein Wunder, dass Ihnen der Kopf nach zwei Visionen schmerzt. Tut er immer noch weh?« Ihre Sorge war deutlich aus ihrem Tonfall herauszuhören und auch auf ihrem Gesicht zu erkennen.

»Ja, aber es wird besser. Allmählich.« Er war froh, dass sie fragte. »Ich weiß Ihr Mitgefühl zu schätzen. Als ich den Stuhl berührte, sah ich eine Frau – ein Dienstmädchen, glaube ich. Sie trug eine Haube und ein dunkelblaues Kleid, wie Clara. Aber dieses Dienstmädchen hatte blonde Haare. Sie war sehr attraktiv.«

»Sie haben sie nicht erkannt?«, fragte Tilda.

»Nein.«

Wie an Tildas Gesichtsausdruck zu sehen war, wurde sie nachdenklich und ihre Augen wurden ein wenig schmaler. »Ich frage mich, ob es Martha Farrow war, die kürzlich gekündigt hat. Ich habe mit Clara über sie gesprochen, aber sie konnte mir nicht viel sagen. Clara wusste zum Beispiel nicht, warum Martha gekündigt hatte. Ich frage mich, ob es möglich ist, dass sie das Dienstmädchen in Chambers′ Bett war.«

»Mit ihr hatte er auch eine Affäre?« Nun war Hadrian von dem Toten zutiefst angewidert.

»Das weiß ich nicht, aber angesichts dessen, was wir über Chambers wissen, scheint es möglich.« In Tildas Stimme war ein Anflug von Spott herauszuhören. Sie wandte sich wieder Hadrian zu. »Haben Sie eine Ahnung, wessen Erinnerung Sie gesehen haben, als Sie den Stuhl berührt haben?«

Hadrian schüttelte den Kopf. »Nein, aber die Person hat eine Geste gemacht, bei der ich die linke Hand und das Handgelenk einer Frau gesehen habe. Sie trug einen mit Granaten besetzten Ehering.«

Bewunderung flammte in Tildas Blick auf. »Hadrian, das ist eine hervorragende Information.«

Er freute sich zwar über ihre Reaktion, aber seine eigene Frustration vermochte er nicht ganz zu verbergen – dass nur *er* sehen konnte, was geschehen war. Und das auf eine völlig bizarre und unerklärliche Weise. »All das existiert aber nur in meiner Vorstellung oder meinem geistigen Auge. Das ist kein Beweis, den wir verwenden können.«

»Nein, aber wir haben keinen Grund, Ihren Augen zu misstrauen. Sie haben uns bisher noch nicht in die Irre geführt.«

Das stimmte. Was Hadrians Zuversicht stärkte, aber er hatte auch den leisen Zweifel, ob die Visionen sie eines Tages in die Irre führen könnten. Das hoffte er nicht. Und er hoffte ganz sicher nicht, dass dies jetzt passierte.

Tilda sah resigniert im Schlafgemach umher. »Wir sind hier glaube ich fertig. Ist es möglich, dass es sich bei dem Dienstmädchen, das Sie in der zweiten Vision gesehen haben, um dieselbe Frau handelt, die mit ihren Kleidern unter das Bett gekrochen ist?«

»Das scheint mehr als wahrscheinlich. Haben Sie Martha Farrow einmal gesehen?«

»Nein, aber wir können Beryl um eine Beschreibung bitten«, meinte Tilda mit einem verschmitzten Lächeln. »Ich möchte Miss Farrow wirklich ausfindig machen. Clara sagt, ihr Vater sei ein Anwalt in Stepney. Hoffentlich können wir sie durch ihren Vater finden. Das muss leider allerdings bis morgen warten. Ich muss nach Hause zu meiner Großmutter. Sie wird sich schon wundern, wo ich den ganzen Tag gewesen bin. Zwar habe ich ihr keine Uhrzeit genannt, wann ich wieder zurück sein werde, aber sie macht sich wahrscheinlich bereits Sorgen.«

»Ich kann Sie nach Hause fahren, wenn Sie wollen.«

»Vielen Dank, das wäre sehr freundlich.« Sie wandte den Blick ab. »Es sei denn, Sie haben einen Grund, noch hier zu bleiben? Ich kann auch eine Mietdroschke nehmen.«

Und ein weiteres Mal fragte er sich, ob sie vielleicht einen Hauch von Eifersucht verspürte. »Ich habe keinen Grund, hier zu bleiben. Wir können uns hier verabschieden, wenn es Ihnen recht ist.«

Tilda ging zur Tür und drehte sich um, um ihren Blick ein letztes Mal durch den Raum schweifen zu lassen, wobei sie jeden Winkel genau in Augenschein zu nehmen schien. »Wo kleidet er sich um? Hier gibt es keine Kleidung. In der Kommode liegen Bettwäsche und einige Accessoires. Gibt es ein separates Zimmer?«

Hadrian betrachtete forschend die Ecken der Wand hinter dem Kopfteil des Bettes. Eine schwache Furche in der dunklen, bronzefarbenen Tapete lenkte seinen Blick auf die Ecke rechts vom Bett. Es war dieselbe Seite, auf der er stand. Er ging zur Wand und fand die versteckte Schließvorrichtung oben an der Wandverkleidung. Er drückte den Hebel, und die Tür schwang nach innen auf.

»Hier ist sein Ankleidezimmer.«

»Brillant«, sagte Tilda mit einem Lächeln, über das Hadrian sich sehr freute. Sie kam um das Bett herum und Hadrian wartete, bis sie ihm in den gerade entdeckten Raum voranging. »Können Sie die Lampe holen?«

Hadrian kehrte zum Kaminsims zurück, um die angezündete

Lampe von dort zu nehmen, und brachte sie in das Ankleidezimmer. Darin standen ein Tisch mit einem Spiegel und einem Hocker, ein Schrank, eine hohe Kommode und eine Badewanne. Außerdem gab es Utensilien für die Arbeit des Kammerdieners. Wo *war* der Kammerdiener? Vielleicht war er oben in seinem Zimmer, so wie das Dienstmädchen in ihrem.

Hadrian ging zur anderen Seite des kleinen Zimmers und entdeckte eine weitere Tür. Sie führte zu einer Dienstbotentreppe. »Hier gelangt der Diener von oben in sein Zimmer.« Er sah eine weitere Tür und öffnete sie. Dahinter befand sich das Speisezimmer. Von dort führte eine Treppe hinunter in die Küche, was Sinn ergab.

Er kehrte in das Ankleidezimmer zurück, wo Tilda gerade damit beschäftigt war, die Kommode zu untersuchen. Sie zog die Schubladen auf und schaute auch unter das Möbel. An der Türschwelle zum Dienstbotenbereich blieb er stehen und stützte sich mit der Hand am Türrahmen ab. »Es gibt eine Dienstbotentreppe, die sowohl zum Esszimmer als auch zur Küche und zu den oberen Stockwerken führt.«

Als erneut ein Schmerz durch seine Schläfe schoss, verzog Hadrian das Gesicht. Die Vision tauchte schnell und intensiv auf. Es war eine Erinnerung im Ankleidezimmer. Auf dem Frisiertisch brannte eine Lampe. Ihr Licht reflektierte sich in der Klinge in der Hand der Person, zu der diese Erinnerung gehörte …

Hadrian ließ die Tür los und schnappte nach Luft, als nun ein deutlich schärferer Schmerz seinen Kopf durchzuckte.

Tilda war bei ihm und legte eine Hand auf seinen Arm. »Ist alles in Ordnung mit Ihnen?«, fragte sie leise.

Hadrian blinzelte und erkannte die große Sorge in ihrem Blick. Er nickte, zuckte jedoch zusammen, weil dies seinen Kopf nur noch mehr schmerzen ließ. »Ich weiß nicht, wessen Erinnerung ich gerade gesehen habe, aber es könnte die des Mörders gewesen sein.«

Tilda schnappte nach Luft. »Warum glauben Sie das?«

»Weil die Person ein Messer in der Hand hielt«, meinte er düster. »Sie kam durch diese Tür herein. Und nein, ich habe die Hand nicht gesehen, weil sie einen dunklen Handschuh trug. Die Vision war auch zu schnell. Und zu schmerzhaft.« Er legte seine Hand auf die Stirn und versuchte, tief durchzuatmen.

»Sie müssen sich setzen.« Sie führte ihn zu einem Schemel und drückte ihn sanft, damit er sich darauf niederließ, obwohl er nicht viel Hilfe brauchte. Sitzen schien ihm willkommen zu sein.

»Danke«, murmelte er mit heiserer Stimme, während es in seinem Kopf pochte. Selbst wenn Tilda nicht so schnell hätte gehen wollte, hätte er sie jetzt darum gebeten. »Ich sollte nach Hause gehen, glaube ich.«

»Warten Sie noch einen Moment. Sie müssen sich erst einmal sammeln. Kann ich Ihnen etwas bringen? Wasser? Brandy? Eine kalte Kompresse?«

All diese Dinge würden ihm wahrscheinlich helfen, aber im Moment reichte es ihm völlig, einfach nur hier bei ihr zu sitzen. Tildas Gesellschaft hatte ein außerordentlich beruhigende Wirkung auf ihn.

Er begann, den Kopf zu schütteln. »Verdammt«, flüsterte er. »Auf keinen Fall darf ich in solchen Momenten den Kopf bewegen. Das vergesse ich immer wieder.«

»Dieser Anfall scheint schlimmer zu sein als sonst. Vielleicht, weil Sie bereits Schmerzen hatten. Sie müssen Ihre Handschuhe rasch wieder anziehen.«

»Ja. Zum Glück habe ich mein Nicken dieses Mal noch zurückhalten können.« Er lächelte, und selbst das schien seinen Zustand zu verschlimmern. Er zog seine Handschuhe aus der Tasche und streifte sie über.

Tilda betrachtete die Tür einen Moment lang. »Der Mörder ist hier hereingekommen, durch das Ankleidezimmer in Chambers' Zimmer gegangen und hat ihn getötet. Er – oder sie – hat das Messer mitgebracht, was bedeutet, dass er oder sie bereits mit der Tötungsabsicht gekommen sind.« Sie sah Hadrian an. »War es ein Küchenmesser?«

»Ich glaube schon, ja.«

»Warum ist er hier hereingekommen und nicht durch das Arbeitszimmer?«, fragte Tilda. »Es sei denn, es war ein Bediensteter.«

»Das scheint am plausibelsten.« Hadrian hatte ernstzunehmende Schwierigkeiten, bei seinen immer stärker werdenden Kopfschmerzen klar zu denken. Er hatte keine Ahnung, warum manche

Visionen ihn stärker beeinträchtigten als andere. Er konnte nur feststellen, dass diese Vision schnell auftraten und sehr intensiv waren. Vielleicht verursachten solche Visionen mehr Schmerzen. Andererseits waren sie aber auch die aufschlussreichsten.

Er stöhnte. »Lassen Sie uns gehen.« Er stand auf, und Tilda stützte seinen Arm.

»Lassen Sie mich Ihnen helfen«, meinte sie zu ihm und führte ihn ins Schlafgemach zurück. Sie schloss die Tür hinter ihnen.

»Danke. Ich bin sehr froh, dass Sie von meiner schrecklichen Gabe wissen. Es ist gut, wenigstens einen Menschen auf Erden zu haben, auf den ich mich stützen kann.« Er versuchte ein weiteres Lächeln, aber es war nur ein schwaches Lächeln. »Im wahrsten Sinne des Wortes«, fügte er hinzu.

»Es tut mir leid, dass Sie so darunter leiden.« Ihre Stimme klang leise und tief, und sie war voller Sorge.

Sie durchquerten das Arbeitszimmer und gelangten in die Eingangshalle, wo sie auf Beryl und eine außergewöhnlich attraktive Frau Anfang dreißig mit glänzend blondem Haar und einem exquisiten herzförmigen Gesicht trafen. Ihre blauen Augen funkelten mit einer angenehmen Ausstrahlung, die sofort den Wunsch weckte, sich mit ihr anzufreunden. Oder sie vielleicht mit ins Bett zu nehmen.

Diese Feststellung traf Hadrian auf eine objektive Art und Weise. Denn er fühlte sich von ihren Reizen nicht angezogen. Aber er konnte sich vorstellen, dass es vielen Gentlemen so ergehen musste.

»Da seid ihr ja«, sagte Beryl. »Ich habe auf euch gewartet, um euch mit Mrs. Styles-Rowdon bekannt zu machen.« Sie wandte ihren Kopf zu der atemberaubenden Frau. »Gillian, das sind Lord Ravenhurst und Miss Wren.«

»Ravenhurst«, murmelte Mrs. Styles-Rowdon. Ihre Stimme klang beinahe wie ein Schnurren. »Es ist mir eine große Freude, Ihre Bekanntschaft zu machen. Beryl hat mir bereits alles über Sie erzählt.« Sie lächelte verführerisch. Man konnte sogar sagen, kokett. Dann lenkte sie ihren Blick auf Tilda. »Und Miss Wren, ich freue mich ebenso, Sie kennenzulernen. Beryl hat mir erzählt, dass Sie ihr behilflich sind, und ich bin so froh, dass Beryl eine Frau hat, die ihr zur Seite steht. Sie sagt, Sie seien Ermittlerin. Das finde ich ganz aufregend, wie ich gestehen muss. Wie wunderbar!« Sie sprach sehr lebhaft, gestikulierte mit den Händen, und ihre Gesichtszüge drückten aufrichtige Begeisterung aus.

»Es freut mich ebenfalls, Sie kennenzulernen«, sagte Tilda. »Ich bin froh, dass ich Beryl helfen kann. Nun müssen Sie uns entschuldigen, wir müssen uns auf den Weg machen.« Sie sah Beryl an. »Wir sehen uns morgen vor der Untersuchung.«

»Vielen Dank. Mit Ihnen und meinem neuen Witwenkleid von Gillian bin ich bereit, dem Untersuchungsrichter gegenüberzutreten.« Beryl lächelte, aber ihre Miene verriet eine unterschwellige Anspannung.

»Ich werde auch da sein«, verkündete Mrs. Styles-Rowdon. »Um dich moralisch zu unterstützen. Du brauchst jetzt jede Hilfe und jede Freundin, die du bekommen kannst.«

Beryl schniefte. »Vielen Dank, Gillian. Würdest du mir bitte eine Packung von deinen Zimtkeksen mitbringen? Ich habe schon so lange keine mehr gegessen.«

Gillian schenkte Beryl ein warmes, mitfühlendes Lächeln. »Aber natürlich, meine Liebe.«

Hadrian und Tilda verabschiedeten sich und gingen hinaus. Die kühle Brise draußen linderte Hadrians Kopfschmerzen. Er schloss kurz die Augen, während Tilda ihn zur Kutsche führte.

»Ist alles in Ordnung?«, fragte sie leise.

»Ja. Sagen Sie nichts vor Leach. Ich möchte nicht, dass sich meine Angestellten Sorgen um mich machen.«

»Aber ich darf das doch, oder?« Ihre Frage klang trocken, ihre Augen blitzten humorvoll.

»Mehr als das«, sagte er, als sie die Kutsche erreichten. Er begegnete ihrem Blick und erkannte eine überraschende Hitze in ihren Augen – eine Wärme, die auch er spürte.

Dann wandte sie den Blick ab, als Leach die Tür öffnete, und stieg in die Kutsche. Hadrian folgte ihr und setzte sich auf den Sitz neben ihr. Er lehnte sich zurück und schloss sofort die Augen.

Tilda holte tief Luft. »Verflixt.«

Er schlug die Augen auf. »Was ist los?«

»Ich habe vergessen, Beryl zu fragen, wie Martha Farrow aussieht.« Ihr Mund verzog sich zu einer tiefen Stirnfalte. »Ich werde sie Morgen danach fragen.« Aber sie sah trotzdem enttäuscht aus.

»Wir können umkehren«, bot Hadrian an, obwohl er eigentlich lieber nach Hause wollte.

Tilda schüttelte vehement den Kopf. »Auf keinen Fall. Ich habe nicht daran gedacht, sie zu fragen, weil ich mir Sorgen um Sie gemacht habe, und diese Sorge ist nicht geringer geworden. Sie müssen sich ausruhen«, fügte sie sanft hinzu. »Schließen Sie bitte wieder die Augen.«

»Danke«, murmelte er, erneut von ihr beruhigt.

Während die Kutsche dahinrollte, versuchte Hadrian, über den Fall und alles nachzudenken, was sie im Laufe dieses unglaublich ereignisreichen Tages erfahren hatten. Andererseits wollte er aber eigentlich nur die Energie und Wärme der Frau neben sich in sich aufnehmen und sich vorstellen, wie sie ihn mit ihre schönen grünen Augen besorgt ansah.

Und dabei wollte er sich fragen, was die Zukunft bringen würde.

KAPITEL 9

Nachdem Tilda ihren Hut und ihre Handschuhe aus ihrem Zimmer im ersten Stock geholt hatte, ging sie nach unten, um dort auf Hadrian zu warten. Die Untersuchung sollte um ein Uhr mittags beginnen, und er würde um elf Uhr kommen, um Tilda abzuholen. Tilda wollte sichergehen, dass ihnen beiden genügend Zeit blieb, um alle Fragen der Anwesenden im Haus der Chambers zu beantworten und ihre Nerven zu beruhigen, ehe sie dann zusammen zum *Crown and Sceptre* gingen, dem Pub, in dem die Untersuchung stattfinden würde.

Tildas Großmutter saß am Fenster im Wohnzimmer im vorderen Teil des Hauses und nutzte das Morgenlicht zur Lektüre einer Zeitschrift. Eine Halbmondbrille saß auf ihrer zierlichen Nase. Als Tilda hereinkam, blickte sie auf und lächelte, wobei sich die Falten um ihren Mund vertieften. »Lord Ravenhurst wird in Kürze eintreffen?«

Am Abend zuvor hatte Tilda ihrer Großmutter von Louis Chambers´ Tod erzählt und über die Neuigkeit informiert, dass sie beauftragt worden war, den Fall zu untersuchen. Allerdings hatte sie ihr nicht verraten, dass Hadrian ihr Auftraggeber war, denn sie wollte lieber verschweigen, dass er zu den Verdächtigen gehörte. Stattdessen hatte sie erklärt, dass Hadrian ihr wieder einmal zur Seite stand, was der Wahrheit entsprach.

»Ja.« Tilda legte ihre Handschuhe auf einen Tisch und steckte ihren Hut fest. »Habe ich alles richtig hinbekommen?«, fragte sie ihre Großmutter. Manchmal, wenn sie einen Hut ohne Spiegel aufsetzte, saß er schief oder zu weit im Gesicht. Oder zu weit hinten. Tilda war in weiblichen Dingen nicht so geschickt wie eine Frau wie Beryl.

Großmutter nahm ihre Brille ab und musterte Tilda. »Ein bisschen mehr nach links. Nach rechts, nehme ich an«, fügte sie mit einem Lächeln hinzu. Sie presste kurz die Lippen zusammen und ließ ihren Blick noch einmal über Tilda gleiten. »Du brauchst wirklich ein oder zwei neue Kleider. Mir ist bewusst, dass du einwenden wirst, wir können uns das im Moment nicht leisten, aber ich finde, du solltest deine Garderobe priorisieren, insbesondere da du wieder mit dem Earl zusammenarbeitest. Was für ein Zufall.«

Tilda rückte ihren Hut gerade und ignorierte die Bemerkungen ihrer Großmutter über den Kauf neuer Kleider. Wahrscheinlich konnte sie sich mindestens ein neues Kleid leisten, aber sie wollte das Geld nicht ausgeben.

Stattdessen antwortete sie auf die Bemerkung ihrer Großmutter über Hadrian. »Es ist in der Tat ein Zufall.« Sie hatte ihrer Großmutter nicht erzählt, dass Hadrian früher einmal mit Beryl verlobt gewesen war. Stattdessen hatte sie die Erklärung verwendet, die Hadrian schon mehrfach gegeben hatte – er und Beryl seien alte Freunde.

»Nun, das freut mich«, sagte Großmutter sehr zufrieden. »Ich mag den Earl sehr. Ich freue mich schon darauf, ihn wiederzusehen. Das geht uns wohl allen so. Siehst du, da wartet Mrs. Acorn schon auf seine Ankunft.« Großmutter schenkte der Haushälterin, die gerade das Wohnzimmer betreten hatte, ein verschmitztes Lächeln.

»Ich wollte fragen, ob Sie Tee möchten«, bemerkte Mrs. Acorn und strich sich mit den Händen über die Schürze.

Tilda verbarg ein Lächeln. Sie wusste, dass alle im Haushalt Hadrian ins Herz geschlossen hatten. Ihr war ebenfalls bewusst, dass ihre Großmutter und insbesondere Mrs. Acorn hofften, zwischen Tilda und Hadrian würde sich mehr als nur eine berufliche Partnerschaft entwickeln, obwohl Tilda beiden versichert hatte, dass dies nicht der Fall war.

Es handelte sich um eine Freundschaft und nichts weiter. Abgesehen von den sich hartnäckig wiederholenden Gefühlen der

Vorfreude und Aufregung, die Tilda empfand, wenn sie an ihn dachte. Oder dass sie heiße Schauder der Anziehung überliefen, wenn er sie beispielsweise wie gestern berührte, als er ihre Hand genommen hatte.

Sie wurde aus ihren Gedanken gerissen, als seine Kutsche vorfuhr. »Er ist da.«

»Ich komme«, rief Vaughn aus der Eingangshalle. Der Butler war nur ein Jahr jünger als Tildas Großmutter, und da er ein Leben lang im Dienst gestanden hatte, war sein Rücken gebeugt. Da er jedoch außerordentlich groß war, überragte er noch immer die meisten Menschen. Er bewegte sich langsamer als Großmutter, und sein schlurfender Gang war allen mittlerweile vertraut. Er war ein unermüdlicher Arbeiter und seit seinem Eintritt vor etwa zwei Wochen hatte er unzählige Aufgaben gefunden, um sich im Haushalt nützlich zu machen. Er war der Butler von Tildas Großvater gewesen, dessen Cousin ermordet worden war und dessen Mord sie und Hadrian aufgeklärt hatten. Anstatt in den Ruhestand zu gehen, hatte er deutlich gemacht, dass er lieber weiterarbeiten wollte. Das tat er nun hier bei ihnen im Haushalt.

Tildas Vermutung nach ging es ihm weniger um die Arbeit, sondern vielmehr darum, Teil einer Familie zu sein. Er wollte einfach an einem Ort sein, an dem er gebraucht und geschätzt wurde. Das konnte sie nur zu gut verstehen. Nachdem ihr Vater gestorben und sie mit ihrer Mutter allein zurückgeblieben war, hatte Tilda mit dem Gefühl zu kämpfen gehabt, nirgendwo mehr zugehörig zu sein. Nie hatte sie ein besonders enges Verhältnis zu ihrer Mutter gehabt, und als diese beschloss, wieder zu heiraten, hatte Tilda die Gelegenheit ergriffen, und war zu ihrer Großmutter gezogen, anstatt mit ihrer Mutter und ihrem neuen Mann nach Birmingham umzusiedeln. Jetzt musste sie nur noch ein- oder zweimal im Jahr Besuche bei ihrer Mutter und ihrem Stiefvater ertragen.

»Guten Morgen, Lord Ravenhurst«, begrüßte Vaughn ihn aus dem Eingangsbereich. »Es freut mich, Sie zu sehen.«

»Ich freue mich ebenfalls, Sie zu sehen, Vaughn«, antwortete Hadrian. Tilda konnte die Herzlichkeit in seiner Stimme aus dem

Wohnzimmer hören. »Keine bleibenden Schäden von dem Schlag auf den Kopf?«

Vaughn war Opfer eines Einbrechers geworden, bevor er aus seinem früheren Zuhause zu Tildas Großmutter gezogen war. Er hatte eine leichte Gehirnerschütterung erlitten, aber es nicht geschafft, die vorgeschriebene Woche im Bett zu bleiben.

»Nicht die geringsten«, sagte Vaughn stolz.

»Das freut mich zu hören.« Hadrian erschien in der Tür. Sein Blick fiel zuerst auf Tilda, und er lächelte. Dann sah er ihre Großmutter und die Haushälterin an. »Guten Morgen, meine Damen. Ich hoffe, ich störe Sie nicht zu früh.«

»Aber natürlich nicht«, antwortete die alte Damen. »Wir haben Sie schon erwartet.«

Tilda unterdrückte ein Augenrollen. Hadrian war nicht hergekommen, um den gesamten Haushalt zu besuchen.

»Ich hoffe, es geht Ihnen gut?«, fragte Hadrian. Dann wandte er seinen Blick der Haushälterin zu. »Und Ihnen, Mrs. Acorn?«

»Ja, danke, Mylord«, murmelte Mrs. Acorn mit einem leichten Erröten.

Tilda ging auf, dass er sie alle mit einem lächerlichen Zauber belegt hatte, den nur ein gutaussehender Adliger ausüben konnte. Aus unerfindlichem Grund fühlte sie sich heute davon gestört.

Vielleicht war das aber gar nicht der Grund. Möglicherweise war sie noch immer wegen des Vorfalls von gestern leicht verstimmt, als sie in Chambers' Arbeitszimmer gekommen war und Hadrian und Beryl zusammen gesehen hatte. Irgendwie hatten die beiden vertraut gewirkt, und Tilda war sich wie ein Eindringling vorgekommen. Beim Anblick der beiden hatte sich ein unangenehmes Gefühl in Tildas Magen breitgemacht.

Hadrian hatte versichert, wie erleichtert er gewesen war, als er Beryl nicht hatte heiraten müssen, aber vielleicht hatten sich seine Gefühle gewandelt. Tilda hatte keine Zeit für solche lächerlichen Gedankenspiele. Sie musste sich auf die Ermittlungen konzentrieren.

Sie bemerkte, dass Hadrian sich mit ihrer Großmutter unterhielt. Tilda zog ihre Handschuhe an, wartete auf eine Gesprächspause, um dann vorzuschlagen, dass sie sich auf den Weg machen sollten. Sie sah ihre Großmutter an. »Leider kann ich nicht sagen, wann ich zurückkomme.«

»Ich hoffe, es wird alles gut verlaufen«, meinte Großmutter daraufhin. »Ich mache mir keine Sorgen, zumal du dich in Begleitung Seiner Gnaden befindest.« Sie schenkte dem Earl ein dankbares Lächeln.

Nun verdrehte Tilda sanft die Augen. Sie war keinesfalls auf den Earl angewiesen, damit er sie beschützte, insbesondere nicht, wenn sie nur zu einer Untersuchung gingen.

Das war bis jetzt geplant. Wer wusste schon, was der Rest des Tages noch bringen würde? Der gestrige Tag hatte eine abenteuerliche Suche für sie bereitgehalten.

Alle Anwesenden verabschiedeten sich nun von Hadrian. Tildas Großmutter ermunterte ihn, jederzeit zu einem Besuch vorbeizukommen. Hadrian versprach, die Einladung bald anzunehmen.

In der Kutsche setzte Hadrian sich ihr gegenüber anstatt neben sie. Wollte er ihr nicht zu nahe kommen? Vielleicht änderten sich die Dinge zwischen ihm und Beryl.

Tilda verdrängte diesen irritierenden Gedanken. »Ich hoffe, es geht Ihnen heute besser.«

»Ja, danke«, entgegnete er mit einem Lächeln. »Als ich nach Hause kam, habe ich mir ein dringend benötigtes Glas Brandy gegönnt und ein erholsames Bad genommen. Ein wunderbares Abendessen und ein erholsamer Nachtschlaf haben mich wieder auf die Beine gebracht.«

»Vielleicht sollten Sie sich nur eine Vision pro Tag erlauben«, schlug Tilda vor. Sie mochte es nicht, wenn er leiden musste.

»Wie soll ich das bewerkstelligen?«, fragte er mit einem leisen Lachen. »Diese Fähigkeit kann ich nicht kontrollieren.«

»Können Sie nicht einfach Ihre Handschuhe anziehen, nachdem Sie eine Vision hatten? Dann hätten Sie keine weitere mehr.«

Er seufzte. »Das könnte ich wohl. Ich kann mich aber nicht mit dem Gedanken anfreunden, etwas zu verpassen, das mir hilfreich sein könnte. Hätte ich gestern nach der ersten Vision meine Handschuhe angezogen, hätte ich den Mörder nicht in die Garderobe kommen sehen.«

Tilda war über diesen Nachteil auch nicht begeistert. Aber sie wollte nicht, dass er sich verausgabte. »Das *ist* hilfreich, aber zu welchem Preis? Ihre Gesundheit und Ihr Wohlbefinden sind von entscheidender Bedeutung.«

Er lächelte. »Ihre Sorge weiß ich zu schätzen. Was halten Sie davon, wenn ich verspreche, in Zukunft vorsichtiger zu sein? Wenn mein Kopf mir solche Beschwerden wie gestern macht, werde ich einfach meine Handschuhe anziehen.«

»Sie müssen tun, was Sie für richtig halten«, gab sie zurück. »Aber denken Sie daran, dass ich mich um Sie sorge.«

Hadrian tippte sich an die Brust. »Ich bin froh, dass Sie ein Auge auf mich haben.«

Tilda wollte mit ihm über Clara sprechen. »Ich halte es für wichtig, dass Claras frühere intime Beziehung zu Chambers bei der Untersuchung zur Sprache kommt. Clara macht sich Sorgen, wie Beryl auf diese Information reagieren wird, und befürchtet, sie könnte entlassen werden. Haben Sie eine Vorstellung davon, was Beryl tun wird, wenn sie davon erfährt?«

»Ich weiß es nicht. Es ist vor Beryls Heirat passiert, also wird sie vielleicht nicht allzu aufgebracht sein«, meinte Hadrian. »Einmal abgesehen davon, dass Clara von Chambers ausgenutzt wurde. Ich glaube nicht, dass ich ihr die Schuld daran geben würde, was passiert ist.«

»Ich habe versprochen, ihr zu helfen, falls Beryl sie vor die Tür setzt. Clara hat keine Familie.«

Hadrian runzelte die Stirn. »Das ist bedauerlich. Ich werde auch helfen, wenn das erforderlich werden sollte. Apropos Familie, ich habe mich gefragt, ob Sie nach der Untersuchung vielleicht in Stepney nach dem Vater des anderen Dienstmädchen suchen möchten.«

Tilda lächelte. »Das möchte ich tatsächlich. Sie kennen mich zu gut.«

»Ein bisschen sollte ich das wohl.« Er zwinkerte ihr zu, und Tilda verspürte ein freudiges Kribbeln im Bauch. »Sollten Sie Beryl vor der Untersuchung davon erzählen, damit sie nicht überrascht ist?«

»Das wäre wohl das Beste. Würden Sie mich begleiten, wenn ich sie ins Bild setze?«

»Gern. Ich bin gerne bereit, Ihnen zu helfen.« Er beugte sich leicht vor, als er ihren Blick traf. »Das ist meine Aufgabe.«

Sie kamen vor dem Haus von Beryl Chambers an. Leach öffnete die Tür und Hadrian stieg aus. Dann half er Tilda auf den Bürgersteig. Sie hatte sich an seine Berührungen gewöhnt, die immer mit Handschuhen, auf diese oberflächliche Art und Weise geschahen. Aber seit er gestern ihre bloße Hand ergriffen hatte – keiner von ihnen beiden hatte in jenem Moment Handschuhe getragen –, war alles anders. Sie verspürte ein kurzes Kribbeln, das sie an Elektrizität erinnerte, die zwischen ihnen entstanden war.

Als sie die Tür erreichten, öffnete Teague sie.

Tilda blinzelte ihn überrascht an. Sie konnte sich nicht vorstellen, warum er die Aufgabe des Butlers übernahm. Wo war Oswald? »Ist etwas passiert?«

»Treten Sie ein«, sagte Teague ziemlich düster. »Alle sind unten in der Küche, auch Mrs. Chambers. Sie ist hinuntergegangen, um die schlechte Nachricht zu überbringen, die ich ihr gerade mitgeteilt habe.«

Tilda war in die Eingangshalle getreten, während Teague die Tür hielt, und Hadrian war ihr gefolgt.

»Was für eine Nachricht?«, fragte Hadrian.

Teague schloss die Tür. »Wir haben Martha Farrow gefunden – das Dienstmädchen, das vor etwa zwei Wochen gekündigt hat.«

Tilda spannte sich in Erwartung der Nachricht an, denn sie befürchtete das Schlimmste. »Sie wird heute wohl nicht bei der Untersuchung dabei sein, oder?«

Teague schüttelte den Kopf und runzelte die Stirn. »Sie ist letzte Nacht über ein Treppengeländer und drei Stockwerke in den Tod gestürzt.«

~

Hadrian sah Tilda überrascht an, bevor er Teague stirnrunzelnd ansah. »Das ist ziemlich schockierend. Wo ist es geschehen?«

»In dem Haus, in dem sie in Spitalfields wohnte«, antwortete

Teague. »Ihr Tod wurde der örtlichen Polizeidienststelle gemeldet, und ich habe heute Morgen davon erfahren.«

»Das ist bedauerlich«, meinte Tilda leise. »Wurde sie ermordet?«

»Im Sinne von gestoßen? Das scheint nicht der Fall zu sein«, antwortete Teague. »Aber es gab keine Zeugen. Trotzdem habe ich einen Untersuchungsrichter gebeten, die Leiche zu untersuchen und festzustellen, ob eine Untersuchung erforderlich ist. Ich finde es verdächtig, dass sie in diesem Haushalt gearbeitet hat, in dem gestern ein Mord begangen wurde, und sie vorher so plötzlich gekündigt hat.«

Tilda nickte. »Da stimme ich zu. Ich hatte gehofft, sie nach der Untersuchung aufzuspüren. Clara erzählte mir, dass Miss Farrows Vater Anwalt in Stepney ist. Dort wollte ich anfangen.«

Teague zog eine Augenbraue hoch. »Wirklich? Alles, was ich bisher über Miss Farrow weiß, bezieht sich auf die Tatsache, dass sie seit ihrem Weggang aus dem Haushalt der Chambers bei einer Familie namens Jefford in der Flower and Dean Street gewohnt hat. Ich hatte noch keine Gelegenheit, mit dem Vermieter zu sprechen, aber ich habe einen Constable geschickt, der ihn befragen soll.« Er sah Tilda fest an. »Was hatten Sie denn von Miss Farrow zu erfahren gehofft?«

»In erster Linie hat mich der Grund für ihren Weggang interessiert. Allem Anschein nach ist seit ihrem Weggang kein Schmuck mehr verschwunden.«

»Sie glauben, Miss Farrow hat Mrs. Chambers´ Schmuck gestohlen?«, fragte Teague.

Tilda zuckte mit den Schultern. »Ich sammle derzeit nur Informationen. Ich habe noch keine Schlussfolgerungen gezogen. Es gibt noch etwas, das Sie wissen sollten. Louis Chambers hatte eine intime Beziehung zu Clara Hicks, der Hausangestellten, als sie vor sechs Jahren hier zu arbeiten begann. Das ging so lange, bis er Beryl heiratete.«

Teague verzog kurz angewidert das Gesicht. »Ist Clara zornig auf Chambers?«

»Soweit ich weiß, ist sie das in Bezug auf ihre Beziehung nicht«, antwortete Tilda. »Allerdings war Clara sehr aufgebracht, als sie erfuhr, wie Mr. Chambers seine Frau misshandelt hat. Sie sagte, Beryl sei ohne ihn besser dran.«

»Nun, ich denke, dass viele von uns wohl zu dem gleichen Schluss kommen. Chambers war kein angenehmer Mensch. Die Zahl der Personen, die seinen Tod nicht bedauern, nimmt immer mehr zu.« Teague atmete tief aus. »Vielen Dank, dass Sie mir das erzählt haben. Gibt es noch etwas, das Sie wissen und wovon ich Kenntnis haben sollte?«

Damit er weitere Personen auf der Liste der Menschen abhaken konnte, die über Chambers' Tod nicht traurig waren, hätte Hadrian Teague gerne erzählt, was er in seinen Visionen gesehen hatte. Das konnte er allerdings nicht tun. Stattdessen würden er und Tilda daran arbeiten, Beweise für die Dinge zu finden, die er in seinen Visionen gesehen hatte. Was er aus den Geschäftsbüchern erfahren hatte, konnte er ihm allerdings mitteilen. »Gestern habe ich die Geschäftsbücher von Louis Chambers durchgesehen.«

»Ach, tatsächlich. Das hat einer der Constables auch getan«, bemerkte Teague mit einem Nicken. »Ich weiß von den Zahlungen an Pollard und auch, dass keine weiteren Zahlungen erfolgt sind.«

»Und von der Zahlung von zwanzig Pfund an Oliver Chambers?«, fragte Hadrian.

»Ja. Bei ihm handelt es sich um den neuen Investor von Pollards Stoffgeschäft.«

Hadrian sah Tilda an. »Hat Pollard Ihnen das gestern berichtet?«

»Nur mit einigem Zaudern«, meinte Teague ironisch. »Als ich ihn nach dem Grund für sein Zaudern fragte, gab er mir zu Antwort, dass er befürchte, Oliver damit in Verdacht zu bringen. Pollard berichtete mir darüber hinaus, dass Oliver vor einigen Wochen mit seinem Angebot an ihn herangetreten sei, sich an dem Geschäft zu beteiligen. Oliver war darüber im Bilde, dass sein Bruder seine finanziellen Abmachungen nicht einhielt – und Pollard erklärte, dass Louis seine Investitionen nicht geleistet hatte.«

»Mich interessiert brennend, aus welchem Grund Chambers seine Zahlungen an Pollard nicht mehr fortsetzen konnte«, bemerkte Tilda.

»Warum hat er denn zwanzig Pfund an seinen Bruder Oliver gezahlt?«, sinnierte Hadrian. »Beryl hält es für möglich, dass es mit

Olivers Aufgabe seiner Arbeit als Vikar zu tun haben könnte. Vielleicht wollte Louis ihn einfach unterstützen.«

Teague strich sich über das Kinn. »Wie kam Louis Chambers überhaupt an zwanzig Pfund, wenn er seine finanziellen Vereinbarungen gegenüber Pollard nicht einhalten konnte?«

»Ich weiß, glaube ich, woher er das Geld hatte«, sagte Tilda. »Mrs. Chambers fehlen neun Schmuckstücke. Sie sind seit Dezember verschwunden. Sie glaubt, ihr Mann hat sie gestohlen.« Mit gerunzelter Stirn sprach Tilda weiter: »Wenn er sie aber gestohlen und verkauft hat, warum hat er dann Pollard die vereinbarte Summe nicht gezahlt?«

Teague neigte den Kopf. »Das ist eine sehr gute Frage. Vermutlich hat Pollard sich mit ihm zusammengetan, weil er wusste, dass Chambers das Geld für die Investition hatte.«

»Es sei denn, er hat es nicht gewusst. Vielleicht hat er gespielt, um Geld zu verdienen?«, schlug Hadrian vor.

»Das ist eine Möglichkeit«, meinte Tilda vage. »Ich würde gerne mehr über Chambers' finanzielle Situation erfahren – auf welche Weise hat er sein Geld ausgegeben und welches Vermögen er ursprünglich hatte.«

»Sein Vater hat ein erfolgreiches Ingenieurbüro gegründet«, meinte Hadrian. »Er war der zweite Sohn eines großen Grundbesitzers in Hertfordshire. Soweit ich weiß, verfügt die Familie über beträchtlichen Reichtum.«

Teague musterte ihn einen Moment lang. »Woher wissen Sie das alles?«

»Ich war neugierig, wen meine Verlobte statt mir geheiratet hat«, antwortete er mit mehr Hohn, als gut für ihn war.

»Wenn Chambers' Familie so viel Geld hat, warum steckte er dann Schwierigkeiten und konnte Pollard nicht bezahlen?«, fragte Teague. »Ich werde mit seinen Brüdern sprechen. Ich habe sie noch nicht so gründlich befragt, wie ich das gern tun möchte. Daniel, der ältere Bruder, war zu aufgewühlt. Nun steht aber erst die Untersuchung an. Ich sollte zum Pub gehen. Wir sehen uns dort.«

Teague verließ das Haus und ließ Tilda und Hadrian in der Eingangshalle zurück. »Das mit dem Dienstmädchen ist bedauerlich«, meinte Hadrian leise.

»Ja«, stimmte Tilda zu. »Ich bin schon ganz neugierig darauf, die Unterkunft zu besuchen, in der sie gestorben ist.«

Beryl betrat die Eingangshalle. Sie trug ein schlichtes schwarzes Kleid. »Ich habe Sie gar nicht kommen sehen.« Ihre Nase und ihre Augen waren gerötet.

»Teague hat uns eingelassen«, sagte Hadrian. »Es tut uns sehr leid, vom Schicksal Ihrer ehemaligen Kammerzofe zu hören.«

»Es ist so schockierend, insbesondere nach Louis.« Beryl tupfte sich mit einem Taschentuch die Nase und schniefte.

Tilda sah Beryl mitfühlend an. »Können wir vielleicht ins Wohnzimmer gehen? Ich fürchte, ich habe noch mehr zu berichten.«

Beryl blinzelte die Tränen weg. »Ich glaube wirklich nicht, dass ich noch mehr ertragen kann.«

»Ansonsten wirst du bei der Untersuchung davon erfahren«, mischte Hadrian sich sanft ein. »Nach unserem Ermessen wäre es wohl besser, wenn du es vorher erfährst. Es ist niemand gestorben«, fügte Hadrian in der Hoffnung hinzu, sie mit diesen Worten zu beruhigen.

Sie gingen ins Wohnzimmer, und Beryl sank auf das Sofa. Hadrian setzte sich neben sie, lächelte ihr aufmunternd zu und sah dann zu Tilda, die sich ihnen gegenüber einen Sessel nahm.

Tilda richtete ihre Aufmerksamkeit auf Beryl. »Als ich gestern mit Clara sprach, beichtete sie mir ihre intime zu Mr. Chambers, bevor er Sie heiratete.«

Beryl starrte sie an. »Vorher?«

»Ja, und seitdem nicht mehr«, sagte Tilda bestimmt. »Trotzdem hat Clara Angst, dass Sie sie entlassen werden.«

»Ich bin ...« Beryl schüttelte den Kopf. »Ich weiß nicht, was ich bin.«

»Clara ist Ihnen sehr treu ergeben«, gab Tilda zu bedenken.

»Wirklich? Ich dachte immer, sie bewundere Louis.« Beryl lachte höhnisch. »So schien es jedenfalls.«

»Das mag sein, aber als sie Kenntnis davon bekam, auf welche Weise er Sie misshandelt hat und die Folgen mit eigenen Augen sah, wurde sie zu Ihrer treuen Unterstützerin. Sie sagte mir, dass Sie ohne ihn besser dran sind.«

Beryl schniefte erneut. »Das ist wirklich lieb.«

Es klopfte an der Tür. Beryl blickte zur Eingangshalle.

»Ich habe Oswald noch nicht zurückkommen sehen«, meinte Hadrian. Ihr Sofa stand mit dem Rücken zur Eingangshalle, und Hadrian hatte den Butler überhaupt nicht bemerkt. »Ich werde aufmachen.«

Hadrian stand auf und ging zur Haustür. Als er sie öffnete, war er überrascht, einen Constable zu sehen. Hadrian erkannte ihn als einen der Männer, die am vergangenen Tag mit Teague bei Beryl gewesen waren.

»Lord Ravenhurst, ich soll Ihnen und allen Hausbewohnern ausrichten, dass die Untersuchung auf Montag verschoben wurde. Zeit und Ort bleiben unverändert.«

»Aus welchem Grund?« Hadrians Blut begann plötzlich schneller zu pumpen. Dies schien eine bedeutende Änderung zu sein.

»Das kann ich Ihnen leider nicht mitteilen, Mylord. Werden Sie den anderen die Neuigkeit überbringen?«

»Das werde ich. Vielen Dank.« Hadrian schloss die Tür und kehrte ins Wohnzimmer zurück. Er presste die Lippen aufeinander und sah Tilda an. »Das war einer der Constables, die gestern hier waren. Die Untersuchung ist auf Montag verschoben worden.«

Tilda sprang auf. »Ich habe nur gehört, dass Sie nach dem Grund gefragt haben. Was hat der Mann sonst noch gesagt?«

»Dass er uns den Grund nicht nennen könnte.«

Mit gerunzelter Stirn eilte Tilda zur Eingangshalle. Hadrian folgte ihr und sah, wie sie die Tür öffnete und ins Freie trat. Sie blickte die Straße hinunter, wo der Constable in Richtung des Pubs ging, in der die Untersuchung stattfinden sollte.

»Wollen Sie ihm folgen?«, fragte Hadrian.

»Nein.« Sie stieß die Luft aus, drehte sich wieder um und kehrte ins Haus zurück.

Hadrian schloss die Tür. »Warum wurde die Untersuchung verschoben? Kommt das oft vor?«

»Leider weiß ich auf keine dieser beiden Fragen eine Antwort. Am liebsten würde ich Teague ausfindig machen und ihn fragen. Zunächst einmal haben wir aber andere Dinge zu untersuchen.« Sie sah ihn entschlossen an.

Hadrian hatte den Eindruck, dass Tilda bereits einen Plan hatte. »Die Unterkunft in Spitalfields?«

Sie nickte. »Kommen Sie. Lassen Sie uns dorthin aufbrechen.«

»Erst müssen wir die Hausbewohner noch über die Untersuchung informieren«, merkte Hadrian an.

Beryl erschien in der Tür zum Wohnzimmer. »Ich werde allen Bescheid sagen, dass die Untersuchung verschoben wurde. Allerdings weiß ich nicht, wo Massey ist. Ich glaube nicht, dass er letzte Nacht hier geschlafen hat, und niemand hat ihn gesehen.«

»Weiß jemand, wo er sich in seiner Freizeit aufhält?«, fragte Tilda.

Hadrian wünschte, sie hätten diesen Teil von Masseys Gespräch mit Teague gestern hören können.

»In der Regel gibt er Verwandtschaftsbesuche an, aber ich weiß nicht, wer seine Verwandten sind oder wo sie wohnen«, antwortete Beryl. Nun wirkte sie wieder traurig. »Farrow hätte es gewusst. Sie war gut mit ihm befreundet.«

Farrow war aber tot. Dass sie gestorben war, entpuppte sich als Problem für ihre Ermittlungen, und Hadrian kam der Gedanke, dass ihr Tod durch diesen Umstand noch interessanter, wenn nicht sogar verdächtig wurde.

Ein weiteres Klopfen an der Tür ließ alle aufhorchen. Hadrian ging erneut zur Tür, um zu öffnen. Diesmal war es Beryls elegante Nachbarin, Mrs. Styles-Rowdon. Sie lächelte Hadrian an. »Lord Ravenhurst, wie schön, Sie zu sehen.« Sie trug eine runde Blechdose mit einem Landschaftsmotiv auf dem Deckel.

»Gillian, die Untersuchung wurde auf Montag verschoben!«, brachte Beryl leicht verzweifelt hervor.

Mrs. Styles-Rowdon zeigte darauf ein schmollendes Gesicht. »Wie unangenehm.« Sie ging an Hadrian vorbei und reichte Beryl die Dose. »Wie gut, dass ich Zimtkekse mitgebracht habe. Warum wurde die Untersuchung denn verschoben?«

Beryls Gesicht glättete sich ein wenig, als sie die Dose an ihre Brust drückte. »Das wissen wir leider nicht.«

»Und wir haben uns so beeilt, dein Kleid zu ändern«, brachte Mrs. Styles-Rowdon mit einem tadelnden Laut hervor. »Nun ja, du siehst trotzdem wunderschön aus, und dafür kannst du dankbar sein«, fügte sie mit einem warmen, ermutigenden Lächeln hinzu.

Hadrian war froh, dass Beryl eine so gute Freundin hatte, die sie unterstützte.

»Wenn wir den Grund für die Verschiebung der Untersuchung erfahren, geben wir dir Bescheid.« Hadrian fiel plötzlich ein, dass sie noch nicht nach einer Beschreibung von Martha Farrow gefragt hatten. »Beryl, kannst du mir sagen, wie Martha Farrow ausgesehen hat?«

Beryl runzelte die Stirn. »Sie hatte blonde Haare und war sehr hübsch. Als ich sie nach meiner Heirat mit Louis eingestellt habe, sagte er, sie sei für ein Dienstmädchen zu schön. Warum willst du das wissen?«

Hadrian war sich sicher, dass die Frau, die er in seiner Vision gesehen hatte, als er den Stuhl berührte, Martha Farrow gewesen sein musste. Und wahrscheinlich war sie das Dienstmädchen, das in Louis' Bett gelegen hatte und dann darunter kriechen musste.

»Ich war nur neugierig«, wich er aus. »Wir werden uns jetzt verabschieden.«

Beryl schenkte ihm ein schwaches Lächeln. »Vielen Dank, Hadrian.«

»Ja, danke, Lord Ravenhurst«, stimmte Mrs. Styles-Rowdon enthusiastisch ein. »Sie sind ein strahlendes Licht in dieser finsteren Zeit.«

Hadrian öffnete Tilda die Tür, und sie traten ins Freie.

Als sie zu seiner Kutsche gingen, warf sie ihm einen Blick zu und murmelte: »Ein strahlendes Licht in einer dunklen Zeit.«

»Das war doch ein bisschen amüsant.«

»Ich glaube, sie hat mit Ihnen geflirtet«, mutmaßte Tilda.

»Was? Nein. Das wäre unangebracht. Es sind … dunkle Zeiten.«

Tilda hob eine Augenbraue und ihre Augen blitzten vor Belustigung, die jedoch schnell verschwand, sobald ihr Gesichtsausdruck wieder ernst wurde. »Glauben Sie, dass Martha Farrow das Dienstmädchen war, das Sie in Ihren Visionen gesehen haben?«

»Ja.«

»Lassen Sie uns nach Spitalfields aufbrechen.« Tilda presste die

Lippen zusammen. »Ich bin mir nicht ganz sicher, ob Martha Farrows Sturz ein Unfall war.«

KAPITEL 10

Die Flower and Dean Street in Spitalfields war eine lärmende Straße mit heruntergekommenen Häusern, die Hadrian unverzüglich in einen Zustand der Alarmbereitschaft versetzte. Er wusste, dass es keine schöne Gegend war, doch auf solchen Schmutz und Gestank war er nicht vorbereitet.

Als seine Kutsche langsamer wurde, sah er zu Tilda hinüber. »Wie hat wohl die Tochter eines Anwalts, die als Dienstmädchen im West End gearbeitet hat, hierher gefunden?«

»Vielleicht hatte sie nicht viel Geld, als sie aus dem Haushalt der Chambers auszog. Aber wenn das so war, warum hat sie dann überhaupt gekündigt? Es stellt sich die Frage, ob es wirklich ihre Entscheidung war, zu gehen.«

»Im Haushalt der Chambers sagen alle, sie hätte gekündigt«, bemerkte Hadrian.

Tilda sah ihn an. »Sie meinen alle außer ihr und Louis Chambers, die wir beide nicht fragen können.«

»Das ist ein gutes Argument.« Hadrian fragte sich, warum die Kutsche langsamer geworden war. Er klopfte auf das Dach, und Leach fuhr an den Straßenrand und hielt an.

Einen Moment später öffnete sich die Tür und Leach stand vor der Kutsche.

»Warum sind wir so langsam gefahren?«, fragte Hadrian.

»Es sind ein paar Ziegen auf der Straße, Mylord.«

»Ziegen?«, fragte Tilda mit einem leicht amüsierten Lächeln. »Wir können wohl hier aussteigen. Wir müssen die Unterkunft der Jeffords finden.«

»Sie haben doch nicht etwa Ihre Pistole dabei?«, fragte Hadrian sie.

»Nein.« Dann zog sie ihre goldenen Augenbrauen hoch. »Ich dachte, ich würde den Tag bei einer Leichenschau und dazugehöriger Untersuchung verbringen.«

»Nehmen Sie meine, Mylord«, bot Leach an, bevor er für einen Moment verschwand. Als er zurückkam, reichte er Hadrian die Pistole, die er unter seinem Sitz aufbewahrte.

»Was ist, wenn Sie sie brauchen?«, fragte Hadrian.

Leach zuckte mit den Schultern. »Ich komme schon zurecht. Es ist besser, wenn Sie und Miss Wren die Waffe für den Notfall bei sich tragen.«

»Vielen Dank, Leach.« Hadrian steckte die Waffe in seine Manteltasche und stieg aus der Kutsche. Er half Tilda herunter und sah sich um. »Was nun?«

»Wir fragen einfach einen Passanten, wo sich die Unterkunft der Jeffords befindet.« Sie musterte seine Kleidung und runzelte die Stirn. »Ich wünschte, Sie sähen nicht so wohlhabend aus.«

Hadrian lachte laut auf. »Vielleicht sollte ich einen abgetragenen Mantel in der Kutsche aufbewahren.«

»Das ist gar keine schlechte Idee«, meinte Tilda, was Hadrian überraschte.

»Das war ein Scherz.«

»Wirklich? Nun, Sie sollten ernstlich darüber nachdenken. Ich übernehme das Reden. Sie müssen nur einen unfreundlichen Gesichtsausdruck aufsetzen.«

»Was meinen Sie denn genau? Soll ich wütend wirken?«

Sie musterte ihn und legte den Kopf schief. »Abweisend, denke ich. Können Sie vielleicht irgendetwas tun, um unattraktiv zu wirken?«

Sein Blut geriet in Wallung, weil sie ihn attraktiv fand. Er reckte sein Kinn deutlich vor und kniff die Augen zusammen. »Wie wäre das?«

»Es ist einfach hoffnungslos, Sie unattraktiv zu machen«, meinte sie mit einem Seufzer. »Das genügt aber. Kreuzen Sie die Arme vor der Brust und versuchen Sie, einschüchternd zu wirken.« Sie drehte sich um und marschierte los.

Er beeilte sich, neben ihr Schritt zu halten. Noch ehe er sie fragen konnte, was sie eigentlich vorhatte, näherte sie sich zwei Frauen, die in einer Tür standen.

Tilda grinste sie an. »Guten Tag, meine Damen«, begrüßte Tilda die beiden in ihrem Cockney-Akzent, den Hadrian vor ein paar Wochen gehört hatte, als sie in einer Taverne im East End auf der Suche nach dem Mann waren, der ihn niedergestochen hatte.

Die beiden Frauen musterten Tilda misstrauisch. Ihre Kleidung war abgetragen und schäbig, aber auch freizügig. Ihr Dekolleté war weitestgehend entblößt. Hadrian vermutete, dass es sich um Prostituierte handelte.

»Ich suche die Unterkunft der Jeffords«, meinte Tilda. »Kennen Sie die?«

»Ja, es ist dort oben, vielleicht fünf oder sechs Häuser weiter. An der Fassade ist ein Haken, weil es früher eine Metzgerei war«, sagte eine von ihnen und nickte mit dem Kopf in Richtung der Unterkunft. »Was haben Sie denn dort zu schaffen?«

»Dort ist letzte Nacht jemand gestorben«, sagte die andere mit großen Augen.

Tilda trat näher. »Das habe ich gehört.« Sie senkte die Stimme. »Was wissen Sie darüber?«

»Sie war eine Untermieterin«, sagte die erste Frau. Sie schniefte und wischte sich mit der Hand über die Nase. »Ich weiß vielleicht mehr, wenn Sie dafür bezahlen.« Sie sah Hadrian mit einem interessierten Blick an. Dann musterte sie ihn von oben bis unten, bevor sie sich über die Unterlippe leckte. »Aber ich könnte Ihnen auch sagen, was ich weiß, wenn Sie sich dafür mit mir amüsieren.«

Hatte sie gerade angeboten, ihnen beiden Informationen zu geben, wenn Hadrian mit ihr schlafen würde? Er würde tun, was Tilda gesagt hatte, und sie reden lassen, und es fiel ihr nicht schwer, das Angebot der Frau abzulehnen.

Tilda reichte der Frau eine Münze. »Er ist nicht zum Tauschen. Außerdem ist er ein ungeschickter Trottel. Er hat diese Kleider doch tatsächlich einem betrunkenen Gentleman gestohlen und hätte sich dabei fast erwischen lassen.«

Hadrian unterdrückte ein Grinsen. Sie war wirklich zu gut darin.

»Was wissen Sie denn über die Untermieterin?«, fragte Tilda.

Die Frau blinzelte auf die Münze, bevor sie sie in ihr Mieder steckte. »Sie ist vor etwa zwei Wochen hier aufgetaucht. Sie blieb für sich, aber ich konnte sehen, dass sie schwanger war.«

Tildas Nasenflügel blähten sich. »Sie war schwanger?«

»So war es. Ich erkenne das.« Die Prostituierte tippte sich neben ihr rechtes Auge. »Ich sehe alles.«

»Was haben Sie denn noch gesehen?«, fragte Tilda. »Hat die Untermieterin von jemandem Besuch bekommen?«

Die Prostituierte legte die Hand auf die Hüfte und sah Tilda skeptisch an. »Warum wollen Sie das wissen?«

»Sie hat mit einer Freundin von mir zusammengearbeitet, und ich habe dieser Freundin versprochen, herauszufinden, was mit ihr passiert ist«, sagte Tilda beiläufig, als wäre sie nicht begierig auf jede Information, die sie bekommen konnte. Aber Hadrian wusste es besser.

»Ich habe Ihnen alles gesagt, was ich gesehen habe«, sagte die Prostituierte und wandte ihre Aufmerksamkeit wieder ihrer Umgebung zu. »Sie haben da eine schicke Kutsche.« Sie kniff die Augen zusammen und sah Hadrian an. »Haben Sie die auch gestohlen?«

»Die gehört meinem Arbeitgeber«, entgegnete Tilda schroff. Sie packte Hadrian am Arm, drehte sich um und ging schnell zur Kutsche.

Sie blieb an der Tür stehen und sprach zu Leach. »Wir fahren etwa fünf Häuser weiter die Straße hinauf. Sie lassen uns wieder aussteigen, aber dann müssen Sie weiterfahren. Diese Kutsche zieht zu viel Aufmerksamkeit auf sich.«

»Ich kann Sie hier nicht zurücklassen«, sagte Leach und warf einen Blick auf die Prostituierten, die sie interessiert beobachteten.

»Sie geben uns fünfzehn Minuten und kommen dann zurück. Bis dahin sind wir fertig.« Tilda nahm seine Hand und stieg in die Kutsche.

Leach sah Hadrian fragend an. »Sie haben sie gehört.« Er stieg nach Tilda ein und setzte sich neben sie. Die Kutsche fuhr fast augenblicklich an. Leach hatte es eilig, und Hadrian war ihm dafür dankbar. Er wollte ihren Aufenthalt hier in der Flower and Dean Street so kurz wie möglich halten.

Hadrian sah Tilda an. »Sie sind erschreckend gut darin, sich in eine völlig andere Person zu verwandeln. Sie könnten Karriere auf der Bühne machen.«

»In jenem Beruf gibt es keine Ermittlungen«, konterte sie mit einem Lächeln. »Ich hoffe, Sie waren von dem Vorschlag der Prostituierten nicht allzu beleidigt.«

»Ganz und gar nicht. Dafür war ich mit meiner Überraschung viel zu beschäftigt.«

Tilda lachte leise, als die Kutsche zum Stehen kam. »Ich würde Marthas Schwangerschaft gern vom Vermieter der Unterkunft bestätigt haben, wenn das möglich ist.«

Leach öffnete die Tür, und Hadrian stieg aus. Er half Tilda heraus und sagte dann zu Leach, dass sie sich in einer Viertelstunde sehen würden.

Als die Kutsche losfuhr, verspürte Hadrian ein leichtes Ziehen in der Magengrube. Er wandte sich mit Tilda dem Haus zu. »Ist es das?«

Sie nickte in Richtung des Hakens, der neben der Tür hing. »Es hat ganz den Anschein.«

»Muss ich immer noch einschüchternd wirken?«, fragte er.

»Nein, das wird Ihr Name schon bewirken. Seien Sie einfach Sie selbst – der Earl of Ravenhurst. Sagen Sie, Sie fragen nach Martha, weil sie früher in Ihrem Haushalt gearbeitet hat.«

Er nickte. »Und wer sind Sie?«

Sie straffte die Schultern und richtete ihre Aufmerksamkeit auf das Haus, bei dem es sich um ein renovierungsbedürftiges Fachwerkhaus handelte. »Ihre Haushälterin.«

»Warum nicht meine Frau?«

Tilda sah ihn scharf an und presste die Lippen zusammen. Sie blickte an sich hinunter. »Meine Kleidung ist nicht so edel wie Ihre. Ich sehe eher wie Ihre Haushälterin aus als wie Ihre Frau.«

Hadrian wollte widersprechen, aber es stimmte natürlich. Ihr Kleid war von guter Qualität, aber altmodisch und es entsprach keineswegs der Garderobe, die eine junge Countess tragen würde.

Frustriert stieß er die Luft aus. Es gefiel ihm nicht, dass sie aussahen, als gehörten sie nicht zusammen. »Mrs. Wren, dann.«

Sie gingen zur Tür, und er klopfte an. Einen Moment später ging sie auf und gab den Blick auf eine Frau Mitte dreißig frei. Sie trug eine Schürze und eine Haube auf ihrem hochgesteckten krausen dunklen Haar. Sie ließ ihren Blick über die beiden Besucher schweifen und verharrte dann bei Hadrian. »Was wollen Sie?«

»Ich möchte mich nach der Untermieterin erkundigen, die letzte Nacht hier verstorben ist«, meinte Hadrian. »Ich bin Lord Ravenhurst, und Miss Farrow hat früher in meinem Haushalt gearbeitet.«

Die Frau machte große Augen. »Möchten Sie eintreten, Eure Lordschaft?«

Hadrian lächelte sie freundlich an. »Wenn es Ihnen nichts ausmacht. Das ist meine Haushälterin, Mrs. Wren.«

Die Frau schloss die Tür, nachdem sie in den schummrigen Eingangsbereich getreten waren. »Ich bin Mrs. Jefford. Es tut uns sehr leid, was mit Miss Farrow passiert ist, aber es war nicht unsere Schuld. Sie muss gestolpert sein. Sie wissen ja, wie das sein kann, wenn man ein Kind trägt. Da kann man manchmal ungeschickt sein.« Ihre Augen wurden wieder groß. »Das wissen Sie wahrscheinlich *nicht*.«

»War sie denn verheiratet?«, fragte Tilda. »Als sie bei uns arbeitete, war sie unverheiratet.«

Mrs. Jefford schüttelte den Kopf. »Nicht, dass ich wüsste. Sie lebte allein. Sie bekam von einigen Personen Besuch, darunter auch ein Mann. Er könnte der Vater gewesen sein, nehme ich an.«

»Haben Sie seinen Namen erfahren?«, fragte Hadrian, der überlegte, ob das Chambers gewesen sein könnte.

»Nein. Er kam nur einmal, soweit ich weiß.«

»Können Sie ihn denn beschreiben?« Tilda lächelte sie sanft an. »Einer unserer Diener mochte Miss Farrow sehr. Ich glaube, sie haben sich weiter getroffen, nachdem sie unser Haus verlassen hatte.«

»Er war groß und trug dunkle Kleidung. Sein Haar fiel ihm in die Stirn.« Mrs. Jefford deutete mit der Hand auf ihre Stirn.

Hadrian dachte sofort an Chambers' Diener Massey.

»Das klingt nicht nach unserem Diener«, stellte Tilda fest. »Hat noch jemand Miss Farrow besucht?«

»Eine Frau, aber sie trug einen Schleier, daher kann ich Ihnen nicht sagen, wie sie aussah. Sie kam zweimal. Das weiß ich. Ich habe sie beim zweiten Mal nicht gesehen, aber meine Tochter sagte, sie habe sie gestern Abend hier gesehen.«

Hadrians Puls beschleunigte sich. Vielleicht gab es Zeugen für Miss Farrows Sturz.

»War das etwa zu der Zeit, als Miss Farrow gestürzt ist?«, fragte Tilda.

Mrs. Jefford zuckte mit den Schultern. »Ich weiß es nicht. Wir haben nichts gehört, da wir unten zu Abend gegessen haben. Meine Tochter sah die Frau mit dem Schleier kommen, als sie zum Essen herunterkam. Wir haben Miss Farrow erst später gefunden. Sie lag in einer Blutlache im Treppenhaus.« Mrs. Jefford drehte sich um und deutete durch eine Tür. Hadrian konnte die Treppe sehen.

»Dürfen wir ihr Zimmer besichtigen?«, fragte Tilda mit besorgter Miene. »Ich hoffe, ich finde eine Erinnerung dort, die ich ihren Eltern geben kann.«

»Der Constable, der hier war, hat angeordnet, dass niemand dort hinaufgehen darf.« Mrs. Jefford klang, als ließe sie sich vielleicht umstimmen.

Hadrian nahm ein paar Münzen aus seiner Tasche und reichte sie ihr. »Wir wären Ihnen sehr dankbar.«

Mrs. Jefford steckte die Münzen sofort ein. »Oberste Etage, erste Tür links.«

»Vielen Dank, Mrs. Jefford«, sagte Tilda mit einem dankbaren Lächeln, bevor sie die Treppe hinaufging.

Hadrian folgte ihr und blieb stehen, um auf den Boden zu schauen, wo Martha Farrow gelandet sein musste. Die Spuren, die sie hinterlassen hatte, waren beseitigt worden.

»Hier ist etwas Blut«, sagte Tilda und bückte sich.

Also war nicht gründlich gereinigt worden.

Hadrian trat zu ihr und betrachtete den Blutfleck auf den Dielen. »Wie schade, vor allem, weil sie schwanger war.«

Tilda richtete sich auf. »Ich würde sehr gerne wissen, wer der

Vater war, aber ich fürchte, ich kann es mir denken, da wir wissen, dass sie bis vor kurzem im Haushalt der Chambers gearbeitet hat.«

»Es ist wohl mehr als wahrscheinlich, dass sie mit Louis Chambers ins Bett gegangen ist«, sagte Hadrian und verabscheute den Mann noch mehr als zuvor. »Dieser Mann war wirklich abscheulich.«

»Insbesondere, wenn er von dem Kind wusste. Vielleicht hat sie es ihm gesagt, und er hat sie vor die Tür gesetzt. Sehen wir in Marthas Zimmer nach.«

Hadrian folgte Tilda und blieb am ersten und zweiten Treppenabsatz stehen, um hinunterzuschauen. Als sie den dritten – den obersten – erreichten, blieb er einen Moment stehen. »Das ist ein schrecklicher Sturz.«

Tilda blickte über das Geländer und verzog das Gesicht. »Ja. Und wie ist das passiert? Ich bin mir nicht sicher, ob ich Mrs. Jeffords Behauptung, sie sei ungeschickt, glauben soll. Dieses Geländer scheint hoch genug zu sein, dass Martha nicht versehentlich darüber gestürzt sein kann.«

»Glauben Sie, dass sie gestoßen wurde?«

Tilda trat näher heran und berührte das Holz. Die Brüstung gab nach.

Keuchend sprang Tilda zurück, gerade als Hadrian seinen Arm um ihre Taille legte und sie an seine Brust zog. Sie atmete schwer – genau wie er.

Sie standen einen Moment lang so da, lange genug, dass Hadrian erkannte, dass er sie loslassen musste. Aber auch, weil sie sich in seinen Armen offenbar wohlfühlte, was wahrscheinlich an ihrer Angst lag.

»Ich kann nachvollziehen, wie Martha gestürzt sein könnte«, sagte Tilda atemlos. »Und warum Mrs. Jefford sagen würde, dass sie keine Schuld trifft, da das Geländer nicht sicher ist.«

Sie traten einen Schritt auseinander, und Hadrian fragte: »Geht es Ihnen gut?«

»Ich fühle mich etwas unsicher«, antwortete sie. »Ich glaube, ich bleibe hier stehen.« Sie entfernte sich vom Geländer und ging zu einem kurzen Flur mit zwei Türen auf jeder Seite. Diese waren wahrscheinlich früher, als das Haus vor Jahrzehnten gebaut worden war, die Zimmer der Bediensteten gewesen.

Hadrian zog seinen Handschuh aus und vergewisserte sich, dass er nicht zu nahe an der Brüstung stand, bevor er sie vorsichtig berührte. Er hoffte auf eine Empfindung oder eine Vision, aber es passierte nichts.

Vorsichtig wackelte er an der Brüstung, um festzustellen, wie locker sie war. Er war überrascht, dass sie sich nicht gelöst hatte, als Martha gestürzt war.

Oder doch?

Er ging zu der Stelle, an der sie an der Wand befestigt war, und rüttelte erneut daran. Sie löste sich von der Wand, und er ließ sie los und trat zurück. »Ich glaube, sie ist gebrochen und wurde repariert – allerdings ziemlich schlampig. Vielleicht wollte Mr. Jefford den Zustand des Geländers verbessern, damit er nicht für Marthas Tod verantwortlich gemacht wird.«

»Nun, das hat er ziemlich schlecht gemacht«, bemerkte Tilda, als sie sich zu der Tür wandte, auf die Mrs. Jefford gezeigt hatte. Sie stieß die Tür auf und betrat das Zimmer.

Es war klein mit niedriger Decke und nur minimal möbliert. Es gab ein schmales Bett, einen Stuhl und einen winzigen Tisch sowie eine Kommode mit drei Schubladen, aber es waren nur zwei vorhanden.

»Ich denke, Sie sollten etwas berühren, aber bitte achten Sie darauf, wie viele Visionen Sie zulassen«, warnte Tilda.

Hadrian wusste ihre Sorge zu schätzen, obwohl er sich nicht sicher war, ob er überhaupt irgendwelche Erinnerungen von Martha wahrnehmen konnte, da sie erst seit kurzem tot war – *falls* das ein Parameter seiner unberechenbaren Fähigkeit war. Was er wusste – oder zumindest zu wissen glaubte –, war, dass alles, was er mit seiner bloßen Haut berührte, auch von der bloßen Haut der anderen Person berührt worden sein musste, damit er ihre Erinnerungen sehen konnte. Oder zumindest eine *Chance* hatte, sie zu sehen. Diese teuflische Gabe war keine Garantie für irgendetwas außer den damit einhergehenden Kopfschmerzen.

Während Tilda die schäbige Kommode durchsuchte, berührte er die Tür. Nichts.

Er ging weiter in den Raum hinein und fuhr mit der Hand über die Rückenlehne des einzigen Stuhls. Immer noch nichts.

»Hadrian.« Tilda klang fast atemlos. »Ich habe eines von Beryls fehlenden Schmuckstücken gefunden.«

Hadrian drehte sich um und ging zu ihr hinüber. Sie hielt eine Brosche in Form einer Blume in der Hand, die aus etwas zu bestehen schien, das wie Diamanten und Topase aussah, mit Smaragden als Blätter. Sie war atemberaubend. »Sind Sie sicher, dass das Beryl gehört hat?«

»Es passt zu der Beschreibung, die sie mir gegeben hat.« Sie sah Hadrian an. »Teague sagte, er habe einen Constable hierher geschickt, aber wenn er den Raum durchsucht hat, warum ist das dann noch hier?«

»Vielleicht ist der Constable noch nicht gekommen. Oder zumindest hat er diesen Raum nicht durchsucht. Könnte er mit der Untersuchung und anderen Angelegenheiten beschäftigt gewesen sein?«

»Das ist möglich, aber ich glaube nicht, dass wir es hier lassen sollten.« Sie hielt es ihm hin. »Sie sollten es anfassen.«

Hadrian nahm die Brosche und spürte zum ersten Mal ein warmes Gefühl in seiner Hand. »Das ist seltsam.«

»Was?«, fragte Tilda, die wieder aufgeregt klang. Er merkte, dass er diesen Tonfall von ihr liebte.

Eine Vision begann sich in seinem Kopf zu entfalten. »Einen Moment«, flüsterte er und vertiefte sich so sehr in seine Vision, dass der Raum um ihn herum, einschließlich Tilda, verblasste.

Er sah Louis Chambers, dessen Gesicht von tiefen, angespannten Falten durchzogen war. Seine buschigen Augenbrauen waren zusammengezogen und auf jemanden gerichtet – auf die Person, deren Erinnerungen Hadrian gerade erlebte. Seine Lippen bewegten sich, sodass Hadrian schlussfolgerte, dass er mit jemandem sprach.

Chambers reichte der Person die Brosche. Hadrian sah auf die Hand – es war die Hand einer Frau, mit denselben stumpfen Fingernägeln und der von der Arbeit rauen Haut wie die Frau in der zweiten Vision, die er in Chambers′ Bett gesehen hatte.

Eine Woge der Wut durchfuhr Hadrian, die von einem Gefühl der Ungerechtigkeit begleitet wurde. Er empfand intensive Empörung gegenüber Chambers.

Schmerz durchzuckte Hadrians Kopf, und die Vision begann sich aufzulösen. Tilda kehrte in seine Vision zurück, ihre grünen Augen streichelten ihn mit Besorgnis und ihrer unermüdlichen Neugier.

Als er seinen Blick auf sie richtete, wurde der Schmerz in seinem Kopf irgendwie erträglicher. Er holte tief Luft und merkte, dass er den Atem angehalten hatte.

»Was haben Sie gesehen?«, fragte sie leise.

»Louis Chambers. Er sah unglücklich oder aufgewühlt aus. Vielleicht beides. Er sprach zu der Person, deren Erinnerung ich gesehen habe, aber natürlich konnte ich nicht hören, was er sagte. Ich sollte wohl besser Lippenlesen lernen«, scherzte er.

Tilda formte den Mund zu Lächeln. »Vielleicht. Glauben Sie denn, Sie haben Marthas Erinnerung gesehen?«

»Das kann ich nicht sagen, aber er reichte ihr die Brosche. Ich weiß, dass es die Erinnerung einer Frau war, weil ich die Hand gesehen habe. Und die Hand sah ähnlich aus. Es könnte dieselbe gewesen sein, die ich gestern gesehen habe, die dem Dienstmädchen gehörte, das in seinem Bett gewesen war und sich dann darunter verstecken musste.«

»Wir haben uns gefragt, ob das Martha gewesen sein könnte«, sagte Tilda mit leiser Stimme. »Bestätigt das Ihre Vermutung?«

»Mein Verdacht ist stärker, aber ich bin mir nicht sicher.« Hadrian verspürte eine Welle der Frustration über diese teuflische Macht. »Ich neige dazu, zu glauben, dass nicht sie es war, da sie erst vor kurzem verstorben ist und ich noch nie die Erinnerung an jemanden sehen konnte, der gerade erst verstorben ist.« Er gab die Brosche an Tilda zurück. »Wer auch immer das gewesen ist, war sie wütend und fühlte sich ungerecht behandelt – was auch immer geschah, schien ihr ungerecht. Das Seltsamste war, dass ich eine Wärme in meiner Hand spürte, bevor die Vision kam. Das ist mir noch nie zuvor passiert.«

»Vielleicht bedeutet das, dass Sie jetzt die Erinnerungen von Menschen sehen können, die gerade verstorben sind.« Tilda zuckte mit den Schultern. »Nur eine Vermutung.«

»Da ich keine Anweisungen habe, wie diese Kraft funktioniert, sind Vorschläge alles, was ich habe«, sagte er trocken.

»Nehmen wir einmal an, Sie *hätten* Marthas Erinnerung gesehen.« Tildas Blick wanderte von ihm weg, während sie nachdachte. »Sie sagten, die Person habe sich wütend und ungerecht behandelt gefühlt. Martha war schwanger. Wenn sie Chambers davon erzählt hatte und er sie daraufhin vor die Tür setzte, hätte sie sich so gefühlt.«

»Aber er hat ihr auch eine sehr teure Brosche geschenkt, also hat er ihre Notlage nicht völlig ignoriert. Das verbessert meine Meinung von ihm allerdings nicht.«

»Meine auch nicht.« Sie steckte die Brosche in ihre Handtasche. »Wir sollten gehen. Ich fürchte, unsere Viertelstunde ist fast um.« Sie ging vor ihm her, als sie das Zimmer verließen, und er schloss die Tür hinter ihnen.

Als sie sich der Treppe näherten, dachte Hadrian daran, wie er Tilda beim Wackeln des Geländers in seinen Armen aufgefangen hatte. Was, wenn sie das Gleichgewicht verloren hätte? Ein Schauder überlief ihn. Es war ein äußerst beängstigender Gedanke, dem er nicht weiter nachgehen wollt. Es war besser, wenn er daran dachte, wie sie sich in seiner Umarmung angefühlt hatte, und an ihren femininen, leicht blumigen Duft.

Auf dem Weg nach unten fragte Tilda: »Haben Sie sich bei Mrs. Jeffords Beschreibung von Marthas männlichem Besucher an Massey erinnert gefühlt?«

»Ja, so war es. Bestimmt möchten Sie gern mit ihm sprechen.«

»So ist es. Ich weiß allerdings nicht, wo er zu finden ist. Ich denke, wir müssen zum Scotland Yard gehen und Teague aufsuchen. Hoffentlich kann er uns mitteilen, wo wir Massey finden können und uns auch den Grund dafür nennen, warum die Untersuchung verschoben wurde.«

»Sollen wir ihm auch die Brosche geben?«, fragte Hadrian, als sie sich dem Erdgeschoss näherten.

»Wahrscheinlich, obwohl ich mich frage, ob wir sie nicht behalten sollten, falls Sie in Zukunft versuchen können, noch einmal etwas anderes darin zu spüren.« Sie sah ihn an, als sie zur Eingangstür gingen. »Sie haben damals den Ring lange aufbewahrt, und er war Ihnen nützlich gewesen.«

Damit bezog sie sich auf den Ring, den Hadrian dem Mann abgenommen hatte, der ihn niedergestochen hatte. Zunächst hatte

Hadrian gar nicht bemerkt, dass der Ring sich in seinem Besitz befindet. Als sein Kammerdiener ihm den Ring einige Tage später gab, war Hadrians seltsame Kraft erwacht. Als er den Ring berührte, hatte er seine erste Vision gehabt.

Hadrian hatte eigentlich gar nicht mit dem Gedanken gespielt, den Ring der Polizei vorzuenthalten, aber als diese zu dem Schluss gekommen war, dass es sich bei dem Angreifer um einen Straßenräuber handelte und Hadrians Visionen ihm ein ganz anderes Bild zeichneten, hatte er ihn behalten. »Wenn wir die Brosche behalten und sie Teague später geben, wird er sich wohl kaum darüber freuen.« Hadrian öffnete ihr die Tür, und sie traten nach draußen.

»Nein, das wird er nicht.« Tilda seufzte. »Wir werden sie ihm geben. Ich kann nur hoffen, dass ihn das dann dazu bewegt, uns alles zu erzählen, was er über Massey und die Untersuchung weiß.«

Hadrian war froh, als er seine Kutsche auf sich zukommen sah. »Ausgezeichnete zeitliche Abstimmung, Leach«, murmelte er.

Nachdem er dem Kutscher Anweisung gegeben hatte, sie zu Scotland Yard zu bringen, half Hadrian Tilda in die Kutsche. Er setzte sich neben sie auf den vorderen Sitz, und schon waren sie unterwegs.

»Das war ein äußerst hilfreicher Ausflug«, sagte Tilda. »Martha Farrow tut mir sehr leid.«

»Mir auch. Wir wissen aber immer noch nicht, ob ihr Tod ein Unfall war oder nicht.«

Tilda sah ihn an, ihre Augen leuchteten lebhaft. »Wir müssen die Frau mit dem Schleier ausfindig machen.«

KAPITEL 11

Es war Nachmittag, als sie bei Scotland Yard ankamen. Hadrian begleitete Tilda ins Gebäude, und sie erkundigten sich, ob Detective Inspector Teague verfügbar sei.

Ein Constable führte sie zu Teagues Büro, wo der Inspector hinter seinem Schreibtisch saß. Er wischte sich den Mund mit einer Serviette ab und erhob sich, als seine Besucher eintraten.

»Ich bin gerade mit dem Mittagessen fertig«, entschuldigte sich Teague. »Es ist ein arbeitsreicher Tag, und ich habe nur wenig Zeit.«

Tilda trat an seinen Schreibtisch. »Entschuldigen Sie die Störung, aber wir waren gerade in der Pension der Jeffords in Spitalfields.«

»Vermutlich haben Sie etwas zu berichten«, meinte Teague.

»Ja, so ist es. Aber zuerst würde ich gerne wissen, warum die Untersuchung verschoben wurde«, antwortete Tilda. »Hat es einen Vorfall gegeben?«

Teague warf seine Serviette neben eine fettige Papierverpackung auf den Schreibtisch, die vermutlich sein Mittagessen enthalten hatte. »Ich kann nur sagen, dass der Untersuchungsrichter eine gründlichere Obduktion durchführen will.«

»Was war der Grund dafür?«, fragte Hadrian.

»Ich wiederhole, dass ich Ihnen nicht mehr sagen kann«, antwortete Teague und sah die beiden bedeutungsvoll an. »Was haben Sie denn in Spitalfields herausgefunden?«

Tilda nahm die Brosche aus ihrem Retikül. »Wir haben das in

Martha Farrows Zimmer gefunden. Ist das Ihrem Constable entgangen?« Sie hielt das Schmuckstück auf ihrer Handfläche.

Teague verzog kurz das Gesicht. »Der Constable war noch nicht dort. Wir waren unterbesetzt, und ich brauchte zwei Männer, um das Haus der Chambers noch einmal von oben bis unten zu durchsuchen.«

Tilda hätte wetten können, dass die Durchsuchung etwas mit der zusätzlichen Obduktion zu tun hatte, doch sie hakte nicht noch einmal nach. Sie konnte Beryl besuchen und hoffentlich herausfinden, was geschehen war.

Teague nahm die Brosche aus Tildas Handfläche. »Wo haben Sie das gefunden?«

»In einer Kommodenschublade. Sie gehört Beryl Chambers«, sagte Tilda.

»Sind Sie da sicher?«, fragte Teague und zog die Augenbrauen hoch.

»Sie passt zur Beschreibung eines der fehlenden Gegenstände und es war das letzte Stück, das verschwunden ist – kurz bevor Martha Farrow das Haus verlassen hat.«

»Dann hat Martha sie wohl gestohlen.«

Tilda konnte ihm schlecht sagen, dass Martha sie nicht gestohlen hatte, sondern Chambers sie ihr gegeben hatte. Allerdings muss Martha sie als Beryls Eigentum erkannt haben. Sie nicht zurückzugeben, war so gut wie Diebstahl.

Teague drehte die Brosche in seiner Hand. »Aber warum hat sie sie nicht verkauft? Mit dem Geld hätte sie sich eine viel schönere und sicherere Unterkunft als die Flower and Dean Street leisten können.«

Tilda zuckte mit den Schultern. »Das war vielleicht ihre Absicht, die sie noch nicht in die Tat umgesetzt hatte.« Aber warum sollte sie warten? Und da sie die Brosche nicht verkauft hatte, musste sie andere Mittel gehabt haben, in den letzten Tagen für ihr Zimmer zu bezahlen.

»Haben Sie noch etwas herausgefunden?«, fragte Teague.

Tilda war nicht sicher, ob sie ihm mehr erzählen wollte. Jedenfalls nicht, wenn er ihr Informationen darüber verschwieg, warum die Untersuchung verschoben worden war.

Teague musste ihr Zögern bemerkt haben. Er warf einen Blick auf Hadrian, der neben ihr stand. »Wenn es Ihr Ziel ist, mich von Ravenhursts Unschuld zu überzeugen, sollten Sie mir alle Informationen mitteilen, die dabei hilfreich sein könnten.«

»Hat die Verschiebung der Untersuchung etwas mit Hadrian zu tun?«, fragte Tilda.

»Nicht, dass ich wüsste, aber die Ermittlungen dauern noch an.« Er sah sie direkt an, seine braunen Augen ruhten auf ihr. »Ich habe noch nichts erfahren, was beweisen würde, dass Ravenhurst in den Mord an Chambers verwickelt war. Wenn Sie Informationen haben, die mir bei meinen Ermittlungen helfen könnten, wäre ich Ihnen dankbar, wenn Sie mir diese mitteilen würden.«

»Wir haben Mrs. Jefford befragt«, meinte Tilda schließlich. »Sowie zwei Frauen aus der Nachbarschaft. Alle sagten, Martha sei schwanger gewesen.«

»Verdammt«, flüsterte Teague. »War der Vater bei ihr?«

»Nein, wir vermuten, dass Chambers der Vater ist«, sagte Tilda. »Das ist einfach schlüssig, wenn man bedenkt, was wir über ihn wissen.« Und ganz sicher nicht, weil Hadrian eine Vision gehabt hatte, die darauf hindeutete, dass Martha Farrow mit Chambers geschlafen hatte. Sie warf Hadrian einen Blick zu, der ihr fast unmerklich zunickte.

»Ich bin einer Meinung mit Ihnen, dass das einen Sinn ergibt«, sagte Teague. »Es ist nur bedauerlich, dass wir Miss Farrow nicht befragen können.« Er schüttelte den Kopf.

»Weckt das denn nicht Ihren Verdacht, dass ihr Tod kein Unfall war?«, fragte Tilda.

»Die Sache ist definitiv verdächtig. Da wir jetzt allerdings wissen, dass sie schwanger gewesen ist, und Chambers möglicherweise der Vater des Kindes war, dürfen wir auch nicht außer Acht lassen, dass sie ein Motiv hatte, ihn zu töten.«

Das war auch Tildas Gedanke gewesen. »Wenigstens würde ich gern mit ihrer Familie sprechen.«

»Das können Sie versuchen, aber ihr Vater hat nicht viel über Martha zu sagen. Ich habe ihn vorhin in Arbour Square besucht. Er ist Anwalt am Thames Magistrate Court.«

Hadrian verschränkte die Arme vor der Brust und runzelte die

Stirn. »Wie um alles in der Welt kommt es, dass seine Tochter sich als Dienstmädchen durchschlagen musste, um dann in einer schäbigen Pension in einem der schlimmsten Elendsviertel Londons zu landen?«

Teague runzelte die Stirn. »Als sie sechzehn war, ist sie aus dem Haus geworfen worden, weil sie schwanger gewesen war.«

Tilda fragte sich, was aus dem armen Kind wohl geworden war. »Martha hatte kein Kind gehabt, als sie im Haushalt der Chambers gearbeitet hatte. Wie furchtbar es für sie gewesen sein musste, von ihrer eigenen Familie verstoßen zu werden«, meinte Tilda leise.

»Im Laufe der Jahre ist ihr Vater gewiss nicht milder geworden. Er hat nicht das geringste Anzeichen von Trauer gezeigt und sogar angedeutet, dass er sie in einem Armengrab bestatten lassen wollte. Seine Frau bestand jedoch darauf, dass sie im Familiengrab beigesetzt wird.«

Tilda wünschte sich für diese arme junge Frau, dass die Dinge anders gelaufen wären. Und sie war entschlossen, Gerechtigkeit für Martha zu fordern, sollte sie denn tatsächlich über das Treppengeländer gestoßen worden sein. Sie beschloss, Teague von der verschleierten Frau zu berichten – denn sie brauchten jede Hilfe, die sie bekommen konnten, wenn sie diese Person ausfindig machen wollten. »Mrs. Jefford sagte, Martha habe zwei Besucher empfangen. Eine verschleierte Frau sei mindestens zweimal vorbeigekommen, auch gestern Abend. Sie sei gerade gekommen, als die Familie Jefford zu Abend essen wollten, und Mrs. Jefford habe nicht gesehen, wann die Frau gegangen sei.«

Teague zog sarkastisch eine Augenbraue hoch. »Eine Frau mit Schleier? Als ob das nicht verdächtig wäre. Wer war der zweite Besucher?«

»Aufgrund von Mrs. Jeffords Beschreibung glauben wir, dass es sich um Massey gehandelt haben könnte«, antwortete Hadrian.

»Nun, das ist interessant«, meinte Teague langsam, während er seinen Blick auf die Wand hinter ihnen richtete und über diese neueste Information nachzudenken schien.

»Zu gern würde ich mit Massey sprechen, aber er hat letzte Nacht nicht im Haus von Beryl Chambers übernachtet und heute Morgen war er auch nicht dort«, meinte Tilda. »Können Sie uns vielleicht sagen, wo wir ihn finden können? Unserer Vermutung nach muss er sich dort aufhalten, wo er seine freien Abende verbringt, wenn er nicht bei den Chambers ist.«

Teague zögerte, und Tilda verlor allmählich die Geduld. Sie hatte dem Mann bereits jede Menge Informationen gegeben. »Das ist eine ziemlich heikle Angelegenheit«, sagte Teague schließlich.

Hadrian verschränkte die Arme. »Inwiefern?«

»Er verbringt seine freien Nächte in einem Bordell namens *Cock and Hen* in der Craven Street in der Nähe von Charing Cross.« Teague fixierte die beiden mit einem intensiven Blick. »Es ist kein typisches Bordell. Er hat nicht genau ausgeführt, was er dort macht, aber ich weiß, dass dort eine Vielzahl von Vorlieben bedient werden.« Er konzentrierte sich auf Hadrian. »Sie können Miss Wren nicht dorthin mitnehmen.«

»Ich entscheide, wohin ich gehe, Inspector«, sagte Tilda verstimmt.

Hadrian lächelte Teague kühl an. »Sie haben Miss Wren gehört.«

Teague nickte und stieß die Luft aus. »Warum, glauben Sie, hat Massey Miss Farrow besucht?«

»Laut Beryl waren die beiden befreundet«, antwortete Tilda. »Vielleicht waren sie Kumpanen, die sich verschworen haben, ihren Arbeitgeber umzubringen.«

»Massey ist kein Verdächtiger«, stellte Teague fest. »Es sei denn, Sie haben etwas herausgefunden, was ich übersehen habe.« Seine Stimme hatte einen zweifelnden Klang.

»Das haben wir noch nicht«, gab Tilda mit einem Lächeln zurück. »Meine Verdächtigen sind Beryl, Pollard, Oliver Chambers und Martha Farrow. Stimmen unsere Listen überein?«

»Ich würde Lord Ravenhurst hinzufügen.« Er warf Hadrian einen entschuldigenden Blick zu.

Tilda sah aus den Augenwinkeln, wie Hadrian die Stirn runzelte. »Ich habe ihn als Verdächtigen ausgeschlossen«, erklärte sie. »Er hat kein ausreichend starkes Motiv, und ich glaube, dass er die ganze Nacht zu Hause war, als Chambers ermordet wurde.«

Teague runzelte die Stirn. »Chambers hat ihn offenbar verachtet und Ravenhurst die Verlobte ausgespannt. Glauben Sie nicht, das würde als Motiv ausreichen?«

»Wir wissen nicht, warum Chambers Hadrian so sehr verabscheute, aber Hadrian erwiderte diese Abneigung ganz sicher nicht. Kaum einen Gedanken hat er je an den Mann verschwendet und ganz bestimmt hegte er keinen Groll gegen ihn, weil er Beryl an ihn verloren hatte. Hadrian war sogar zu dem Schluss gekommen, dass Beryl und er nicht zusammenpassten, also hat Chambers ihm im Grunde genommen noch einen Gefallen getan.« Tilda ging nicht genauer darauf ein, wann Hadrian zu diesem Urteil gekommen war, und es klang, als hätte er es möglicherweise schon gefällt, als sie noch verlobt gewesen waren. Tatsächlich war es ihr nur recht, wenn Teague ihre Aussage so interpretierte.

»Ich verstehe. Nun, es ist hilfreich, das zu wissen. Trotzdem bin ich noch immer nicht bereit, Ravenhurst von meiner Liste der Verdächtigen zu streichen.«

Tilda sah Teague streng an. »Solange Sie nicht außer Acht lassen, dass es dem Mörder zugutekommen würde, wenn sich die Aufmerksamkeit auf Ravenhurst richtet, der unschuldig ist.«

Teague nickte, als er sich von seinem Schreibtisch erhob. »Ich verstehe. Nun muss ich mich auf den Weg nach Spitalfields machen, um eine offizielle Aussage von Mr. und Mrs. Jefford aufzunehmen.«

»Das überlassen wir natürlich Ihnen«, sagte Hadrian.

»Vielen Dank für die Brosche.« Teague zeigte mit dem Schmuckstück auf Tilda.

»Wir sehen uns am Montag bei der Untersuchung«, antwortete sie.

Als sie beide Teagues Büro verließen, konnte Tilda sich eines leichten Gefühls der Frustration nicht erwehren. Sobald sie im Freien standen und auf Hadrians Kutsche zugingen, sagte sie schließlich: »Ich versuche der Frage auf den Grund zu gehen, warum der Untersuchungsrichter die Untersuchung verschoben hat, um für eine eingehendere Obduktion Zeit zu haben. Was hat ihn zu dieser Entscheidung veranlasst? Oder hat er gar von jemandem anderen Anweisungen dazu erhalten?«

»Wer könnte so etwas getan haben?«, fragte Hadrian.

»Ich habe nicht die geringste Vorstellung. Mein Vater hat immer gesagt, Untersuchungsrichter sind oft selbstherrlich. Daher ist es wohl wahrscheinlicher, dass die Entscheidung von ihm kam. Mich interessiert nur *der Grund* dafür.«

Sie kamen bei der Kutsche an und Hadrian drehte sich zu ihr um. »Ich weiß es zu schätzen, dass Sie Teague gegenüber für mich eingetreten sind, indem Sie mich für unschuldig gehalten haben.«

»Ich vertraue darauf, dass er seine Ermittlungen in aller Gründlichkeit durchführt«, entgegnete sie. »Aber ich hielt auch den Hinweis für notwendig, dass Sie unnötigerweise im Fokus stehen. Sie hatten keine Beziehung zu Beryl und Sie haben Louis Chambers nichts Böses gewünscht.«

Er schenkte ihr ein feines, verständiges Lächeln. »Es tut mir leid, dass Sie verärgert sind.«

Tilda bemühte sich, ihren Ärger in den Hintergrund zu drängen und sich darauf zu konzentrieren, wie sie ihre Ermittlungen fortsetzen konnte. »Zumindest können wir jetzt Massey befragen.«

Hadrian runzelte die Stirn und verzog den Mund. »Heute haben wir bereits eine bedrohliche Situation überstanden. Sollten wir uns wirklich in eine weitere gefährliche Situation stürzen?«

»Die Craven Street ist nicht halb so schlimm wie Flower and Dean«, sagte Tilda mit einem Lächeln.

»Vielleicht nicht, aber das *Cock and Hen* ist möglicherweise ein sehr unpassender Ort für Sie.« Er drückte sich auf diplomatische Weise sehr vorsichtig aus, weil er wahrscheinlich wusste, dass Tilda ihm widersprechen würde.

»Solche Sachen interessieren mich nicht«, gab sie vielleicht etwas zu streng zurück. »Insbesondere nicht, wenn ich als Ermittlerin tätig bin. Obwohl ich, um ehrlich zu sein, auch außerhalb meiner Aufgaben als Ermittlerin keine Veranlassung sehe, einen solchen Ort aufzusuchen.« Sie sah ihm in die Augen und hielt seinen Blick einen Moment lang fest. »Bitte sorgen Sie sich nicht. Sie können Leachs Pistole wieder mitnehmen, wenn Sie sich dann besser fühlen.«

»Das werde ich auf jeden Fall tun«, meinte Hadrian, bevor er Leach ihr Ziel mitteilte.

»Ich gebe Ihnen die Pistole gerne, sobald wir angekommen sind, Mylord«, antwortete der Kutscher mit einem freundlichen Nicken, bevor er Tilda beim Einsteigen half.

»Vielen Dank, Leach.« Sie setzte sich auf den vorderen Sitz, während Hadrian sich neben sie setzte.

Als sie losfuhren, fragte Hadrian: »Gibt es einen Ort, den sie nicht aufsuchen würden, um ein Verbrechen aufzuklären?«

»Mir fällt keiner ein, aber ich denke, das würde von der jeweiligen Situation abhängen. Ich bin mir beispielsweise nicht sicher, ob ich mich nach Einbruch der Dunkelheit in die Flower and Dean Street gewagt hätte. Das hätte ich zumindest nicht, ohne vorher meine Pistole zu holen.«

»Vielleicht sollte ich auch eine Pistole mit mir führen«, dachte Hadrian laut.

»Darum brauchen Sie sich nicht zu kümmern. Ich bin durchaus in der Lage, auf mich selbst aufzupassen.«

Hadrian schaute sie an, und in seinen Augen lag etwas Dunkles und Intensives. »Ich werde Sie immer beschützen, ob Sie das für erforderlich halten oder nicht. Und versuchen Sie nicht, eine Diskussion darüber mit mir zu führen.« Damit richtete er seinen Blick nach vorne, und Tilda betrachtete sein prächtiges Profil. Durch seinen entschlossenen Gesichtsausdruck verriet er ihr, wie ernst es ihm damit war, sie zu beschützen.

Tilda wollte sich darüber nicht streiten. »Ich denke, wenn ich einen Abend im Northumberland House überstehen kann, wie uns das kürzlich gelungen ist, wird das *Cock and Hen* ein Kinderspiel sein.«

Das hellte Hadrians Miene auf, und er lachte. »Das lässt sich, glaube ich, nicht so recht vergleichen, aber ich verstehe, was Sie meinen. Sie sind gewillt, alles zu wagen, um Ihre Ermittlungen fortzusetzen.« Er neigte den Kopf. »Ich bin nur froh, dass Sie mich als Begleiter mitnehmen.«

～

*D*as *Cock and Hen* schien ein überraschend respektables Etablissement zu sein. Es befand sich zumindest in einem besseren und ordentlicheren Zustand als die meisten Lokale, die sie zuvor in Spitalfields gesehen hatten.

Leach hielt die Kutsche auf der anderen Straßenseite an und gab Hadrian erneut seine Pistole.

Tilda nahm Hadrians Arm, als sie sich auf den Weg zum Bordell machten, das eher den Eindruck einer Taverne erweckte. Es gab sogar einen Schankraum samt Theke. Allerdings waren keine Gäste dort zu sehen, was möglicherweise daran lag, dass es Nachmittag war.

Eine Frau mittleren Alters kam hinter der Bar hervor und begrüßte sie mit misstrauischer Miene. Sie trug eine aufwendige Frisur, die wie aus einer anderen Zeit wirkte. Aber sie stand ihr sehr gut. Die Farbe war leuchtend rot, was Hadrian vermuten ließ, dass es sich um eine Perücke handelte. Ihr Gesicht war geschminkt, und ihre Lippen waren scharlachrot.

»Guten Tag«, begrüßte sie ihre Gäste mit dunkler, rauer Stimme. »Womit kann ich Ihnen helfen?«

Hadrian war sich nicht sicher, was er darauf antworten sollte, also überließ er Tilda die Antwort.

Lächelnd neigte Tilda den Kopf vor der Frau. »Guten Tag. Wir suchen einen jungen Mann namens Massey.«

Die Frau klimperte mit den Wimpern und schenkte ihnen ein geduldiges Lächeln. »Was lässt Sie glauben, dass Sie ihn hier finden würden?«

»Wir wissen, dass er hier ist«, antwortete Tilda. »Wenn Sie ihm bitte sagen würden, dass Lord Ravenhurst und Miss Wren ihn sprechen möchten, wären wir Ihnen überaus verbunden.«

Bei der Erwähnung des Adelstitels huschte Überraschung über das Gesicht der Frau. Sie vollführte eine kurze Verbeugung vor Hadrian. »Eure Lordschaft. Es muss dringend sein, dass Ihr mit Massey sprechen müsst, wenn Ihr euch entschlossen habt, hierher zu kommen. Würdet Ihr mir bitte in das Wohnzimmer folgen, damit Ihr nicht hier im Schankraum gesehen werdet? Ich bin Mrs. Longbotham.« Sie führte sie zu einer Tür im hinteren Teil des Schankraumes, die in einen kurzen Flur mündete, ehe sie dann einen Raum auf der rechten Seite ansteuerte, wobei sie Tilda und Hadrian bedeutete, vor ihr einzutreten.

Der fensterlose Raum war mit Spiegeln bedeckt, und mehrere

helle Lampen sorgten für ausreichend Licht. Die Möbel waren in kräftigen Farben gehalten, rot, orange und leuchtend blau.

»Warten Sie hier, ich werde sehen, ob Massey Sie empfangen möchte.« Mrs. Longbotham wandte sich mit raschelnden dunkelbronzenen Seidenstoffen von der Tür ab.

»Sollen wir uns setzen?«, fragte Hadrian.

»Wenn Sie möchten, aber ich möchte warten, bis Massey kommt«, sagte Tilda. »Oder besser gesagt, bis er uns *empfängt*.« Sie zog die Augenbrauen hoch.

»Mrs. Longbotham wirkt für ein Etablissement wie dieses bemerkenswert förmlich«, stellte Hadrian fest. Sie war für einen Abendausgang gekleidet, hatte vor Hadrian einen Knicks gemacht und sich so verhalten, als wäre sie im Begriff jemandem einen Besuch abzustatten. »Ihre Frisur war ziemlich beeindruckend, aber ich vermute, dass es sich um eine Perücke handelt.«

Tilda zog kurz die Augenbrauen hoch, als sie einen Schritt auf ihn zuging, sodass sie sich nun ziemlich nahe waren. »Ihnen ist doch klar, dass Mrs. Longbotham keine Frau ist«, flüsterte sie.

Hadrian blinzelte. »Wirklich? Ich fand sie attraktiv.«

»Das ist sie«, stimmte Tilda zu. »Zumindest meiner Meinung nach.«

»Aber sie ist keine Frau?«, fragte Hadrian trotz der offensichtlichen Beweise. Sie sah eindeutig wie eine Frau aus.

»Teague hat gesagt, dass das *Cock and Hen* für jeden Geschmack etwas zu bieten hat.« Tilda sprach leise und blickte zur Tür. »Ich frage mich, ob Massey als Frau verkleidet sein wird.«

Als Hadrian versuchte, sich das vorzustellen, kam er zu der Einsicht, dass ihm dies unmöglich war. »Ich wage zu behaupten, dass er auch attraktiv wäre. Jetzt frage ich mich, wie ich wohl in einem Kleid aussehen würde.«

Tilda musterte ihn, ihre Augen wanderten von seinen Stiefeln bis zu seinem Hut. Unter der berauschenden Last ihres Blickes überkam ihn eine Woge der Hitze. Sie wandte sich abrupt von ihm ab und ging einige Schritte auf die Mitte des Zimmers zu, während ihr Blick durch den Raum wanderte. Er fragte sich, ob sie dieselbe glühende Hitze gespürt hatte.

Einen Moment später betrat Massey den Raum. Er musterte die

beiden mit der größten Zurückhaltung. »Wie haben Sie mich hier gefunden?«

Tilda wandte sich ihm zu. »Detective Inspector Teague hat uns das gesagt.«

Masseys Gesicht verlor ein wenig seiner Farbe. »Was hat er Ihnen noch gesagt?«

»Dass Sie hier Ihre freien Abende verbringen«, antwortete Tilda. »Wir sind jedoch nicht hier, um Sie damit zu belästigen. Wir möchten mit Ihnen über Martha Farrow sprechen. Sie wissen, dass sie verstorben ist?«

Der Kammerdiener tat ein paar Schritte bis zum nächsten Sessel – mit rot-orangefarbenem Blumenmuster – und ließ sich darauf sinken, während er sich die Hand vor den Mund hielt.

Hadrian empfand Mitleid mit dem jungen Mann, der offenbar nicht die geringste Ahnung gehabt hatte.

»Es tut mir leid«, brachte Tilda hervor, während sie näher an Massey herantrat und sich in den Sessel neben ihm setzte. »Ich hätte diese Information taktvoller überbringen sollen.« Sie warf Hadrian einen kurzen, grimmigen Blick zu.

Hadrian trat zu den beiden in der Sitzgruppe und nahm in einem dritten Sessel Platz. Dann drehte er sich zu Massey. »Bitte nehmen Sie sich alle Zeit, die Sie benötigen, um diese Nachricht zu verarbeiten. Wir haben von Beryl – Mrs. Chambers – erfahren, dass Sie und Miss Farrow befreundet waren.«

Massey zog ein Taschentuch hervor und tupfte sich die Augen. »Das waren wir. Sie war ...« Er brach ab, ehe er hervorbringen konnte, was er eigentlich sagen wollte. Dafür hob er allerdings den Blick und sah seine beiden Besucher – einen nach dem anderen – an. »Wurde deshalb die Untersuchung verschoben? Ich bin zum Pub gegangen, wie ich aufgefordert worden war, aber dort erfuhr ich, dass die Untersuchung erst am Montag stattfinden würde.«

»Warum sie verschoben wurde, wissen wir leider nicht«, sagte Tilda. »Erst heute Vormittag, als wir bei Mrs. Chambers ankamen, haben wir von Miss Farrows Tod erfahren.«

»Ich war heute noch nicht dort«, sagte Massey und wischte sich die Nase ab. »Gestern habe ich einige Sachen geholt. Nun, da mein

Arbeitgeber nicht mehr ist, hielt ich es nicht für angebracht, dort zu bleiben.«

»Das hätten Sie aber gekonnt«, meinte Hadrian. »Warum hatten Sie denn gedacht, Sie müssten gehen?«

»Mrs. Chambers mag mich nicht, und das beruht auf Gegenseitigkeit.« Massey presste die Lippen zusammen, doch dann blinzelte er den Ausdruck weg, bevor er sie aufmerksam ansah. »Wie ist Martha gestorben?«

»Sie ist in dem Haus über das Geländer gestürzt, in dem sie in Spitalfields wohnte«, erklärte Tilda sanft. »Haben Sie sie dort kürzlich besucht?«

Massey kehrte gleich wieder zu seinem misstrauischen Blick zurück.

Tilda faltete die Hände im Schoß. »Wir wissen, dass Sie dort gewesen sind. Wir wissen auch, dass Martha ein Kind erwartete.«

Massey nickte und tupfte sich erneut mit dem Taschentuch die Augen ab.

»War Ihr Arbeitgeber der Vater des Kindes?«, fragte Tilda.

Massey holte tief Luft. »Woher wissen Sie das?«

Tilda warf Hadrian einen kurzen Blick zu. Natürlich durften sie nichts von seinen Visionen preisgeben. »Ich war mir nicht sicher, aber ich bin Ihnen dankbar, dass Sie das bestätigen«, entgegnete sie mit einem sanften Lächeln. »Wissen Sie, warum Martha ihre Stelle gekündigt hat?«

»Die Antwort darauf kennen Sie bereits«, sagte Massey. »Sie war schwanger. Dort konnte sie nicht bleiben.«

Hadrian dachte an seine Visionen, insbesondere daran, wie die Frau sich gefühlt hatte, als sie die Brosche von Louis Chambers erhalten hatte. Aller Wahrscheinlichkeit nach war Martha Farrow diese Frau, und sie hatte das Gefühl gehabt, ungerecht behandelt worden zu sein. »Aber die Kündigung war ganz allein ihre Entscheidung?«

»Nein«, flüsterte Massey. »Sie hatte ihre Stelle nicht verlieren wollen, was bedeutete, dass sie das Kind nicht behalten konnte. Sie bat Mr. Chambers um Geld, damit für das Kind gesorgt wäre, aber er sagte, er würde ihr nicht helfen und sie müsse gehen. Sie weigerte sich, also gab er ihr eine der Broschen von Mrs. Chambers und sagte ihr, sie solle die Brosche veräußern. Er bot ihr auch an, ihr ein Empfehlungsschreiben auszustellen.«

Hadrian fragte sich, warum Martha die Brosche nicht verkauft hatte.

Tilda lächelte den Diener ermutigend an. »Wir sind Ihnen sehr dankbar, dass Sie uns das erzählt haben, Massey. Ich habe die Brosche in Marthas Zimmer in der Pension gefunden. Haben Sie vielleicht eine Erklärung, warum sie das Schmuckstück nicht verkauft hat?«

Massey rieb sich nervös die Handflächen an den Oberschenkeln. »Das hat sie ja versucht. Aber der Pfandleiher hat sie des Diebstahls bezichtigt. Er sagte, jemand wie sie hätte nichts so Schönes, und er würde die Polizei rufen.« Der Diener sah Hadrian und Tilda traurig an. »Sie hat nur versucht, zu überleben. Mir ist bewusst, dass Sie Martha für töricht halten, weil sie sich auf Mr. Chambers einge-lassen hat, aber sie glaubte, ihn zu lieben. Ihre Familie hatte sie verstoßen. Sie wollte nur geliebt werden.«

»Es tut mir leid, dass sie so schwer zu kämpfen hatte«, meinte Hadrian nun.

»Wann und warum haben Sie sie in der Unterkunft besucht?«, fragte Tilda.

»Sie schickte mir eine Nachricht, in der sie mich bat, sie zu besu-chen, weil sie Geld brauchte. Ich brachte ihr, was ich konnte. Das war am letzten Sonntag.«

»Dann wussten Sie von Mr. Chambers′ Untreue?«, hakte Tilda nach. »Sie haben Detective Inspector Teague gegenüber angedeutet, Sie wüssten davon nichts.«

Massey lief rot an. »Wie hätte ich das nicht wissen können?« Seine Augenbrauen zogen sich vor Wut zusammen. »Mr. Chambers hat Martha entsetzlich behandelt. Nachdem er sie rausgeworfen hatte, beklagte er sich bei mir, was für ein Luder sie sei und wie sie ihn in ihr Bett gelockt habe. Es war, als glaubte er, ich wüsste nicht, was hier vor sich ging.« Seine Lippen verzogen sich zu einem Grin-sen, und seine Augen funkelten vor Wut.

»Warum haben Sie den Inspector in diesem Punkt belogen?«, fragte Tilda.

Massey zuckte mit den Schultern, während ein Teil seiner Bitterkeit aus seinem Gesicht wich. »Ich hatte glaube ich versucht, Martha zu schützen. Zwar kann ich mir nicht vorstellen, dass sie imstande wäre, jemanden zu töten, aber wenn der Inspector gewusst hätte, dass sie ein Kind von Mr. Chambers erwartet und er sie deshalb vor die Tür gesetzt hat, hätte das für sie sicher nicht gut ausgesehen.«

»Dass man seine Freundin beschützen will, kann ich verstehen.« Tilda warf Hadrian einen kurzen Blick zu.

»Außerdem hat Mr. Chambers mir immer gesagt, ich solle mich um meine eigenen Angelegenheiten kümmern, so wie ich von anderen erwarte, dass sie sich um ihre kümmern. Ich hatte nicht die Angewohnheit, seine Geheimnisse auszuplaudern.« Für einen kurzen Moment ließ er seinen Blick abschweifen. »Wie Sie wahrscheinlich schon vermutet haben, hüte ich meine eigenen Geheimnisse, die ich lieber für mich behalte.«

Hadrian war sich nicht ganz sicher, worin Masseys Geheimnis bestand, und es ging ihn auch nichts an. »Warum sind Sie einem Mann gegenüber so loyal, den Sie offensichtlich nicht mochten? Insbesondere nach seinem Tod?«

Die Nasenflügel des Kammerdieners blähten sich, als er sie nun ein weiteres Mal ansah. »Ich hatte eine gute Stellung. Chambers gewährte mir alle zwei Wochen eine ganze Nacht für mich allein. Wissen Sie, wie schwierig das für jemanden in Diensten ist? Das kann ich mir kaum vorstellen.« Sein Blick verharrte auf Hadrian.

Massey schwieg einen Moment, seine Gesichtszüge waren stoisch. »Chambers machte sich manchmal lustig über mich und sagte, es wäre eine Schande, wenn ich in Schwierigkeiten geraten würde, während ich meinen freien Abend genoss. Als er Martha hinauswarf, warnte sie mich, dass Chambers sich auch gegen mich wenden könnte, wenn er das für nötig hielt.« Nun war brodelnde Wut in seinen Augen zu sehen. »Und bevor Sie fragen – ich habe ihn nicht umgebracht.«

»Sie haben behauptet, das hätte Beryl getan«, sagte Tilda. »Warum glauben Sie das?«

»Sie war genauso schlimm wie er. Die beiden haben einander furchtbar behandelt – sie schrien sich an und taten sich gegenseitig weh. Einmal schlug sie ihn mit ihrer Haarbürste und hinterließ rote Striemen an seinem Hals.«

Hadrian presste die Kiefer aufeinander, um nicht nach Luft zu schnappen. Das zu hören war wirklich schockierend.

Tilda warf ihm einen Blick zu, bevor sie sich wieder Massey zuwandte. »War sie auch untreu?«

»Ja, das habe ich dem Inspector auch erzählt.« Er sah Hadrian an. »Ich dachte, sie hätte wahrscheinlich eine Affäre mit Ihnen, so wie Chambers von Ihnen gesprochen hat.«

»Ihr Liebhaber war ich ganz bestimmt nicht «, brachte Hadrian scharf hervor und hielt seine Wut zurück.

Tilda berührte Hadrians Arm. »Lord Ravenhurst war es nicht. Er hatte keinen Kontakt zu Mrs. Chambers, bis sie ihn am Tag vor dem Mord an ihrem Mann um Hilfe bat. Haben Sie noch andere Vermutungen, wer ihr Liebhaber gewesen sein könnte?«

Massey schüttelte den Kopf. »Sie hatte keine Affären im Haus, im Gegensatz zu ihrem törichten Ehemann.«

»Hatte Chambers außer den beiden Dienstmädchen noch andere Affären?«, fragte Tilda.

»Nicht im Haus.« Massey zögerte. »Allerdings habe ich mich gefragt, ob er letzten Monat während einer meiner freien Nächte, die ich außer Haus verbrachte, jemanden in seinem Bett hatte. Ich habe ein besonderes Parfüm auf der Bettwäsche gerochen – es war ein starker Blumenduft, vielleicht Rosen.«

Tilda erinnerte sich daran, dass Beryl ihr erzählt hatte, wie sie dieses Parfüm gerochen hatte, als sie sich das erste Mal getroffen hatten. »Das ist hilfreich – danke, Massey. Können Sie uns noch etwas über Martha erzählen? Wir versuchen herauszufinden, ob ihr Tod wirklich ein Unfall war. Uns erscheint es wie ein merkwürdiger Zufall, dass sie einen Tag nach Mr. Chambers gestorben ist.«

Massey schüttelte den Kopf. »Ich habe Ihnen alles gesagt.« Er senkte den Kopf und schaute auf seinen Schoß. »Martha war kein schlechter Mensch. Sie war mir eine gute Freundin. Sie kannte mein Geheimnis und hat es bewahrt.«

»Ich bedauere so sehr, dass Martha nicht mehr für Sie da ist«, sagte Tilda leise.

Massey schniefte, hob den Kopf und blinzelte seine Tränen fort. »Ich bin nur froh, aus diesem Haushalt weg zu sein. Ich muss gestehen, dass es schwierig geworden war, für Mr. Chambers zu arbeiten. Er trank übermäßig viel und war in den letzten zwei Wochen oft krank. Ich war es leid, hinter ihm herzuräumen.« Er verzog das Gesicht. »Ich wünschte, ich hätte eine Referenz von ihm. Aber nach dem, was mit meinem Arbeitgeber passiert ist, wird mich meiner Befürchtung nach niemand einstellen wollen.«

Hadrian erkannte, dass dies ein Skandal war, der sich negativ auf Massey und die anderen Bediensteten auswirken könnte. »Vielleicht kann ich Ihnen mit einer Empfehlung weiterhelfen, die Sie von mir erhalten werden.«

»Warum sollten Sie das für mich tun?«, fragte Massey skeptisch und kniff die Augen zusammen.

»Sie sollten nicht darunter zu leiden haben, dass Ihr Arbeitgeber ermordet wurde«, sagte Hadrian schlicht.

»Das ist ungemein zuvorkommend von Ihnen, Mylord.« Massey sprach mit leiser Stimme und seine Augen strahlten Dankbarkeit aus.

»Ich habe noch eine Frage an Sie«, wandte sich Tilda an ihn. »In der Nacht, in der Martha starb, wurde eine verschleierte Frau in ihrer Unterkunft gesehen. Haben Sie eine Ahnung, wer außer Ihnen sie noch hätte besuchen können?«

Massey runzelte die Stirn und strich sich die Haare aus dem Gesicht. »Eine Frau mit Schleier? Aus dem Haushalt der Chambers hätte niemand sie besucht. Ich war der Einzige, der sie mochte. Die Haushälterin, die Köchin und Oswald sind dicke Freunde und haben sich nie wirklich mit uns anderen verstanden. Sie arbeiteten bereits in dem Haus, als Chambers den Mietvertrag übernahm.«

»Was ist mit Clara? Sie ist schon seit einiger Zeit im Haushalt. Kannten Sie sie gut?«

»Chambers stellte sie ein Jahr nach meinem Eintritt ein. Sie war sehr schüchtern und bemüht, es allen recht zu machen, was Chambers ausnutzte.« Sein Mund verzog sich kurz zu einer verächtlichen Grimasse. »Ich war froh, als sie nach seiner Heirat aufhörte, sein Bett zu teilen – und erleichtert, dass Chambers sie nicht dazu länger dazu drängte. Aber wir sind uns nie näher gekommen.«

Tilda neigte den Kopf. »Hat Chambers sie dazu gedrängt?«

»Das weiß ich nicht.«

»Glauben Sie, Clara könnte Chambers getötet haben?«, fragte Tilda.

»Das würde mich schockieren, aber ich kenne sie nicht sehr gut.«

»Sie kennen mich auch nicht, und dennoch glauben Sie, ich hätte eine Affäre mit der Frau eines anderen Mannes«, sagte Hadrian, wohl wissend, wie bitter das klang. Aber sein Leben und sein Ruf standen auf dem Spiel. »Es wäre hilfreich, wenn Sie aufhören würden, diese Lüge zu wiederholen.«

Massey sah gequält aus. »Ich bitte um Verzeihung, Mylord. Es ist offensichtlich, dass Mr. Chambers eine unverhohlene Abneigung gegen Sie hegte, und ich hätte erkennen müssen, dass es ihm mehr darum ging, Sie zu diffamieren, als die Wahrheit zu sagen. Ich würde es verstehen, wenn Sie mir bei der Suche nach einer neuen Stelle nicht helfen möchten.«

»Ich werde Ihnen helfen«, antwortete Hadrian. »Ich bin nicht nachtragend. Ich bin mir jedoch nicht sicher, ob Sie eine Stelle finden werden, bei der Sie regelmäßig über Nacht weg sein können, aber ich werde die Hoffnung für Sie aufrechterhalten. Haben Sie schon einmal über eine andere Beschäftigung als die eines Dienstboten nachgedacht? Sie könnten vielleicht in einem Gentlemen's Club arbeiten.«

Überraschung blitzte in Masseys Blick auf. »Das ist mir noch gar nicht eingefallen.«

»Wenn Sie diesen Weg einschlagen, müssen Sie sich vielleicht ein wenig anpassen. Sie möchten nicht in einem Etablissement wie diesem gesehen werden.«

Massey nickte. »Ich verstehe.«

Tilda hatte noch eine Frage. »Hat irgendjemand Sie darum gebeten, zu sagen, dass Seine Lordschaft eine Affäre mit Mrs. Chambers hatte?«

Der Diener schüttelte den Kopf. »Nein. Das hat Mr. Chambers gesagt.« Er verzog den Mund. »Und ich habe die Lüge wiederholt, weil ich sie für wahr gehalten habe.« Er warf Hadrian einen weiteren entschuldigenden Blick zu.

»Vielen Dank, Massey«, beendete Tilda mit einem freundlichen Lächeln, als sie aufstand. »Das Gespräch mit Ihnen war sehr hilfreich. Wir sehen uns am Montag bei der Untersuchung.«

Hadrian erhob sich, und der Diener tat es ihm gleich.

»Es tut mir leid, was ich über Sie gesagt habe«, entschuldigte sich Massey bei Hadrian, bevor er Tilda ansah. »Wer hat Ihrer Meinung nach Mr. Chambers getötet?«

»Das weiß ich noch nicht«, antwortete Tilda. »Aber wir werden die Wahrheit ans Licht befördern.«

Sie verabschiedeten sich, und als sie draußen waren, ließ Tilda sich von Hadrian über die Straße zu seiner Kutsche führen. »Ich bin entschieden hungrig«, sagte er. »Hätten Sie vielleicht Lust, mit mir in dem Pub dort oben eine Mahlzeit einzunehmen?« Er deutete in Richtung Strand.

»Eigentlich sollte ich zu meiner Großmutter zurückkehren, doch ich bin ebenfalls hungrig, wie ich gestehen muss. Lassen Sie uns schnell eine Kleinigkeit essen und dabei besprechen wir, unseren aktuellen Wissensstand, einschließlich unseres neuesten Verdächtigen.«

Hadrian zog vor Überraschung eine Augenbraue hoch. »Wer ist das?«

»Massey, natürlich.«

KAPITEL 12

$\mathcal{N}$achdem Tilda und Hadrian sich an Leach gewandt hatten, um ihn zu informieren, dass sie im Pub essen würden, hakte sie sich bei ihm unter und machte sich mit ihm auf den kurzen Weg dorthin. »Woher wissen wir, dass es sich hier um eine andere Art von Lokal handelt als das *Cock and Hen*?«, fragte sie.

»Das ist eine gute Beobachtung. Das werden wir wohl herausfinden.« Er zwinkerte ihr zu.

Sie betraten das *River's Edge* und Tilda erkannte sofort, dass es ganz anders als das *Cock and Hen* war. Es gab einen Speisesaal, und mehrere Tische waren besetzt.

Bald saßen sie an einem Tisch. Sie bestellten eine leichte Mahlzeit und Wein, der schnell serviert wurde.

Hadrian stieß an. »Auf den Fortschritt unserer Ermittlungen.«

Tilda stieß mit ihrem Glas an seines. »Darauf trinke ich, aber der Grund für die Verschiebung der Untersuchung beschäftigt mich immer noch.«

Hadrian nippte an seinem Wein und stellte das Glas dann mit leicht gerunzelter Stirn ab. »Es ist beunruhigend, im Dunkeln zu tappen, nicht wahr?«

»Ja, das ist es.« Sie trank einen zweiten kleinen Schluck Wein und stellte ihr Glas dann auf den Tisch. »Das werden wir wohl erst am Montag erfahren, fürchte ich.« Nachdem sie ihn einen Moment lang angesehen hatte, sagte sie: »Es war sehr freundlich von Ihnen, Massey Ihre Hilfe anzubieten, insbesondere nachdem er dazu beigetragen hat, dass Sie als Verdächtiger im Fall Chambers in Frage kommen.«

»Es wird mich erleichtern, wenn er diesen Unsinn bei der Untersuchung nicht wiederholen wird.«

»Trotz allem hätten Sie ihm Ihre Hilfe nicht anbieten müssen.« Eigentlich war Tilda darüber nicht sonderlich überrascht. Schon des Öfteren hatte Hadrian seine Fürsorge für andere unter Beweis gestellt.

»Ich sorge mich nur, dass das Hauspersonal der Chambers unverschuldet unter der Tragödie zu leiden hat.«

»Vorausgesetzt, es stellt sich heraus, dass sie am Tod von Chambers alle unschuldig sind«, merkte Tilda an.

»Ja, natürlich«, sagte Hadrian. »Dies ist ein Skandal, und für die Angestellten könnte es schwierig werden, eine neue Stellung zu finden. Ich bin gerne bereit, ihnen zu helfen, wenn sie Hilfe nötig haben.«

»Sind alle Earls so großherzig wie Sie?«, fragte Tilda verwirrt.

Hadrian lachte. »Das kann ich nicht sagen.«

Das Essen wurde serviert, und Tilda vertiefte sich gedanklich in ihre Ermittlungen, während sie ihren Steak-and-Kidney-Pie aß. Sie hatte fast die Hälfte verspeist, als Hadrian das Schweigen brach.

»Beinahe kann ich Sie denken hören«, bemerkte er mit einem Lächeln. »Zu welchen brillanten Schlussfolgerungen kommen Sie gerade?«

»Zu gar keiner. Derzeit bin ich bemüht, unser gesamtes bisheriges Wissen unter einen Hut zu bringen. Ich gebe zu, dass ich bei Martha etwas ins Stocken gerate und ich weiß auch nicht, wie sie in den Mord an Chambers passt – oder *ob* Martha überhaupt eine Rolle spielt. Ihr Tod könnte schlichtweg ein Unfall gewesen sein.«

»Aber der Zeitpunkt erscheint mir doch sehr seltsam«, bemerkte Hadrian.

»Vielleicht verbringe ich zu viel Zeit damit, mir über Martha Gedanken zu machen«, sagte Tilda. »Kommen wir doch noch einmal auf Louis' Mord zurück und darauf, was wir darüber wissen. Uns ist bekannt, dass der Mörder wahrscheinlich durch sein Ankleidezimmer in sein Schlafzimmer gelangt ist – und er das Messer mitge-bracht hat.«

»Oder sie«, bemerkte Hadrian. »Es ist jammerschade, dass niemand das Messer gefunden hat.«

»Ich frage mich, ob die Mordwaffe wirklich das Messer war, das aus der Küche fehlt«, überlegte sie. »Ich denke immer wieder über die Motive der Täter nach und darüber, was sie dazu getrieben haben könnte, ein Messer aus der Küche zu holen, um Chambers zu töten. Es war wohl kein Affekthandlung, bei der der Mörder einfach nach der nächstbesten Waffe gegriffen hat. Es muss eine Tötungsabsicht bestanden haben.«

»Da es keine Anzeichen für einen Einbruch in das Haus der Chambers gibt, scheint es tatsächlich so, als könnte jemand aus dem Haushalt der Übeltäter gewesen sein«, sagte Hadrian.

Tilda lächelte. »Allmählich klingen Sie ja ganz wie ein Ermittler.«

»Danke. Ich habe eine ausgezeichnete Lehrerin.« Wieder hob er sein Glas und trank einen Schluck.

Tilda aß einen weiteren Bissen von ihrem Pie. Nachdem sie geschluckt hatte, meinte sie: »Nach dieser Theorie würden Beryl und alle Bediensteten als Hauptverdächtige gelten. Damit wären Sie und Pollard ausgeschlossen.«

»Nun, wir wissen, dass ich nicht der Täter war.«

»Natürlich. Allerdings können wir Pollard meines Erachtens noch nicht ausschließen. Vor allem, da wir nicht wissen, warum die Untersuchung verschoben wurde. Ich muss davon ausgehen, dass es Beweise gibt, die wir nicht kennen.«

»Konzentrieren wir uns vorerst auf die Bediensteten«, meinte Hadrian. »Massey glaubte nicht, dass Clara so etwas getan hätte.«

»Ich habe nicht das Gefühl, dass er wirklich zuverlässig ist. Er hat über die Affäre gelogen – oder zumindest hat er Teague in die Irre geführt. Außerdem besitzt er ein starkes Motiv. Chambers kannte sein Geheimnis und hatte gedroht, Massey zu entlarven. Außerdem hat er Martha schlecht behandelt, die Masseys Freundin war.«

»Was ist mit der Köchin, der Haushälterin und dem Butler?«

Tilda nahm ihr Weinglas. »Mir sind keine konkreten Motive bekannt. Es sei denn, sie hatten einfach eine Aversion gegen Chambers. Allem Anschein nach war er kein angenehmer Mensch.« Tilda nippte an ihrem Wein.

»Das ist eine diplomatische Umschreibung«, sagte Hadrian trocken. »Er war ein Hundesohn.«

Tilda stellte ihr Glas etwas fester ab, als sie beabsichtigt hatte, und verschüttete etwas Wein auf ihre Hand. Sie wischte ihn mit ihrer Serviette weg. »Da ist auch noch Oliver Chambers. Er wollte in das Stoffgeschäft investieren, aber vielleicht stand sein Bruder ihm im Weg.«

Hadrian neigte den Kopf. »Das scheint mir ein fadenscheiniger Grund zu sein, den eigenen Bruder zu töten. Aber mir fällt auch kein guter Grund ein, jemanden umzubringen, es sei denn, man verteidigt sich selbst – oder eine andere Person, die einem wichtig ist.« Er sah Tilda direkt an, als er den letzten Teil hinzufügte, und sie fragte sich, ob er daran dachte, wie er sie vor dem Mörder verteidigt hatte, den sie mit Teagues Hilfe festgenommen hatten.

Sie schwiegen einen Moment, während sie ihre Mahlzeit beendeten. Hadrian sprach als Erster und meinte, dass morgen wahrscheinlich nicht viel zu tun sei, da Sonntag sei.

»Ich würde sehr gerne mit Oliver sprechen, wie auch mit dem ältesten der Chambers Brüder und mit Pollard«, sagte Tilda. »Allerdings glaube ich nicht, dass sich einer von ihnen an einem Sonntag von uns stören lassen würde.«

Hadrian warf ihr einen ironischen Blick zu. »Wahrscheinlich nicht. Es ist gut, dass morgen in der Stadt nicht viel los ist, da ich einen Termin mit meiner Mutter zum Tee habe.«

»Einen ›Termin‹?«, fragte Tilda mit einem Lachen.

»Es *ist* unumgänglich«, seufzte Hadrian. »Seit ich niedergestochen wurde, möchte sie sich regelmäßig vergewissern, dass es mir gut geht. Das ist wohl die Verantwortung einer Mutter.«

Tilda war sich nicht sicher, ob sie dieser Einschätzung zustimmen konnte. Zumindest glaubte sie nicht, dass ihre eigene Mutter diese Verantwortung so ernst nehmen würde. »Es ist schön, dass Ihre Mutter sich so um sie sorgt.«

»Darüber hinaus nutzt sie aber auch diese Gelegenheit, um mir mit ihren Überlegungen zu meiner Heirat auf die Nerven zu gehen. Ich muss schließlich einen Erben zeugen.« Er beugte sich vor und flüsterte, als wäre es ein Geheimnis: »Ich habe einen Cousin, der erben kann, also ist es eigentlich nicht so wichtig.«

Tilda hatte gedacht, dass es für Adlige von entscheidender Bedeutung sei, ihr Erbe zu sichern, aber wer war sie schon, um solche Dinge in Frage zu stellen.

Sie beendeten ihr Mahl und machten sich bereit, das Lokal zu verlassen. Hadrian hielt ihr den Stuhl, als sie aufstand. »Soll ich Sie am Montag zur Untersuchung abholen?«

Sie blickte lächelnd über ihre Schulter zu ihm zurück. »Ja, vielen Dank.«

Hadrian beglich die Rechnung, und als sie zur Tür gingen, streifte seine Hand Tildas Rücken. Ein angenehmes Kribbeln durchfuhr sie daraufhin.

Ihr kam der Moment kurz zuvor in den Sinn, als er sie in der Pension mit seinen Armen umfangen hatte. Nach dem ersten Schreck war sie sich dann seiner Kraft und seiner Wärme bewusst geworden. Das Gefühl war mehr als nur angenehm gewesen und hatte sie an einen Ort versetzt, an dem sie noch nie zuvor gewesen war – an einen Ort, an dem sie sich nach mehr von seiner Berührung sehnte. Nach seiner Fürsorge.

Dieser Gedanke erfüllte sie mit Unruhe. So etwas wünschte sie sich von niemandem und schon gar nicht von einem Mann. Sie konnte sich selbst Trost spenden und für sich sorgen.

Als Hadrian sich zu ihr in die Kutsche setzte, kehrte diese Wahrnehmung zurück. Er war so nah, dass ihr sein männlicher Duft immer wieder in die Nase stieg. Das war ärgerlich, aber auch aufregend.

Allem Anschein nach kamen sie sich jedes Mal, wenn sie zusammen waren, immer näher. War das schlecht?

Ja.

Denn ihre Nähe durfte nicht über Freundschaft hinausgehen. Tilda war keinesfalls an einer Romanze interessiert, und es war auch nicht so, dass Hadrian das angedeutet hätte. Sie mochte die Situation zwischen ihnen und würde ihr Bestes tun, um sie so zu erhalten.

~

Hadrian war froh, dass seine Mutter während der ersten Hälfte ihrer Teeverabredung, die alle zwei Wochen stattfand, über seine Schwestern und deren Kinder sprach. Solange sie sich mit ihnen beschäftigte, anstatt mit ihm, ging es ihm immer gut. Das warf für ihn die Frage auf, warum er sich so an ihrem Wunsch störte, dass er heiraten sollte. Hatte es vielleicht damit zu tun, dass sein erster Versuch so enttäuschend geendet hatte? Er, musste zugeben, dass ihn die Auflösung der Verlobung verbittert hatte. Aber er hatte auch nicht viel Zeit damit verbracht, darüber nachzudenken. Jetzt, wo Beryl wieder in sein Leben getreten war, hielt er es für ganz natürlich, über die Ehe nachzudenken und darüber, warum sie ihn nur wenig lockte.

Würde er wirklich zulassen, dass der Vorfall vor vier Jahren mit Beryl und Chambers, ihn davon abhielt, eine Ehe einzugehen? Dabei ging es nicht nur darum, seine Pflicht zu erfüllen, was er auch dann hätte in Betracht ziehen müssen, wenn er etwas anderes behauptete. Was war mit der Möglichkeit, Liebe und eine Familie zu finden? Konnte er wirklich sagen, dass er das nicht wollte?

»Oh!«, sagte seine Mutter und riss ihn aus seinen Gedanken, als er die Teetasse an die Lippen hob. »Ich kann nicht glauben, dass ich das nicht gleich erwähnt habe. Ich habe von Louis Chambers´ Tod gelesen. Was für eine schreckliche Angelegenheit!«

Nachdem er einen Schluck Tee getrunken hatte, stellte Hadrian die Tasse auf die Untertasse. »In der Tat.« Er überlegte, ihr zu sagen, dass er Beryl half, aber seine Mutter war sehr aufgebracht gewesen, als sie ihre Verlobung aufgelöst hatten. Hadrian wollte das Thema nicht wieder aufs Tapet bringen.

»Ich mache mir echte Sorgen um Beryl«, fuhr seine Mutter fort. »Sie muss am Boden zerstört sein. Ich werde ihr eine Nachricht schicken und sie vielleicht besuchen, wenn sie sich danach fühlt.« Seine Mutter sah ihn mit ihren blauen Augen an, die Hadrians aufs Haar glichen. »Das solltest du auch tun. Ich bin sicher, sie würde sich sehr freuen, von dir zu hören.«

Verdammt. Wenn Hadrian nicht verriet, dass er bereits in die Ermittlungen verwickelt war und seine Mutter von anderer Seite davon erfuhr, würde sie wütend auf ihn sein, weil er ihr das verschwiegen hatte. Er war bereit, dieses Risiko auf sich zu nehmen. »Äh, wahrscheinlich.« Hadrian rutschte unruhig auf seinem Stuhl hin und her.

»Ich mochte sie sehr«, fuhr seine Mutter fort und schnalzte mit der Zunge. »Ich war so enttäuscht, als ihr beide nicht geheiratet habt. Und jetzt siehst du ja, wie alles gekommen ist. Ich bin sicher, dass sie bereut, dich nicht geheiratet zu haben.« Sie sah Hadrian erwartungsvoll an. Hoffte sie etwa, er würde nun sagen, dass er genauso empfand?

»Wir passten nicht zusammen«, entgegnete Hadrian, der nun froh war, dass er ihr nicht erzählt hatte, dass er Beryl nicht nur kürzlich gesehen hatte, sondern auch ein Verdächtiger im Mordfall war.

»Du warst über die Trennung viel mehr bestürzt, als du jemals zugeben würdest«, sagte seine Mutter mit einem forschenden Blick. »Warum hättest du sonst seitdem keine Frau umworben oder geheiratet? Vielleicht könntest du es ja noch einmal versuchen, wenn Beryls Trauerzeit vorbei ist.«

Hadrian hatte gerade seine Teetasse angehoben und war nun erleichtert, dass er noch nicht getrunken hatte, denn er hätte sich mit Sicherheit an seinem Tee verschluckt. Ehe er noch etwas auf diesen unerhörten Vorschlag erwidern konnte, betrat sein Butler Collier den Salon.

»Mylord, Miss Wren ist eingetroffen und bittet um eine Audienz.«

»Hast du sie eingeladen, mit uns Tee zu trinken, wie ich vorgeschlagen habe?«, fragte seine Mutter. Sie hatte Tilda vor zwei Wochen bei ihrem letzten Besuch kennengelernt.

Verflixt. Wie sollte er Tildas Anwesenheit erklären, ohne die Ermittlungen zu erwähnen, an denen sie arbeiteten? Die Ermittlungen, mit denen sie beide versuchten, seine Unschuld am Mord an Beryls Ehemann zu beweisen. Konnte er wirklich hoffen, das vor seiner Mutter geheim halten zu können?

»Das habe ich nicht«, entgegnete er und atmete tief aus. »Zufälligerweise führt Miss Wren eine Untersuchung zum Tod von Chambers durch, und ich unterstütze sie dabei.« Dabei ließ er unerwähnt, dass er selbst verdächtigt wurde, da seine Mutter sich sonst nur unnötig Sorgen machen würde.

Hadrian sah Collier an, der in der Tür stand und dessen Gesicht keine Regung zeigte. »Bitte führen Sie Miss Wren herein.«

Der Butler nickte schweigend, drehte sich um und ging.

»Du musst doch mit Beryl gesprochen haben. Warum hast du nichts gesagt?« Seine Mutter presste die Lippen zusammen und sah ihn an.

»Diese Sache wollte ich ursprünglich nicht mit dir besprechen.« Hadrian sprach mit scharfer Stimme, denn er hoffte, sie auf diese Weise von weiteren bohrenden Fragen abzuhalten.

»Weil du nicht über Beryl oder deine verpasste Chance auf eine Ehe sprechen wolltest«, entgegnete seine Mutter nun deutlich verstimmt.

»Es war keine ›verpasste Chance‹.«

Seine Mutter trank einen Schluck Tee und funkelte ihn über den Rand der Tasse hinweg wütend an. »Seitdem hast du tunlichst vermieden, über Heirat zu sprechen.«

Hadrian war stets bemüht, dem Thema aus dem Weg zu gehen, aber seine Mutter sorgte dafür, dass es immer wieder aufgenommen wurde. »Es hat mich nicht interessiert und so ist es immer noch.«

Sie warf die Hände in die Luft und stieß einen leisen Laut aus. »Du kannst in dieser Angelegenheit so unglaublich frustrierend sein. Du brauchst einen Erben. Willst du etwa, dass dein Cousin alles erbt?« Sie wartete seine Antwort gar nicht ab, sondern fuhr fort: »Wenn nur dein Bruder nicht gestorben wäre. Ich bin sicher, er wäre inzwischen verheiratet. Dann müsste ich mir keine Sorgen um dich machen.«

Hadrian wurde innerlich ganz kalt. Es kam nur sehr selten vor, dass seine Mutter über ihren jüngsten Sohn Gabriel sprach, aber wenn dies geschah, reagierte er immer sehr emotional. Gabriels Tod in Indien, nur ein Jahr nach dem Tod ihres Vaters, war ein schwerer Schlag für die Familie gewesen.

Hadrian *wusste*, dass Gabriel inzwischen verheiratet wäre. Ehe er krank geworden war, hatte er Hadrian noch geschrieben, dass er sich verliebt hatte und heiraten wollte, wenn ihre Familie einverstanden wäre. Hadrian hatte seiner Mutter nichts davon erzählt, weil er dachte, dass sie dann nur noch trauriger über den Verlust ihres Kindes sein würde.

Hadrian bemerkte, dass Tilda mit ihrer Handtasche in der Tür des Salons stand. Feine Fältchen zeichneten sich auf ihrem Gesicht als Beweis ihrer Besorgnis ab. Hatte sie gehört, was seine Mutter über Gabriel gesagt hatte? Bislang hatte Hadrian noch nie mit Tilda über seinen jüngsten Bruder gesprochen.

Hadrian stand auf und begrüßte Tilda. »Bitte, kommen Sie zu uns.«

Tilda ging zögernd auf den Tisch am Fenster zu, an dem seine Mutter noch immer saß. »Guten Tag, Lady Ravenhurst.«

»Guten Tag, Miss Wren. Wie schön, Sie wiederzusehen. Ich habe gehört, Sie helfen der lieben Beryl Chambers bei der großen Tragödie, die sie getroffen hat.«

Das hatte Hadrian so überhaupt nicht gesagt. Er hatte gesagt, dass sie ermitteln würden, aber er biss erst einmal die Zähne zusammen.

»Ja, so ist es«, antwortete Tilda mit einem Nicken. »Ich bin sogar gekommen, um mit Lord Ravenhurst über eine neue Entwicklung zu sprechen. Entschuldigen Sie bitte die Störung.« Hätte sie ihn um ein Haar beim Vornamen genannt? Hadrian war froh, dass sie sich zurückgehalten hatte, denn das hätte die unersättliche Neugier seiner Mutter zwangsläufig geweckt.

Tilda musste bedeutende Neuigkeiten haben. Hadrians Puls schlug schneller, und er konnte nur hoffen, dass seine Mutter die Lage erkannte und sich sehr bald verabschiedete. Was jedoch unwahrscheinlich war. Vielmehr war sie wahrscheinlich über die Unterbrechung ihres Tees verstimmt.

»Sie sind herzlich willkommen«, brachte seine Mutter enthusiastisch hervor.

Ein Dienstmädchen kam mit einem weiteren Teeservice herein, stellte es auf den Tisch und zog sich zurück.

»Vielen Dank«, sagte Tilda, als sie sich auf einen der leeren Stühle am Tisch setzte, sodass sie nun zwischen Hadrian und seiner Mutter saß.

Lady Ravenhurst schenkte Tilda Tee ein, während Hadrian sich wieder setzte. Er hoffte, dass seine Mutter bald gehen würde, denn er war auf Tildas Neuigkeiten gespannt.

»Ich finde es faszinierend, dass Sie Privatdetektivin sind«, meinte seine Mutter, während sie Zucker in ihren Tee rührte. »Was für eine schreckliche Situation für Beryl.« Seine Mutter rümpfte die Nase, als würde sie etwas sehr Unangenehmes riechen. »Ich kann mir nicht vorstellen, warum Sie sich in so etwas Unangenehmes wie einen Mordfall verwickeln lassen.«

»Ich habe eine Vorliebe für Ermittlungsarbeit, Mylady«, meinte Tilda freundlich. »Mein Vater war Sergeant bei der Metropolitan Police.«

»Ach richtig. Das hat Hadrian erwähnt. Er hat auch erzählt, dass Ihr Großvater ein bekannter Richter war. Aber finden Sie einen Mord nicht widerwärtig?«

»Ich finde Mord abscheulich, deshalb bin ich so entschlossen, den Verantwortlichen zur Rechenschaft zu ziehen«, sagte Tilda ruhig.

»Das ist sehr ... unternehmungslustig von Ihnen. Was hält Ihre Familie davon, dass Sie das tun?«

»Meine Großmutter, bei der ich lebe, ist sehr stolz auf mich«, entgegnete Tilda schlicht.

Hadrians Mutter lächelte. »Das ist schön.« Sie hob ihre Tasse, um ihren Tee auszutrinken. »Nun, ich denke, ich werde mich auf den Weg machen, damit ihr beiden besprechen könnt, was ihr zu besprechen habt.«

Hadrian stand auf. »Es war mir wie immer eine Freude, dich zu sehen, Mutter.« Er ging zu ihr, um ihr den Stuhl zu halten, als sie aufstand.

»Bis bald, mein Lieber. Bitte grüße Beryl von mir.«

»Das werde ich.« Hadrian begleitete seine Mutter zur Tür und küsste sie auf die Wange.

»Miss Wren.« Seine Mutter winkte Tilda zu, bevor sie ging.

Hadrian kehrte zu dem Tisch zurück, an dem Tilda ihn interessiert beobachtete. »Sie müssen etwas Wichtiges zu erzählen haben.«

»Gleich«, sagte sie. »Ihre Mutter scheint Beryl sehr zu mögen. War Ihre Mutter enttäuscht gewesen, als aus Ihrer Heirat nichts geworden war?«

»Das war sie, aber ich weiß nicht, ob das etwas mit der Braut zu tun hatte. Sie möchte einfach, dass ich heirate.«

»Ich habe gehört, dass sie sich einen Erben wünscht.« Tilda sah ihn sanft und verständnisvoll an. »Das muss sehr belastend für Sie sein.«

»Ein bisschen, aber ich habe gelernt, dies normalerweise zu ignorieren.«

»Ich wusste nicht, dass Sie einen Bruder hatten«, sagte sie, um zu bestätigen, dass sie alles gehört hatte.

Er zuckte mit den Schultern. »Ich spreche nicht oft über ihn. Er starb vor fünf Jahren in Indien an Cholera. Mein Vater war ein Jahr zuvor gestorben, daher war es eine schwierige Zeit, besonders für meine Mutter.«

»Standen Sie und Ihr Bruder sich nah?«

»Als wir jünger waren. Er war noch ein kleiner Junge, als ich bereits zur Schule ging.« Hadrian blickte nachdenklich in seine Teetasse. Er wünschte, er hätte ein engeres Verhältnis zu seinem Bruder gehabt, insbesondere weil ihr Vater so ein kalter Mensch gewesen war. Aber Hadrian hatte sich auf sein eigenes Leben und das Erwachsenwerden konzentriert. Damals hatte er kaum erwarten können, von zu Hause fortzukommen. »Ich hatte mich darauf gefreut, dass wir uns als Erwachsene näherkommen würden.« Diese Gelegenheit hatten sie allerdings nie bekommen.

»Das tut mir leid«, sagte Tilda leise. »Ich weiß nicht, wie es ist, Geschwister zu haben, geschweige denn sie zu verlieren.«

Hadrian blinzelte ein paar Mal und straffte sich dann. »Sie sind nicht hierhergekommen, um sich in Melancholie zu ergehen. Welche Neuigkeiten haben Sie denn? Ich bin sehr gespannt darauf, sie zu hören.«

Tilda trank einen weiteren Schluck Tee und stellte die Tasse zurück auf die Untertasse. Ihre Blicke trafen sich, und zum ersten Mal seit ihrer Ankunft erkannte er die tiefe Besorgnis in ihren Augen. Das machte ihn nervös. Hatte sie das Gespräch gesucht, um hinauszuzögern, was sie zu sagen hatte?

»Teague hat mich vorhin aufgesucht. Er hatte Informationen für mich. Anscheinend hat Louis Chambers einen Anwalt bezüglich einer Scheidung von Beryl konsultiert. Der Anwalt sagte, Louis sei sich sicher, dass sie eine Affäre hatte.« Sie hielt inne und sah ihn nun besorgt an. »Mit Ihnen.«

Hadrian fluchte leise.

»Das habe ich gehört«, sagte Tilda sanft.

»Entschuldigen Sie bitte«, murmelte Hadrian. »Wird Teague kommen, um mich zu befragen?«

Sie schüttelte den Kopf. »Das hat er ja neulich schon getan. Ich dachte nur, Sie sollten über diese Entwicklung Bescheid wissen.«

Hadrian war sowohl erleichtert als auch erfreut, dass sie gekommen war, um ihm davon zu erzählen.

Tilda legte ihre bloße Hand auf den Tisch. »Es tut mir leid, dass Sie immer tiefer in diese Angelegenheit hineingezogen werden.«

»Warum erzählt Chambers allen, ich hätte eine Affäre mit seiner Frau? Grollt er mir etwa wegen einer vermeintlichen Kränkung?«

»Das ist wirklich auffällig«, sinnierte Tilda mit leicht gerunzelter Stirn. »Vielleicht *ist* der Grund für Chambers' Hass auf Sie von Bedeutung. Ich entschuldige mich, dass ich das außer Acht gelassen habe.«

»Ich denke, ich werde heute Abend bei Arthur's vorbeischauen und mich unter Chambers' Freunden umhören.« Er warf ihr einen entschuldigenden Blick zu. »Es tut mir leid, dass Sie mich nicht begleiten können.«

»Können Sie dort als Nichtmitglied hingehen?«, fragte Tilda. »Ich weiß, dass Ihr Titel außergewöhnliche Privilegien mit sich bringt, aber die reichen doch sicher nicht so weit.«

»Ich werde meinen Kollegen begleiten, der mich neulich eingeladen hat«, antwortete Hadrian. »Vorausgesetzt, er ist heute Abend frei.«

»Ich bedaure, dass ich nicht mitkommen kann.« Sie runzelte enttäuscht die Stirn.

Hadrian tat es ebenfalls leid. »Vielleicht könnten Sie sich als Mann verkleiden.«

Tilda grinste. »Ich glaube nicht, dass ich einen überzeugenden Gentleman abgeben würde.«

»Da bin ich anderer Meinung. Sie haben bewiesen, dass Sie mühelos einen Cockney-Akzent imitieren und sich sowohl in einer Taverne im East End als auch in einem schrecklichen Elendsviertel unter die Leute mischen können. Wenn Sie einen Hut tragen und ihn nicht abnehmen, könnten Sie die Leute hinters Licht führen.«

»Ich glaube doch, die Sache ist um einiges komplizierter«, sagte Tilda mit einem Lachen. »Schade, dass wir Mrs. Longbotham im

Cock and Hen nicht um Rat fragen können. Vielleicht könnte sie mir bei der Verkleidung helfen.«

Hadrian fand die Idee brillant. »Warum nicht? Lassen Sie uns sofort dorthin fahren.«

»Sich als Mann zu verkleiden, ist vielleicht nicht Mrs. Longbothams Stärke«, meinte sie ironisch. »Wir könnten es versuchen. Ich würde Sie sehr gerne zu Arthur's begleiten. Ich zögere nur, weil ich nicht weiß, was geschehen wird, wenn ich auffliege. Ich möchte Sie und Ihren Freund, dessen Mitgliedschaft auf dem Spiel stehen könnte, nicht in Schwierigkeiten bringen.«

»Wenn wir uns in den Schatten und Ecken aufhalten, könnte der Trick wohl funktionieren. Haben wir den Mut dazu?«

»Oder die Tollkühnheit?«, fragte sie lachend.

»Vielleicht ein bisschen von beidem.« Hadrian lächelte und zuckte mit den Schultern.

»Sie brauchen mich nicht zum *Cock and Hen* zu begleiten«, sagte Tilda. »Ich nehme mir eine Mietdroschke und Sie können mich später abholen, um zum Club zu fahren, vorausgesetzt, Ihr Freund ist damit einverstanden, uns mitzunehmen.«

»Danke, dass Sie mich daran erinnern, ihm eine Nachricht zukommen zu lassen. Ich kann Leach bitten, sie zu überbringen, während wir im *Cock and Hen* sind.« Er sah, wie sich eine leichte Falte zwischen ihren Augenbrauen bildete. »Ich würde mich besser fühlen, wenn Sie mich mitkommen lassen würden.« Er mochte den Gedanken nicht, dass sie allein in einem Bordell war, selbst wenn sie dort bereits mehrere Personen kennengelernt hatten.

Sie bedachte ihn mit einem geduldigen Lächeln. »Ich bin Ermittlerin und kann solche Dinge regeln. Sie haben, glaube ich, sogar meine Fähigkeit gelobt, mich gut in gesellschaftliche Gruppen einzufügen. Außerdem komme ich schon seit Jahren gut alleine zurecht. Schon lange bevor ich Sie kennengelert habe.«

Ja es war nicht zu bestreiten. Sie war eine fähige, unabhängige Frau. Das bewunderte er sehr an ihr, auch wenn ein Teil von ihm sich wünschte, dass sie ihn brauchte. Vielleicht nur ein bisschen.

»Also schön«, willigte er resigniert ein. »Sie brauchen mich nicht. Darf ich trotzdem mitkommen?«

Tilda lachte. »Ich denke, das dürfen Sie.«

»Ausgezeichnet.« Hadrian lächelte erleichtert. »Entschuldigen Sie mich bitte einen Moment, ich schreibe schnell eine Nachricht an Sir Godfrey und frage ihn, ob wir ihn in den Club begleiten dürfen. Ich werde Leach bitten, die Nachricht zu überbringen, während wir im *Cock and Hen* beschäftigt sind.« Er ging zu einem kleinen Schreibtisch in der Ecke und kritzelte schnell eine Nachricht.

»Sind Sie bereit?«, fragte er.

Tilda nickte, und sie verließen den Salon. »Ich entschuldige mich, dass ich Sie beim Tee mit Ihrer Mutter gestört habe«, sagte sie.

»Sie brauchen sich nicht zu entschuldigen«, sagte Hadrian mit einem kurzen Lächeln. »Aber wundern Sie sich nicht, wenn ich Sie zum nächsten oder übernächsten Mal offiziell einlade. Meine Mutter wird nicht vergessen, dass Sie bei zwei unserer vereinbarten Treffen nicht dabei waren. Und sie wird auch nicht so schnell vergessen, dass Sie in *einem Mordfall* ermitteln.«

»Hoffentlich denkt sie deshalb nicht schlecht von mir.«

»So ist sie nicht«, gab Hadrian entschieden zurück. »Es ist einfach eine Sache, die sie niemals verstehen könnte – dass eine Frau sich mit einer Morduntersuchung beschäftigt.«

»Dann müssen Sie unbedingt Sorge dafür tragen, dass sie nie etwas von meinem Bordellbesuch erfährt. Oder gar, dass ich dort ein zweites Mal hingehe.«

Hadrian lachte laut auf. »Mir ist auch ganz bestimmt nicht daran gelegen, dass sie erfährt, *dass ich* ein Bordell besucht habe. Ich werde weder ihr noch sonst irgendjemand anderem auch nur das Geringste von unseren Ermittlungsgeheimnissen verraten.«

Sie sah ihn an, als sie die Eingangshalle erreichten. »Und deshalb sind wir ein gutes Team.«

KAPITEL 13

*M*rs. Longbotham war überglücklich, Tilda und Hadrian dabei zu helfen, Tilda als Mann zu verkleiden, damit sie in Arthur's Club gelangen konnte. Es stellte sich heraus, dass es tatsächlich einige Frauen gab, die sich im *Cock and Hen* als Männer verkleidet hatten, und eine von ihnen war anwesend und bereit, Tilda in einen Gentleman zu verwandeln. Sie hatten vereinbart, nach dem Abendessen wiederzukommen – durch eine unauffällige Tür hinter einer Säule an der Fassade –, da sie erst gegen zehn Uhr zu Arthur's gehen würden.

Hadrian hatte Tilda dann nach Hause gebracht, damit sie mit ihrer Großmutter zu Abend essen konnte. Später erklärte Tilda, dass sie mit Hadrian, der sie abgeholt hatte, Ermittlungsarbeit zu erledigen habe. Es war bewundernswert und vielleicht ein wenig überraschend, dass ihre Großmutter sich nicht im Geringsten darum sorgte, dass Tilda nachts mit Hadrian auf Erkundungstour ging. Hätte Tilda sich jedoch allein auf den Weg gemacht, dann würde ihre Großmutter sicherlich Bedenken geäußert haben.

Im *Cock and Hen* wurde Tilda dann zu Mr. William Taylor. Sie hatten einen einfachen, harmlosen Namen gewählt – und hoffentlich einen, den man leicht vergessen konnte. In der Männerverkleidung sah Tilda weitaus modischer aus als in ihrer eigenen. Der ausschlaggebende Teil ihrer Verwandlung war jedoch die Frisur, zu der eine Perücke, ein Bart und ein Schnurrbart gehörten, die sie mit einem, im Theater verwendeten, Klebstoff befestigten. Als sie einige Zeit später wieder aus dem Lokal kamen, waren sie Lord Ravenhurst und Mr. Taylor.

Bald waren sie auf dem Weg zum Arthur's, wo sie Sir Godfrey treffen würden, der sich sehr darüber gefreut hatte, dass Hadrian noch einmal mit ihm in seinen Club gehen wollte, insbesondere nach dem Verhalten von Louis Chambers neulich Abend. Er war auch gespannt darauf, Hadrians Freund aus Somerset kennenzulernen – den schüchternen und schweigsamen Mr. Taylor.

»Sie geben einen mehr als passablen Gentleman ab«, stellte Hadrian fest, als die Kutsche in Richtung St. James rollte.

»Vielen Dank«, sagte Tilda mit leiser Stimme. »Ich weiß nicht, wie lange ich diesen Bart noch ertragen kann. Er ist nicht besonders bequem.«

»Wir bleiben nicht lange – höchstens eine Stunde. Ich hoffe nur, dass die Männer, die ich mit Chambers gesehen habe, auch da sind.«

Sie kamen bei Arthur's an und trafen Sir Godfrey im Vorraum. Sir Godfrey war von kleiner Statur, hatte dichtes hellbraunes Haar und schien Mitte dreißig zu sein. Er begrüßte Hadrian herzlich und war sehr daran interessiert, Mr. Taylor kennenzulernen.

»Wir wissen es zu schätzen, dass Sie uns erlauben, Sie heute Abend zu begleiten, während Taylor in der Stadt ist«, sagte Hadrian.

»Es ist mir ein Vergnügen. Ich bin überrascht, dass Sie ihn nicht in einen Ihrer Clubs mitgenommen haben«, bemerkte Sir Godfrey mit einem Lächeln.

Hadrian neigte den Kopf. »Das habe ich für später vor. Verzeihen Sie uns, wenn wir nicht allzu lange bleiben.«

Tilda versuchte, sich nicht allzu sehr für ihre Umgebung zu interessieren, aber die Tatsache, dass sie sich in einem Gentlemen's Club befand, war eine völlig aufregende Erfahrung. Zu sehen, wovon Frauen ausgeschlossen waren, war sowohl irritierend als auch faszinierend.

Sie wechselten vom Vorraum in einen großen Empfangsraum. Hadrian beugte sich zu ihr, während sie dorthin gingen. »Hier hat Chambers mich gerufen.«

»Vor so vielen Leuten?«, flüsterte sie zurück und hielt ihre

Stimme bedeckt, damit Sir Godfrey, der vor ihnen ging, sie nicht hören konnte.

»Am Donnerstag waren noch mehr Leute hier.«

Tilda sah sich um und betrachtete die eleganten Kronleuchter und die prächtige Steintreppe. »Sehen Sie irgendwelche seiner Freunde?«

»Noch nicht. Aber es gibt noch andere Räume.«

»Haben Sie nicht gesagt, Sie wären oben gewesen?«, fragte sie.

Sir Godfrey hielt inne und drehte sich um. »Wir könnten in die Bibliothek oder in den Salon im Obergeschoss gehen. Haben Sie eine Präferenz? Es gibt auch noch den Billardraum.«

»Vielleicht könnten wir einen Rundgang machen«, schlug Tilda mit ihrer männlichen Stimme vor.

Hadrian warf ihr einen bewundernden Blick zu. »Ausgezeichnete Idee.«

»Dann beginnen wir mit dem Billardzimmer, das gleich hier ist«, sagte Sir Godfrey mit einem Lächeln. »Es ist mein Lieblingsraum im Club, wie ich gestehen muss.«

»Wirklich?« fragte Hadrian, als sie auf einen Torbogen zugingen, der vermutlich zum Billardzimmer führte. »Das hätten Sie mir beim letzten Mal sagen sollen. Ich hätte gerne eine Partie mit Ihnen gespielt.«

»Vielleicht heute Abend.« Sir Godfrey führte sie in den Billardraum, in dem vier Tische standen.

Tilda hielt Hadrian am Arm fest, bevor sie Sir Godfrey zu einem freien Tisch folgen konnten. Sie ließ ihn los, bevor die vertraute Wärme, die sie bei seiner Berührung verspürte, sie ablenken konnte. »Ich weiß nicht, wie Billard gespielt wird.«

»Das müssen Sie auch nicht.«

»Was ist mit der Führung? Ich möchte nicht hier festsitzen. Wir müssen Louis' Freunde finden, wenn wir können.«

Hadrians Blick wanderte durch den Raum, während sie sprachen. Nun blieb er an einem Gentleman auf der anderen Seite hängen. »Das ist einer von ihnen«, flüsterte Hadrian.

Der Gentleman schien Hadrian ebenfalls bemerkt zu haben. Seine Gesichtszüge blieben ausdruckslos, aber er drehte sich um und ging zu einer anderen Tür.

»Verflucht, er geht«, sagte Hadrian.

»Ich werde ihm folgen«, sagte Tilda und machte Anstalten, zur Tür zu gehen, aber Hadrian berührte kurz ihren Arm. »Ist das klug?«

Sie hob eine Augenbraue. »Stören Sie mich nicht bei meiner Arbeit, Lord Ravenhurst«, ermahnte sie ihn in einem tiefen, neckischen Tonfall.

Er hielt ihr kurz seine Handflächen entgegen, und ein leichtes Lächeln umspielte seinen Mund. »Ich bitte tausendmal um Entschuldigung.«

»Bleiben Sie einfach hier bei Sir Godfrey, damit ich Sie hier finden kann, wenn ich fertig bin. Ich habe keine Lust, allein durch den Club zu streifen.« Sie eilte zu der Tür, durch die der Mann verschwunden war.

Als sie sich in einem kleinen Wohnzimmer wiederfand, sah sie, dass der Gentleman, auf den Hadrian hingewiesen hatte, an einer Bar stand und mit einem Angestellten in Livree sprach. Tilda sah ihm einen Moment lang zu, während sie sich im Raum umblickte. Der Angestellte reichte ihm ein Getränk, und Tilda ging zu ihm hinüber.

»Was trinken Sie?«, fragte sie.

Der Gentleman, der einige Zentimeter größer war als Tilda, sah mit neugierig funkelnden dunkelbraunen Augen auf sie herab. »Scotch Whisky.«

Tilda sah den Angestellten an. »Ich nehme das Gleiche. Ich bin mit Sir Godfrey hier.« Hadrian hatte ihr erklärt, dass alles, was sie aßen oder tranken, auf seine Rechnung gesetzt würde. Tilda gefiel es nicht, dass ein anderer für sie bezahlte, aber Hadrian versicherte ihr, dass Sir Godfrey dies mit Freuden tat. Außerdem war er finanziell mehr als in der Lage dazu.

»Ich habe Sie mit Ravenhurst gesehen«, meinte der Mann in einem ebenso forschenden Ton wie sein Blick.

Tilda war froh darüber, denn so konnte sie Neugier zu ihrem Vorteil nutzen, und nickte. »Sind Sie überrascht, ihn nach neulich Abend hier zu sehen?«

»Waren Sie hier?«, fragte der Mann. »Das war ein ziemlicher Aufruhr.«

»Ich war nicht dabei, aber ich habe davon gehört«, antwortete

Tilda, während sie ihr Getränk entgegennahm. Sie bedankte sich bei dem Angestellten und wandte sich von ihm ab, um sich dem Raum zuzuwenden. »Ich bin Taylor«, sagte sie zu dem Mann.

»Kirkham«, antwortete er mit einem Nicken.

Sie entfernten sich von der Bar. »Sie kennen Ravenhurst also gut?«, fragte Kirkham.

»Ziemlich gut. Kennen Sie ihn?«

Kirkham schüttelte den Kopf. »Nicht persönlich. Aber ich kenne Chambers.« Er verzog das Gesicht. »Ich *kannte* ihn. Ich kann noch immer nicht fassen, dass er kurz darauf ermordet wurde. Da muss man sich doch fragen, was es mit Ravenhurst auf sich hat.«

Tilda unterdrückte ihren aufwallenden Zorn, den die lächerliche Bemerkung des Mannes in ihr geweckt hatte. »Was fragen Sie sich?« Das wollte sie genau von ihm hören.

»Sie wissen schon.« Kirkham warf ihr einen vielsagenden Blick zu. »Vielleicht war er so außer sich darüber, wie Chambers ihn hier vor allen blamiert hatte, dass er beschloss, dafür zu sorgen, dass so etwas nie wieder passierte.«

»Ich glaube nicht, dass ihn die Vorfälle der letzten Nacht besonders in Verlegenheit gebracht haben. Er war eher verwirrt darüber, warum Chambers sich ihm gegenüber so unausstehlich verhalten hatte.«

»Es ging nicht unbedingt um das, was neulich passiert ist«, sagte Kirkham, als würde er ihr ein Geheimnis anvertrauen. »Sondern um das, was vor ein paar Jahren passiert ist – als Chambers Ravenhurst die Verlobte ausgespannt hat.«

Tilda zuckte mit den Schultern. »Ravenhurst hat das eigentlich nicht sonderlich gestört. Er hegte keinen Groll gegen Chambers. Tatsächlich fand er Chambers' Gehässigkeit ihm gegenüber einigermaßen befremdlich, wenn nicht sogar irrational. Wie Sie bereits sagten, hätte Ravenhurst eigentlich derjenige sein müssen, dem der Part des Wütenden gebührte.«

Kirkham nickte langsam, nippte an seinem Whisky und schien über Tildas Worte nachzudenken. »Sie haben recht, Ravenhurst schien neulich Abend gar nicht verärgert zu sein. Er ist einfach weggegangen. Chambers hingegen redete ununterbrochen davon, was für ein hinterhältiger Kerl der Earl sei. Wenn ich jetzt noch einmal darüber nachdenke, hat er allerdings kein direktes Beispiel dafür angeführt.«

»Sie können sich also nicht erklären, warum Chambers Ravenhurst so verachtete? Sein Groll erscheint merkwürdig.«

»Ich weiß es wirklich nicht, aber Sie könnten seinen Bruder Daniel fragen. Er ist auch Mitglied, obwohl wir ihn seit Louis' Tod verständlicherweise nicht mehr hier gesehen haben«, meinte Kirkham. Er warf ihr einen etwas verlegenen Blick zu. »Um ehrlich zu sein, Chambers – ich meine Louis – war ein Angeber. Wir fanden ihn unterhaltsam, aber nur in kleinen Portionen. Er konnte reichlich anstrengend sein, insbesondere wenn er anfing, mit seinen Frauen zu prahlen. Seine Frau tat mir leid, weil er sie nie erwähnte. Obwohl er oft sagte, dass seine Ehe langweilig sei.«

Was für ein Idiot, dachte Tilda.

Schließlich trank sie einen Schluck Whisky. Sie musste sich bemühen, ihre Reaktion zu verbergen. Noch nie hatte sie das feurige Gebräu probiert, und es brannte in ihrer Kehle. Ihre Augen tränten kurz.

Als sie wieder sprechen konnte, sagte sie: »Ich habe von seinem Ruf bei Frauen gehört. Hat er Ihnen von seiner aktuellen Geliebten erzählt?« Tilda hoffte, dass sie sich nicht in eine Sackgasse manövrierte. Sie war sich fast sicher, dass er eine Geliebte hatte.

»Oh ja«, Kirkham verdrehte die Augen. »Er sprach ununterbrochen von ihr. Sie ist offenbar die schönste und betörendste Frau, die je auf Erden gelebt hat. Er erzählte uns von den Geschenken, die er ihr gekauft hatte – Parfüm, Schmuck, einen pelzgefütterten Umhang. Er zeigte uns sogar ein Schmuck-Set mit Rubinen, bevor er es ihr schenkte.«

Bei der Erwähnung von Parfüm stockte Tilda der Atem, und die Rubine ließen ihn ganz stocken. »Ein Set, also eine Halskette, ein Armband und Ohrringe?«

Kirkham nippte erneut an seinem Whisky. »Ja. Es sah fast so aus, als hätte der Schmuck vielleicht seiner Familie gehört. Das Etui war älter und wies Spuren von Benutzung auf.«

Tilda war sich sicher, dass er von den ersten Schmuckstücken sprach, die aus Beryls Zimmer verschwunden waren. »Da fragt man sich, wer diese Frau wohl ist.« Tilda hielt erneut den Atem an und wartete voller Spannung, ob Kirkham vielleicht sogar einen Namen wusste.

»Das hat er nicht gesagt. Aber letzten Donnerstag erwähnte er, dass er sich möglicherweise von seiner Frau scheiden lassen würde, was uns zu der Annahme veranlasste, dass er seine Geliebte heiraten wollte, wer auch immer sie ist. Warum sonst sollte er sich mit dem Gedanken an eine Scheidung beschäftigen?«

In der Tat.

Tilda hob ihr Glas an den Mund, als wolle sie einen Schluck nehmen, tat aber nur so. Ein kleiner Tropfen Whisky benetzte ihre Lippen, und sie leckte ihn vorsichtig ab. Der Geschmack war angenehm. Sie wollte nur nicht noch einen Schluck trinken, weil sie sich sonst wegen der Schärfe des Getränks vielleicht verschlucken könnte.

»Es ist trotzdem schade, dass er tot ist«, meinte Kirkham.

»In der Tat.«

Kirkhams Augen begannen zu leuchten. »Morgen findet eine Untersuchung statt. Ein paar Freunde von mir und ich dachten, wir könnten daran teilnehmen. Sie sollten vielleicht auch hinkommen, da Sie sich für Chambers interessieren.«

»Leider bin ich verhindert«, meinte Tilda.

»Schade, aber Sie können ja in der Zeitung darüber lesen.« Er zuckte mit den Augenbrauen und grinste. »Ich sollte vielleicht eine Wette darauf abschließen, wer wohl der Mörder ist.«

»Wer könnte es denn gewesen sein?« Wenn er Hadrian sagen würde, hätte Tilda Mühe, ihm nicht an die empfindlichste Stelle zu treten.

»Das weiß ich noch nicht«, antwortete Kirkham mit nachdenklicher Miene. »Fragen Sie mich nach der Untersuchung noch einmal.« Er grinste sie an.

Tilda reagierte darauf mit einem vagen Nicken. »Es war mir ein Vergnügen, mit Ihnen zu sprechen, Kirkham. Entschuldigen Sie mich bitte.« Sie verabschiedete sich und kehrte ins Billardzimmer zurück.

Hadrian und Sir Godfrey waren in eine Partie Billard vertieft. Hadrian war an der Reihe, und sie sah zu, wie er eine weiße Kugel in eine Tasche versenkte.

»Gut gespielt, Ravenhurst«, lobte Sir Godfrey mit einem Lächeln. »Ich würde vorschlagen, dass wir noch einmal spielen, aber ich habe Ardmore das nächste Spiel versprochen.« Er nickte einem älteren Gentleman zu, der ebenfalls zusah.

»Sehr gerne«, sagte Hadrian. »Vielleicht nehme ich Taylor mit auf den Rundgang durch den Club.«

Sir Godfrey warf ihnen einen verlegenen Blick zu. »Das habe ich ganz vergessen. Entschuldigen Sie bitte, ich lasse mich leider zu leicht vom Billard ablenken.«

Hadrian lächelte. »Viel Spaß beim Spiel mit Ardmore.«

Sir Godfrey nickte dankbar und wandte sich an den älteren Gentleman.

Hadrian kam auf Tilda zu und sein Blick fiel auf das Glas in ihrer Hand. »Whisky?«

»Durch die Frage konnte ich mich Kirkham nähern und ein Gespräch mit ihm beginnen.«

»So heißt er, Kirkham? Wie ist es gelaufen?«

»Es war sehr aufschlussreich.« Sie rümpfte die Nase über das Glas. »Allerdings bin ich mir nicht sicher, ob mir der Whisky schmeckt. Ich glaube nicht, dass ich noch mehr davon trinken kann.«

»Ich nehme ihn«, sagte er lachend. Seine Fingerspitzen streiften ihre, aber während er seine Handschuhe ausgezogen hatte, hatte sie das nicht getan. Er nippte an dem feurigen Getränk und es schien ihm nicht schlecht zu bekommen.

»Das ist eindeutig nicht das erste Mal, dass Sie Whisky probieren«, murmelte sie.

»Nein«, sagte er mit einem Lachen.

Sie warf einen Blick auf seine bloße Hand, die das Glas umfasste. »Was passiert, wenn Sie das berühren? Sehen Sie dann etwas von meinen Erinnerungen?«

Er runzelte die Stirn. »Nein. Ich habe noch nie eine Vision gehabt, wenn ich etwas berührt habe, das Ihnen gehört, oder wenn ich Sie berührt habe. Allerdings habe ich Letzteres nur sehr selten getan.« Ein gewisses Glitzern trat in seine Augen. Dachte er daran, sie zu berühren? Kam ihm etwa der Gedanke, dass er sie noch nicht oft genug berührt hatte?

Oder waren das ihre eigenen Gedanken?

»Was ist mit den Gedanken anderer?«, fragte sie leise. »Und was ist mit anderen Gegenständen hier im Club oder wenn Sie jemandem die Hand geben?«

»Als ich das erste Mal den Queue in die Hand nahm, tauchten mehrere Blitze vor meinem inneren Auge auf, aber keiner davon war lang oder stark genug, dass ich etwas erkennen konnte.«

»Wie hat sich das auf Ihren Kopf ausgewirkt?«

»Ich hatte einen leichten Kopfschmerz, der jetzt aber wieder weg ist.« Er trank einen weiteren Schluck Whisky. Sie bemerkte, dass er seine Lippen dort ansetzte, wo zuvor ihre das Glas berührt hatten. Hitze durchflutete sie, und sie hoffte, dass die Röte ihr nicht in die Wangen stieg, obwohl der Bart das glücklicherweise größtenteils kaschierte.

Sie lenkte ihre Aufmerksamkeit wieder auf ihre Unterhaltung. »Was für eine seltsame Gabe.«

»Dazu noch ist sie völlig unzuverlässig«, flüsterte er. »Erzählen Sie mir von Ihrem Gespräch mit Kirkham.«

Tilda wiederholte, was sie über Louis Chambers' Geliebte erfahren hatte, insbesondere über seine großzügigen Geschenke an sie, darunter die Rubine, die Beryl gehört hatten. Sie berichtete auch, dass Louis vor seinen Freunden den Gedanken an eine Scheidung erwähnt hatte.

»Wie schade, dass Kirkham den Namen der Geliebten nicht nennen konnte«, meinte Hadrian. »Haben Sie zufällig gefragt, warum Louis Chambers einen solchen Hass auf mich hat?«

»Das habe ich, aber er hatte auch keine Ahnung. Er wusste jedoch, dass Chambers Sie nicht leiden konnte.«

»Ich denke, das war letzten Donnerstag für alle offensichtlich«, bemerkte er sarkastisch.

Tilda war sich nicht sicher, ob sie ihm erzählen sollte, dass Kirkham sich gefragt hatte, ob Hadrian derjenige war, der Chambers getötet hatte, oder dass die morgige Untersuchung zu einem Spektakel werden könnte, bei dem Hadrians Anwesenheit als Verdächtiger sicherlich berichtet werden würde.

Seine Augen verengten sich leicht. »Was verheimlichen Sie mir?«

Hatte er vielleicht eine Ahnung, dass sie ihm etwas vorenthielt?

Möglicherweise konnte er durch das Glas doch einen Teil ihrer Gedanken sehen. Das hätte er ihr aber doch gesagt, nicht wahr?

»Ich sehe, dass Sie zögern«, sagte er. »Auch dass Sie besorgt sind, entgeht mir nicht. Sie haben diese kleinen Falten zwischen den Augen.« Er hob die Hand, und für einen Moment dachte sie schon, er wolle sie berühren.

Das musste er wohl auch gedacht haben, denn er blinzelte und ließ seine Hand in aller Eile sinken.

Sie verheimlichte ihm etwas. Anscheinend kannte er sie einfach gut. »Kirkham fragte sich, ob Sie wütend genug waren, um Chambers zu töten.«

Hadrians Nasenflügel blähten sich und sein Kiefer presste sich zusammen. »Ich war an jenem Abend ja nicht einmal wütend.«

»Das habe ich ihm auch gesagt«, erwiderte Tilda, die seinen Zorn besänftigen wolle, den er verdientermaßen hatte. »Aber dann meinte er, dass Sie vielleicht immer noch wegen Chambers und Beryl verärgert sind. Ich habe ihn übrigens von dieser Vermutung abgebracht.«

Überraschung blitzte in Hadrians Augen auf, dann nahm sein Gesichtsausdruck eine leicht amüsierte Haltung an. »Was haben Sie gesagt?«

Sie zuckte mit den Schultern. »Dass Sie keinen Groll hegen und nichts bereuen. Oder so etwas in der Art.«

»Danke«, sagte er leise, und sein Blick spiegelte tiefe Dankbarkeit wider.

Tilda wagte es nicht, ihm zu lange in die Augen zu sehen. Sie warf einen Blick auf den Billardtisch, an dem Sir Godfrey und Ardmore spielten. »Ich sollte Sie auch warnen, dass Kirkham und einige seiner Freunde morgen wahrscheinlich bei der Untersuchung dabei sein werden. Er betrachtet dieses Ereignis wohl als eine Art von Unterhaltung.«

»Großartig«, murmelte Hadrian.

»Noch eine letzte Sache«, sagte Tilda. »Kirkham schlug vor, dass wir mit Daniel Chambers darüber sprechen, warum Louis Sie so verabscheut hat. Anscheinend ist er auch Mitglied hier, aber seit Louis' Tod ist er nicht mehr hier gewesen. Vielleicht können wir morgen nach der Untersuchung mit ihm sprechen.«

»Das können wir gern tun, wenn sich die Möglichkeit ergibt.« Er nippte an seinem Whisky. »Wir können jetzt gehen, wenn Sie möchten.«

»Ja, bitte.« Tilda war zufrieden, wie mühelos sie sich bewegt hatte, aber in den letzten Minuten hatte ein Gentleman auf der anderen Seite des Billardzimmers sie immer wieder angestarrt. »Ich mache mir Sorgen, dass es dort einen Mann gibt, den meine Verkleidung nicht täuschen kann.«

»Ich verstehe. Dann lassen Sie uns gehen, nachdem wir uns kurz von Sir Godfrey verabschiedet haben.«

Kurz darauf saßen sie in Hadrians Kutsche. Tilda wünschte, sie könnte die künstlichen Haare aus ihrem Gesicht entfernen, aber das musste warten, bis sie zum *Cock and Hen* zurückkehrten, wo sie wieder ihr normales Aussehen annehmen würde.

»Wie war es, in einem Gentlemen's Club zu sein?«, fragte Hadrian mit einem Lächeln.

»Ich muss zugeben, ich fand es ziemlich aufregend, aber auch ärgerlich. Warum haben Frauen dort keinen Zutritt?«

»Manche argumentieren, es hätte damit zu tun, dass die Frauen ihre eigenen Clubs haben.«

Tilda spottete: »Nicht annähernd so viele und abwechslungsreiche.«

Hadrian neigte den Kopf. »Manche Männer denken auch, Frauen würden alles ruinieren.«

»Ich wage zu behaupten, dass diese Männer Frauen nicht als gleichwertig oder als interessante Personen betrachten, mit denen man beispielsweise Billard spielen könnte.«

»Ich stimme diesen Männern übrigens nicht zu«, sagte Hadrian. »Sie und ich sind das perfekte Beispiel dafür, wie ein Mann und eine Frau Freunde sein können und die Gesellschaft des anderen genießen.«

So war es in der Tat.

KAPITEL 14

*H*adrian holte Tilda auf dem Weg zur Untersuchung im Haus ihrer Großmutter ab. Als sie in der Kutsche Platz genommen hatten, drehte sie sich auf ihrem Sitz leicht zu ihm hin.

»Haben Sie daran gedacht, dass bei der Untersuchung Reporter anwesend sein werden?«, fragte sie mit etwas zögerlicher Stimme und einem unsicheren Gesichtsausdruck.

Er wusste ihre Besorgnis zu schätzen. »Ich erinnere mich, dass Reporter draußen gewartet haben, als wir die letzte Untersuchung verlassen haben. Ich habe wohl nicht daran gedacht, dass sie auch bei dieser hier zugegen sein würden.« Und warum nicht? Seine Anwesenheit bei dieser Untersuchung würde allein schon aufgrund seiner Beziehung zum Opfer und der Witwe Aufmerksamkeit erregen.

Darüber wollte er nicht genauer nachdenken.

Dann hatte Tilda gestern Abend erwähnt, was Kirkham gesagt hatte. Nun war er auf ein Spektakel gefasst, bei dem er wahrscheinlich als Verdächtiger in einem Mordfall genannt werden würde. Er wollte gar nicht daran denken, was seine Mutter sagen würde, nachdem sie die Zeitungsartikel gelesen hatte.

Eigentlich tat es ihm leid, dass sie unweigerlich darüber lesen musste. Diese Neuigkeit würde sie nur unnötig beunruhigen. Vielleicht hätte er sie vorwarnen sollen.

Tilda umfasste kurz seinen Unterarm, und er spürte den sanften Druck ihrer Hand durch die Schichten seiner Kleidung, zu der kein

Mantel gehörte, da das Wetter zumindest für heute beschlossen hatte, dass tatsächlich Frühling war. Die Sonne schien vom Himmel, während vereinzelte Wolken wie Dampf aus einem vorbeifahrenden Zug am Himmel vorüberzogen.

»Es tut mir leid, dass Sie all das auf sich nehmen müssen«, sagte Tilda.

»Das wird ja bald vorbei sein«, gab er mit einem schwachen Lächeln zurück. »Das hoffe ich jedenfalls.«

Die Kutsche hielt vor dem *Crown and Sceptre*, dem Pub, in dem die Untersuchung stattfinden sollte. Sie waren früh dran, aber draußen hatte sich bereits eine Gruppe von Menschen versammelt. Untersuchungen zogen immer Aufmerksamkeit auf sich. Die Leute wollten wissen, was sich in ihrer Nachbarschaft ereignet hatte. Oder sie waren aus einer perversen Neugierde heraus gekommen, so wie Kirkham, der aus Spaß daran teilnehmen wollte.

Leach öffnete die Tür, und Hadrian stieg aus. Er half Tilda beim Aussteigen und bot ihr seinen Arm an, bevor sie sich auf den Weg zur Tür des Pubs machten.

Einige der Umstehenden schienen Schaulustige zu sein, doch andere hatten Notizblöcke und Schreibutensilien dabei. Darunter war eine Mann in den Vierzigern mit einem langem Gesicht, der Hadrian entdeckt hatte und nun mit großen Schritten auf ihn und Tilda zukam. Er versperrte ihnen den Weg.

»Lord Ravenhurst, sind Sie ein Zeuge? Sie sind mit Mrs. Chambers bekannt, nicht wahr?«

Das war weniger eine Frage als vielmehr ein Hinweis des Reporters, dass er über den vergangenen Skandal informiert war. Hadrian kochte vor Wut, aber er wahrte seine ausdruckslose Miene.

»*Entschuldigen Sie* uns bitte«, fuhr Tilda den Mann schroff an und warf dem Reporter einen kalten Blick zu.

Er fand ihre beschützende Haltung ihm gegenüber erstaunlich verführerisch.

»Wer sind Sie?« Der Blick des Reporters wanderte zu Tilda, und er verzog das Gesicht dabei, als fände er sie unangenehm.

Hadrian wollte ihn am liebsten niederschlagen. Stattdessen stieß er den Mann mit dem Ellbogen beiseite, während er Tilda an ihm vorbeiführte. »Gehen Sie.«

Hadrian griff nach der Tür und öffnete sie für Tilda. Sie nahm ihre Hand von seinem Arm und ging vor ihm hinein.

»Danke«, sagte sie einfach, als sie weiter in den Schankraum traten.

Hadrian suchte ihren Blick und hielt ihn fest. »*Danke*.«

Im Raum befanden sich bereits mehrere Personen, darunter offenbar der Untersuchungsrichter und Geschworene. Pollard war ebenfalls anwesend, zusammen mit einem weiteren Gentleman und einer Frau. Massey stand mit finsterer Miene in der Ecke.

Die Tür öffnete sich hinter ihnen und sie drehten sich um. Teague und mehrere Constables traten ein. Hinter ihnen kamen Oliver Chambers und ein weiterer Mann, der wohl der älteste der Chambers Brüder sein musste. Die Gruppe wurde von einem dritten Mann begleitet, den Hadrian sofort erkannte.

Er holte tief Luft und beugte sich zu Tilda hinüber. »Das ist Padgett.«

»Der Inspector, der die Ermittlungen zu Ihrer Messerattacke geleitet hat?«, flüsterte Tilda.

Hadrian nickte. »Was um alles in der Welt hat er hier verloren?«

Padgett hatte alles getan, um sicherzustellen, dass niemand Hadrians Messerattacke oder den Angriff auf einen anderen Gentleman eine Woche später am selben Ort ordnungsgemäß untersuchte. Es schien, als gehöre er zu den Mitgliedern der Metropolitan Police, die sich dafür entschieden hatten, Bestechungsgelder anzunehmen, um ihr Gehalt aufzubessern. Im Gegenzug schloss er Ermittlungen ab, ohne sie ordnungsgemäß durchzuführen. Der Mann, der hinter der Messerattacke auf Hadrian steckte, hatte zugegeben, Padgett bestochen zu haben, aber Padgett war wegen der Annahme von Bestechungsgeldern nicht strafrechtlich verfolgt worden. Stattdessen war ihm gestattet worden, aus dem Polizeidienst auszuscheiden.

Tildas Blick folgte den drei Männern, die gemeinsam auf den Sitzbereich zugingen. »Ich frage mich, ob er jetzt als Privatdetektiv arbeitet.«

»Für die Chambers Brüder?«, fragte Hadrian mit finsterer Miene.

»Das ist doch nicht auszuschließen.«

In diesem Moment kam Beryl. Sie war von Kopf bis Fuß in

Schwarz gekleidet, einschließlich eines Hutes mit einem Schleier, der ihr Gesicht vollständig verdeckte. Hadrian hätte sie vielleicht nicht erkannt, wenn nicht ihre Diener und Mrs. Styles-Rowdon bei ihr gewesen wären.

Der Untersuchungsrichter bat alle, Platz zu nehmen, während er selbst stehen blieb. Tilda und Hadrian setzten sich in die zweite Stuhlreihe hinter Beryl und Mrs. Styles-Rowdon.

Der Untersuchungsrichter stellte sich als Julius Graythorpe vor und wandte sich an die Anwesenden. »Mr. Louis Chambers wurde am vergangenen Donnerstag unter verdächtigen Umständen tot in seinem Bett aufgefunden. Wir werden die Todesursache ermitteln. Wenden wir uns nun dem Verstorbenen zu, der vier Stichwunden in der Brust aufweist.«

Er fuhr fort, die Wunde und die wahrscheinliche Größe der verwendeten Klinge zu beschreiben. »Diese Art von Messer findet man in jeder Küche. Allerdings wurde kein Messer bei der Leiche gefunden. Bei der Untersuchung der Leiche fiel mir eine bläuliche Verfärbung an den Fingerspitzen von Mr. Chambers sowie eine Verringerung seiner Augäpfel auf. Dies veranlasste mich, einen Test auf Arsenvergiftung durchzuführen, der positiv ausfiel.«

Tilda schnappte leise nach Luft und beugte sich zu Hadrian hinüber. »Deshalb wurde die Untersuchung verschoben.«

»Aber die Stichwunde hat ihn getötet, nicht wahr?«, flüsterte Hadrian.

»Das würde ich vermuten, doch die Vergiftung verkompliziert die Sache.« Sie schüttelte den Kopf, und sie hörten dem Untersuchungsrichter weiter zu. Er schätzte, dass der Todeszeitpunkt zwischen Mitternacht und drei Uhr morgens lag.

Der Untersuchungsrichter rief dann die erste Zeugin auf – Mrs. Louis Chambers. Er bat sie zunächst, ihren Schleier zu lüften, damit er ihr Gesicht sehen konnte.

Beryl kam der Aufforderung nach, und nun konnte Hadrian ihr Profil von seinem Platz aus sehen. Der Untersuchungsrichter fragte sie zunächst nach ihrer Ehe mit Louis und ob sie die Scheidung beantragt habe. Beryl berichtete von Louis' Verhalten ihr gegenüber und von ihrem Verdacht, dass er ihr mehrere Schmuckstücke gestohlen habe. Sie gab an, dass Tilda ihr bei der Scheidung hilfreich zur Seite stand.

Graythorpe fragte nach der Nacht, in der Louis getötet wurde, sowie nach den Ereignissen am nächsten Morgen. Dann erkundigte er sich nach ihrer Beziehung zu ihrem ehemaligen Verlobten, Lord Ravenhurst.

Hadrian fühlte sich mit einem Mal gespannt. Es war nicht so, dass er so etwas nicht erwartet hätte, aber es war dennoch frustrierend. Nein, es machte ihn wütend. Denn er hatte nicht das Geringste getan, wodurch er sich in diese Angelegenheit verstrickt hätte.

Trotzdem *war* er aber in diesen Fall verwickelt, weil er das Pech hatte, mit einer Frau verlobt gewesen zu sein, die sich mit Louis Chambers eingelassen hatte. Er war ein Mann, der Hadrian offenbar gehasst hatte und der ihm selbst nach seinem Tod noch Ärger bereitete.

Beryl erzählte dem Untersuchungsrichter, dass sie seit der Auflösung ihrer Verlobung kaum noch Kontakt zu Hadrian gehabt habe.

Graythorpe nickte vage. »Warum haben Sie ihm dann am Tag vor der Ermordung Ihres Mannes einen Brief geschickt und ihn um Hilfe gebeten? Es gab doch sicherlich andere Personen, die Sie um Hilfe hätten bitten können.« Er sah Beryl erwartungsvoll an.

»Ich hatte bereits meine Freundin und Nachbarin, Mrs. Styles-Rowdon, um Hilfe gebeten.« Beryl trug ihr Kinn hoch, aber Hadrian fand, dass sie blass aussah. »Und ich habe keine Familie, die ich um etwas bitten könnte.«

»Mehrere Personen haben der Polizei berichtet, dass Sie eine Affäre mit jemandem hatten, und diese Person könnte Ravenhurst gewesen sein. Stimmt irgendetwas davon?«

»Natürlich nicht«, antwortete sie hastig, während ihr die Röte in die Wangen stieg.

»Lassen Sie uns nun über die Arsenvergiftung sprechen«, meinte Graythorpe. »Detective Inspector Teague hat in Ihrer Speisekammer eine Flasche Arsen gefunden. Hatten Sie Gelegenheit, den Inhalt zu benutzen?«

Es war üblich, dass Haushalte Arsen zur Bekämpfung von Ungeziefer vorrätig hatten. Dennoch tauschte Hadrian einen Blick mit Tilda.

»Nein.« Beryl blickte nach rechts, wo die Mitglieder ihres Haushalts saßen. »Ich bin sicher, dass Mrs. Blank oder Mrs. Dunning das getan haben könnten.«

»Ich werde sie gleich befragen«, antwortete Graythorpe. »War Ihr Ehemann krank?«

»Wahrscheinlich.« Beryl zuckte mit den Schultern. »Meines Erachtens trank er zu viel und litt dann unter den Folgen. Wahrscheinlich weiß Massey mehr darüber.« Sie warf einen Blick auf den Diener, der noch immer in der gleichen Ecke stand.

Graythorpe fragte Beryl dann, ob sie eine Lebensversicherung für ihren Mann abgeschlossen habe. Das verneinte sie. Der Untersuchungsrichter befragte anschließend ihre Bediensteten. Die Haushälterin und die Köchin gaben an, Arsen zur Schädlingsbekämpfung zu verwenden. Niemand konnte Angaben dazu machen, wie Chambers vergiftet worden war.

Clara sagte, sie habe nach Chambers' Erkrankung aufgeräumt und sie erzählte auch, wie sie ihn tot in seinem Bett gefunden hatte. Sie beantwortete auch Fragen zu ihrer Affäre mit Chambers, was ihr sichtlich unangenehm war. Sie rutschte auf ihrem Stuhl hin und her und errötete dabei.

Schließlich war Massey an der Reihe, befragt zu werden. Es war offensichtlich, dass er Beryl nicht mochte, und er wiederholte seine Überzeugung, dass sie eine Affäre hatte.

»Sie sagten Detective Inspector Teague, dass Chambers glaubte, der Liebhaber seiner Frau sei Lord Ravenhurst?«

»Das habe ich, aber ich habe keine Beweise für die Richtigkeit dieser Annahme«, sagte Massey, sehr zu Hadrians Erleichterung. »Mr. Chambers schien den Earl zutiefst zu verabscheuen. Warum das der Fall war, weiß ich allerdings nicht.«

»Wie stand es um Mr. Chambers' Gesundheit?«, fragte Graythorpe als Nächstes. »Haben Sie bemerkt, dass er krank war?«

»Ja, aber ich habe das auf seinen übermäßigen Alkoholkonsum zurückgeführt.«

Der Untersuchungsrichter bat Massey nun, Chambers' Symptome im Einzelnen zu beschreiben, die wirklich unangenehm klangen. Aber wie angenehm sollte eine Morduntersuchung schon sein, wenn eine Leiche auf einem Tisch lag? Zumindest war Chambers mit einem Tuch bedeckt, und um den Körper herum waren Lavendelzweige gelegt worden.

Als der Untersuchungsrichter zum Ende seiner Befragung kam und Massey entließ, wurde Hadrian bewusst, dass weder Masseys Geheimnis – er verbrachte alle zwei Wochen eine Nacht in einem Bordell, und zwar nicht in einem gewöhnlichen – noch die Drohung von Chambers, das Geheimnis des Kammerdieners zu enthüllen, zur Sprache gekommen waren. Hadrian hatte zwar kein Interesse daran, das Privatleben des Mannes offenzulegen. Andererseits wollte er seine eigene Vergangenheit ebenso wenig der Öffentlichkeit preisgeben. Insbesondere, weil er dadurch unter Verdacht geriet. Auch Massey war verdächtig, obwohl es nicht danach aussah, denn er war zu seinen geheimen Aktivitäten nicht befragt worden – von denen Teague wusste. Welcher Grund hatte Teague dazu bewegt, ihn nicht als Verdächtigen zu behandeln?

Tilda stieß Hadrian sanft mit dem Ellbogen an. Er drehte den Kopf und sah, dass sie ihn aufmerksam beobachtete. Sie nickte in Richtung des Untersuchungsrichters.

»Lord Ravenhurst?«, rief Graythorpe auf. Hadrian wurde bewusst, dass er in Gedanken versunken gewesen war.

»Ja?« Hadrian erhob sich.

»Vielen Dank, Mylord«, meinte Graythorpe nun mit einem ehrerbietigen Lächeln. »Würden Sie bitte stehen bleiben? Oder setzen Sie sich auf diesen Stuhl.« Er deutete auf einen freien Stuhl neben dem Tisch.

»Ich bleibe stehen«, sagte Hadrian.

»Wie lange kennen Sie Mrs. Chambers?«

»Etwa vier Jahre.«

Graythorpe verschränkte die Hände hinter dem Rücken. »Haben Sie um sie geworben?«

»Ja. Und wir hatten uns verlobt.« Hadrian wollte das Thema so schnell wie möglich hinter sich bringen. »Es kam zu einer unglücklichen Situation, die dazu geführt hat, dass Mrs. Chambers und ich zu dem Schluss gekommen sind, nicht miteinander zu harmonieren.«

»Weil Sie Mrs. Chambers in einer Umarmung mit Mr. Louis Chambers erwischt haben. Ist das richtig?« Graythorpe sah ihn erwartungsvoll an.

»Ja.« Hadrian spürte, wie etwas seine Hand streifte. Er sah nach unten und bemerkte, dass es Tilda war. Aber sie hatte ihre Hand bereits wieder auf ihren Schoß gelegt. Dennoch half ihm diese kurze, schlichte Geste, seine Anspannung zu lösen.

»Haben Sie Chambers die Schuld für das Scheitern Ihrer Verlobung angelastet?«, fragte Graythorpe.

Hadrian verabscheute, diese Frage in aller Öffentlichkeit beantworten zu müssen. Das würde Beryl zweifellos verletzen, doch er hatte keine andere Wahl. »In erster Linie habe ich Mrs. Chambers die Schuld an der Situation zugeschrieben.« Aus den Augenwinkeln sah er, dass Beryl ihren Kopf zu ihm gedreht hatte, aber er richtete seine Aufmerksamkeit weiterhin auf den Untersuchungsrichter.

»Trotzdem sind Sie ihr zur Hilfe gekommen, als sie darum gebeten hat«, stellte Graythorpe fest.

»Das stimmt. Sie hat verzweifelt geklungen, und ich bin ein gutherziger Mensch.«

»Ist es möglich, dass Sie weiterhin romantische Gefühle für Mrs. Chambers hegen?«

Wieder mochte Hadrian es überhaupt nicht, seine Gefühle auf diese Weise offenbaren zu müssen. Er zuckte mit den Schultern. »Das ist nicht der Fall. «

Graythorpe fragte Hadrian dann, was in der Nacht vor Chambers´ Tod bei Arthur´s geschehen war. Hadrian berichtete von den Geschehnissen und auch von seiner Ankunft am nächsten Tag im Haus der Chambers. Er beschrieb auch seinen Schock, als er erfuhr, dass Chambers ermordet worden war.

»Kurz darauf traf Miss Matilda Wren ein. Sie beide arbeiten zusammen, um Verbrechen aufzuklären?«

»Wir haben bereits einmal zusammengearbeitet«, sagte Hadrian. »Ich habe sie beauftragt, Chambers´ Mörder zu finden.«

Graythorpe runzelte die Stirn. »Warum haben Sie das getan?«

»Weil Miss Wren eine fähige Ermittlerin ist und ich davon überzeugt bin, dass sie den Mörder so schnell wie möglich findet.«

Der Coroner kniff die Augen zusammen, und Hadrian spürte, wie sich seine Nackenmuskeln anspannten. »Und Sie arbeiten mit ihr zusammen.« Das war keine Frage. »Haben Sie sich untadelig verhalten und nicht versucht, die Ermittlungen von sich abzulenken?«

Hadrian presste die Kiefer aufeinander. »Ich verhalte mich stets mit äußerster Integrität, Mr. Graythorpe. Das kann Ihnen jeder bestätigen.«

Graythorpe neigte den Kopf. »Danke, Mylord. Sie können Platz nehmen.«

Als Nächstes bat der Staatsanwalt Tilda, aufzustehen. Sie warf Hadrian einen kurzen Blick zu, und bei ihr vermochte er nicht die geringste Nervosität oder Befangenheit wahrzunehmen.

In den nächsten Minuten beantwortete Tilda die Fragen des Untersuchungsrichters zu Beryls Scheidungsabsichten, sowie zu dem verschwundenen Schmuck und den Bemühungen, ihn wieder zu beschaffen. Dann befragte er sie zu den Erkenntnissen, die sie über Martha Farrow gesammelt hatten. Tilda antwortete offen und ehrlich auf sämtliche Fragen.

Als der Untersuchungsrichter anscheinend fertig war, überraschte Tilda ihn – und wahrscheinlich alle Anwesenden – mit der Bitte, ob sie selbst eine Frage stellen dürfe.

»Das wäre höchst unüblich, Miss Wren.«

»Würden Sie mir die Frage trotzdem gestatten? Die Arsenvergiftung ist eine große Überraschung. Können Sie mir sagen, wie akut die Vergiftung war?«

»Wenn Sie fragen, ob das Arsen zum Tod von Mr. Chambers beigetragen hat, dann ist die Antwort nein. Hätte er jedoch weiterhin die gleiche Menge davon eingenommen, wäre er vermutlich in naher Zukunft an dem Gift gestorben.« Der Untersuchungsrichter presste die Lippen zusammen. »Sie können sich setzen, Miss Wren.«

Hadrian interpretierte dies so, dass sie keine weiteren Fragen stellen sollte.

Als Nächstes war Pollard an der Reihe, Graythorpes Fragen zu beantworten. Der Mann hatte ein Alibi für den Zeitpunkt des Mordes an Chambers. Pollard war bis spät in die Nacht – oder sehr früh, je nach Sichtweise – bei Arthur's gewesen, und er war in Begleitung seines Cousins gewesen, den er zur Untersuchung mitgebracht hatte. Das war der Gentleman, der zuvor neben ihm gestanden hatte. Bei der Frau handelte es sich offenbar um Pollards Ehefrau.

Schließlich bat Graythorpe die Brüder Daniel und Oliver Chambers, einige Fragen zu beantworten. Der Coroner befragte Oliver zu seiner Investition in Pollards Geschäft – worüber er auch wenige Minuten zuvor mit Pollard gesprochen hatte. Beide gaben an, dass Louis Chambers gegen Oliver als Investor gewesen war.

Auf die Frage nach dem Grund antwortete der älteste Bruder Daniel: »Louis hatte etwas Eigenes aufbauen wollen. Ich habe die Ingenieurfirma unseres Vaters geerbt, und Oliver hatte eine Karriere in der Kirche angestrebt. Jedenfalls war das bis vor kurzem der Fall gewesen.«

Graythorpe wandte sich an Oliver. »War Louis über Ihre Einmischung in seine Geschäftspläne verärgert?«

»Ja.«

»Und jetzt profitieren Sie von seinem Tod, da Sie nun tatsächlich in Pollards Geschäft investieren werden.«

»Wir haben unsere Vereinbarung noch nicht endgültig getroffen«, entgegnete Oliver leise mit Blick auf den Boden.

Der Untersuchungsrichter wandte sich erneut an Pollard. »Mr. Pollard, haben Sie die Absicht, Mr. Oliver Chambers die Investition zu gestatten?«

Pollard nickte. »Das habe ich.«

Graythorpe wandte seine Aufmerksamkeit wieder zu Oliver zurück. »Sie werden vom Tod Ihres Bruders profitieren.«

»Nein, so ist es nicht. Er hätte die Investition ohnehin getätigt«, meinte Daniel mit zorniger Stimme. Hadrian konnte sein Gesicht nicht erkennen. »Louis hätte ihn akzeptieren müssen.«

»Aus welchem Grund?«, fragte Graythorpe scharf.

Daniel runzelte die Stirn. »Weil Louis kein Geld mehr hatte.«

Der Untersuchungsrichter zog erstaunt eine Augenbraue hoch. »Woher haben Sie Kenntnis davon?«

»Das weiß ich, weil ich ihm jahrelang regelmäßig Geld habe zukommen lassen und erst kürzlich damit aufgehört habe. Denn ich konnte nicht länger zusehen, wie er sein Geld unbekümmert und leichtfertig ausgab.« Er presste die Lippen zusammen, und sein Gesichtsausdruck war frustriert und traurig.

»Vielen Dank, Mr. Chambers. Und Mr. Chambers.« Graythorpe wandte sich an die Geschworenen. Er fragte sie, ob sie sich zur Beratung zurückziehen wollten oder ob sie schnell zu einer Entscheidung kommen könnten.

Die Geschworenen berieten sich, und fast sofort verkündeten sie ihr Urteil: Chambers war ermordet worden.

Das war keine Überraschung, aber dennoch reagierten die Anwesenden mit Gemurmel und Flüstern.

Der Untersuchungsrichter dankte den Geschworenen und forderte die Polizei auf, den Mörder so rasch als möglich zu fassen und zu berücksichtigen, dass es zahlreiche Verdächtige gebe. Graythorpes Blick wanderte über die Versammelten, und für einen kurzen Moment traf sein Blick den von Hadrian. Hadrian schluckte und lenkte seine Aufmerksamkeit zu Teague, der einen Schritt vorgetreten war.

»Ich bin Detective Inspector Teague. Wenn Sie *irgendetwas* über Mr. Chambers wissen, sprechen Sie mich bitte an. Ich werde noch eine Weile hier bleiben. Sie können mich auch bei Scotland Yard aufsuchen.«

Alle standen auf. Tilda fasste Hadrian kurz am Unterarm. Er drehte sich zu ihr um. »Das haben Sie gut gemacht«, flüsterte sie. »Es tut mir leid, dass Sie all diese Fragen beantworten mussten.«

»Das ist schon in Ordnung. Ich freue mich schon jetzt darauf, wenn all dies Geschichte ist.« Er lächelte ihr zu.

»Ich würde gern das Chambers Haus aufsuchen«, flüsterte Tilda. Sie warf einen Blick auf Beryl, die mit Mrs. Styles-Rowdon sprach. »Glauben Sie, Beryl hätte etwas dagegen?«

Hadrian verstand, was Tilda im Sinn hatte. »Sie möchten die Vergiftung untersuchen.«

Ihre Augen schienen vor Begeisterung zu strahlen. »Ja. Ich würde mich sehr freuen, wenn Massey mit uns kommen würde, aber ich bin mir nicht sicher, ob er dazu bereit ist.«

»Wir können ihn doch einfach fragen.« Hadrian begleitete sie zu Massey, der sich in der Menge einen Weg zur Tür bahnen wollte. »Massey, warten Sie«, rief Hadrian.

Der Diener blieb stehen und seine Gesichtszüge wirkten angespannt. »Was ist los?« Er wirkte ungeduldig.

»Würden Sie uns zum Haus der Chambers begleiten?«, fragte Tilda. »Ich würde gerne einige Nachforschungen zu dieser Vergiftung anstellen. Insbesondere möchte ich herausfinden, auf welche Weise sie zustande gekommen ist.«

»Wurde das Arsen nicht in sein Essen gemischt?« Massey sah die Köchin an. »Sie sollten wohl besser mit Mrs. Dunning sprechen.«

»Das beabsichtige ich auch«, antwortete Tilda. »Ich hatte aber gehofft, mit allen sprechen zu können, die dort leben. Wenn Sie nicht mitkommen möchten, kann ich Ihnen jetzt ein paar Fragen stellen und Sie dann im *Cock and Hen* besuchen, falls ich weitere Fragen habe.«

»Ich komme mit zum Haus«, erbot sich Massey, obwohl er verärgert wirkte. »Denn ich muss noch meine restlichen Sachen dort abholen.« Er schien zu zögern. »Ich sollte auch mit Mrs. Chambers sprechen, um mich zu versichern, dass sie mir den Lohn zahlt. Ich mache mir allerdings Sorgen, da Daniel Chambers angedeutet hat, sein Bruder hätte keine Mittel mehr.«

»Ich werde in Ihrem Namen mit Mrs. Chambers sprechen«, bot Hadrian an. Er konnte nur hoffen, dass Geld vorhanden war, um den Diener zu entlohnen. Ganz zu schweigen vom Rest des Personals. Falls das nicht der Fall sein sollte, müsste er wahrscheinlich mit Daniel Chambers sprechen, um ihn zu fragen, ob er dafür sorgen könnte, dass die Bediensteten nicht unter der finanziellen Leichtfertigkeit von Louis Chambers zu leiden hatten. »Warum gehen Sie nicht schon vor und fangen schon einmal an, Ihre Sachen zu packen?«, schlug Hadrian vor.

Als der Diener gegangen war, wandten Hadrian und Tilda sich Beryl zu, die mit Mrs. Styles-Rowdon zusammenstand.

»Das war doch nicht so schlimm, oder?«, meinte Mrs. Styles-Rowdon fröhlich. Sie trug ein elegantes lila Ensemble, das mit einer schwarzen Schärpe um die Taille verziert war.

Beryl hatte ihren Schleier für den Rest der Untersuchung gelüftet. »Ich bin froh, dass es vorbei ist.« Sie warf Hadrian einen Blick zu, der wohl als nervös beschrieben werden könnte.

»Das bin ich auch«, antwortete Hadrian. »Dürfen Tilda und ich dich zu deinem Haus begleiten?« Es war nur ein kurzer Weg.

»Natürlich«, antwortete Beryl.

Tilda lächelte. »Vielen Dank. Ich würde gerne mit Ihnen und dem Personal über diese Sache mit der Vergiftung sprechen und mich noch einmal im Haus umsehen. Wäre das in Ordnung?«

Beryl schüttelte den Kopf. »Ich kann nicht glauben, dass er vergiftet wurde. Deshalb war er wohl so krank. Wir hatten keine Ahnung.« Sie schien eher überrascht als traurig, was Hadrian allerdings verständlich fand. Beryl hatte kein Geheimnis daraus gemacht, dass sie keine romantischen Gefühle für ihren Mann hegte und es inzwischen bereute, ihn geheiratet zu haben. Das machte sie natürlich zu einer Verdächtigen.

Und obwohl es Hadrian große Schwierigkeiten bereitete, sich vorzustellen, dass sie ihren Mann erstochen haben soll, fand er es irgendwie glaubwürdiger, dass sie ihn vergiftet hatte. Hielt er sie also doch für schuldig? Bedeutete das auch, dass mehrere Personen versucht hatten, Chambers zu töten?

Er war sich nicht sicher, aber *irgendjemand* hatte Louis Chambers getötet.

Nach der heutigen Untersuchung war er sich aber keineswegs sicher, ob sie der Antwort näher gekommen waren.

KAPITEL 15

Als sie aus dem Pub auf die Straße traten, wünschte Tilda sofort, sie hätten den Hinterausgang genommen. Die Zahl der Reporter hatte zugenommen, und mehrere von ihnen strömten nun auf Hadrian zu. Auch Kirkham stand mit ein paar Gentlemen müßig herum, und ihre Aufmerksamkeit galt nun Hadrian.

Tilda umfasste Hadrians Arm. »Ich weiß, dass es nicht weit zu Beryls Haus ist, aber vielleicht sollten wir Ihre Kutsche nehmen.«

»Lord Ravenhurst!«, rief einer der Reporter. »Sind Sie ein Verdächtiger im Mordfall Louis Chambers?«

»Hatten Sie eine Affäre mit Chambers' Frau?«, fragte ein anderer.

Hadrian verkrampfte sich und ein Muskel in seinem Hals zuckte. »Ich möchte Beryl wirklich nicht diesen Hyänen ausliefern. Aber ich muss Leach Bescheid geben, dass wir zu ihr fahren.«

»Er wird die Kutsche ohnehin von hier wegfahren. Sie können genauso gut einsteigen«, riet Tilda. »Fahren Sie. Ich bringe Beryl und die anderen von hier weg.« Sie wollte Beryl nicht vorschlagen, mit ihm in der Kutsche mitzufahren. Das würde den Gerüchten nur noch mehr Zunder liefern.

Mit vor Wut funkelnden Augen murmelte Hadrian einen Kommentar, bevor er zur Kutsche eilte. Tilda warf den heranstürmenden Reportern einen finsteren Blick zu und lief rasch zu Beryl und den anderen, die bereits mehrere Reporter abwehrten.

Tilda stellte sich neben Beryl. »Sie brauchen nicht mit ihnen zu sprechen. Gehen Sie einfach schnell zu Ihrem Haus.«

»Was, wenn sie uns folgen?«, fragte Beryl mit erschrockener Miene.

»Das würden sie nicht wagen!«, erklärte Mrs. Styles-Rowdon entsetzt.

Tilda befürchtete allerdings, dass die Reporter genau das vorhatten. »Gehen Sie. Schnell.«

Mrs. Styles-Rowdon nahm Beryl am Arm und führte sie fort. Die Bediensteten waren bereits in Bewegung und marschierten in Richtung von Beryls Haus.

Tilda drehte sich um, holte tief Luft und wandte sich an die Presse. »Ich werde Ihnen ein oder zwei Fragen beantworten.«

Einer der Reporter, ein Mann, der vielleicht ein paar Jahre älter war als Tilda und eine ziemlich auffällige Hose mit einem grellen Karomuster trug, blinzelte sie an. »Wer sind Sie?«

»Miss Matilda Wren. Ich untersuche den Tod von Louis Chambers.«

Der Mann musterte sie von Kopf bis Fuß, ehe er zu lachen anfing. Tilda war zutiefst verärgert und antwortete ihm mit einem finsteren Blick.

Ein anderer fragte: »Warum ermitteln Sie denn?«

»Man hat mich damit beauftragt, und nein, ich werde nicht verraten, wer mein Auftraggeber ist«, antwortete sie knapp.

»Wer hat Chambers umgebracht?«, fragte der Reporter, der sie ausgelacht hatte.

»Die Ermittlungen von Scotland Yard dauern noch an.«

Der Journalist setzte eine finstere Miene auf. »Sie sagten, Sie würden Fragen beantworten, nicht ihnen ausweichen.«

Tilda hatte die Journalisten in Wahrheit nur von Hadrian und den anderen ablenken wollen. Jetzt, da sie fort waren, konnte sie auch gehen. Sie warf rasch einen Blick zur Tür des Pubs, aus der Teague gerade getreten war. »Ich bin sicher, *Detective Inspector Teague* wird Ihre Fragen gerne beantworten.«

Sie betonte Teague und seinen Titel, da sie sicher war, dass der Reporter weitaus mehr von seiner Person beeindruckt wäre. Der Eile nach zu urteilen, die der Mann mit der hässlichen Hose an den

Tag legte, um zu Teague zu gelangen und mit ihm zu sprechen, hatte sie sich nicht getäuscht.

Tilda murmelte denselben Fluch, den Hadrian kurz zuvor ausgesprochen hatte, drehte sich um und marschierte zu Beryls Haus. Sie kam schnell voran und erkannte Hadrian, der vor der Tür auf sie wartete.

»Warum haben Sie so lange gebraucht?«, fragte er.

»Ich wollte die Reporter davon abhalten, Beryl und ihren Dienstboten zu folgen. Ich dachte, ich würde ein paar Fragen beantworten, aber anscheinend ist meine Rolle als Ermittlerin eher ein Anlass zum Lachen. Also habe ich sie zu Teague geschickt.«

»Gut gemacht.« Hadrian runzelte leicht die Stirn. »Es tut mir allerdings leid, dass sie nicht ernst genommen worden sind.«

Tilda zuckte mit den Schultern. »Ich hätte nichts anderes erwarten dürfen.«

Hadrian hielt ihr die Tür auf, und sie trat in die Eingangshalle. Die Bediensteten standen noch immer dort versammelt, aber Mrs. Styles-Rowdon war nicht mehr unter den Anwesenden.

Mrs. Dunning, die Köchin, sah Tilda an. Sie wirkte verärgert und verstört, was sich in ihren Gesichtszügen spiegelte, die verkniffen wirkten, und sie hatte auch ihre dunklen Augenbrauen zusammengezogen. »Ich bin sehr bestürzt, dass jemand in meine Speisekammer eingedrungen ist und das Arsen aus dem Haushalt gestohlen hat, um damit Mr. Chambers zu vergiften.« Während der Untersuchung hatte Mrs. Dunning ausgesagt, dass die Menge an Arsen in der Flasche seit ihrer letzten Verwendung scheinbar weniger geworden war, aber mit Sicherheit konnte sie das nicht sagen.

»Das ist entsetzlich«, brachte Mrs. Blank mit grimmiger Miene hervor. Sie warf einen Blick auf Beryl, die Clara gerade ihren Hut, ihren Schleier und ihre Handschuhe übergab.

»Jemand aus dem Haushalt muss Mr. Chambers vergiftet haben«, meinte Oswald. Auch er warf einen Blick auf Beryl.

Hielten sie alle ihre Arbeitgeberin für schuldig?

Massey war nirgends zu sehen, aber er war vor allen anderen aus dem Pub gegangen. Wahrscheinlich war er bereits oben und packte seine Sachen, wie Hadrian vorgeschlagen hatte.

»Ich habe gehört, dass die Polizei das Haus am Samstag nach der

Absage der Untersuchung durchsucht hat.« Tilda wollte wissen, ob die Hausbewohner bereits vor heute von der Arsenvergiftung gewusst hatten, was aber allem Anschein nach nicht der Fall zu sein schien. »Hat die Polizei denn keinen Grund für die Durchsuchung genannt?«

Mrs. Blank schüttelte den Kopf. »Uns hatten sie nur gesagt, sie müssten noch einmal suchen.«

Mrs. Dunning runzelte die Stirn. »Ich habe nicht bemerkt, dass die Polizei das Arsen aus der Speisekammer mitgenommen hat. Aber ich verwende es auch nicht jeden Tag. Manchmal brauche ich es eine ganze Woche lang nicht.«

»Hat jemand eine Idee, auf welche Weise Mr. Chambers das Arsen zu sich genommen haben könnte?«, fragte Tilda. »Leider riecht oder schmeckt es nach nichts, daher ist es möglich, dass auch Sie etwas davon zu sich genommen haben. Hat jemand von Ihnen sich unwohl gefühlt?«

Clara warf Beryl einen Blick zu, deren Gesichtszüge sich verkrampften.

»Clara, waren Sie oder Mrs. Chambers krank? Oder vielleicht Martha?«, fragte Hadrian.

»Mrs. Chambers war im Januar eine Zeit lang krank. Aber ihr geht es seit einigen Wochen wieder gut.«

Tilda sah Beryl an. »Und waren Ihre Symptome denen ähnlich, die heute bei der Untersuchung beschrieben wurden?«

»Ja«, flüsterte Beryl.

Wenn Beryl vergiftet worden war, wäre sie an der Vergiftung ihres Mannes unschuldig. Das ergab keinen Sinn.

Tilda sah die Bediensteten an. »War noch jemand krank?«

Alle schüttelten verneinend den Kopf.

»Können wir sicher sein, dass Mrs. Chambers vergiftet wurde?« Mrs. Dunning rang die Hände. »Warum sollte das aufgehört haben?«

»Vielleicht war es ein Versehen«, schlug Hadrian vor. »Könnte Arsen irgendwie in etwas hineingelangt sein?«

»Unter keinen Umständen«, antwortete Mrs. Blank, während Mrs. Dunning erbleichte. »Mrs. Dunning würde niemals einen solchen Fehler begehen. Sie würde auch niemals verdorbenes Mehl kaufen.«

»Vielleicht kam das Essen ja von woanders her«, sagte Tilda sanft. »Ist das möglich, Mrs. Dunning?«

Mrs. Dunning schien einen Moment nachzudenken. »Wenn die Herrschaften Dinnerpartys gaben, brachte Mr. Chambers oft eine Kleinigkeit mit. Normalerweise war das eine extravagante Torte oder Tarte von irgendwoher. Dann wären aber alle krank geworden.« Sie runzelte die Stirn. »Allerdings achtete Mr. Chambers darauf, dass nur er die Reste der Torte oder der Tarte bekam.«

Tilda bezweifelte, dass das Dessert vergiftet war, denn die Köchin hatte recht – jeder, der davon gegessen hatte, wäre krank geworden. Allerdings hätten sich die Gäste nur kurz unwohl gefühlt. Wenn Chambers alles aufgegessen hatte, was übrig geblieben war, konnte es gut möglich sein, dass er länger krank gewesen war. Dennoch passte das nicht zu einer anhaltenden Erkrankung, die offenbar vorlag.

Tilda setzte ihre Befragung fort. »Wann fand denn die letzte Dinnerparty statt?«

»Das war zwei Wochen vor Mr. Chambers' Tod«, antwortete Mrs. Blank.

»Also nur wenige Tage, nachdem Martha gegangen war«, fügte Clara hinzu. »Ich erinnere mich daran, weil wir zum ersten Mal ohne ihre Hilfe kochen mussten.«

Tilda wollte wissen, ob die Desserts dieser Party die Ursache sein könnten. »Und die Party davor?«

»Sie fanden monatlich statt«, sagte Oswald. »Allerdings gab es im Januar zwei. Eine am Dreikönigstag und eine etwa zwei Wochen später.«

Diese Partys hätten Chambers' ohnehin schon schwache Finanzen leicht über Gebühr strapazieren können. Warum hat er sie weiterhin veranstaltet? Weil er leichtsinnig war und offenbar auf seinen älteren Bruder vertraute, der ihn wieder aus der Patsche ziehen würde.

Hadrian wandte sich an sie. »Ist es möglich, dass das Essen auf diesen Partys Arsen enthielt?«

»Das ist nicht unmöglich, aber ich würde es überraschend finden.« Tilda sah Mrs. Blank an. »Ich möchte Sie bitten, die Termine der Partys seit dem Dreikönigstag aufzuschreiben, und auch die Lebensmittel, die von außerhalb geliefert wurden, und woher sie stammten. Bitte geben Sie auch an, welche Mengen nach der Party übrig geblieben sind und ob Sie wissen, wie lange Mr. Chambers gebraucht hat, um die Reste zu verzehren.«

Die Haushälterin nickte. »Das werde ich sofort erledigen.«

Beryl wandte sich an Mrs. Dunning. »Wir brauchen glaube ich alle einen Tee. Ich werde meinen im Salon mit Seiner Gnaden und Miss Wren trinken.« Damit drehte sie sich zum Salon um, und die Bediensteten zerstreuten sich.

Tilda und Hadrian folgten Beryl in den Salon, die bereits auf dem Sofa Platz genommen hatte.

»Beryl, würden Sie uns bitte kurz entschuldigen? Ich würde gerne noch einmal Louis' Schlafgemach und sein Arbeitszimmer durchsuchen.« Tilda setzte ihr bestes Lächeln auf und hoffte, dass Beryl sie nicht begleiten würde. Wenn Hadrian in Beryls Anwesenheit eine Vision herbeizuführen versuchte, könnte es problematisch werden.

»Uns?«, fragte Beryl mit gerunzelter Stirn. Sie sah Hadrian an. »Du lässt mich auch allein?«

»Es ist nicht für lang«, beruhigte er sie. »Du willst doch, dass wir die Wahrheit herausfinden, oder?«

»Ja, aber ich bin ganz durcheinander. Und auch in großer Sorge. Ihr habt gehört, was Oswald gesagt hat. Jemand im Haushalt hat Louis vergiftet. Dass der Kuchen von unseren Partys vergiftet war, glaube ich nicht. Er kommt aus einer sehr guten und teuren Bäckerei – Hosford's in Piccadilly. Louis hatte dort ein Konto.« Beryl blickte zur Tür zum Treppenhaus, durch die alle anderen gegangen waren. »Im Moment habe ich Clara in Verdacht«, flüsterte sie.

»Was ist denn passiert, das Sie zu dieser Annahme veranlasst?«, fragte Tilda.

Beryl zuckte mit den Schultern. »Sie scheint mir die wahrscheinlichste Verdächtige zu sein, insbesondere wegen dem, was Louis ihr angetan hat, als sie hier zu arbeiten angefangen hat. Ich muss zugeben, dass ich mich in ihrer Gegenwart unwohl fühle, seit ich weiß, was zwischen den beiden gewesen ist.«

Tilda antwortete nicht, wie sie es gerne getan hätte, nämlich Beryl zu sagen, dass Claras Verhalten nicht ihr Verschulden war.

Clara war jung gewesen und von ihrem Arbeitgeber ausgenutzt worden. Wenn Beryl ihre Meinung überhaupt ändern wollte, dann sollte sie ihren verstorbenen Mann noch mehr verachten.

»Wir sind bald zurück«, versprach Tilda, bevor sie das Wohnzimmer verließ und ins Arbeitszimmer zurückging. Sie nahm wahr, wie Hadrian ihr folgte.

Beim Erreichen des Arbeitszimmers drehte sie sich zu ihm um. »Ich erwarte nicht, überhaupt etwas zu finden, da die Constables bereits gesucht haben, und das war schon das zweite Mal. Mir geht es vor allem darum, dass Sie die Gegenstände im Raum berühren und herauszufinden versuchen, woher das Gift stammt.« Sie verzog das Gesicht. »Mir ist klar, dass das fast so schwierig ist, wie Beryls verschwundenen Schmuck zu finden.«

»Aber wir haben das erste Schmuckstück bereits gefunden und wir wissen, was mit drei anderen passiert ist«, sagte Hadrian mit dem Optimismus, den Tilda gerade so nötig brauchte.

Sie lächelte ihn an. »Sie haben recht. Aber bitte berühren Sie nichts, bis ich Ihnen ein Zeichen gebe. Ich möchte nicht, dass Sie wieder von schrecklichen Kopfschmerzen aufgrund der vielen Visionen überwältigt werden.«

»Ich werde vorsichtig sein. Und ich werde auf Ihre Anweisung warten.«

Als sie ein Geräusch im Schlafzimmer hörten, drehten sich beide in diese Richtung. Hadrian ging zur Tür, gerade als Massey erschien. Er trug eine Tasche.

»Danke, dass Sie gekommen sind«, sagte Tilda.

Der Diener musste durch das Ankleidezimmer gekommen sein. »Worüber möchten Sie mit mir sprechen?«

Tilda ging noch einmal durch, was sie von den anderen Bediensteten erfahren hatten. »Abgesehen von den Kuchen und Torten vom Abendessen, fällt Ihnen etwas ein, was Mr. Chambers gegessen oder getrunken hat, das nicht aus dem Haushalt stammte?«

»Nein, aber ich muss Ihnen sagen, dass er mir oft eine kleine Portion dieser Kuchen gegönnt hat, und ich bin nicht krank geworden. Warum sollte jemand riskieren, den gesamten Haushalt zu vergiften?«

»Ich möchte sichergehen, dass Mr. Chambers nicht versehentlich etwas Vergiftetes zu sich genommen hat«, antwortete Tilda. »Manche Mehlsorten enthalten Arsen. Das macht sie schwerer, sodass der Verkäufer mehr dafür verlangen kann. Es ist möglich, dass Mr. Chambers nicht absichtlich vergiftet wurde. Da Sie diese Desserts jedoch oft gegessen haben, können wir davon ausgehen, dass sie nicht vergiftet waren.«

»Könnte das Gift in seinem Likör gewesen sein?«, fragte Massey. »Er hat viel davon getrunken.«

»Das ist möglich, aber das hätte er wahrscheinlich bemerkt«, sagte Tilda. »Arsen löst sich in heißen Flüssigkeiten, daher findet man es normalerweise in Tee oder anderen heißen Speisen oder in gebackenen Lebensmitteln. Wenn es in seinem Likör gewesen wäre, hätte er es bemerkt, zumindest an der Konsistenz.«

Massey nickte vage. »Mir fällt nichts ein, was er gegessen oder getrunken hat, das nicht hier zubereitet wurde. Ich glaube nicht, dass Mrs. Dunning ihn mochte. Mrs. Blank und Oswald auch nicht.«

Hadrian hob eine Augenbraue. »Meines Glaubens ist die Liste der Menschen, die ihm zugetan waren, reichlich kurz.«

»Gibt es noch etwas?«, fragte Massey.

»Im Moment nicht.« Tilda warf einen Blick auf seine Tasche. »Sind Sie fertig zum Aufbruch?«

»Hoffentlich muss ich nie wieder hierherkommen.« Der Diener sah Hadrian an. »Haben Sie schon mit Mrs. Chambers gesprochen?«

»Noch nicht, aber das werde ich tun«, versprach Hadrian mit einem entschlossenen Nicken. »Sie ist im Salon.«

Massey runzelte die Nase. »Dann werde ich durch das Erdgeschoss gehen. Ich sollte mich wohl von den anderen verabschieden.«

»Vielen Dank«, sagte Tilda. »Ich weiß es zu schätzen, dass Sie gekommen sind. Werden wir Sie im Bordell finden?«

»Vorläufig schon. Ich muss schnellstmöglich eine neue Anstellung finden.«

»Ich werde Ihnen morgen ein Empfehlungsschreiben an die Adresse schicken«, sagte Hadrian.

Der Diener blinzelte und verbeugte sich steif. »Vielen Dank, Mylord.« Er griff nach seiner Tasche und ging eilig davon.

»Er konnte gar nicht schnell genug wegkommen«, bemerkte

Tilda. »Wir müssen in Betracht ziehen, dass er seinen Arbeitgeber vergiftet hat, selbst wenn er das vehement bestreitet.

Für ihn wäre es ein Leichtes, das Arsen in den Tee zu geben.« Sie drehte sich um und sah sich im Arbeitszimmer um. »Lassen Sie uns zuerst hier suchen, dann im Ankleidezimmer. Ich bin überzeugt, dass ich das Schlafzimmer neulich gründlich durchforstet habe.«

Sie nahmen jeden Zentimeter des Arbeitszimmers unter die Lupe, ohne jedoch etwas Ungewöhnliches zu finden. Es gab weder Lebensmittel noch irgendetwas anderes, das mit Lebensmitteln zu tun hatte – nur einen Schrank mit einer Auswahl an Spirituosen.

»Sie haben mich nicht gebeten, etwas anzufassen«, sagte Hadrian.

»Es gibt nichts Ungewöhnliches oder Verdächtiges. Vielleicht sollten Sie unten in die Speisekammer gehen und herausfinden, ob jemand außer Mrs. Dunning oder Mrs. Blank dort gewesen ist.« Tilda atmete tief aus. »Ohne das Arsen selbst ist das allerdings wohl sinnlos. Ich wünschte, Sie könnten *es* anfassen.«

Sie durchsuchten als Nächstes das Ankleidezimmer und auch hier fanden sie nichts, was Tildas Neugier weckte oder sie dazu veranlasste, Hadrian zu bitten, etwas anzufassen. Frustriert sagte sie Hadrian, sie könnten ins Wohnzimmer zurückgehen.

Als sie aus dem Arbeitszimmer ins Wohnzimmer gingen, trafen sie auf Clara. Sie schien gewartet zu haben und errötete, bevor sie ihren Blick von ihnen abwandte.

»Brauchen Sie etwas, Clara?«, fragte Tilda.

Clara zögerte. Sie rang mit den Händen und kaute auf ihrer Lippe. »Ich habe Angst«, flüsterte Clara. »Jemand hat Mr. Chambers vergiftet. Und ihn erstochen. Ich fühle mich hier nicht sicher.«

Tilda tat die junge Frau leid. »Haben Sie einen Ort, wo Sie bleiben können?«

»Nein.« Sie holte zitternd Luft. »Ich werde schon zurechtkommen. Ich wollte Sie nicht belästigen.« Sie wollte sich umdrehen.

»Gibt es etwas, das Sie uns nicht sagen, Clara?«, fragte Tilda.

»Es ist nur ... Mrs. Chambers hat sich seltsam verhalten. Sie wollte seitdem nicht mehr, dass ich ihr behilflich bin ...« Claras Stimme erstarb.

»Seit ihr Mann gestorben ist?«, fragte Hadrian.

Clara nickte. »Vielleicht ist sie nur verärgert wegen dieser Dinge, die ... zuvor passiert sind.« Sie schaute auf den Boden.

»Das könnte durchaus sein«, sagte Tilda freundlich. »Versuchen Sie, sich nicht zu viele Gedanken zu machen. Es ist eine schwierige Zeit.«

»Das hat mir Mrs. Blank auch gesagt. Sie meinte, ich solle mich über die kleine Verschnaufpause glücklich schätzen. Es stimmt, dass wir alle härter arbeiten mussten, seit Martha weg ist.« Clara wischte sich mit der Hand über die Nase und schniefte. »Ich bin auch traurig wegen Martha. Es ist schwer, hier in diesem Haushalt zu sein.«

Tilda legte Clara tröstend eine Hand auf die Schulter. »Das tut mir leid. Mrs. Blank hat recht. Sehen Sie es als Verschnaufpause.«

»Vielen Dank, Miss Wren. Sie sind so freundlich.« Clara lächelte.

Tilda nahm Claras Hand und fragte: »Da Sie schon hier sind, können Sie mir sagen, wie lange Mrs. Chambers den Schleier schon hat, den sie heute trug?«

»Mrs. Styles-Rowdon hat ihn ihr gegeben, als sie die Trauerkleidung gebracht hat. Sie sagte, sie habe ihn getragen, als ihr Mann vor einigen Jahren verstorben ist.«

»Vielen Dank«, sagte Tilda herzlich.

Clara drehte sich um und ging durch die Tür zur Dienstbotentreppe.

Tilda drehte sich zu Hadrian um. »Warum, glauben Sie, gibt Beryl Clara eine ›Verschnaufpause‹?«

»Es könnte tatsächlich so sein, wie Clara gesagt hat. Oder Beryl ist verärgert und braucht Zeit für sich.«

»Vielleicht fühlt sie sich schuldig und will nicht in der Nähe des Dienstmädchens sein.« Tilda runzelte die Stirn. »Ich weiß es nicht.«

»Warum haben Sie nach dem Schleier gefragt?«, fragte Hadrian. »Ich muss gestehen, dass ich an die Frau denken musste, die Martha besucht hat, als ich Beryl damit sah.«

»Genau«, sagte Tilda, froh, dass er das auch bemerkt hatte. »Clara sagt, Mrs. Styles-Rowdon habe den Schleier am Freitag mitgebracht. Das war, bevor die Frau später am Abend bei Martha gesehen wurde.«

»Aber wurde die verschleierte Frau nicht zweimal gesehen?«, fragte Hadrian.

Tilda runzelte die Stirn. »Es könnte dennoch Beryl gewesen sein. Vielleicht hatte sie bereits einen Schleier, als Mrs. Styles-Rowdon ihr ihren anbot, und wollte es nicht sagen.«

Hadrian nickte vage. »Weil sie nicht wollte, dass jemand erfährt, dass sie ihn in Spitalfields getragen hat, um Martha zu besuchen.« Er sah Tilda an. »Warum sollte Beryl Martha besuchen? Und warum sollte sie sie in den Tod gestoßen haben? Vielleicht hatte sie von Marthas Affäre mit ihrem Mann erfahren.«

Das hielt Tilda allerdings nicht für ein Motiv. »Beryl hätte sich über einen Beweis für die Untreue ihres Mannes gefreut, da ihr das bei der Scheidung geholfen hätte. Ich würde sagen, es ergibt mehr Sinn, dass Beryl Angst hatte, Martha könnte von ihrem Versuch wissen, Louis zu vergiften, und sie aufgesucht hat, um das herauszufinden. Wenn jedoch auch Beryl vergiftet wurde, ist es unwahrscheinlich, dass sie die Giftmörderin ist.« Tilda hielt inne und dachte einen Moment nach. »Ich halte es für möglich, dass Beryl nicht mit Arsen vergiftet wurde – wir können das nicht wissen, da ihre Krankheit geheilt ist.«

Hadrian verzog leicht das Gesicht. »Ich muss zugeben, dass ich eher glaube, dass Beryl Louis vergiftet hat, als dass sie ihn erstochen hat.«

»Wir sollten wohl besser ins Wohnzimmer zurückkehren«, sagte Tilda.

Als sie im Salon ankamen, mussten sie innehalten, als sie sahen, dass Beryl nicht allein war. Sie saß ganz nah bei ihrem Schwager Oliver Chambers auf dem Sofa, ihre Köpfe waren aneinander gelehnt.

Oliver blickte auf und sah Tilda und Hadrian. Er stieß Beryl sanft mit dem Ellbogen an, die ebenfalls ihren Blick zur Tür wandte.

Beryl richtete sich auf und drehte sich zu Tilda und Hadrian. Dabei entfernte sie sich von Oliver. Dennoch bemerkte Tilda ihre Nähe. Vielleicht tröstete Oliver nur die Witwe seines Bruders. Oder es gab eine andere Erklärung.

»Oliver wollte sehen, wie es mir nach der Untersuchung geht«, sagte Beryl.

Hadrian nickte Oliver zu. »Das ist sehr freundlich von Ihnen.«

Tilda betrat das Wohnzimmer, und Hadrian folgte ihr.

»Wir haben beschlossen, dass die Beerdigung am Mittwoch sein soll«, meinte Beryl, als Tilda und Hadrian sich in zwei Sessel setzten, die dem Sofa gegenüber standen. »Oliver war so freundlich, sich um die Karten zu kümmern.«

»Detective Inspector Teague sagt, die Leiche wird noch heute gebracht.« Oliver sah ernst aus.

Tilda wollte ihn in seiner Trauer nicht weiter belasten, aber sie wollte auch nicht die Gelegenheit verpassen, mit ihm zu sprechen. »Mr. Chambers, dürfte ich Ihnen noch ein paar Fragen zu Mr. Pollard und seinem Geschäft stellen?«

In Olivers dunklen Augen blitzte etwas auf – vielleicht Unbehagen. »Ich denke schon.«

»Vielen Dank«, sagte Tilda mit einem aufmunternden Lächeln. »Ich kann mir vorstellen, dass dies eine schwierige Zeit für Sie ist. Mein vorrangiges Ziel besteht darin, den Mörder Ihres Bruders zu finden.«

»Ich verstehe. Was möchten Sie denn gern über Pollard wissen?«

»Haben Sie ihm eine Investition in sein Geschäft angeboten, oder war das seine Idee gewesen?«

»Es war seine Idee«, antwortete Oliver. »Als ich entschied, dass das religiöse Leben nicht das Richtige für mich war, musste ich mich nach einem neuen Lebensunterhalt umsehen. Ich hatte nicht daran gedacht, ein Unternehmen zu gründen, aber als mein Bruder Schwierigkeiten hatte, seine Zahlungen zu leisten, bot ich ihm meine Hilfe an. Er wollte einen Kredit, aber ich bat ihn, Investor zu werden.«

Hadrian warf Tilda einen Blick zu, bevor er fragte: »Wussten Sie, dass er seine Zahlungen an Pollard nicht wie vereinbart geleistet hat?«

»Daniel hat mir davon erzählt«, meinte Oliver mit einem Nicken. »Daniel musste Louis seit dem Tod unseres Vaters immer wieder finanziell unterstützen. Daniel erzählte mir, dass die Lage vor einigen Monaten besonders schlimm geworden war. Er hatte Daniel gebeten, ihm bei den Zahlungen an Pollard zu helfen. Das hatte Daniel abgelehnt. Er hatte Louis geraten, gar nicht erst in das Geschäft zu investieren.«

»Warum denn das?«, fragte Tilda.

Oliver runzelte die Stirn. »Louis war in Gelddingen noch nie gut, und Daniel glaubte nicht, dass er eine solche Investition bewältigen konnte. Er hatte natürlich recht. Daniel bot ihm an, seine Finanzen für ihn zu verwalten und ihm eine Zuwendung zu geben, aber Louis lehnte ab.«

»Vermutlich hatte Louis ein gewisses Einkommen«, sagte Hadrian. »Sonst hätte er gar kein Geld gehabt, um den Haushalt zu führen oder überhaupt eine Investition zu tätigen.«

»Louis und ich haben beide ein vierteljährliches Einkommen aus Investitionen, die unser Vater getätigt hat. Louis gab jedoch in der Regel mehr aus, als er einnahm.«

»Hatte er Schulden?«, fragte Hadrian.

»Ja, aber Daniel weiß darüber besser Bescheid.«

Beryl erbleichte. »Von Schulden wusste ich gar nichts.« Sie senkte den Blick auf ihren Schoß. »Ich habe auch Schulden. Bei der Modistin und beim Apotheker.«

Oliver tätschelte ihr beruhigend die Hand. »Das ist wohl keine große Sache, da bin ich sicher.«

Tilda fiel erneut auf, wie vertraut die beiden miteinander umgingen und sie fragte sich, ob Oliver vielleicht Beryls Liebhaber war. »Aber die Schulden Ihres Bruders *waren* erheblich?«

»Ich kenne die Einzelheiten nicht. Ich würde sagen, Sie sollten Daniel fragen, aber damit würde ich zumindest bis nach der Beerdigung warten.« Oliver verzog leicht das Gesicht. »Louis' Tod hat ihn sehr mitgenommen. In gewisser Weise fühlt er sich verantwortlich, dass er mehr hätte tun müssen, um Louis zu beschützen.«

»Wovor beschützen?« Nun, da Tilda wusste, dass Louis Schulden hatte, fragte sie sich, ob sich Louis vielleicht Geld von zwielichtigen Kreditgebern geliehen hatte.

Oliver zuckte mit den Schultern. »Wahrscheinlich vor sich selbst. Wenn es eine schlechte Entscheidung zu treffen gab, hat Louis sie getroffen.« Er warf einen Blick auf Beryl. »Außer dich zu heiraten.«

»Ich glaube nicht, dass diese Heirat für uns beide eine besonders gute Entscheidung war«, meinte sie leise, den Blick noch immer auf ihren Schoß gerichtet. Für einen Moment herrschte eine unangenehme Stille. Tilda sah Hadrian an und nickte in Richtung Tür, um ihm zu signalisieren, dass sie gehen sollten. Er nickte, und sie standen auf.

»Ich habe bei der Untersuchung einen Mann mit Ihnen und Ihrem Bruder gesehen«, sagte Hadrian. »Er heißt Padgett.«

»Mein Bruder hat ihn beauftragt, Louis´ Tod zu untersuchen.« Oliver warf Tilda einen kurzen Blick zu.

Beryl sah Hadrian an. »Er war gestern hier, um mit mir zu sprechen. Ich habe Oliver davon erzählt, bevor ihr hereingekommen seid.«

»Hat Padgett angedeutet, dass er etwas Bestimmtes untersucht?«, fragte Tilda.

Beryl schüttelte den Kopf. »Ich hatte das Gefühl, dass er mich für die Mörderin von Louis hielt.« Sie zitterte. »Ich mochte Padgett nicht.«

»Es tut mir leid, dass er dich belästigt hat«, sagte Hadrian. »Wir werden uns jetzt zurückziehen.«

Beryl sah ihn erwartungsvoll an. »Kommst du zur Beerdigung?«

Hadrian lächelte. »Natürlich.«

»Und Sie suchen weiter nach meinem verschwundenen Schmuck?«, fragte Beryl Tilda.

Tilda spürte Hadrians Blick auf sich. Sie wollte Beryl nichts von den Rubinen erzählen, die Louis seiner Geliebten geschenkt hatte – noch nicht. Hoffentlich würde Tilda die Frau identifizieren und die Juwelen wiederfinden. Dann würde sie Beryl erzählen, was passiert war, anstatt sie jetzt noch mehr zu beunruhigen.

»Ja«, antwortete Tilda. »Ich werde Ihnen Bescheid geben, wenn ich etwas herausfinde.« Sie sah Hadrian an und neigte erneut leicht den Kopf in Richtung Tür.

Sie verabschiedeten sich von Beryl und Oliver und gingen. Draußen erklärte Tilda Hadrian, warum sie Beryl nichts von dem Schmuck erzählt hatte.

»Das ist wahrscheinlich das Beste, was Sie im Moment tun können«, sagte er. »Sie muss nicht auch noch wütend sein, dass ihr Mann zu allem anderen, seiner Geliebten auch noch ihren Schmuck geschenkt hat.«

»Das sehe ich genauso.« Tilda bedankte sich bei Leach, als er ihr in die Kutsche half.

Als Hadrian sich neben sie setzte, fügte sie hinzu: »Ich wollte auch nicht darauf hinweisen, dass sie sich meine Dienste nicht leisten kann, ich aber trotzdem mein Bestes tun würde, um ihren Schmuck zu finden.«

»Ich bin froh, dass Sie sich für Ihre Zeit bezahlen lassen.«

»Es ist nicht viel«, sagte sie, als die Kutsche losfuhr. »Sie werden mir für die Ermittlungen in diesem Mordfall weitaus mehr bezahlen müssen, insbesondere jetzt, da Arsen gefunden wurde.«

Er lächelte sie an. »Und Sie sind jeden Schilling wert.« Dann hielt er inne, und sein Gesicht nahm wieder ernste Züge an, bevor er fortfuhr. »Hatten Sie das Gefühl, dass zwischen Beryl und Oliver mehr ist als nur der Umstand, dass sie sich als Verwandte trösteten?«

»Ich bin froh, dass ich nicht die Einzige war, die das gedacht hat. Ich würde gerne mehr über Louis' Schulden erfahren.«

»Zum Beispiel, ob er jemandem Geld schuldete, der ihn vielleicht umgebracht hat, weil er sie nicht zurückgezahlt hat?«, fragte er.

»Genau. Wenn das der Fall ist, bedeutet das jedoch, dass jemand Louis vergiftet hat und ein anderer Täter – ein Verbrecher – ihn dann auch noch erstochen haben muss.« Tilda sah Hadrian an. »Es ist doch ein seltsamer Zufall, dass er vergiftet und dann erstochen wurde.«

»Finden Sie das wirklich, wo so viele Menschen ein Motiv hatten, ihn zu töten?«

Tilda vermutete, dass es vielleicht doch nicht so seltsam war. »Morgen würde ich gern Pollard besuchen. Ich hätte auch gerne mit Daniel Chambers gesprochen, aber allem Anschein nach müssen wir damit wohl bis nach der Beerdigung warten.«

»Ich hole Sie morgen früh um elf Uhr ab, wenn Ihnen das recht ist«, bot Hadrian an.

»Sehr gerne. Vielen Dank.«

»Verdammt, ich habe vergessen, mit Beryl über Masseys Anstellung zu sprechen«, meinte Hadrian und verschränkte die Arme vor der Brust, während er die Stirn runzelte.

»Nach dem, was Oliver gesagt hat, wird sie wahrscheinlich kein Geld haben, um ihn zu bezahlen«, meinte Tilda.

»Das ist ein Problem.« Hadrian atmete tief aus und verschränkte die Arme wieder. »Chambers war ein richtiger Mistkerl.«

»Sagen Sie das bloß nicht, wenn noch andere zuhören«, warnte Tilda.

Er drehte den Kopf zu ihr und sah sie mit sanfteren Zügen an. Seine Augen waren im schwachen Licht der Kutsche dunkelblau und funkelten überraschend intensiv. »Vielen Dank für Ihre Unterstützung heute, insbesondere gegenüber den Reportern.«

»Sie haben diesen Ärger nicht verdient.«

»Ich weiß das wirklich sehr zu schätzen. All dieser Rummel wird vorübergehen. Ich hoffe nur, dass das bald geschieht.«

»Wir werden diesen Fall lösen«, versprach Tilda. Sie betete auch, dass ihnen dies bald gelingen würde.

KAPITEL 16

Als Hadrian am nächsten Morgen um elf Uhr eintraf, stand Tilda schon bereit. Sie wollte keine Zeit mit Höflichkeiten verschwenden, obwohl sie wusste, dass ihre Großmutter enttäuscht sein würde. Stattdessen versprach sie ihr, dass er später am Tag mit ihr ins Haus kommen könne, wenn er sie zurückbrachte.

»Vielleicht trinkt er mit uns Tee«, schlug Großmutter vor.

»Vielleicht«, antwortete Tilda vage, bevor sie ihre Großmutter auf die Wange küsste. Vaughn hielt ihr die Tür auf, als sie das Haus verließ und zur Kutsche eilte.

Hadrian war ausgestiegen, blieb jedoch stehen, als er sie sah. »Sie sind zur Abfahrt bereit?«

»Wir sind doch gespannt darauf, diesen Fall zu lösen, nicht wahr?«, antwortete Tilda mit einem Anflug von fröhlicher Ungeduld.

»Das sind wir in der Tat.« Lachend half er ihr in die Kutsche.

Als sie bei Pollards Geschäft ankamen, zog Hadrian seine Handschuhe aus, bevor er aus der Kutsche stieg. »Ich möchte auf keinen Fall die Gelegenheit verpassen, Pollard vielleicht die Hand zu schütteln oder etwas in seinem Laden anzufassen.«

Sie gingen zur Tür des Ladens und Hadrian klopfte an. Als Pollard öffnete, verzog er seinen Mund zu etwas zwischen einem Stirnrunzeln und einer Grimasse. »Warum sind Sie schon wieder hier?«

»Wir haben noch ein paar Fragen«, sagte Hadrian freundlich. »Ich verspreche Ihnen, dass wir nicht viel von Ihrer Zeit in Anspruch nehmen werden.«

»Ich werde Sie beim Wort nehmen«, sagte Pollard und öffnete die Tür, damit sie eintreten konnten.

Tilda bemerkte sofort eine Frau, die neben einer leeren Vitrine mit Glasabdeckung stand, und erkannte sie als die Frau, die bei der Untersuchung neben Pollard gesessen hatte.

Pollard schloss die Tür und ging um sie herum. »Das ist Mrs. Pollard. Joanna, ich nehme an, du erkennst Lord Ravenhurst und Miss Wren von der Untersuchung wieder. Sie sind gekommen, um mich erneut mit Fragen zu Louis zu belästigen. Du erinnerst dich vielleicht, dass Miss Wren als *Ermittlerin* für Mrs. Chambers arbeitet.« Sein Tonfall schien zu zeigen, dass er davon wenig begeistert war.

»Wozu braucht Mrs. Chambers eine Ermittlerin?«, fragte Mrs. Pollard. Sie war überdurchschnittlich groß, fast so groß wie ihr Mann, aber mit einer weitaus kurvenreicheren Figur. Sie hatte dunkelblondes Haar und kleine braune Augen. »Ermittelt denn nicht die Polizei den Mord an Louis?«

Tilda lächelte geduldig. »Das tut sie. Ich wurde jedoch beauftragt, eine Untersuchung durchzuführen.« Sie erwähnte nicht, dass Hadrian sie engagiert hatte.

»Das scheint unnötig«, sagte Mrs. Pollard mit einem tadelnden Laut. »Aber die Chambers geben ja gerne Geld aus.«

Es klopfte erneut an der Tür, und Pollard ging öffnen. Einen Moment später kam er mit einer Karte zurück, die er seiner Frau reichte. »Die Beerdigung ist am Mittwoch.«

Mrs. Pollard betrachtete die Karte und verzog angewidert das Gesicht. »Ich nehme an, ich sollte mit dir hingehen.«

»Du brauchst dich nicht zu bemühen, wenn du nicht möchtest«, sagte Pollard. »Ich weiß, dass du Mrs. Chambers nicht sonderlich gut leiden kannst.«

»Warum denn das?«, fragte Tilda.

Mrs. Pollard schniefte. »Sie interessiert sich nicht gerade für den Laden. Ich glaube, sie hält es für unter ihrer Würde, dass ihr Mann sich in die direkte Geschäftsführung einmischt. Sie dachte, er würde

Edgar einfach Geld geben und wir würden uns um den Laden kümmern. Wie sehr wünschte ich, dass sie damit recht gehabt hätte.«

»Aber nun wirklich, meine Liebe«, sagte Pollard beschwichtigend. »Das spielt jetzt keine Rolle mehr, da Louis nicht mehr da ist.« Er schüttelte den Kopf. »Es tut mir leid. Wir hatten zwar einige Differenzen, aber ich hätte ihm niemals den Tod gewünscht.« Ein wehmütiger Ausdruck huschte über das Gesicht des Mannes. »Am Anfang hatten wir eine schöne Zeit zusammen. Damals wusste ich noch nicht, dass er so ein Verschwender war.«

»Meinen Sie mit Differenzen seine finanziellen Probleme?«, fragte Hadrian. »Oder sein Verhalten gegenüber Frauen?« Er warf einen Blick auf Mrs. Pollard. »Entschuldigen Sie, dass ich diese Frage in Ihrer Anwesenheit stelle.«

Tilda beobachtete Mrs. Pollard aufmerksam. Als Hadrian nach Chambers' Verhalten gegenüber Frauen fragte, hatten sich ihre Nasenflügel gebläht und ihre Lippen hatten sich leicht verzogen. Tilda war überzeugt, dass die Frau etwas wusste. Aber würde sie diese Information freiwillig preisgeben?

»Beides«, antwortete Pollard. »Ihm reichte es einfach nicht, seiner Frau treu zu bleiben, so wie ich Joanna treu bin.« Er schenkte ihr ein warmes Lächeln, und seine Liebe zu ihr schien Tilda offensichtlich.

Joanna erwiderte seinen Blick, antwortete jedoch nicht.

»Mr. Pollard, Sie haben erwähnt, dass Chambers keine Ehefrau gewollt hatte«, erinnerte sich Tilda. »War das, weil er sich nicht an eine einzige Frau binden wollte?«

Pollard zuckte mit den Schultern. »Über seine Beweggründe bin ich mir nicht ganz sicher, aber das könnte vermutlich der Grund gewesen sein.«

»Sie wissen wohl von seiner Geliebten?«, fragte Hadrian. »Oder hat er Ihnen nichts von einer Geliebten erzählt?«

»Er hat mir von keiner Bestimmten erzählt.« Pollard rümpfte die Nase. »Er besuchte gerne Bordelle, aber ich habe ihn nie begleitet.«

Tilda fuhr mit ihrer nächsten Frage fort. »Louis' Tod hat Ihnen ermöglicht, Oliver Chambers' als Investor anzunehmen.«

Mrs. Pollard kam mit funkelnden Augen auf sie zu. »Wagen Sie es nicht, anzudeuten, dass Edgar etwas mit dem Tod dieses Mannes zu tun hat.«

Pollard warf seiner Frau einen dankbaren Blick zu, bevor er sich wieder Tilda zuwandte. »Ich hätte eine Möglichkeit gefunden, Louis davon zu überzeugen, seinem Bruder die Investition zu erlauben. Der Mann kam seinen Zahlungen nicht nach, und ich hatte vor, mit dem Anwalt zu sprechen.«

»Louis Chambers wollte so gerne ein erfolgreicher Geschäftsmann sein, aber in Wahrheit war er in finanziellen Angelegenheiten eine Niete. Er war ein stolzer Narr«, sagte Mrs. Pollard mit beträchtlicher Schärfe.

»Sind Sie sehr in dieses Geschäft involviert, Mrs. Pollard?«, fragte Tilda.

Mrs. Pollard hob das Kinn und sah Tilda mit funkelnden Augen an. »Ich bin die Chefdesignerin und habe die Oberaufsicht über alle Näherinnen. Außerdem möchte mein Mann, dass ich das bin.«

»Ich bin sehr beeindruckt«, sagte Tilda und meinte es auch so. »Ich bewundere unternehmungslustige Frauen – und die Männer, die sie unterstützen.«

Mrs. Pollard schien sich zu entspannen, ihre Gesichtszüge wurden etwas weicher und ihr Körper verlor ein wenig von der Steifheit, die seit ihrer Ankunft zu spüren gewesen war.

»Hatten Sie beide Gelegenheit, das Haus der Chambers zu besuchen?«, fragte Tilda.

Die Pollards tauschten einen kurzen Blick, der Tilda Antwort genug war.

»Gelegentlich«, antwortete Pollard. »Louis hat oft Dinnerpartys veranstaltet. Vor ein paar Wochen waren wir bei einer dieser Partys eingeladen.«

Tilda neigte den Kopf. »Wer war noch anwesend?«

Pollard zuckte mit den Schultern. »Ein paar Gentlemen aus dem Club mit ihren Frauen.«

»Vielen Dank, Mr. Pollard«, sagte Tilda mit einem freundlichen Lächeln. Sie sah Hadrian an. »Haben Sie noch Fragen?«

Hadrian neigte den Kopf und sah Pollard fest an. »Sie kannten Louis schon seit geraumer Zeit. Können Sie mir sagen, warum er mich verachtete? Ich habe wirklich keine Ahnung, woran das lag.«

Pollard blinzelte. »Ich kann mich nicht daran erinnern. Er hat seine Abneigung gegen Sie deutlich zum Ausdruck gebracht – Hass sogar –, aber ich weiß nicht, ob er je einen Grund dafür genannt hat.«

Tilda war sich sicher, dass Hadrian von dieser Antwort enttäuscht war, und warf ihm einen mitfühlenden Blick zu. Sie trat einen Schritt nach rechts und sah sich im Geschäft um. »Wann können Sie eröffnen?«

»Ich bin mir nicht sicher«, sagte Pollard mit einem frustrierten Seufzer. »Wir haben noch nicht genügend Waren auf Lager, um sie zum Verkauf anzubieten.«

Mrs. Pollard warf ihm einen bösen Blick zu. »Das liegt daran, dass wir nicht genug Geld hatten, um die Materialien zu kaufen, die ich zum Nähen benötige. Mit Olivers Investition hoffe ich, dass wir in ein paar Wochen eröffnen können.«

»Ich dachte, Sie wären mit Ihren Fragen fertig«, sagte Pollard knapp, obwohl Tilda das nicht gesagt hatte. »Weder meine Frau noch ich hatten etwas mit dem Mord an Louis zu tun.«

»Das habe ich nicht behauptet«, sagte Tilda geduldig. »Allerdings würde ich sagen, dass sein Tod Ihnen sehr gelegen kommt.«

Pollard runzelte die Stirn, und Mrs. Pollard machte ein paar Schritte auf Tilda zu. »Louis Chambers war definitiv ein Problem, und nein, ich kann nicht sagen, dass es uns leidtut, dass er uns keine Sorgen und finanziellen Schwierigkeiten mehr bereiten wird. Allem Ungemach zum Trotz werden wir das Geschäft unserer Träume eröffnen.« Sie warf ihrem Mann einen selbstbewussten Blick zu, und er nickte ihr zu, die Augen vor Emotionen zusammengekniffen.

»Vielen Dank für Ihre Zeit«, sagte Tilda. »Wir sehen uns sicher bei der Beerdigung.« Sie drehte sich um und bemerkte, dass Hadrian zu der Vitrine gegangen war, vor der Mrs. Pollard gestanden hatte. Seine Fingerspitzen drückten gegen die Oberkante.

Dann nahm er sie weg und strich sich mit der Hand über die Schläfe. Er drehte sich um, verabschiedete sich von den Pollards und öffnete Tilda die Tür.

Draußen fragte sie: »Wie geht es Ihrem Kopf?«

Er kniff kurz ein Auge zusammen. »Es schmerzt ein wenig, aber das sollte bald nachlassen, denke ich.«

Sie hielt inne, bevor sie die Kutsche erreichten, sodass Leach sie nicht hören konnte. »Was haben Sie im Laden gesehen?«

»Etwas, das Sie wahrscheinlich dazu bringen wird, alles über Joanna Pollard erfahren zu wollen.«

~

»*D*as erzähle ich Ihnen aber in der Kutsche«, meinte Hadrian.

Tildas Augen leuchteten vor Vorfreude. So sah sie immer aus, wenn sie neue Informationen verarbeitete und die Spannung einer Untersuchung sie fest im Griff hatte. »Wenn Sie etwas gesehen haben, das Fragen über Mrs. Pollard aufwirft, sollten wir herausfinden, was wir über diese Frau erfahren können. Erinnern Sie sich, dass Flanders erwähnt hat, dass Mrs. Pollard für eine Madame Ousset gearbeitet hat?«

»Ja«, antwortete Hadrian mit einem Nicken und freute sich über Tildas Begeisterung. »Sollen wir bei der Hutmacherei vorbeischauen und fragen, wo wir sie finden können?«

Tilda grinste. »Genau den Gedanken hatte ich ebenfalls.«

Sie gingen zur Kutsche, wo Hadrian Leach über ihr nächstes Ziel informierte.

Als sie saßen und losfuhren, sah Tilda Hadrian gespannt an und wartete darauf, dass er ihr von seiner Vision in dem unfertigen Geschäft erzählte. Es waren Momente wie dieser und auch der Augenblick vor der Kutsche, die er mit ihr am meisten genoss – die gemeinsame Aufregung über neue Informationen, die Partnerschaft, die sie verband, wenn sie auf dasselbe Ziel hinarbeiteten.

»Sobald ich die Vitrine berührte, verspürte ich überwältigende Frustration und Empörung. Dann Ekel.« Er hielt inne. »Ich greife vor. Der Ekel kam durch etwas in der Vision. Ich sah Louis Chambers – im Geschäft. Sein Gesichtsausdruck war verführerisch, ähnlich wie in den Visionen in seinem Schlafzimmer.«

»Es tut mir sehr leid, dass Sie *das* immer wieder sehen«, sagte Tilda sarkastisch.

»Mir auch. Zum Glück dauerte es diesmal nicht lange. Er ging auf die Person zu, deren Erinnerung ich sah, aber dann blieb er stehen und sein Gesichtsausdruck wurde wütend. Er sagte etwas, aber natürlich konnte ich ihn nicht hören. Dann wurde er gestoßen.«

»Von Ihnen?«, fragte Tilda besorgt. »Eher von der Person, deren Erinnerung Sie gesehen haben.«

»Ja. Ich habe die Hände gesehen, und sie waren weiblich. Ich habe keine Ringe an ihren Fingern gesehen, aber das bedeutet nicht, dass sie keine trug, denn alles ging sehr schnell. Chambers ging wieder auf sie zu, mit bedrohlicher Miene. Dann drehte er sich abrupt um und ging wütend davon.«

»Wer könnte das gewesen sein?«, fragte Tilda.

»Da sich der Vorfall im Laden ereignet hat, vermute ich, dass es Mrs. Pollard war. Deshalb dachte ich, dass Sie sich noch mehr für sie interessieren würden.«

Tilda lehnte sich an die Rückenlehne und sah nachdenklich aus. »Ich möchte nicht davon ausgehen, dass sie es war, aber mir scheint das wahrscheinlich. Ich frage mich, was da vor sich ging. Hat er versucht, sie zu verführen?«

»Das können wir von ihm zu diesem Zeitpunkt durchaus erwarten«, sagte Hadrian ironisch.

Ein Schauer durchlief Tilda, und sie verzog das Gesicht. »Was für ein abscheulicher Mann. Es ist schon schlimm genug, dass er seine Angestellten ausgenutzt hat, aber auch noch die Frau seines Partners verführen zu wollen? Dieser Mann kannte keinerlei Skrupel.«

Hadrian hatte zu Lebzeiten des Mannes keinerlei intensiven Gefühle für ihn empfunden, aber das war nun anders. Es tat ihm immer mehr um die arme Beryl leid, die seinem Charme erlegen war, wobei er allerdings nicht behaupten könnte, dass der Mann überhaupt welchen hatte, denn er hatte ihn nie charmant erlebt. »Allem Anschein nach hatten mehr und mehr Menschen gute Gründe, ihm den Tod zu wünschen.«

»Meines Glaubens gehört auch Mrs. Pollard dazu. Sie scheint ihn wirklich zu verabscheuen, und ich kann ihre Beweggründe nur zu gut verstehen. Chambers hatte nicht nur ihre Existenz in Gefahr gebracht, sondern ihr wahrscheinlich auch Avancen gemacht.« Tilda verzog die Lippen.

»Hebt das nicht auch Pollards Potenzial als Mörder?«, fragte Hadrian. »Wenn ich dahinter käme, dass mein Geschäftspartner versucht hat, sich an meine Frau heranzumachen, wäre ich vor Wut wahrscheinlich außer mir.«

Tilda zog eine Augenbraue in die Höhe. »Wären Sie denn wütend genug, um deshalb zu töten?«

»Diese Frage kann ich nicht beantworten, da ich keine Frau habe.«

»Sie hatten eine Verlobte, die von einem anderen Mann verführt worden war«, gab Tilda zu bedenken. »Damit will ich nicht sagen, dass ich Sie des Mordes an Louis Chambers verdächtige. Ich möchte lediglich auf den Unterschied darüber hinwiesen, der zwischen wütend sein und sich mit Mordgedanken zu tragen besteht.«

»Sie haben recht. Da gibt es eindeutig eine Grenze, der ich nicht im Entferntesten nahegekommen war. Das könnte daran gelegen haben, dass ich Beryl nicht geliebt habe. Hätte ich sie geliebt, so wäre ich sicherlich eher an diese Grenze gestoßen, oder vielleicht hätte ich sie sogar überschritten.« Auf diese Frage hatte er keine richtige Antwort. Noch nie war er verliebt gewesen. Bislang hatte er noch keine Frau kennengelernt, die solche Gefühle in ihm weckte.

Oder vielleicht doch? Er erinnerte sich an sein unbändiges Bedürfnis, Tilda zu beschützen, als ein Mörder sich vor etwas mehr als einer Woche auf sie gestürzt hatte. Zu jenem Zeitpunkt hatte es keine Grenze gegeben, die er hätte überschreiten müssen. Hadrian hätte einfach alles getan, um sie zu beschützen.

»Pollard liebt seine Frau scheinbar«, meinte Tilda. »Das ist vielleicht Motivation genug.«

Die Kutsche hielt vor Flanders Millinery. Hadrian wartete nicht auf Leach, damit er ihnen die Tür öffnete. Das übernahm er höchstpersönlich, indem er ausstieg und Tilda dann auf den Bürgersteig half.

In ihrem Gespräch mit Flanders erfuhren sie, dass Madame Ousset ein Geschäft besaß, das ein Stück weiter in der Regent Street lag. »Sollen wir zu Fuß gehen?«, fragte Tilda, als sie den Laden des Hutmachers verließen.

»Es regnet nicht mehr. Warum also nicht?« Bis zu seiner Ankunft bei Tilda hatte es ununterbrochen geregnet. Hadrian teilte Leach ihr neues Ziel mit und der Kutscher versicherte, dass er die Kutsche dorthin fahren würde, während sie ihre Angelegenheiten dort erledigten.

»Denken Sie, dass sie so französisch wie ihr Name ist?«, fragte Tilda, als sie die Regent Street entlangschlenderten

»Wahrscheinlich ist sie das nicht. In früheren Jahren waren französische Modistinnen bei der Aristokratie sehr beliebt, obwohl wir die Franzosen angeblich verachteten.«

»Ihr Angehörigen der Oberschicht seid ein eigentümliches Volk«, meinte sie daraufhin lachend.

»Mitunter findet sich auch der eine oder andere unter uns mit seltsamen, unerklärlichen Anwandlungen.« Er zwinkerte ihr zu, worauf sie ein weiteres Mal lachte.

Dann waren sie bei Madame Oussets Geschäft angekommen und Hadrian hielt die Tür für Tilda auf. Der Innenbereich war sehr elegant, mit Stoffballen in Auslagen und einigen Sitzecken, wo Damen saßen und Modemagazine durchblätterten.

Eine junge Frau kam auf sie zu, und Hadrian setzte sein charmantestes Lächeln auf. »Dürfen wir Madame Ousset sprechen? Es ist wichtig.«

Die Frau war wunderschön gekleidet und nun musterte sie Tilda von Kopf bis Fuß. »Das sehe ich. Ich bin mir jedoch nicht sicher, ob Madame Ousset heute noch einen Termin frei hat.«

Hadrian warf Tilda einen besorgten Blick zu und hoffte, dass sie sich durch die abschätzende Betrachtung der Frau und ihrer anschließenden Reaktion nicht beleidigt fühlte. Tildas Kleidung war zwar altmodisch, aber in einem gutem Zustand. Für ihn sah sie immer hübsch aus.

»Vielleicht findet Madame Ousset Zeit für den Earl of Ravenhurst«, sagte Hadrian mit einem Hauch von einem Lächeln.

Die Frau machte einen kurzen Knicks und sagte: »Natürlich, Mylord.« Sie eilte in den hinteren Teil des Ladens, und Hadrian bemerkte zwei Kundinnen, die in ihre Richtung schauten.

»Ich glaube, sie haben gehört, wie Sie ihren Trumpf ausgespielt haben«, sagte Tilda mit belustigten Blick.

»Das hielt ich für unumgänglich«, verteidigte er sich.

»Oh, da stimme ich Ihnen zu. Und in solchen Fällen bin ich Ihnen sogar dankbar dafür.«

Die junge Frau kam zurück und führte sie in ein privates Wohnzimmer. »Möchten Sie Tee?«

»Nein, danke«, antwortete Hadrian.

Nach einer weiteren kurzen Verbeugung ging die Frau wieder.

Tilda blickte auf die geschlossene Tür. »Ich glaube, sie denkt, wir sind wegen eines neuen Kleides für mich hier.«

Hadrian war nicht sicher, wie er darauf reagieren sollte. »Stört Sie das?«

»Nicht so sehr. Meine Großmutter besteht darauf, dass ich meine Garderobe auf den neuesten Stand der Mode bringe, aber unser Budget erlaubt das einfach nicht.«

Hadrian kannte die genauen finanziellen Verhältnisse zwar nicht, doch er schätzte, dass sie sich mit dem Verdienst aus ihrem letzten Auftrag und dem Geld, das er auf das lange verschollene Konto ihrer Großmutter überwiesen hatte, vielleicht ein oder zwei Kleider leisten konnte. »Vielleicht können Sie sich dies ja nach diesem Auftrag leisten.«

»Großmutter meint, ich sollte wie eine erfolgreiche Ermittlerin aussehen, wenn ich potenzielle Kunden ermutigen möchte, mir einen Auftrag zu erteilen.«

Dieses Argument sollte Tilda eigentlich einleuchten, dachte Hadrian. »*Sollten* Sie sich dann vielleicht ein Abendkleid bestellen?«

Sie schüttelte verneinend den Kopf. »Das werde ich nicht hier tun. Ich könnte mir ein Kleid von einer Adresse wie dieser niemals leisten.«

Ihre Unterhaltung wurde unterbrochen, als die Tür sich öffnete und eine Frau um die fünfzig eintrat. Sie trug ein schlichtes und doch elegantes Tageskleid, und ihr überwiegend dunkles Haar – das hier und da von vereinzelten grauen Strähnen durchsetzt war – trug sie hochgesteckt und mit einer goldenen Haarnadel verziert.

»Guten Tag, Lord Ravenhurst.« Sie begrüßte ihn mit einer Verbeugung und, wie Hadrian vorausgesagt hatte, ohne französischen Akzent. Ihr Blick wanderte zu Tilda. »Lady Ravenhurst.«

»Verzeihen Sie, aber ich bin nicht Lady Ravenhurst«, sagte Tilda bestimmt. »Ich bin Miss Wren. Ich bin Privatdetektivin, und Lord Ravenhurst ist mein Kollege. Wir würden gerne mit Ihnen über Joanna Pollard sprechen.«

Die Modistin schien zu zaudern und mit einem misstrauischen Blick fragte sie dann. »Warum?«

»Wir ermitteln im Mordfall Louis Chambers«, antwortete Tilda.

Erstaunen war für einen kurzen Moment in Madame Oussets Augen zu erkennen. »Ich habe davon gelesen. Wir waren nicht persönlich bekannt, aber ich wusste, dass er Pollards Partner in dem neuen Geschäft war. Hat ihn wirklich jemand in seinem Bett ermordet?«

»Ja«, antwortete Tilda.

»Denken Sie, die Pollards könnten dafür verantwortlich sein?«, fragte Madame Ousset mit einem Keuchen. »Ich kenne Pollard nicht gut, aber er konnte sich distanziert geben. Joanna hingegen ist leicht erregbar. Aber jemanden umbringen?« Die Modistin schüttelte den Kopf und gab einen ungläubigen Laut von sich.

Hadrian sah zu Tilda hinüber, um ihre Reaktion zu sehen. Tilda ließ Madame Ousset nicht aus den Augen und beobachtete ihre Reaktion aufmerksam.

»Glauben Sie, sie seien zu so etwas fähig?«, fragte Tilda.

»Nein, das glaube ich nicht.« Madame Ousset presste die Lippen zusammen. »Allerdings ist Joanna vor etwa fünf Jahren aus meinen Diensten ausgetreten, und ich habe keinen engen Kontakt zu ihr gehalten. Was für eine Person Joanna jetzt ist, kann ich Ihnen leider nicht sagen.«

Tilda beobachtete die Modistin weiterhin aufmerksam. »Warum ist der Kontakt zwischen Ihnen beiden denn abgebrochen?«

Aller Wahrscheinlichkeit nach war Hadrian zu sehr auf Tilda konzentriert, aber er konnte sich nicht zurückhalten. Er liebte es, ihr bei der Arbeit zuzuschauen.

Die Modistin zuckte mit den Schultern. »Joanna hat ein außergewöhnliches Talent als Schneiderin und sie hat auch ein gutes Auge für Mode. Allerdings besitzt sie nicht gerade ein freundliches Naturell und sie kann leicht aufbrausend sein. Das war sie zumindest in der Zeit, in der sie für mich gearbeitet hat. Um ehrlich zu sein, war ich erleichtert, als sie gekündigt hat«, sagte Madame Ousset wobei sie die Schultern kurz sinken ließ. »Immer hatte sie mehr sein wollen als eine einfache Schneiderin. Ihre Eltern waren beide Schneider gewesen, aber sie starben relativ jung und ließen

Joanna mit vier jüngeren Geschwistern zurück, für die sie zu sorgen hatte.«

»Das ist eine große Belastung für eine junge Frau«, sagte Tilda. »Gehe ich recht in der Annahme, dass das Ehepaar Pollard keine Kinder hat?«

»Nicht, dass ich wüsste, aber wie ich schon sagte, sind wir nicht befreundet geblieben. Ich freue mich, dass sie ihren Traum verwirklicht hat – das Geschäft, das ihr Mann in der Oxford Street eröffnet. Ich habe gehört, dass sie die Damenkleider entwirft.«

»Ich hoffe, Sie finden diese Frage nicht unpassend, Madame Ousset«, sagte Tilda sanft. »Mrs. Pollard hat Mr. Pollard später geheiratet als die meisten Frauen. War sie vorher schon einmal verheiratet? Oder hatte sie eine andere Art von romantischer Beziehung?«

»Sie war vor Pollard nicht verheiratet.« Madame Ousset neigte den Kopf. »Tatsächlich hat mich ihre Heirat damals überrascht, denn ich hatte immer gedacht, sie würde lieber unverheiratet bleiben. Da ich selbst unverheiratet bin, erkenne ich eine verwandte Seele normalerweise. Ich glaube jedoch, dass Pollard ihr das Leben bieten konnte, das sie sich wünschte.« Wie Tilda in der Kutsche angemerkt hatte, schien Pollard seine Frau ebenfalls zu lieben. Auch Hadrian hatte das gespürt, obwohl Mrs. Pollard nicht so leicht zu durchschauen war, wie ihr Ehemann.

Madame Ousset fuhr fort: »Als Joanna ihre Stelle hier gekündigt hat, hat sie sich selbstständig gemacht, und einige meiner Kundinnen haben sich für ihre Dienste entschieden.«

Tilda schenkte der Modistin ein herzliches Lächeln. »Vielen Dank für Ihre Zeit, Madame Ousset. Wenn Ihnen noch etwas über Mrs. Pollard oder sogar Mr. Pollard einfällt, lassen Sie es uns bitte wissen.«

Hadrian reichte der Modistin seine Visitenkarte. »Vielen Dank.«

Er begleitete Tilda in den Hauptbereich des Ladens zurück und dann auf den Bürgersteig hinaus. »Ich glaube, es ist an der Zeit, dass Sie sich Visitenkarten drucken lassen«, sagte er.

»So eine Ausgabe kann ich mir im Moment nicht leisten.« Sie sah ihn an. »Ein Angebot von Ihnen, diese Visitenkarten für mich zu kaufen, werde ich auch nicht annehmen.«

»Auch nicht in Form eines Darlehens?«

Sie presste die Lippen fest aufeinander. »Nein. Mir ist wohl bewusst, dass Sie unmöglich verstehen können, was es bedeutet, Sparsamkeit wertzuschätzen, aber Dinge, die ich mir nicht leisten kann, kaufe ich nicht.«

»Das mache ich auch nicht.«

Sie zog eine Augenbraue in die Höhe und warf ihm einen sarkastischen Blick zu. »*Gibt* es etwas, das Sie sich nicht leisten können?«

Nun hatte sie ihn schachmatt gesetzt, und das fand er unerklärlich irritierend. Es war weniger ihre Frage als eher die Tatsache, dass er wirklich nicht nachvollziehen konnte, was sie meinte. Also versuchte er, seine Frustration mit Humor zu überspielen. »Ich bin mir ziemlich sicher, dass ich den Buckingham Palace nicht kaufen könnte.«

Tilda lachte. »Das liegt daran, dass die Krone ihn nicht an Sie veräußern würde.«

»Wahrscheinlich nicht.« Er half ihr in die Kutsche, während Leach die Tür offen hielt. »Haben Sie heute noch andere Besorgungen zu machen?«

»Nicht, dass ich wüsste«, antwortete sie.

»Wir sollten heute besser früh fertig werden«, sagte Hadrian. »Ich habe noch Termine in Westminster.«

Tilda hob eine Augenbraue. »Ich habe mich schon gefragt, was Ihre Hauptaufgabe im Oberhaus ist. Auf keinen Fall dürfen Sie Ihre Verpflichtungen dort wegen meiner Ermittlungen vernachlässigen.«

»Das werde ich nicht.« Obwohl er dies mitunter doch tat, wenn er ehrlich war. Er konnte einfach nicht anders. Er genoss die Arbeit mit ihr sehr.

Und vielleicht war da sogar etwas mehr als das.

Nachdem er Leach angewiesen hatte, nach Marylebone zurückzukehren, um Tilda nach Hause zu bringen, stieg Hadrian zu ihr in die Kutsche. »War Madame Ousset hilfreich?«

»Ja, aber ich muss noch einmal gründlich über die Dinge nachdenken, die wir heute erfahren haben. Allem Anschein nach hatten Joanna Pollard und auch alle anderen ein Motiv, Louis Chambers zu töten.«

»Ich habe bemerkt, dass Sie die Pollards gefragt haben, ob sie im

Haus der Chambers waren«, sagte Hadrian. Er hatte sie danach fragen wollen, als sie das Geschäft der Pollards verlassen hatten, doch in jenem Moment war er sehr auf seine Vision konzentriert gewesen.

»Ich habe mich gefragt, ob die Pollards vielleicht Zugang zu Gift hatten. Aber es müsste etwas gewesen sein, das nur Chambers eingenommen hat, denn sonst ist ja niemand erkrankt.«

Als sie sich dem Haus von Tildas Großmutter näherten, bot Hadrian ihr an, sie morgen zur Beerdigung zu fahren.

»Das wäre sehr nett, danke«, antwortete sie. »Wenn ich Sie jetzt nicht zum Tee einlade, werde ich geschimpft. Aber fühlen Sie sich nicht verpflichtet.«

»Das würde ich nicht verpassen wollen«, meinte er mit einem Grinsen. »Die Geschichten Ihrer Großmutter als Frau eines Richters sind äußerst spannend.« Sie erzählte ihm Geschichten von Fällen, die ihr Mann verhandelt hatte, wobei es sich meist um schillernde Persönlichkeiten handelte, die wegen wiederholter Ruhestörung vor ihm hatten erscheinen müssen.

Tilda lachte leise. »Ich habe ihr gesagt, sie solle diese Anekdoten aufschreiben, denn ich bin mir sicher, dass sie eine interessante Geschichte abgeben würden. Es freut mich, dass sie Ihnen gefallen. Ich weiß, wie sehr Großmutter es genießt, sie Ihnen zu erzählen.«

Als er Tilda zur Tür begleitete, wünschte er sich, sie könnten auch so weitermachen, wenn sie nicht an einem Fall arbeiteten. Bislang hatte ein Mord sie zusammengeführt, und er hoffte, dass ihre sich vertiefende Freundschaft dafür sorgen würde, dass sie weiter in Kontakt blieben – ob sie nun einen Fall lösten oder nicht.

KAPITEL 17

»Ich bin sehr froh, dass ich dich gestern davon überzeugen konnte, dieses Kleid zu kaufen«, meinte Tildas Großmutter, als sie am Mittwoch kurz vor Hadrians Ankunft die Treppe herunterkam.

Tilda hatte ihr nicht erzählt, dass der Besuch in Madame Oussets Laden und die Reaktion der jungen Frau, die sie begrüßt hatte, Tilda schließlich davon überzeugt hatten, die Anschaffung eines neuen Kleides nicht länger hinauszuschieben. »Vielen Dank, dass du mich in den Laden begleitet hast, um es auszuwählen. Mrs. Acorn hat die Änderungen wunderbar gemacht.« Die Haushälterin hatte darauf bestanden, dass Tilda das dunkelgraue Kleid »perfekt« passte.

»Ich freue mich so, dich in einem Kleid aus diesem Jahrzehnt zu sehen«, sagte Großmutter mit einem verschmitzten Lächeln.

Tilda musste lächeln, als sie auf ihre Großmutter zuging. »Meine Garderobe ist *nicht so* alt.« Dennoch hatte sie seit Jahren kein neues Kleid mehr besessen. Das Abendkleid, das sie für ihre letzte Ermittlung mit Hadrian kaufen musste, als sie zum Northumberland House gegangen waren, zählte nicht dazu. Tilda hatte nichts besessen, was auch nur annähernd für einen so eleganten Anlass geeignet gewesen wäre. Und sie hatte keine Ahnung, wann sie dieses extravagante Kleidungsstück jemals wieder tragen würde. »Ich weiß es sehr zu schätzen, dass du dich so lieb um mich kümmerst, Großmutter.«

Großmutter nahm ihre Hand und drückte sie. »Ich weiß, wie

wichtig dir deine Ermittlungsarbeit ist. Ich möchte nur, dass andere dich so sehen, wie ich Sie sehe – als eine äußerst intelligente und fähige Frau. Dein Äußeres muss das widerspiegeln.«

Dieses graue Kleid war modisch, aber zurückhaltend und würde Tilda in ihrem Beruf gute Dienste leisten, insbesondere wenn sie regelmäßig an Beerdigungen teilnehmen würde. Es war keine Trauerkleidung, aber da sie weder zur Familie gehörte noch eine Freundin war, war das Dunkelgrau durchaus angemessen.

»Du hast recht, Großmutter.« Tilda zog die schwarzen Handschuhe über, die sie ebenfalls erstanden hatte. Ihr Hut – ebenfalls schwarz – war nicht neu, aber sie hatte sich nicht dazu durchringen können, noch ein weiteres neues Accessoire anzuschaffen.

»Das bin ich oft, meine Liebe.« Großmutters blaue Augen funkelten vor Vergnügen, als sie Tildas Hand losließ. »Ich wünschte nur, du könntest deine Garderobe etwas erweitern. Vielleicht gibt es dazu ja eine Möglichkeit, wenn diese Ermittlungen abgeschlossen sind und du dein Honorar erhalten hast.«

Wenn Tilda überhaupt etwas von dem Geld ausgeben würde, anstatt es zu sparen, dann wahrscheinlich für Visitenkarten, wie Hadrian vorgeschlagen hatte. Allerdings wollte sie mit ihrer Großmutter nicht über Ausgaben diskutieren. Das war ein Gebiet, auf dem Großmutter leider nicht immer recht hatte – finanzielle Angelegenheiten waren einfach nicht ihre Stärke. »Hoffentlich finde ich weiterhin Arbeit«, sagte Tilda mit einem Lächeln.

»Dein Vater wäre so stolz auf dich.« Großmutter vermisste ihren Sohn fast ebenso sehr wie Tilda ihren Vater.

»Und meine Mutter?«, fragte Tilda mit einem leisen Lachen. Das war eine rhetorische Frage.

»Wie sollte sie das überhaupt erfahren?«, fragte Großmutter. »Ich würde ihr nichts sagen, und ich kann mir nicht vorstellen, dass du sie informieren würdest.«

Nein, das würde Tilda gewiss nicht. Ihrer Mutter wäre das ohnehin einerlei gewesen. Das war sogar noch schlimmer, als wenn sie Einwände gehabt hätte.

Tilda hörte, wie die Haustür geöffnet wurde, und gab ihrer Großmutter schnell einen Kuss auf die Wange. »Bis später.«

Aber ihre Großmutter folgte ihr in den Flur, wo Vaughn die Tür für Hadrian aufhielt, der auf der Schwelle stand. Hadrians Blick blieb auf Tilda haften. Er formte die Lippen zu einem Lächeln, und nervöse Schmetterlinge flatterten in Tildas Bauch. Sie hatte keine Zeit für solchen Unsinn, und die wollte sie auch gar nicht haben.

Trotzdem blieben die Schmetterlinge.

Und Tilda erwiderte sein Lächeln. Sie konnte einfach nicht anders. Als sie sich für die Veranstaltung im Northumberland House angezogen hatte, hatte sie sich weiblicher gefühlt als jemals zuvor in ihrem Leben. Am überraschendsten war allerdings die Erkenntnis gewesen, dass es ihr gefallen hatte. Das bedeutete jedoch nicht, dass sie sich um elegante Garderobe oder die neueste Mode scherte. Es war einfach ein gutes Gefühl, schön auszusehen.

Tilda blinzelte und verbarg ihr Lächeln.

»Guten Tag, Mylord«, sagte Tildas Großmutter überschwänglich. »Es war mir eine große Freude, Sie neulich zum Tee begrüßen zu dürfen. Und letzte Woche auch.« Sie lachte leise. »Dürfen wir Sie jede Woche erwarten?«

»Dagegen hätte ich nichts einzuwenden«, gab er mit einer galanten Verbeugung zurück.

Tilda hatte sehr wohl Einwände. Ein Earl of Ravenhurst konnte kein regelmäßiger Besucher in ihrem Haus sein. Ja, sie waren Freunde und Geschäftspartner, aber nicht mehr. Es war nichts Unrechtes daran, gelegentlich zum Tee zu kommen, doch wenn sich diese Besuche wöchentlich wiederholten, war dies entschieden zu oft. »Wir sollten gehen.«

»Viel Glück«, wünschte Großmutter ihnen, als sie gingen.

»Das ist ein neues Kleid, nicht wahr?«, fragte Hadrian auf dem Weg zur Kutsche.

»Ja.«

»Haben Sie es gestern gekauft, nachdem wir bei Madame Ousset waren?«

»Ja.« Sie warf ihm einen kurzen Blick zu und ärgerte sich, dass sie so verlegen war, weil sie gestern über den Kauf eines Kleides gesprochen hatten.

Er lächelte sie an. »Sie sehen wunderbar aus.«

»Das tun Sie wirklich, Miss«, stimmte Leach zu, während er ihr die Tür zur Kutsche aufhielt.

»Vielen Dank, Leach.« Tilda stieg mit Hilfe des Kutschers ein. Wie rasch sie sich an diese Art der Fortbewegung gewöhnt hatte. Ihr kam dabei in den Sinn, was ihre Großmutter über den Stolz ihres Vaters gesagt hatte. Was würde er denken, wenn er sie mit einem Earl herumfahren sähe?

Er hätte Hadrian gemocht, musste sie erkennen. Und ihr Vater hätte sich nicht um Hadrians Rang geschert, solange er gutherzig und aufrichtig war.

Hadrian setzte sich neben sie, und die Kutsche fuhr an.

Tilda sah ihn an, um ihn über die neuesten Entwicklungen in den Ermittlungen zu informieren. »Ich habe vorhin eine Nachricht von Mr. Forrest erhalten. Ein Pfandleiher hat ihn gestern wegen der von mir veröffentlichten Liste mit Beryls verschwundenen Schmuckstücken aufgesucht. Er hat ein Geschäft in der Nähe vom Strand. Anhand der Beschreibung hat er die Perlenkette und den Ring wiedererkannt. Leider hatte er sie bereits weiterverkauft, sodass Mr. Forrest die Stücke nicht konkret bestätigen konnte. Ich halte das jedoch nicht für erforderlich, da der Pfandleiher Louis Chambers als den Mann identifiziert hat, der ihm die Stücke verkauft hat.«

Hadrian sah ihr in die Augen. »Louis hat also, soweit wir wissen, mehrere Schmuckstücke von Beryl gestohlen. Eines davon, die Brosche, hat er Martha gegeben, und einige andere hat er verkauft.«

»Das stützt sicherlich die Vermutung, dass er knapp bei Kasse oder vollkommen mittellos war.«

»Für seine Geliebte gab er aber viel Geld aus«, überlegte Hadrian.

»Und für die monatlichen Dinnerpartys mit teuren Kuchen«, sagte Tilda. »Mehrere Personen haben gesagt, dass Louis gerne Geld ausgab, und allem Anschein nach ist er dabei reichlich leichtsinnig zu Werke gegangen.«

Hadrian nickte. »Es ist nicht schwer zu verstehen, warum sein Bruder ihm den Geldhahn zugedreht hat.«

»Ich frage mich allerdings, warum er nicht bereits alles verkauft hat, was er hatte. Aber da Beryl noch immer Schmuck besitzt, ganz zu schweigen von anderen Wertobjekten im Haushalt, war er möglicherweise noch nicht so verzweifelt.« Tilda würde sich niemals in einer solchen Lage wiederfinden wollen, weshalb sie die Finanzen ihrer Großmutter so umsichtig verwaltete. »Obwohl ich mir sicher bin, dass er kurz davor stand.«

Hadrian sah sie an. »Haben Sie Teague über die Nachricht des Pfandleihers informiert?«

»Noch nicht, aber das werde ich. Ich kann mir nicht vorstellen, dass er zur Beerdigung kommen wird.«

»Anschließend können wir zu Scotland Yard fahren, wenn Sie möchten«, bot Hadrian an.

Sie lächelte ihn an. »Vielen Dank.«

Sie schwiegen einen Moment, bevor Hadrian sagte: »Ich hoffe, ich habe gestern nicht den Eindruck erweckt, dass Sie sich ein neues Kleid kaufen müssen.«

»Nein.« Tilda strich mit der Hand über ihren Rock. »Wie ich bereits sagte, hat mich meine Großmutter dazu gedrängt. Ich muss jedoch zugeben, dass unser Besuch bei Madame Ousset mich vielleicht ermuntert hat, das Geld auszugeben.« Sie hatte nicht vor, ihm das zu sagen, aber sie fühlte sich wohl dabei. Das lag vielleicht daran, dass er das Thema angesprochen hatte. Sie wollte keine Unbeholfenheit zwischen ihnen beiden aufkommen lassen.

Er verzog das Gesicht ein wenig. »Hoffentlich haben Sie sich nicht schlecht gefühlt. Ich meine wegen Ihrer Garderobe. Sie sehen immer sehr adrett aus.«

»Aber über die Maßen altmodisch«, entgegnete sie lachend. »Ich werde nach und nach meine gesamte Garderobe ersetzen, aber das wird eine Weile dauern – und einen stetigen Strom von Kunden erfordern.«

»Ich werde mein Bestes tun, um Sie dabei zu unterstützen.«

»Meinen Sie, bei der Gewinnung neuer Kunden oder bei den Ermittlungen?«

»Bei beidem«, sagte er eifrig. »Wenn Sie es mir erlauben.«

Tilda hätte sich nie vorstellen können, einmal eine Privatermittlerin mit einem Earl als Assistenten zu werden. Allerdings war er sehr hilfreich. »Ihre Fähigkeiten als Ermittler entwickeln sich gut.«

»Wir sind ein hervorragendes Team. Meiner Meinung nach.«

»Da kann ich Ihnen nicht widersprechen.« Tilda traf seinen Blick, und es dauerte einen langen Moment, bis sie beide wieder wegschauten.

»Allerdings müssen Sie sicherstellen, dass Ihnen genügend Zeit für Ihre Pflichten im Oberhaus bleibt. Ich wage zu behaupten, dass ein Mann mit Ihrer Intelligenz und Integrität dort dringend gebraucht wird.«

Hadrian verzog das Gesicht und wischte sich mit der Hand über die Stirn. »Nach gestern stimme ich Ihnen zu. Zu viele meiner Kollegen nehmen ihre Aufgaben nicht ernst.«

»Ist etwas vorgefallen?«

Er warf ihr einen frustrierten Blick zu. »Mehrere hatten die Berichte über die Untersuchung gelesen und mich nach Chambers gefragt – und nach Beryl. Das war unglaublich nervtötend, wenn ich das sagen darf. Dann erschien heute Morgen meine Mutter. Sie hatte ebenfalls die Zeitungen gelesen und machte sich Sorgen um mich. Es ist, als wäre ich in der Zeit vier Jahre zurückversetzt worden.« Er verdrehte die Augen und stieß hörbar die Luft aus.

Tilda wandte sich ihm zu. »Das tut mir so leid. Ich wollte nicht, dass so etwas passiert. Ich verspreche Ihnen, dass wir den Mörder bald finden werden.«

Er lächelte schwach. »Das können Sie nicht versprechen, aber ich weiß Ihr Mitgefühl zu schätzen. Lassen Sie sich durch meine Beschwerden nicht bei Ihren Ermittlungen behindern. Sie werden die Wahrheit herausfinden, da bin ich mir sicher.«

Die Kutsche kam am Catherine Place an, wo mehrere andere Kutschen standen oder geparkt waren. Sie hielten ein paar Häuser entfernt von den Chambers an und stiegen aus. Der Tag war grau und trüb, und für eine Beerdigung einfach perfekt.

Hadrian bot Tilda seinen Arm, den sie ohne zu zögern nahm. Sie war dankbar, dass die Schmetterlinge aus ihrem Bauch verschwunden waren. Als sie sich dem Haus näherten, sah sie den Hutmacher Flanders und seine Tochter eintreten.

Der Butler Oswald begrüßte sie düster. Chambers lag in seinem Sarg im Wohnzimmer aufgebahrt, während im Speisezimmer Erfrischungen bereitstanden. Es gab nicht genug Platz für alle, da erstaunlich viele Gäste anwesend waren. Tilda sah Louis' Brüder in der Nähe des Sarges stehen.

»Ich würde den Salon lieber vorerst meiden«, flüsterte Tilda. Sie konnte es kaum erwarten, mit Daniel Chambers zu sprechen, aber das würde heute zu schaffen sein. Zum Glück gab es noch andere Möglichkeiten.

»Dann vielleicht ins Esszimmer?«, schlug Hadrian vor.

»Wo immer wir die Haushälterin finden – *falls* wir sie finden. Mir ist wohl bewusst, dass heute nicht der beste Tag für die Befragung der Bediensteten ist, aber ich würde sie gerne fragen, auf welche Weise ein Mörder in das Haus gelangen konnte.«

Ein Lächeln huschte über sein Gesicht. »Ich habe schon damit gerechnet, dass Sie die Beerdigung als Gelegenheit für weitere Ermittlungen nutzen.«

»Dafür bezahlen Sie mich«, entgegnete sie ironisch.

Als sie das Esszimmer durchquerten, konnten sie die Haushälterin nicht entdecken. Clara war damit beschäftigt, Sorge dafür zu tragen, dass das Buffet präsentabel blieb.

Tilda näherte sich dem Dienstmädchen mit einem Lächeln. »Guten Tag, Clara. Ich bin mir sicher, dass Sie heute alle sehr beschäftigt sind, aber ich würde mich freuen, später mit Ihnen und den anderen Bediensteten sprechen zu können, wenn es Ihnen möglich ist.«

»Wir haben viel zu tun, Miss Wren, aber ich bin immer gerne behilflich.«

Oliver Chambers erschien im Speisezimmer, um anzukündigen, dass die Beerdigungszeremonie nun beginnen würde.

Hadrian begleitete Tilda in den Salon, wo die Möbel so angeordnet waren, dass die Familie in der Nähe des Sarges saß, während der Pfarrer sprach. Tilda konnte sie nur von hinten und im Profil sehen, je nachdem, wie sie ihren Kopf hielten, aber sie erkannte Daniel Chambers. Er war von zwei Frauen flankiert – eine ältere und eine, die etwa in seinem Alter zu sein schien. Wahrscheinlich handelte es sich um seine Frau und seine Mutter? Oliver saß neben der älteren Frau, und Beryl auf seiner anderen Seite. Mrs. Styles-Rowdon saß neben Beryl.

»Ist niemand von Beryls Familie gekommen?«, flüsterte Tilda Hadrian zu.

Er sah sich im Raum um. »Nicht, dass ich jemanden entdecken könnte.«

»Wie traurig.« Tilda sah auch die Pollards, Mr. Flanders und seine Tochter, und sogar Massey war anwesend, obwohl er wie bei der Untersuchung in einer Ecke stand.

Die Ansprache des Pfarrers war glücklicherweise kurz, woraufhin Daniel Chambers sich erhob, um die Trauerrede zu halten. Als er fertig war, verkündete er, dass der Leichnam in Kürze zum Friedhof überführt werden würde.

»Werden Sie mitkommen?«, fragte Tilda Hadrian, als die Leute wieder zu reden begannen und sich um den Sarg versammelten.

»Ich glaube nicht, es sei denn, es wäre für Ihre Ermittlungen hilfreich?«

Tilda überlegte einen Moment. Wie groß war die Wahrscheinlichkeit, dass Hadrian etwas Nützliches beobachten würde? Sie bezweifelte, dass sich eine Gelegenheit für ihn ergeben würde, mit Daniel Chambers über Louis' Finanzen zu sprechen.

»Ich sehe keinen Grund, warum Sie teilnehmen sollten.« Tilda erkannte, dass Beryl zu Hadrian blickte. »Ich glaube, Beryl möchte mit Ihnen sprechen«, sagte sie leise.

»Das sehe ich.« Er presste die Lippen zusammen und sah dann Tilda an. »Entschuldigen Sie mich bitte für einen Moment.«

Tilda sah, wie er sich zu Beryl durch die Menge drängte. Sie umarmte ihn und sagte etwas. Als sie sich trennten, führte er sie aus dem Salon und damit an Tilda vorbei, die direkt in der Tür stand. Sie warf ihm einen Blick zu, als sie gingen.

Neugierig trat Tilda in die Eingangshalle und sah ihnen nach, wie sie zum hinteren Teil des Hauses gingen. Sie traten in das Wohnzimmer und verschwanden aus ihrem Blickfeld.

Tilda folgte ihrer Spur und kam langsam näher, bis sie die beiden wieder sehen konnte. Von ihrem Aussichtspunkt aus konnte sie Beryl deutlich sehen, wie sie auf Zehenspitzen stand, ihre Hände auf Hadrians Armen, und ihm einen Kuss auf den Mundwinkel drückte.

Tilda hielt den Atem an und verkrampfte sich. Hadrian trat von Beryl zurück, sein Gesichtsausdruck war grimmig. Er sagte etwas, lächelte dann leicht und schüttelte den Kopf. Beryl nickte, und sie unterhielten sich noch einen Moment, ehe sie sich umdrehte und ging.

Tilda machte schnell kehrt und eilte ins Esszimmer zurück, damit sie nicht beim Spionieren erwischt wurde. Sie konnte zwar nicht mit

Sicherheit sagen, was geschehen war, aber es sah so aus, als hätte Hadrian Beryls Avancen zurückgewiesen – worin auch immer diese bestanden haben mochten.

Obwohl die Sache Tilda nichts anging, konnte sie nicht leugnen, dass sie über seine Reaktion froh war. Beryl hatte ihn in der Vergangenheit schlecht behandelt, und er hatte die Unannehmlichkeiten nicht verdient, die ihm seine Verbindung zu ihr nun bereiteten. Tilda war einfach froh, für ihn da zu sein, um ihm zu helfen.

Sie fand den Beschützerinstinkt verwirrend, den sie für ihn entwickelte. Aber warum sollte das so sein? Sie waren Freunde und hatten während ihrer letzten Ermittlung unter Beweis gestellt, dass sie füreinander da waren. Natürlich wollte Tilda nicht, dass ihm etwas zustieß. So empfanden Freunde füreinander.

~

*H*adrian sah Beryl davongehen und bemerkte dabei, wie Tilda eilig ins Esszimmer huschte. Hatte sie gesehen, wie Beryl ihn geküsst hatte? Er hoffte nicht.

Aber warum sollte das wichtig sein? Zwischen ihm und Beryl war nichts – und das hatte er ihr klar gemacht.

Beryl hatte ihm noch einmal für seine Unterstützung gedankt. Dann hatte sie ihn überrascht, als sie ihre Lippen auf seine gedrückt hatte. Sie hatte seine Reaktion gesehen und sich entschuldigt. Dennoch hatte Hadrian sich von ihr zurückgezogen und ihr gesagt, dass es kein Zurück zu ihrer früheren Beziehung geben würde. Sie hatte geantwortet, dass sie das verstehe und auch nicht wirklich wolle. Sie entschuldigte sich noch einmal, drehte sich um und ging.

Diese Begebenheit hinterließ bei Hadrian ein unbehagliches Gefühl, und das nicht nur, weil er kein Interesse daran hatte, eine romantische Beziehung mit Beryl wiederaufleben zu lassen. Er vermutete, dass sie weiterhin mit Oliver Chambers zusammen war. Warum hätte sie Hadrian sonst einen Kuss gegeben? Entweder hatten Hadrian und Tilda sich in Bezug auf Beryl und Oliver geirrt, oder Beryl hatte Unschönes im Sinn. Hadrian konnte sich nur vorstellen, dass sie über ihre Zukunft als mittellose Witwe nachdachte. Mit Oliver konnte sie keine Zukunft haben, denn das Gesetz verbot ihr, den Bruder ihres Mannes zu heiraten. Dass sie vielleicht glaubte, Hadrian würde sie wieder aufnehmen, ärgerte ihn. Aber auf dieses Gefühl wollte er sich nicht einlassen. Jedenfalls nicht heute.

Er verließ das Wohnzimmer in der Absicht, mit Tilda zu sprechen, aber plötzlich stand er Daniel Chambers gegenüber und so beschloss er, dass er die Gelegenheit zu einem Gespräch mit dem Mann nicht verpassen sollte.

»Das war eine schöne Trauerrede«, sagte Hadrian.

»Danke.« Der Mann, der einige Jahre älter war als Hadrian, wirkte skeptisch. »Ich weiß, wie schwer es war, Louis zu mögen. Ich bin sicher, dass Sie ihn überhaupt nicht gemocht haben.«

»Ich kannte ihn kaum. Und ich hegte keinen Groll gegen ihn wegen Dingen, die vor langer Zeit geschehen waren.« Erst sein Tod hatte die wahre Tiefe seines finsteren Charakters offenbart.

Chambers' buschige Augenbrauen schossen nach oben, und sein Haaransatz, eine Stirnglatze wie die seines verstorbenen Bruders, bewegte sich ebenfalls vor Überraschung. »Sie sind nachsichtiger als er.«

Hadrian fragte sich, ob er endlich herausfinden würde, warum Louis ihn so sehr verachtet hatte. »Bin ich das? Ich muss gestehen, ich verstehe die Abneigung Ihres Bruders mir gegenüber nicht.«

»Abneigung ist ein milder Ausdruck für das, was er empfand.« Chambers' haselnussbraune Augen verengten sich leicht. »Sie wissen es wirklich nicht, Hadrian? Oder vielleicht erinnern Sie sich nicht mehr.«

Hadrian zuckte mit den Schultern. »Ich habe nicht die geringste Ahnung.«

Chambers neigte den Kopf. »Erinnern Sie sich denn überhaupt noch an Louis aus Oxford?«

»Ich kannte jeden in meinem College, und ich versichere Ihnen, dass Louis nicht dazu gehörte.«

»Das ist richtig«, antwortete Chambers entschieden. »Erinnern Sie sich an eine Frau, mit der Sie eine Zeit lang befreundet waren?«

Hadrian war in Oxford mit vielen Frauen »befreundet« gewesen. »Ich fürchte, Sie müssen etwas genauer werden.«

Chambers winkte ab. »Macht nichts. Vergessen Sie, dass ich etwas gesagt habe.«

»Nein, ich möchte wissen, warum Ihr Bruder mich gehasst hat.« Hadrian beschloss, auf höfliche, aber unwahre Worte zu verzichten.

»Er hasste Sie, weil Sie ihm eine Frau weggenommen haben«, antwortete Chambers fast steif. »In Oxford hatte er vor, eine Frau zu umwerben, aber Sie waren schneller. Es ist lächerlich, aber mein Bruder hat jeden Groll, den er je hegte, mit beiden Händen festgehalten.«

Hadrian dachte daran, was Pollard über Louis gesagt hatte, dass er nicht hatte heiraten wollen. »Wollen Sie damit sagen, dass er mir Beryl wegen dem Vorfall in Oxford weggenommen hat?«

»Er sagte, so habe es angefangen, aber dann habe er beschlossen, Beryl heiraten zu wollen.« Chambers seufzte. »Aber ich kannte meinen Bruder. Ich glaube nicht, dass er sie geheiratet hätte, wenn er nicht gemusst hätte. Er war ein unglaublich egoistischer Mensch.«

Hadrian fehlten für einen Moment die Worte, sowohl weil der Grund für Louis' Hass auf ihn so vermessen war, als auch wegen der Verletzlichkeit, die Daniel Chambers an diesem Tag, dem Tag der Beerdigung seines Bruders, zeigte. »Sie haben ihn trotzdem geliebt, und das ist ein wunderbares Geschenk.«

»Ich habe ihn zu lieben versucht. Er hat es mir sehr schwer gemacht.« Chambers schüttelte den Kopf. »Trotzdem bin ich entschlossen, Gerechtigkeit für ihn zu finden.« Er sah Hadrian in die Augen. »Ich glaube nicht, dass Sie ihn getötet haben. Es ergibt einfach keinen Sinn, dass Sie das getan haben.«

»Danke.« Hadrian war überrascht, aber er war auch froh, die Unterstützung des Mannes zu haben.

»Ich habe gehört, dass Sie Miss Wren engagiert haben, um den Mörder meines Bruders zu finden. Ich habe ebenfalls jemanden engagiert.«

»Ich habe Sie bei der Untersuchung mit Padgett gesehen«, sagte Hadrian.

Chambers nickte. »Kennen Sie ihn?«

»Ich wurde im Januar niedergestochen, und er hat den Fall untersucht.« *Schlecht.* Das letzte behielt Hadrian für sich.

Chambers' Augen wurden groß. »Das wusste ich nicht. Das tut mir leid. Wie geht es Ihnen jetzt?«

»Gut genug, danke.« Hadrian überlegte, ihm zu sagen, dass

Padgett korrupt war, aber er wollte dieses Thema heute nicht zur Sprache bringen. Stattdessen zog er es vor, Chambers auszuquetschen, um so viel wie möglich zu erfahren. »Was halten Sie davon, dass Oliver in Pollards Geschäft investiert?«

»Er kann mit seinem Geld machen, was er will. Im Gegensatz zu Louis hat er einen Kopf für finanzielle Angelegenheiten. Ich habe versucht, Louis von der Investition abzubringen, aber er bestand darauf, dass er sein eigenes Unternehmen brauchte.« Die Gesichtszüge des Mannes verdüsterten sich. »Beryl tut mir leid. Sie wird den Preis für seine Leichtsinnigkeit bezahlen.«

»In welcher Hinsicht?«

»Finanziell. Mein Bruder hatte kein Geld mehr. Er bezieht zwar ein bescheidenes Einkommen aus einem Fonds, doch er hatte umfangreiche Kredite aufgenommen. Abgesehen von dem, was sich in diesem Haus befindet, wird für sie kaum etwas zu erben sein.«

Obwohl Hadrian nach der Aufklärung des Mordes nichts mehr mit Beryl zu tun haben wollte, wollte er sie dennoch nicht leiden sehen. »Wussten Sie, dass Louis Beryls Schmuck gestohlen hat?«

Chambers hob die Augenbrauen. »Wirklich?«

»Einem Freund von ihm zufolge hat er einige Stücke, die er ihm gezeigt hat, seiner Geliebten geschenkt. Und anscheinend hat er einige Stücke an einen Pfandleiher verkauft.« Hadrian hoffte, dass er keine Informationen preisgab, die er nicht preisgeben sollte. Er ging das Risiko ein, falls Chambers dadurch dazu veranlasst würde, mehr über Louis zu erzählen.

»Ich wusste nicht, dass Louis so verachtenswert war. Allerdings muss ich sagen, dass Beryls Gewohnheiten im Geld ausgeben denen meines Bruders in nichts nachstehen.«

Hadrian starrte den Mann an. »Wollen Sie damit sagen, dass sie es verdient hat, ihre Erbstücke zu verlieren?«

»Sie ist nicht ganz unschuldig an ihrer finanziellen Lage«, sagte Daniel unbekümmert. »Sie kann doch nicht geglaubt haben, dass ihre Mitgift so lange reichen würde, nicht bei der Art, wie sie ihr Geld ausgegeben haben.«

Hadrian konnte sich gut vorstellen, was Tilda sagen würde – dass Beryl gar nicht imstande gewesen war, ihre finanzielle Situation überhaupt zu überblicken. Er begann wirklich zu verstehen, warum

Tilda so vorsichtig mit ihren eigenen Finanzen umging. Das musste sie auch.

»Wofür haben die beiden ihr Geld genau ausgegeben?«, fragte Hadrian.

»Meistens für Nichtigkeiten. Sie kleideten sich nach der neuesten Mode und gingen gerne aus, obwohl ich in den letzten ein, zwei Jahren weniger Einladungen gesehen habe. Sie empfangen auch gerne Gäste. Etwa einmal im Monat geben sie eine Dinnerparty. Ich muss gestehen, dass ich seit etwa sechs Monaten nicht mehr hingehe, da ich ihren Hedonismus nicht mehr ertragen konnte.«

Oliver Chambers kam auf sie zu. »Entschuldigen Sie die Störung, aber es ist Zeit, zum Friedhof zu fahren.«

Daniel warf Hadrian einen Blick zu. »Ich nehme an, Sie kommen nicht mit?«

»Nein.« Hadrian lächelte ihnen freundlich zu. »Ich glaube nicht, dass Ihr Bruder mich dort haben möchte. Ich bin heute nur wegen Beryl hier.«

Die Brüder gingen, und Hadrian sah sich nach Tilda um. Sie stand in dem kleinen Vorraum vor dem Speisezimmer. Bevor er zu ihr gelangen konnte, kam eine Reihe von Frauen aus dem Salon, angeführt von Beryl. Mrs. Styles-Rowdon bildete den Schluss, blieb jedoch vor Hadrian stehen.

»Sie sind ein so lieber Freund für unsere Beryl«, sagte sie. »Sie haben ihr Schlafmittel und Traueraccessoires besorgt und Lilien für den Sarg geschickt.« Sie klimperte mit den Wimpern, und er fragte sich, ob sie absichtlich mit ihm flirtete oder ob das einfach ihre Art war. Sie schien eine Frau zu sein, die sich ihrer Ausstrahlung und ihrer Wirkung stets bewusst war.

Hadrian blickte an ihr vorbei auf den Sarg, der mit den Füßen voran aus dem Salon getragen wurde. Die Männer, die ihn trugen, darunter Oliver Chambers, gingen durch die Eingangshalle nach draußen. Der Butler hielt die Tür auf.

Mrs. Styles-Rowdon drehte sich um und beobachtete das Spektakel mit ihm. Sie legte ihre Hand auf seinen Ärmel. Hadrian blickte auf ihren schwarzen Handschuh, der auf seinem schwarzen Mantel lag, und fragte sich, warum sie sich ihm gegenüber so ungezwungen verhielt.

Sie zog ihre Hand abrupt zurück. »Werden Sie mit ihnen gehen? Sie sollten sich beeilen.«

»Nein. Wie Sie bereits sagten, bin ich ein Freund von Beryl. Nicht von Chambers.«

»Nein, das denke ich mir.« Mrs. Styles-Rowdon schob ihre Hand unter seinen Arm und umfasste seinen Ärmel. »Lassen Sie uns zu den Damen gehen.«

Hadrian ließ sich von ihr in den Speisesaal ziehen, wo Tilda und die anderen standen. Die Haushälterin schenkte an einem Ende des Tisches Tee ein.

Mrs. Styles-Rowdon ließ Hadrians Arm los, und er atmete erleichtert aus.

»Beryl, dein Saum löst sich.« Sie ging mit leicht gerunzelter Stirn auf Beryl zu. »Ich werde mit meiner Zofe sprechen.«

»Ich habe Nadeln in meinem Retikül«, meinte Joanna Pollard, holte einige aus den Tiefen ihrer Handtasche hervor, bevor sie ihre Handschuhe auszog und niederkniete.

»Das ist eines meiner alten Kleider«, meinte Mrs. Styles-Rowdon. »Meine Zofe hat den Saum gekürzt.«

Mrs. Pollard blickte auf und verzog kurz das Gesicht. »Ich hätte Ihnen ein Kleid nähen können, Beryl. Das kann ich immer noch, wenn Sie möchten.« Sie befestigte den Saum mit den Nadeln. »Das hält vorerst.«

Sie wollte aufstehen, und Hadrian ging zu ihr, um ihr zu helfen. In dem Moment, als er ihre Hand ergriff, tauchte eine Vision vor seinem inneren Auge auf. Er sah dieselbe blonde Frau, die er in Louis ´ Schlafzimmer gesehen hatte. Es war diejenige, die wie eine Dienstmagd ausgesehen hatte. Nur war die Vision seltsam. Sie war verschwommen, als würde er durch etwas hindurchsehen.

Wie durch einen Schleier.

Sah er Mrs. Pollards Erinnerung? Er war sich nun sicher, dass die Dienstmagd Martha Farrow war. War Mrs. Pollard die verschleierte Frau, die Martha besucht hatte?

Hadrian achtete sorgfältig auf alles, was er sehen konnte. Sie standen in der Unterkunft in Spitalfields auf dem Treppenabsatz, von dem Martha gestürzt war. Er hielt Mrs. Pollards Hand fest und hoffte, dass er sehen würde, was als Nächstes geschah. Sie machte einen Schritt auf Martha zu.

Mrs. Pollard ließ seine Hand los und dankte ihm für seine Hilfe. Die Vision verschwand und hinterließ einen brennenden Kopfschmerz und ein anhaltendes Gefühl der Wut – nicht seine, sondern Mrs. Pollards.

Natürlich war es ihre Erinnerung gewesen, denn er hatte ihre Hand berührt. Hatte sie Martha gestoßen? Sie war auf das junge Dienstmädchen zugegangen, während Wut sie durchströmte. Wenn Hadrian nur gesehen hätte, was als Nächstes geschah.

Er wollte unbedingt gehen. Und Tilda erzählen, was er in seiner Vision gesehen hatte und was er von Daniel Chambers erfahren hatte.

Leider sollte es nicht dazu kommen, denn Clara erschien in der Tür. Sie war bleich wie eine Wand und ihre Augen waren groß wie Untertassen. »Miss Wren, Sie müssen kommen und sehen, was ich in Mrs. Chambers´ Schlafzimmer gefunden habe.«

Tilda runzelte die Stirn und ging auf die Dienstmädchen zu. »Was ist denn los, Clara?«

»Ein Messer.«

KAPITEL 18

»In meinem Zimmer befindet sich kein Messer«, gab Beryl verärgert zurück.

Tilda erübrigte Beryl nicht einen Blick und deutete auf Clara. »Zeigen Sie das bitte.«

Clara drehte sich um, und Tilda sah zu Hadrian, der ihr leicht zunickte. Sie folgte Clara und wusste, dass Hadrian hinter ihr sein würde.

Auf der Treppe schloss er sich Tilda an. »Hätten die Constables denn das Messer nicht finden müssen, die das Haus neulich durchsucht hatten?«

Tilda zuckte mit den Schultern. »Das würde ich eigentlich annehmen, aber es ist möglich, dass sie es einfach übersehen haben.«

Als sie in Beryls Schlafzimmer ankamen, sah Tilda, dass eine Schublade der Kommode offen stand.

»Es ist in der Schublade«, erklärte Clara, die aber nicht zur Kommode ging.

Tilda schritt zu dem Möbelstück hinüber, und Hadrian folgte ihr. Ganz hinten in der Schublade lag teilweise von Taschentüchern verdeckt, ein Messer, wie man es in der Küche benutzt.

Vorsichtig schob Tilda die Taschentücher beiseite, um das Messer besser inspizieren zu können. Die Klinge war lang, breit – und sauber.

Tilda drehte den Kopf zu Clara. »Das haben Sie erst heute gefunden?«

»Ich hatte es vorher nicht gesehen. Normalerweise liegen dort Stapel von Taschentüchern, aber Mrs. Chambers hatte den Stapel in den letzten Tagen schnell verbraucht.«

»Gehen Sie zur Seite«, sagte Beryl laut, während sie sich an Clara vorbei in das Schlafzimmer drängte. »Was hat es mit dem Messer auf sich?«

Mrs. Styles-Rowdon folgte Beryl in das Zimmer, während Clara sich an den Türrahmen drückte, ihr Gesichtsausdruck immer noch voller Angst oder Unglauben. Oder beides. Die anderen Anwesenden aus dem Speisezimmer, darunter die Haushälterin und Joanna Pollard, blieben vor dem Schlafzimmer stehen.

Beryl trat auf Hadrians andere Seite und schaute in die Schublade. »Woher um alles in der Welt kommt das Messer?« Sie drehte sich um und funkelte Clara an. »Haben Sie das dort hingelegt?«

Clara schnappte nach Luft. »Das habe ich nicht getan.«

Tilda richtete ihre Aufmerksamkeit auf Beryl. »Wollen Sie damit sagen, dass Sie dieses Messer nicht in Ihre Schublade gelegt haben?«

»Natürlich nicht.«

»Und warum glauben Sie, Clara hätte das getan?«, fragte Tilda.

Beryl warf die Hände hoch. »Wer sonst kommt in mein Zimmer?«

»Sie müssen bedenken, dass Personen, die nicht in Ihrem Schlafzimmer erwartet werden, möglicherweise dort waren. Genauso wie Sie bedenken müssen, dass jemand von außerhalb dieses Hauses gekommen sein könnte, um Ihren Ehemann zu vergiften und zu erstechen.« Tilda sah sich um und ließ ihren Blick dann auf der Haushälterin ruhen. »Besteht irgendeine Möglichkeit, dass sich jemand unbemerkt Zugang zum Haus verschafft hat?«

Mrs. Blank presste die Lippen zusammen. »Mitunter bleibt die Hintertür unverschlossen. Das habe ich dem Kriminalinspector bereits mitgeteilt, und ich habe ihm auch gesagt habe, dass ich nicht weiß, ob die Tür in der Nacht, in der Mr. Chambers starb, unverschlossen war. Darf ich mir das Messer ansehen? Dann könnte ich Ihnen sagen, ob es aus der Küche stammt.«

»Können Sie das denn erkennen?«, fragte Tilda.

Mrs. Blank nickte bejahend, und Tilda forderte sie mit einer Geste auf, zur Kommode zu kommen. Die Haushälterin spähte in die Schublade und runzelte die Stirn. »Das ist unzweifelhaft das Messer, das Mrs. Dunning vermisst. Die Klinge ist unten am Griff abgesplittert. Deshalb hat sie es weniger häufig benutzt als die anderen.«

Tilda inspizierte das Messer und erkannte sogleich die Kerbe, von der Mrs. Blank gesprochen hatte. »Vielen Dank, Mrs. Blank. Würden Sie bitte Mrs. Dunning holen, damit sie Ihre Feststellung bestätigen kann? Ich würde Sie oder Oswald bitten, den Kutscher Seiner Gnaden zu bitten, Detective Inspector Teague über unseren Fund zu informieren.«

Mrs. Blank nickte und ging, nachdem sie Beryl einen höhnischen Blick zugeworfen hatte.

Beryl winkte mit der Hand in Richtung der Kommode. »Ich habe das Messer nicht dort hingelegt und ich habe meinen Ehemann nicht getötet.«

»Meiner Meinung nach ist es allmählich an der Zeit, dass Sie uns die Wahrheit über Ihre Ehe sagen«, bemerkte Tilda ruhig.

»Ich verstehe nicht, was Sie wissen wollen«, meinte Beryl ein wenig bockig. »Ich habe Ihnen alles über unsere Ehe erzählt.« Sie sah Tilda an, während sie die Arme vor der Brust verschränkte. »Sie haben die blauen Flecken gesehen, die Louis mir zugefügt hat.«

Mrs. Styles-Rowdon ging zu Beryl hinüber und berührte sie leicht am Arm.

»Ja, das habe ich«, antwortete Tilda. »Aber ich habe die Verletzungen nicht gesehen, die Sie ihm zugefügt haben.«

Beryl schnappte nach Luft. »Wer hat Ihnen solche Lügen erzählt?«

Bei Beryls offensichtlicher Heuchelei musste Tilda den Drang widerstehen, mit den Augen zu rollen.

»Wir wissen, dass du gelegentlich gegen Louis handgreiflich geworden bist.« Hadrian sprach mit sanfter, aber bestimmter Stimme. »Mit deiner Haarbürste.«

»Und einmal mit seinem Gehstock«, fügte Mrs. Styles-Rowdon hinzu, was Beryl erneut nach Luft schnappen ließ. Sie warf ihrer Freundin einen vorwurfsvollen Blick zu. Mrs. Styles-Rowdon sah ihre Freundin traurig an. »Es tut mir leid, Beryl. Das ist die Wahrheit.« Die Frau wandte sich wieder Tilda und Hadrian zu. »Sie müssen wissen, dass Louis ein Ungeheuer war. Beryl hat sich nur verteidigt.«

Tilda war sich nicht sicher, ob sie das einfach so glauben konnte, aber die Ehe zwischen Beryl und Louis war ihres Erachtens wohl sehr konfliktreich verlaufen.

Hadrian sah Beryl fest in die Augen. »Du musst dir bewusst sein, dass du im Mordfall die Hauptverdächtige bist. Es wird nicht helfen, Informationen zurückzuhalten, und ich muss sagen, dass deine Lage durch das Messer in deinem Schlafzimmer nur noch schlimmer geworden ist.«

Tilda stimmte Hadrian in allen Punkten zu. Tatsächlich fragte sie sich, ob Teague Beryl in Haft nehmen würde, sobald er hier einträfe. Beryl hatte ein starkes Motiv und keinen Mangel an Gelegenheiten. Zudem häuften sich die Beweise gegen sie.

»Ich weiß nicht, woher das Messer kommt«, beharrte Beryl. »Jemand muss es in die Schublade gelegt haben.« Sie warf Clara einen finsteren Blick zu.

Das Dienstmädchen sah Tilda an. »Soll ich hierbleiben?«

»Nein, Sie bleiben nicht länger hier, Aber der Inspector wird mit Ihnen sprechen wollen, wenn er kommt«, sagte Tilda.

»Danke.« Clara eilte aus dem Zimmer, ohne einen Blick in Beryls Richtung zu werfen.

Tilda warf einen Blick auf die Kommode. Sie dachte gar nicht daran, das Messer anzufassen. Teague konnte es aus der Schublade nehmen, wenn er kam. Zuvor musste jedoch Hadrian es berühren.

Sie drehte Beryl den Rücken zu und bedeutete Hadrian, näher an die Schublade heranzutreten. »Sie müssen das Messer berühren, bevor Teague kommt«, flüsterte sie. »Sie haben vielleicht keine zweite Chance.«

»Natürlich.«

Tilda schirmte ihn so gut sie konnte ab, als er in die Schublade griff. Er schloss seine Hand um den Griff. Mit gerunzelter Stirn bewegte er seine Fingerspitzen zur stumpfen Seite des Messers und ließ sie über die Klinge gleiten.

Nach einem Moment zog er seine Hand zurück. »Nichts«, murmelte er.

»Das ist bedauerlich«, murmelte Tilda.

Die Haushälterin kehrte mit der Köchin zurück. »Mrs. Blank sagte, Clara habe mein abhanden gekommenes Messer gefunden.«

»Es ist hier in der Schublade«, sagte Tilda. »Wir werden es nicht herausnehmen, bevor der Kriminalinspector kommt. Können Sie bestätigen, dass dieses Messer zu ihrer Küche gehört?«

Mrs. Dunning kam zur Kommode und schaute hinein. »Es gehört mir. Ich habe die Klinge vor etwa einem Jahr beschädigt, als ich es fallen ließ.« Sie schüttelte den Kopf. »Ich war nicht sehr zufrieden mit mir.«

»Und wie lange ist es schon aus Ihrer Küche verschwunden?«, fragte Tilda.

»Seit Freitag, als der Inspector mich fragte, ob etwas fehlt. Ich werde Ihnen sagen, was ich ihm gesagt habe: ich hatte das Messer am Mittwoch benutzt. Daran erinnere ich mich, weil ich es nur für bestimmte Dinge benutze, unter anderem zum Zerteilen von Knochen. Das musste ich letzten Mittwoch tun.«

»Vielen Dank, Mrs. Dunning«, sagte Tilda. »Sie können wieder nach unten gehen, aber Inspector Teague möchte vielleicht mit Ihnen sprechen, wenn er kommt.«

Die Köchin warf Beryl einen nervösen Blick zu, als sie zur Tür hinausging. Die Haushälterin begleitete sie.

Teague traf wenig später mit zwei Constables ein. Er nahm das Messer aus der Schublade und bestätigte, dass es Mrs. Dunning gehörte. Dann befragte er Beryl, wie das Messer in ihre Kommode gelangt sein könnte. Im Anschluss daran sprach er mit Clara.

Schließlich nahm er, wie Tilda erwartet hatte, Beryl in Gewahrsam.

Sie weinte, als die Constables sie aus dem Haus führten.

Tilda teilte Teague mit, dass sie zu Scotland Yard kommen würden, da sie ihm noch erzählen musste, dass Louis Chambers den von Beryl vermissten Schmuck an den Pfandleiher verkauft hatte.

Als Hadrian sie zur Kutsche führte, meinte er: »Ich hatte ein interessantes Gespräch mit Daniel Chambers.«

»Ich kann es kaum erwarten, auf unserem Weg zu Scotland Yard davon zu hören.«

»Ich muss Ihnen auch von meiner Vision erzählen, als ich Joanna Pollard aufhalf.«

Tilda hätte um ein Haar die Stufe verfehlt, als sie in die Kutsche stieg. Wie hatte sie nur übersehen können, dass Hadrian eine Vision erlebt hatte?

~

In der Kutsche setzte sich Hadrian neben Tilda und nahm seinen Hut ab, den er auf den Sitz gegenüber warf. Er wischte sich mit der Hand über die Stirn.

»Es tut mir so leid, dass mir gar nicht bewusst geworden war, dass Sie wieder Kopfschmerzen hatten«, sagte sie. »Meine observierenden Fähigkeiten als Ermittlerin lassen mich im Stich.«

»Das nehme ich Ihnen nicht ab. Heute ist viel passiert.« Er lächelte sie schwach an. »Meine Kopfschmerzen lassen allmählich nach.«

»Da ist schön«, meinte sie erleichtert. »Jetzt erzählen Sie mir von Ihrer Vision.«

Er lachte leise und war froh, als dies keine Schmerzen nach sich zog. »Ich weiß inzwischen, dass alles, was ich gesehen und gefühlt habe, Mrs. Pollards Erinnerung war, denn ich hatte sie berührt. Sie war es, die mit Martha Farrow in der Herberge in Spitalfields war.«

Tildas Augen wurden groß. »Dann ist Joanna Pollard die Frau mit dem Schleier?«

»Ich glaube schon, denn Martha sah aus, als würde ich sie durch einen Schleier betrachten. Sie ging auf das Dienstmädchen zu, aber mehr habe ich nicht gesehen, bevor Mrs. Pollard meine Hand losließ.«

»Sie haben nicht gesehen, ob Mrs. Pollard sie gestoßen hat?«

»Leider nicht.«

»Hatten Sie denn auch etwas gespürt?«, fragte Tilda.

»Wut. Mrs. Pollard war ganz offensichtlich auf Martha wütend. Ich habe natürlich keine Vorstellung, warum sie das war.« Hadrian stieß frustriert die Luft aus. »Ich wünschte, ich könnte die Gedanken hören, die mit dieser Erinnerung einhergehen, und nicht nur die Emotionen.«

»Das ist trotzdem wichtig. Wir müssen noch einmal mit Joanna Pollard sprechen. Ich würde morgen gern noch einmal das Geschäft aufsuchen.«

Hadrian zog kurz die Augenbrauen hoch. »Bin ich eingeladen, Sie dabei zu begleiten?«

»Selbstverständlich. Was war denn bei dem Gespräch mit Daniel Chambers passiert?«

Hadrian lehnte sich an die Rückenlehne. »Endlich weiß ich, warum Louis Chambers mich so verabscheut hat. Anscheinend habe ich ihm in Oxford eine Frau weggenommen, für die er sich interessiert hatte.« Hadrian formte die Lippen kurz zu einem Grinsen. »Ich kann mich kaum an ihn aus Oxford erinnern – wir hatten dort nicht dasselbe College besucht. Ich weiß jedenfalls gar nicht, welche Frau ich ihm ›weggenommen‹ habe. Er hingegen hat die Episode nie vergessen.«

»All diese Zeit hat er Ihnen eine Sache nachgetragen, von der Sie nicht einmal eine Ahnung gehabt hatten?«

»So scheint es. Das Schlimmste daran ist, dass er mir Beryl aus Rache weggenommen hat. Sie erinnern sich doch, dass Pollard gesagt hat, Louis hätte eigentlich nicht heiraten wollen.«

»Ja, ich erinnere mich.« Tilda warf ihm einen steinernen Blick zu. »Gerade als ich dachte, meine Meinung über Louis Chambers könnte nicht mehr schlechter werden, wird sie noch schlechter.«

»Ganz recht. Daniel Chambers hat bestätigt, was sein Bruder über Louis gesagt hat, dass er seine Finanzen nicht im Griff hatte. Sowohl er als auch Beryl waren Verschwender.«

»Wusste er, dass sein Bruder eine Geliebte hatte?«

»Ich bin mir nicht sicher, aber ich habe ihm mitgeteilt, dass Louis Beryl einen Teil von Beryls Schmuck gestohlen und seiner Geliebten geschenkt hat. Ich hoffe, das war in Ordnung. Ich hatte seine Reaktion beobachten wollen.«

Tilda runzelte die Stirn. »Und wie hat er reagiert?«

»Er war nicht überrascht, nur enttäuscht, glaube ich. Er sagte, er habe bis vor etwa sechs Monaten an ihren Dinnerpartys teilgenommen. Dann hätte er Louis' finanzielle Leichtsinnigkeit nicht mehr mit ansehen können. Ich habe das Gefühl, er hatte die Hoffnung noch nicht aufgegeben, dass sein Bruder sich ändern würde.«

»Nach allem, was wir über ihre Ausgabegewohnheiten erfahren haben, bin ich überrascht, dass ihr Haus nicht prunkvoller ausgestattet ist. Es ist sehr hübsch, aber im Vergleich zu Ihrem Haus … nun, das ist kein Vergleich.« Sie wandte den Blick ab, und er fragte sich, ob sein Haus sie einschüchterte. Sie beide hatten sehr unterschiedliche Erfahrungen, insbesondere was ihre Lebensumstände betraf. Darin konnte er allerdings nichts erkennen, was sie voneinander trennte. Er hoffte, dass sie seine Ansicht darüber teilte.

»Sie können Ravenhurst House nicht mit dem Haus der Chambers oder vielen anderen vergleichen. Es gehört seit Generationen meiner Familie und ist voller Gegenstände, die über diese Generationen hinweg angeschafft und gesammelt wurden. Und es gibt beträchtliche Geldreserven, um sicherzustellen, dass es elegant eingerichtet ist, wie es jede Countess zu gewährleisten versucht hat.«

»Ich würde es hassen, wenn das meine Verantwortung wäre«, sagte sie mit einem leichten Schaudern. »Ich bin mit dem Haus meiner Großmutter sehr zufrieden – mit seiner Ausstattung und Einrichtung. Oder dem Mangel daran«, fügte sie mit einem Lächeln hinzu.

Nun hatte Hadrian seine Antwort. Tilda betrachtete sie beide eindeutig als Menschen aus unterschiedlichen Welten. Vielleicht lehnte sie es deshalb so ab, dass er sie für ihre Arbeit besser bezahlte. Gewiss würde sie sich bis aufs Äußerste sträuben, wenn sie wüsste, dass er es war, der den Fonds ihrer Großmutter aufgefüllt hatte, nachdem der Cousin ihres Großvaters jeden Schilling für sich selbst ausgegeben hatte.

Deshalb würde er ihr das auch niemals gestehen.

Sie schwiegen einen Moment lang. Schließlich sprach er das Thema an, das ihn im Moment am meisten beschäftigte. »Glauben Sie, dass Beryl lügt, wenn sie sagt, dass sie das Messer in ihre Schublade gelegt hat?«

»Fragen Sie mich, ob ich glaube, dass sie Louis doch erstochen hat?« Tilda lehnte den Kopf zurück und blickte einen Moment lang an die Decke der Kutsche. »Obwohl sie ihre Unschuld beteuert und überzeugend wirkt, muss ich mich daran erinnern, dass ich ihr gegenüber von Anfang an mitfühlend war, seit ich beauftragt wurde, um ihr zu helfen.« Sie wandte ihren Blick wieder Hadrian zu. »Wir beide neigen dazu zu glauben, dass sie ihren Mann nicht getötet hat, und wenn doch, dann vielleicht aus gerechtfertigten Gründen. Aber ein Mord wie der an Louis lässt sich nicht auf rationale Weise erklären. Beryl hat sich nicht aktiv verteidigt. Wahrscheinlich hat sie ihn vergiftet und dann, weil es zu lange dauerte, erstochen.«

Hadrian konnte dem nicht widersprechen. »Ich hasse den Gedanken, dass sie das getan hat, aber es scheint am wahrscheinlichsten. Dennoch ist Ihr Interesse an Mrs. Pollard nicht erloschen und Sie wollen sie weiterhin unter die Lupe nehmen.«

Tilda lächelte. »Weil ich noch unbeantwortete Fragen habe, wobei mich insbesondere interessiert, warum sie Martha Farrow besucht hat. Woher kannte sie das Dienstmädchen überhaupt?«

»Tilda, Sie sind unglaublich gründlich«, lobte Hadrian. »Jeder wäre glücklich, Sie einzustellen.«

Sie kamen bei Scotland Yard an und stiegen aus der Kutsche. Im Gebäude wurden sie zu Teagues Büro geführt, der allerdings nicht im Haus war. Man versicherte ihnen, dass er bald zurückerwartet würde.

Nach ein paar Minuten kam der Kriminalinspector zu ihnen. »Ich danke Ihnen, dass Sie mich gerufen haben. Ich dachte, heute wäre ein Tag des Trauerns. Das war mein Fehler.«

Sein Büro war groß genug um seinen Schreibtisch und eine kleine Sitzecke mit zwei Stühlen neben einem Kamin Platz zu bieten. Ein dritter Stuhl stand neben dem Schreibtisch, den Teague zu den beiden anderen heranzog. Er bedeutete seinen Besuchern, sich auf die beiden Stühle zu setzen, während er den Stuhl nahm, den er herbeigeholt hatte.

»Wird Beryl des Mordes an Louis beschuldigt?«, fragte Tilda.

»Noch nicht, aber das ist wahrscheinlich. Die Köchin ist sich sicher, dass das gefundene Messer dasjenige ist, das aus der Küche verschwunden ist.« Teague runzelte die Stirn. »Dass es in Mrs. Chambers' Kommodenschublade gefunden wurde, ist wirklich belastend.«

Tilda hob eine Augenbraue. »Ihre Constables haben das Messer neulich nicht gefunden?«

»Nein, sie behaupten sogar, dass es nicht dort gelegen hat. Ich tendiere dazu, meinen Leuten Glauben zu schenken, aber wo war es dann und warum wurde es in die Schublade gelegt?«

»Jemand könnte es dort hingelegt haben, nachdem Ihre Constables alles durchsucht hatten«, sagte Tilda. »Sie wissen bereits, dass die Hintertür des Hauses mitunter unverschlossen bleibt.«

»Das würde bedeuten, dass jemand versucht, Mrs. Chambers den Mord anzuhängen«, erwiderte Teague. »Wer könnte das sein?«

Tilda faltete die Hände im Schoß. »Das kann ich noch nicht beantworten. Die Ermittlungen sind noch nicht abgeschlossen. Wir haben jedoch herausgefunden, warum Louis Chambers so einen Groll auf Hadrian hegte.« Sie wandte den Kopf zu Hadrian.

Hadrian erzählte, was Daniel Chambers ihm berichtet hatte.

»Wusste Mrs. Chambers davon? War ihr bekannt, dass ihr Mann sie aus Rache geheiratet hatte?« Teague schüttelte den Kopf. »Das hilft ihr nicht weiter.«

Nein, leider nicht. *Wenn* sie davon wusste. »Wir haben die Angelegenheit nicht mit ihr besprochen«, sagte Hadrian.

Ein Klopfen an der Tür veranlasste alle, in diese Richtung zu schauen.

»Herein«, antwortete Teague.

Die Tür öffnete sich und ein Constable in blauer Uniform trat ein. Er war jung, hochgewachsen und sein Gesichtsausdruck war ernst. »Detective Inspector, hier ist ein Mann, der Sie sprechen möchte. Er sagt, sein Name sei Oliver Chambers.«

Teague sah Hadrian und Tilda an und zog die Augenbrauen hoch. »Was er wohl zu sagen hat.« Er stand auf. »Führen Sie ihn herein.«

Teague schob den Stuhl, auf dem er gesessen hatte, an seinen Platz zurück und stellte sich hinter seinen Schreibtisch. Wenige Augenblicke später kam Oliver Chambers mit seinem Hut in der Hand herein. Sein Gesicht war von Sorgen gezeichnet.

»Guten Tag, Mr. Chambers«, sagte Teague. »Was führt Sie am Tag der Beerdigung Ihres Bruders hierher?«

Oliver Chambers richtete sich auf und zog die Schultern zurück, als er dem Inspector gegenüberstand. »Ich bin gekommen, um den Mord an Louis zu gestehen. Ich habe ihn getötet.«

KAPITEL 19

Zwei Dinge waren Tilda unmittelbar nach Oliver Chambers' Geständnis vollkommen klar. Erstens: Er log. Oliver hatte Louis ebenso wenig getötet wie Hadrian. Zweitens: Er verfolgte die Absicht, Beryl zu retten. Tilda hatte bereits vermutet, dass er aller Wahrscheinlichkeit nach Beryls Liebhaber war, aber jetzt war aus ihrem Verdacht Gewissheit geworden.

Tilda sah Oliver nun direkt an. »Seit wann haben Sie und Beryl eine Affäre?« Sie spürte die Blicke aller drei Männer im Raum auf sich, doch sie wandte ihren Blick nicht von ihrem Gegenüber ab.

»Wir hatten keine Affäre«, widersprach Oliver rasch. »Zumindest nicht in dem Sinne, wie Sie vielleicht denken.« Sein Gesicht glühte, und Tilda rief sich in Erinnerung, dass sie mit einem ehemaligen Vikar sprach. Aller Wahrscheinlichkeit nach waren seine Moralvorstellungen noch deutlich intakter als die seines verdorbenen toten Bruders.

»Bitte erklären Sie mir das«, forderte sie ihn mit einem geduldigen Lächeln auf.

»Ich liebe sie. Das ist schon seit einiger Zeit so.« Seine Schultern sanken herab, sodass er genauso niedergeschlagen wirkte, wie er klang.

»Und erwidert sie Ihre Gefühle?«

Oliver drehte seinen Hut in den Händen. »Das denke ich schon.« Ganz überzeugt klang er allerdings nicht.

Tilda war nicht sicher, ob Beryl wirklich vertrauenswürdig war, insbesondere nach ihrem Verhalten gegenüber Hadrian in der Vergangenheit.

»Sie wissen doch, dass Sie sie nicht heiraten können«, gab Teague zu bedenken.

Da Beryl die Witwe von Olivers Bruder war, durften die beiden nicht heiraten. Es war ein lächerliches Gesetz.

»Ich weiß. Deshalb haben wir versucht, Distanz zueinander zu wahren.«

»Aber das ist Ihnen nicht ganz gelungen, oder?« hakte Tilda nach. »Betreten Sie das Haus Ihres Bruders durch die Hintertür, um Beryl zu besuchen?«

Oliver riss die Augen auf. »Nein, wir treffen uns normalerweise außerhalb an einem verabredeten Ort und fahren dann mit der Kutsche meines Bruders spazieren.« Nun zeigte sich eine deutliche Röte an seinem Hals und er wandte den Blick ab.

»Geschieht das, seit Sie nach London zurückgekehrt sind?«, fragte Tilda.

Wieder errötete Oliver. »Es begann bei einem Besuch im letzten Herbst. Ich kam, um meine Mutter an ihrem Geburtstag zu besuchen.«

»Warum hat Louis Ihnen im Dezember zwanzig Pfund gegeben?«, fragte Hadrian.

Oliver sah Hadrian scharf an. »Woher wissen Sie davon?«

»Die Zahlung ist im Haushaltsbuch vermerkt«, antwortete Hadrian. »Hatten Sie Geld gebraucht? Da Sie jetzt in das Textilgeschäft Ihres Bruders investieren, scheint das nicht der Fall gewesen zu sein.«

Oliver zuckte mit den Schultern. »Er war der Annahme, ich bräuchte Hilfe. Er und ich haben weniger von unserem Vater geerbt als Daniel. Und ich habe am wenigsten von allen erhalten. Louis hatte deswegen ein schlechtes Gewissen. Ich habe das Geld Beryl gegeben, da ich wusste, dass er ihr Taschengeld gekürzt hatte.«

Tilda hob eine Augenbraue. »Wie ironisch, da Louis offenbar einen Teil ihres Schmucks verkauft hat und das Geld wahrscheinlich an Sie und dann an sie gegangen ist. Ich frage mich, ob Beryl vielleicht lieber ihren Schmuck zurückhaben möchte.«

Oliver drückte den Hut an seine Brust. »Deshalb habe ich ihr das Geld gegeben«, sagte er leise. »Sie hat mir erzählt, dass Louis ihr den Schmuck gestohlen hat.«

Teague verschränkte die Arme und sah Oliver erwartungsvoll an. »Wenn Sie Ihren Bruder tatsächlich getötet haben, warum haben Sie dann das Messer, mit dem Sie ihn erstochen haben, in Beryls Kommode gelegt? Sie mussten doch wissen, das Beryl dadurch in Verdacht geraten würde.«

Oliver erbleichte und fing an zu stammeln.

»Und haben Sie Ihren Bruder auch vergiftet?«, fragte Teague. »Wie und wann haben Sie ihm das Gift verabreicht? Wie haben Sie denn Zugang zum Haus gehabt?« Als Oliver keine Antwort gab, verschränkte Teague die Arme. »Sie haben Ihren Bruder gar nicht getötet, oder?«

»Nein.« Oliver gab einen gequälten Laut von sich, wobei er den Blick zu Boden senkte. »Ich, kann nicht zulassen, dass Beryl ins Gefängnis kommt.«

»Wenn sie ihren Mann getötet hat, wird sie gehängt«, meinte Teague düster.

Oliver zuckte zusammen, und Tilda hatte plötzlich Mitleid mit dem Mann. Ganz gleich, was sie von diesen Menschen hielt, musste es unerträglich schwer sein, einen geliebten Menschen vor einer johlenden Menge am Ende eines Seils baumeln zu sehen. Nach Tildas Ansicht war das eine barbarische Art zu sterben. Sie hoffte nur, die aktuellen Bemühungen zur Abschaffung öffentlicher Hinrichtungen würden am Ende von Erfolg gekrönt sein.

»Sie können gehen, Mr. Chambers«, meinte Teague. »Sollten Ihnen jedoch noch weitere Informationen einfallen, die für meine Ermittlungen von Nutzen sein könnten, lassen Sie es mich bitte umgehend wissen. Möglicherweise könnte das genau die Information sein, die Mrs. Chambers befreit.«

Olivers Gesicht hellte sich auf. »Daran habe ich nicht gedacht. Ich werde versuchen, nachzudenken, und vielleicht fällt mir etwas Hilfreiches ein.«

Nachdem Oliver gegangen war, runzelte Teague die Stirn und blickte zur Tür. »Ich habe Mrs. Chambers in Gewahrsam genommen, da ich gehofft hatte, dass sie ein Geständnis ablegen würde.

Stattdessen habe ich ihren Liebhaber provoziert. Sie beteuert weiterhin ihre Unschuld.« Er trat hinter seinem Schreibtisch hervor, stellte den Stuhl wieder zu den beiden anderen und setzte sich. Er sah Tilda an und fragte: »Wer ist Ihr Hauptverdächtiger?«

»Beryl, aus den Gründen, die ich bereits genannt habe. Aber wir müssen auch die Pollards in Betracht ziehen, die ein Motiv hatten, ihr Geschäft vor Louis Chambers mit seinen finanziellen Problemen zu schützen.« Tilda konnte ihm nichts davon sagen, was Hadrian in seiner Vision gesehen hatte – dass Joanna Pollard das Dienstmädchen Martha Farrow besucht hatte und Louis Chambers ihr wahrscheinlich Avancen gemacht hatte.

»Was ist mit den Dienstboten der Chambers?«, fragte Teague.

»Sie schienen Chambers nicht sonderlich gemocht zu haben, aber ihre Motive sind nicht so stark wie die der Pollards oder Beryls. Mit Ausnahme von Massey«, fügte Tilda an. »Chambers kannte sein Geheimnis und schreckte nicht davor zurück, den Diener deswegen zu bedrohen. Ich habe mich gefragt, warum der Untersuchungsrichter ihn bei der Untersuchung nicht dazu befragt hat.«

Teague räusperte sich. »Massey erklärte mir, dass er das *Cock and Hen* besucht, weil er sich dort mit seinem Geliebten trifft. Das ist keine Situation, auf die ich bei der Untersuchung aufmerksam machen wollte. Ich weiß aber sehr wohl davon und erkenne an, dass Massey ein Motiv hat, Chambers zu töten. Auch ihn werde ich als Verdächtigen verfolgen, da die Beweise darauf hindeuten.«

»Wir dürfen auch Martha nicht vergessen, auch wenn sie ebenfalls tot ist«, gab Tilda zu bedenken. »Sie war von Chambers schwanger, und er hat sie zur Kündigung gezwungen.«

Teague blinzelte leicht über seinen Schreibtisch. »Nachdem sie das Messer, mit dem sie Louis erstochen hatte, gereinigt hatte, schlich sie sich in Beryls Zimmer und legte es in deren Kommodenschublade? Das setzt voraus, dass meine Constables sich geirrt haben und das Messer die ganze Zeit dort gelegen hat.«

Tilda neigte den Kopf. »Sie kannte das Haus sehr gut und wusste, dass Beryl aufgrund ihres Schlafmittels wahrscheinlich nicht aufwachen würde.«

»Das sind ausgezeichnete Argumente«, sagte Teague. »Dennoch

halte ich Beryl für die wahrscheinlichste Kandidatin.« Er sah Hadrian an. »Ich weiß, dass Sie das nicht hören wollen.«

Hadrian erwiderte Teagues Blick. »Worauf es ankommt, ist die Wahrheit. Wird Beryl heute Nacht hier bleiben müssen?«

»Ja«, antwortete Teague. »Ich hoffe immer noch, dass sie sich entschließt, mehr von ihrem Wissen preiszugeben als sie bislang bereit gewesen war.«

Tilda stand auf. »Was ist, wenn sie die Wahrheit sagt?«

»Das kann man nie wissen, oder?« Teague stand auf und öffnete Tilda und Hadrian die Tür. Sie vereinbarten, einander zu informieren, falls sie etwas Neues erfahren sollten.

Als Tilda und Hadrian in der Kutsche auf dem Weg zu Tildas Haus saßen, schüttelte Hadrian den Kopf. »So hatte ich mir den Tag nicht vorgestellt.«

»Ich auch nicht«, sagte Tilda. »Ich bin jedoch nicht überrascht, dass sich die Verbindung zwischen Oliver und Beryl bestätigt hat.«

»Es ist dennoch bedauerlich, dass die beiden keine gemeinsame Zukunft haben«, bemerkte Hadrian.

»Ich bin nicht überzeugt, ob sie eine gewollt hätte.« Tilda warf Hadrian einen Blick zu. »Als Oliver sagte, er glaube, dass Beryl seine Gefühle erwidere, wirkte er nicht sonderlich überzeugt. Und ihr Verhalten lässt mich vermuten, dass sie vielleicht an einem anderen Mann interessiert ist.«

»Welches Verhalten meinen Sie?« Seine Augen fixierten sie im schwachen Licht der Kutsche. Als Tilda nicht sofort antwortete, fragte er: »Haben Sie gesehen, wie sie mich geküsst hat?«

Tildas Herz schlug ihr bis zum Hals, ihr Puls raste. »Ich wollte nicht spionieren. Ich war neugierig. Das ist meine Aufgabe.«

Er lächelte sanft, und das Blau seiner Augen war besonders faszinierend – satt und tief, wie der Himmel über London, kurz nachdem die Sonne hinter dem Horizont verschwunden ist und die Nacht hereinbricht. Tilda hatte ihn schon bei ihrer ersten Begegnung attraktiv gefunden, aber seitdem hatte sie versucht, nicht mehr in dieser Weise an ihn zu denken. Meistens gelang ihr das auch. Im Moment konnte sie nicht leugnen, dass er attraktiv war und sie sich zu ihm hingezogen fühlte. Oder fühlen würde – wenn sie an einer romantischen Beziehung interessiert wäre.

Das war sie nicht. Das konnte sie nicht.

»Ich war von ihrer Kühnheit überrascht«, fuhr er fort. »Ich habe ihre Annäherungsversuche nicht geschätzt und möchte auch nicht, dass so etwas noch einmal passiert. Das habe ich ihr auch gesagt. Ich habe kein romantisches Interesse an Beryl.«

Warum erzählte er ihr das? »Das ist wahrscheinlich das Beste, da sie sich derzeit in Gewahrsam der Metropolitan Police befindet.«

Hadrian lächelte erneut, aber ein wenig breiter, und die Schmetterlinge, die Tilda manchmal im Bauch spürte, wurden wieder lebendig. Er wurde ernst, als er mit der Hand über seinen Oberschenkel strich. »Es gibt nur eine Frau, die ich küssen würde, und das ist nicht Beryl.« Er hielt ihren Blick fest.

Tildas Herz schlug im Stakkato. Flirtete er mit ihr? Und zwar nicht auf die oberflächliche Art, auf die man immer gefasst sein musste, wenn Männer und Frauen einander begegneten. Sie wusste nicht so recht, wie sie darauf reagieren sollte.

»Warum haben Sie diese Frau nicht geküsst?« Die Frage sprudelte aus ihrem Mund. War das ihr Versuch zu flirten, oder dachte sie tatsächlich darüber nach, wie es sein könnte, ihn zu küssen?

Sie schluckte. Vielleicht sprach er gar nicht von ihr. Das war sogar sehr wahrscheinlich. Warum sollte er ausgerechnet sie küssen wollen? Sie beide waren Geschäftspartner. Bestenfalls Freunde. Tilda war keine Lady, die der Earl of Ravenhurst zum Küssen in Betracht ziehen würde.

»Ich bin mir nicht sicher, ob sie das möchte.«

Die Kutsche hielt vor dem Haus von Tildas Großmutter. Noch immer war sie sich nicht sicher, ob er sie gemeint hatte. Unabhängig davon überlegte sie nun, was sie tun würde, wenn er sie tatsächlich küssen würde.

In ihrem gesamten bisherigen Leben hatte sie genau einen Mann geküsst. Eigentlich war er damals noch ein Junge von siebzehn gewesen, sie fünfzehn. Es war ein Experiment gewesen – zur Befriedigung ihrer Neugier.

Bei Hadrian wusste sie irgendwie, dass ein Kuss ganz anders sein würde. Und sie konnte nicht leugnen, dass sie von der Vorstellung fasziniert war.

Leach öffnete die Tür, und Tilda sprach erneut, ohne nachzudenken. »Vielleicht würde es der Lady nichts ausmachen, wenn Sie es versuchten.« Sie stieg mit Leachs Hilfe aus der Kutsche und verabschiedete sich von Hadrian: »Bis morgen.«

»Ich hole Sie um elf Uhr ab, dann fahren wir zum Stoffgeschäft«, sagte er daraufhin.

Hoffentlich würde Tilda bis dahin nicht mehr darüber nachdenken, wie es wohl wäre, ihn zu küssen. Sie durfte sich solchen Fantasien einfach *nicht* hingeben.

～

Am nächsten Morgen stieg Hadrian vor dem Haus von Tildas Großmutter aus seiner Kutsche. Die schmale Terrasse war ordentlich und schlicht, und es war ein durchaus respektables Haus. Aber nach seinen Gedanken vom Vortag darüber, was Tilda wohl von seinem Haus halten mochte, betrachtete er das ihre nun mit anderen Augen.

Oder vielleicht lag es an ihrem gestrigen Flirt.

Mit langsamen Schritten ging er auf die Tür zu und fragte sich dabei, wie sie ihn wohl empfangen würde. Er befürchtete, dass er zu weit gegangen war, als er gesagt hatte, dass es nur eine Frau gab, die er küssen wollte. Aber er hatte über seine Worte nicht so recht nachgedacht. Sie waren ihm einfach so herausgerutscht, und es war die unverhohlene Wahrheit, die er niemals hatte preisgeben wollen.

Denn bis zu diesem Moment war ihm gar nicht bewusst gewesen, wie gern er sie küssen wollte.

Seitdem beschäftigte ihn dieser Gedanke über Gebühr. Er musste ihn verdrängen und sich auf ihre Ermittlungen konzentrieren.

Allerdings hatte sie ihm gesagt, dass es ihr nichts ausmachte, wenn er sie küsste.

War dem wirklich so? Vielleicht hatte sie gar nicht bemerkt, dass er von ihr sprach.

Verdammt, er hatte in diesen Dingen leider keinerlei Übung. Seit Beryl hatte er jeden Ansatz abgelehnt, der zu einer romantischen Verstrickung führen könnte. Diese Situation – Beryl auch nur für kurze Zeit wieder in seinem Leben zuzulassen – brachte ihn dazu, über Dinge nachzudenken, die er seit Jahren verdrängt hatte. Genaugenommen war damit die Frage gemeint, ob er wirklich auf eine Ehe verzichten oder nur das Risiko vermeiden wollte, noch einmal eine Enttäuschung zu erleben. Oder der Demütigung. Der Frage, was ihm fehlte und was jemand wie Louis Chambers besaß.

Vaughn begrüßte ihn an der Tür, als gerade ein leichter Regen einsetzte. Hadrian trat ein und sah Tilda, die auf ihn wartete. Sie trug wieder ihre normale Kleidung, die ihm, nachdem er sie gestern in ihrem neuen, äußerst vorteilhaften Kleid gesehen hatte, nun eher unscheinbar erschien. Doch unabhängig davon, was sie trug, fand Hadrian diese Frau wunderschön. Nach dem gestrigen Flirt kam sie ihm sogar so schön vor, dass es ihn ablenkte.

Aber darüber wollte er nicht nachdenken.

Tildas Großmutter schritt aus dem Salon in die Eingangshalle und begrüßte Hadrian mit einem »Guten Morgen«.

»Guten Morgen, Mrs. Wren. Ich hoffe, es geht Ihnen gut.«

»Ausgezeichnet, danke.« Sie strahlte ihn an.

Hadrian erwiderte ihr Lächeln. »Ich hoffe, Sie haben nichts dagegen, dass ich Ihnen Tilda schon wieder abspenstig mache.«

Mrs. Wren schüttelte den Kopf und sah ihre Enkelin mit unverhohlener Liebe und Stolz an. »Wir werden Ihrer Anwesenheit oder Ihrer Verbindung zu Tilda niemals überdrüssig werden.«

Tilda zog ihren zweiten Handschuh an. »Bis später, Großmutter.« Sie küsste ihre Großmutter auf die Wange und durchquerte die Eingangshalle.

Hadrian trat beiseite, als Vaughan die Tür öffnete. »Es regnet. Ich habe zwei Regenschirme in der Kutsche.«

Sie hob eine Augenbraue. »Zwei?«

»Leach ist immer auf alle Eventualitäten vorbereitet«, sagte Hadrian mit einem Lachen.

»Nun, im Moment nützen sie uns nicht viel.« Sie formte den Mund zu einem Lächeln. Der Ausdruck war nur kurz, aber er erhellte den trüben Tag.

»Ich habe Ihnen noch nicht guten Morgen gesagt«, meinte er, als sie zur Kutsche eilten. »Guten Morgen.«

»Guten Morgen«, antwortete sie, als Leach die Tür öffnete und ihr beim Einsteigen half.

Hadrian überlegte, ihr gegenüber Platz zu nehmen. Aber die Stimmung zwischen ihnen schien nicht angespannt. Vielleicht würden sie ihre Unterhaltung von gestern einfach nicht mehr erwähnen.

»Ich hoffe, Sie haben gut geschlafen«, meinte sie. »Wir müssen heute Vormittag bei den Pollards auf eine schwierige Aufgabe vorbereitet sein.«

»Inwiefern?«, fragte Hadrian, als die Kutsche auf dem Weg zu ihrem Ziel in der Oxford Street war. Es schien, als wolle sie den gestrigen Flirt lieber vermeiden. Das war in Ordnung. Es war besser, wenn sie sich auf die Ermittlungen konzentrierten.

»Für heute besteht mein Ziel darin, herauszufinden, warum Joanna Martha besucht hat«, meinte Tilda. »Allerding können wir nicht erklären, woher wir das wissen. Sie war schließlich verschleiert. Es ist unwahrscheinlich, dass sie erkannt worden ist oder jemand sie auch nur beschreiben könnte.«

»Haben Sie eine Idee, wie wir sie zu einem Geständnis bringen können?«

Tilda zuckte mit den Schultern. »Ich habe mehrere Ideen. Ich denke, wir sollten Mr. und Mrs. Pollard trennen und der Anlass unseres Besuchs sollte Einkaufen sein.«

»Einkaufen?«

»Ich werde mit Mrs. Pollard beginnen und sie um ein Kleid bitten.«

Hadrians Bewunderung für Tildas Intellekt wuchs immer mehr. Dabei war diese Bewunderung bereits beachtlich gewesen. »Das ist brillant. So bringt man sie dazu, über etwas zu sprechen, das sie liebt. Sie wird sich entspannen, und wer weiß, was sie dann preisgibt.«

»Genau«, antwortete Tilda mit einem Nicken. »Können Sie das Gleiche mit Pollard machen?«

»Ich werde mich bemühen, obwohl ich nicht sicher bin, wofür er sich begeistert. Der Laden, nehme ich an?«

»Er scheint auch seinen Club zu mögen«, bemerkte Tilda.

»Stimmt. Ich werde mein Bestes tun, um mich mit ihm anzufreunden. Oder zumindest so zu tun.« Hadrian hatte noch immer keine herzliche Beziehung zu dem Mann, wobei es wohl auch eine Rolle spielte, dass ihre Interaktionen begrenzt waren.

Nach ein paar Minuten des Schweigens fragte Tilda: »Haben Sie sich Sorgen um Beryl gemacht?«

Hadrian hatte sich gefragt, wie Beryl ihre erste Nacht in Haft verbracht hatte. »Ich hoffe, es war nicht allzu unbequem. Ich habe mich tatsächlich gefragt, was mit ihr passieren wird, wenn das alles vorbei ist – *wenn* sie unschuldig ist.«

»Allem Anschein nach wird sie von ihrer Familie keine Hilfe erhalten. Möglicherweise muss sie wieder heiraten.« Tilda runzelte die Nase. »Es ist bedauerlich, dass sie ihre Unabhängigkeit als Witwe wieder aufgeben muss.«

Hadrian lächelte. »Ich kann mir vorstellen, dass Ihnen diese Unabhängigkeit gefallen würde.«

»So ist es in der Tat, allerdings nicht der Aspekt, Witwe zu werden.«

»Weil Sie dann Ihren Ehepartner verlieren würden?«

Sie neigte den Kopf. »Zunächst einmal müsste ich einen Ehepartner haben.«

Ja, sie war entschieden gegen die Ehe. Das war ein weiterer Grund, und vielleicht sogar der wichtigste, warum er nicht daran denken durfte, sie zu küssen. Es war eine Sache, wenn eine Witwe eine Beziehung zu einem Gentleman unterhielt, aber eine ganz andere, wenn eine unverheiratete Frau dies tat, selbst wenn sie sich selbst bereits als Jungfer betrachtete.

»Gibt es denn gar keine Umstände, unter denen Sie heiraten würden?«, fragte er sie. »Nicht einmal aus Liebe?«

»Nicht einmal aus Liebe«, sagte sie und wandte ihren Blick zum Fenster. »Wir sind da.«

Die Kutsche wurde langsamer und kam zum Stehen. Und damit war ihre faszinierende Unterhaltung beendet.

Sie stiegen aus, und Tilda nahm seinen Arm, den er ihr anbot. Es war nur ein kurzer Weg bis zur Tür des Ladens. Sie nahm ihre Hand von Hadrians Ärmel, als er klopfte.

Einen Moment später öffnete Pollard, und seine Augenbrauen

zogen sich sofort zu einem V zusammen. »Warum sind Sie wieder hier? Der Mord ist aufgeklärt. Mrs. Chambers wurde verhaftet.«

»Das wurde sie in der Tat«, sagte Tilda. »Wir sind wegen einer anderen Angelegenheit hier. Ich benötige ein Kleid und hatte gehofft, Mrs. Pollard könnte mir behilflich sein.«

»Ich habe beschlossen, Miss Wren zu begleiten«, sagte Hadrian mit einem Lächeln und fand Gefallen an seiner neuen Rolle. »Bei unserem letzten Besuch sind mir die Herrenhandschuhe aufgefallen, die in einer Vitrine lagen.«

Pollard wirkte verblüfft. »Aber wir haben doch geschlossen.«

»Soweit ich weiß, haben Sie das« antwortete Hadrian. »Wenn es Ihnen lieber wäre, dass wir woanders hingehen, können Sie uns vielleicht eine Alternative empfehlen.«

»Nein, nein, treten Sie nur ein.« Pollard öffnete die Tür weiter.

Hadrian führte Tilda hinein. Sie warf ihm einen verstohlenen, aber eindeutig zustimmenden Blick zu. Hadrian verspürte einen Anflug von Stolz. Vielleicht hatte er sich gerade den Status eines erfahrenen Ermittlers erkämpft.

»Wir hoffen, dass wir in zwei Wochen eröffnen können, da wir jetzt mit Oliver Chambers zusammenarbeiten«, sagte Pollard in lebhaftem Ton. So leutselig hatte er noch nie geklungen, seit Hadrian ihn kennengelernt hatte.

»Wie wunderbar«, sagte Tilda. »Wo ist denn Mrs. Pollard?«

Pollard blickte zu der Haupttreppe. »Sie ist oben. Ich kann Sie hinaufbegleiten.«

Tilda winkte ab und schenkte Pollard ein herzliches Lächeln. »Nicht nötig. Ich finde schon hin. Lord Ravenhurst möchte unbedingt diese neuen Handschuhe kaufen. Und vielleicht auch ein oder zwei Halstücher.« Sie zwinkerte Hadrian zu, bevor sie sich zur Treppe begab.

Hadrian sah ihr lächelnd nach, sein Blick verweilte auf dem verführerischen Schwung ihrer Hüften, bevor er sich daran erinnerte, dass er sie nicht so ansehen und sie nicht als etwas anderes als eine Freundin und Geschäftspartnerin betrachten durfte.

Pollard bedeutete Hadrian, ihm zu folgen. »Die Handschuhe liegen in ihrer Schachtel, die hier hinten steht. Im vorderen Teil des Ladens werden die Damenartikel ausgestellt, da diese unsere Hauptkundschaft darstellen. Männer sind meiner Erfahrung nach nicht so sehr zum Einkaufen geneigt.« Er warf Hadrian einen Blick zu, als sie an der Treppe vorbeigingen und in eine Ecke traten, wo die Herrenhandschuhe lagen. »Ich bin wirklich überrascht, dass Sie in mein Geschäft gekommen sind, Mylord. Kaufen Sie Ihre Kleidung und Accessoires selbst?«

»Ich muss gestehen, dass ich einen Schneider in der Saville Row habe und Accessoires normalerweise meinem sehr fähigen Kammerdiener überlasse. Aber ich habe Ihre Auswahl an Handschuhen gesehen und dachte, es wäre vielleicht schön, zur Abwechslung einmal welche anzuprobieren.«

»Selbstverständlich, Mylord. Haben Sie ein bestimmtes Modell im Sinn?«

»Nicht wirklich. Zeigen Sie mir doch einfach, was Sie für das Beste halten.« Er lächelte Pollard ermutigend an, während er seine Handschuhe auszog. Endlich würde er die Gelegenheit haben, Pollard zu berühren.

Die Handschuhe waren in der Vitrine von Weiß bis Schwarz mit einer Reihe von Farben dazwischen angeordnet. Pollard trat hinter die Vitrine, um sie zu öffnen.

»Was für eine schöne Präsentation«, bemerkte Hadrian.

»Das ist Joannas Arbeit«, sagte Pollard mit einem Anflug von Stolz. »Sie hat ein gutes Auge für solche Dinge.« Er nahm ein taubengraues Paar aus der Vitrine und schob es Hadrian zu.

Hadrian verbarg seine Enttäuschung. Er hätte es viel lieber gesehen, wenn Pollard ihm die Handschuhe gereicht hätte, damit er zumindest versuchen konnte, eine Vision von dem Mann zu sehen. Doch in dem Moment, als Hadrian die Handschuhe in die Hand nahm, wurde er in eine andere Zeit und an einen anderen Ort versetzt.

Er erkannte den Ort sofort – es war Beryls Schlafzimmer. Er stand vor der Kommode und sah, wie eine dunkelbehandschuhte Hand die Schublade öffnete ... und ein langes Küchenmesser hinter ordentlich gestapelte Taschentücher steckte. Die Vision wurde von einem Gefühl der Nervosität und Aufregung begleitet. Es war auch ein deutlicher Anflug von Wagemut und Risiko zu spüren.

Hatte Pollard das Messer in Beryls Schublade gelegt? Oder war das seine Frau gewesen, da sie auch diese Handschuhe angefasst hatte? Er sah zu, wie die Hand die Schublade schloss. Sie war klein und feminin.

Es musste Joanna Pollard sein. Aber warum? Und wann hatte sie das getan?

Ihr Handschuh war schwarz, was bedeutete, dass es wahrscheinlich gestern bei der Beerdigung gewesen war.

Die Vision verschwand. Hadrian bekam Kopfschmerzen, als er die taubengrauen Handschuhe anzog.

»Die sind sehr schön, wenn ich das sagen darf«, bemerkte Pollard.

»Ja, das sind sie«, sagte Hadrian vage, während er sie auszog und auf die Vitrine legte. »Was ist mit den dunkelgrauen?«

»Eine ausgezeichnete Wahl«, freute sich Pollard, als er sie aus der Vitrine holte.

Hadrian streckte diesmal seine Hand aus, in der Hoffnung auf auch nur den geringsten Kontakt mit Pollard. Er wurde nicht enttäuscht – bis er es doch wurde. Obwohl Pollards Fingerspitzen Hadrians Handfläche berührten, reichte es nicht aus, um eine Vision oder auch nur eine Vorahnung auszulösen.

Doch als Hadrian den ersten Handschuh anzog, befand er sich erneut im Haus der Chambers. Diesmal war er in Louis´ Schlafzimmer. Es war dunkel, aber jemand trug eine Laterne. Hadrian bemühte sich, das Gesicht der Person zu erkennen. Es war das blonde Dienstmädchen – zweifellos Martha Farrow. Sie reichte die Laterne der Person, deren Erinnerung Hadrian sah. Es musste Joanna Pollard sein, oder?

Joanna nahm die Laterne in die linke Hand und reichte etwas aus ihrer rechten Hand.

Das Messer.

Sie stand mit der Laterne auf der einen Seite von Louis´ Bett, während Martha auf die andere Seite trat. Joanna stellte die Laterne auf den Tisch neben dem Bett und beugte sich vor, um Louis an der Schulter zu stoßen. Er regte sich.

Louis blinzelte, als er Joanna ansah, dann drehte er den Kopf zu Martha. Sie sah wütend aus. Nein, rasend vor Wut. Sie schwenkte das Messer vor seinem Gesicht. Angst verzerrte seine Gesichtszüge. Er nickte.

Joannas Hände, einschließlich derjenigen, die die Laterne hielt, bewegten sich wild. Sie war genauso wütend wie Martha. Aber es war mehr als das. Da war Wut, aber auch ein gewalttätiger Drang.

Plötzlich rammte Martha das Messer in Louis' Brust. Joanna hielt ihm eine Hand auf den Mund und hielt auch seinen Arm fest, als er zu strampeln begann.

Die Vision verblasste, und Hadrian zog hastig den anderen Handschuh an, während sein Kopf hämmerte. Er wollte sehen, wie es weiterging.

Doch als Nächstes sah er etwas anderes. Er befand sich nun in der Pension, und der Schleier trübte seine Sicht. Trotzdem konnte er Martha noch erkennen. Sie hielt etwas in der Hand, das sie Joanna entgegenstreckte. Der Gegenstand lag in ihrer Handfläche – es war die Brosche, die sie in Marthas Schlafzimmer in der Pension gefunden hatten.

Joanna schlug Martha die Brosche aus der Hand. Dann trat sie vor und streckte ihre Hände nach Martha aus.

Hadrian spürte, wie Joannas Fingerspitzen Marthas Schultern berührten, dann ihre Handflächen, als Joanna das arme Dienstmädchen stieß. Martha stolperte rückwärts und prallte gegen das Geländer. Sie versuchte, sich am Holz festzuhalten, aber es gab nach, genau wie zuvor, als Tilda es berührt hatte. Martha schwankte einen winzigen Moment, dann öffnete sie den Mund zu einem lautlosen Schrei – denn Hadrian konnte sie nicht hören –, als sie über das Geländer stürzte.

Hadrian hatte noch nie solche Qualen in seinem Kopf verspürt. Er legte seine Hand an die Schläfe, als die Vision verblasste und ein Gefühl schwindender Wut und wachsender Angst zurückließ.

»Geht es Ihnen gut, Lord Ravenhurst?«

Die Frage klang wie aus weiter Ferne. Hadrian blinzelte heftig, was einen Schmerz durch seine Stirn schießen ließ. »Mir geht es gut«, brachte er hervor und holte tief Luft. Das versuchte er zumindest. Die Anstrengung ließ seinen Kopf noch mehr schmerzen, wenn das überhaupt möglich war.

Noch nie hatte er so viele Visionen in so kurzer Zeit erlebt.

Tatsächlich war ihm außer den Kopfschmerzen nun auch noch übel. »Sie sehen etwas blass aus, wenn ich das sagen darf«, bemerkte Pollard. »Möchten Sie sich setzen?«

Das würde er gerne, aber die Bilder aus seinen Visionen tauchten wieder vor seinem inneren Auge auf. »Ich würde lieber Miss Wren suchen.« *Sofort.*

Sie war bei einer Mörderin.

KAPITEL 20

Tilda stieg die Treppe hinauf, die den Mittelpunkt des Geschäfts bildete. Sie führte spiralförmig nach oben, und im ersten Stock zog sich ein vergoldetes Geländer um eine Galerie, von der aus man in das Erdgeschoss hinunterblicken konnte. Es war unglaublich elegant und verlieh dem Geschäft eine gehobene Note.

Joanna Pollard war oben an der Treppe beschäftigt, wo eine Holzfigur stand. Sie war in die Hocke gegangen und steckte den Saum eines Kleides fest, das über die Figur drapiert war. Als Tilda näher kam, sah sie zu ihr hinüber.

»Guten Morgen, Mrs. Pollard. Entschuldigen Sie, dass ich Sie bei Ihrer Arbeit störe.«

Mrs. Pollards kleine blaue Augen huschten zu Tilda, ohne jedoch auf ihr zu verweilen. »Ich bin wirklich beschäftigt. Ich kann mir nicht vorstellen, warum Sie uns stören, wo doch Beryl Chambers wegen Mordes an ihrem Ehemann verhaftet wurde. Ihre Ermittlungen sind doch sicher abgeschlossen.«

»Deswegen bin ich nicht hier«, sagte Tilda mit einer lässigen Geste ihrer Hand. »Als Sie gestern angeboten hatten, ein Kleid für Beryl zu nähen, habe ich mich gefragt, ob Sie vielleicht auch eines für mich nähen würden. Ich weiß, dass das Geschäft noch nicht geöffnet ist, und ich könnte natürlich warten. Aber ich konnte nicht widerstehen, Sie zu fragen.« Sie lächelte. »Ich muss gestehen, ich hatte auch gehofft, mehr von Ihrem Geschäft zu sehen. Mr. Pollard sagte, Sie könnten in zwei Wochen eröffnen, da Oliver als Investor eingestiegen ist.«

Joanna stand auf und rollte die Schultern nach hinten. Ihr Blick war misstrauisch, als wäre sie sich nicht sicher, ob sie Tilda vertrauen konnte. »Sie möchten ein Kleid?« Ihr Blick fiel auf Tildas Kleidungsstück. »Ich kann verstehen, warum.«

»Meine Garderobe ist ziemlich altmodisch.« Tilda reagierte auf die Beurteilung von Mrs. Pollard mit einer leichten Gereiztheit. Ihr hatte gefallen, wie sie gestern ausgesehen hatte – und wie sie sich dabei gefühlt hatte. Es war ihr nicht in den Sinn gekommen, dass die richtige Kleidung auch Selbstvertrauen und Stolz vermitteln konnte. Das bedeutete jedoch nicht, dass Tilda deshalb ein neues Kleid anschaffen musste. Das war nichts weiter als eine Ausrede.

Joanna warf ihr einen zweifelnden Blick zu. »Das Kleid, das Sie gestern trugen, war aus diesem Jahr, würde ich sagen.«

Tilda nickte. »Das war es, und nachdem ich mich darin gesehen hatte, beschloss ich, dass ich noch ein weiteres anschaffen sollte.«

»Ich denke, in Burgunderrot mit einer elfenbeinfarbenen Schärpe würden Sie bezaubernd aussehen.« Mrs. Pollard rümpfte die Nase. »Sie müssen wirklich diese breite Krinoline loswerden. Sie ist fast vulgär, wenn ich ehrlich bin.«

Obwohl Tilda überhaupt keine Lust hatte, über die Größe oder Form der Krinoline in ihrem Unterrock zu diskutieren, ärgerte sie sich darüber, dass Mrs. Pollard den Stil vulgär nannte. Sah Tilda wirklich so erbärmlich aus? Plötzlich war sie sehr unsicher, wie sie wohl wirkte, wenn sie mit Hadrian unterwegs war. Sie wollte keinen schlechten Eindruck auf ihn machen.

»Ich möchte auf keinen Fall vulgär sein«, sagte Tilda mit zusammengebissenen Zähnen. »Können Sie mir helfen?«

Ein hauchzartes Lächeln huschte über Joannas schmale Lippen. »Das kann ich. Ich habe genau den richtigen Wollstoff in einem wunderschönen Burgunderrot, der Ihnen hervorragend stehen würde. Ich muss Ihre Maße nehmen. Möchten Sie das heute machen, damit ich gleich anfangen kann?«

»Gewiss«, sagte Tilda. »Aber erzählen Sie mir zuerst von dieser Holzfigur und was Sie damit machen.«

»Diese Figuren sind sehr wertvoll«, antwortete Mrs. Pollard.

»Wir haben derzeit nur zwei. Eine wird unten im Hauptfenster stehen, und diese hier wollte ich hier oben aufstellen, damit die Leute sie sofort sehen, wenn sie die Treppe heraufkommen oder vom Erdgeschoss nach oben schauen. Ich passe das Kleid gerade an, damit es optimal zur Geltung kommt, was schwieriger ist, als ich gedacht hatte. Die Holzfigur entspricht nicht so genau einer weiblichen Figur, wie ich es mir gewünscht hätte.«

»Ich verstehe.« Tilda suchte nach einer Möglichkeit, das Gespräch auf ihr eigentliches Anliegen zu lenken. »Verzeihen Sie mir, wenn ich das sage, aber wenn ich über dieses Geländer blicke, muss ich an den Tod der Dienstmagd der Chambers, Martha Farrow, denken.« Sie sah Joanna in die Augen und behielt ihren unbewegten Gesichtsausdruck bei. »Sie kannten sie, nicht wahr?«

Joannas linkes Auge zuckte, und ihre Nasenflügel bebten leicht. Sie wandte sich ab und spielte nervös mit dem Ärmel des Kleides der Holzfigur. »Nein, wir waren nicht miteinander bekannt.«

»Wirklich nicht? Als Ravenhurst und ich ihre Unterkunft in Spitalfields aufsuchten, um ihren tragischen Tod zu untersuchen, sagte einer der Bewohner, Sie hätten sie besucht.«

Joanna richtete ihre Aufmerksamkeit auf Tilda, ihre Augen funkelten vor Aufregung. »Diese Person hat sich geirrt.«

»Das glaube ich nicht«, sagte Tilda unbekümmert. »Sie sagten, Martha habe ihre Freundin Joanna erwähnt, die einen Stoffladen in der Oxford Street eröffnen würde. Ich habe gehört, dass Sie einen Schleier trugen, vielleicht dachten Sie, sie würden Sie nicht erkennen. Warum trugen Sie einen Schleier?«

Joanna wandte ihre Aufmerksamkeit wieder der Holzfigur zu, und ihre Hand schien zu zittern, als sie sie an der Taille umfasste. Da bemerkte Tilda den Ring an ihrem Finger – mit Granaten. Die Frau, die Hadrian in seiner Vision mit Martha Farrow in Louis Chambers' Schlafzimmer gesehen hatte.

Plötzlich kam die Holzfigur auf Tilda zu. Sie wich ihr aus und stieß dabei gegen das Geländer. Keuchend erinnerte sich Tilda an das Geländer in der Herberge, als es nachgab, und an die Angst, die sie durchströmt hatte. Bis Hadrian sie fest an sich gezogen hatte.

Was würde sie jetzt für dieses Gefühl der Sicherheit geben.

»Tilda!«, rief Hadrian die Treppe hinauf, während Tilda sich an das Geländer klammerte, das sich glücklicherweise nicht bewegt hatte.

Joanna stieß erneut gegen die Holzfigur, aber Tilda drückte sie zurück. Mit einem wütenden Schrei kam Joanna um die wankende Figur herum. Sie griff in ihre Schürzentasche und zog eine lange Schere heraus.

Bevor Joanna sich auf sie stürzen konnte, wie Tilda es erwartet hatte, sprang Hadrian auf sie zu und rang sie zu Boden. Tilda schnappte erneut nach Luft, während ihr Puls unglaublich schnell schlug. Mit klopfendem Herzen hörte sie Joannas Schreie. Die Spitze der Schere schnitt Hadrian in den Hals und das Blut schoss hervor.

»Joanna!«

Das musste Mr. Pollard sein, aber Tilda zögerte nicht. Sie sank auf die Knie, packte Joannas Handgelenk, umklammerte es und drückte es fest, während sie den Arm der Frau von Hadrian wegzog.

»Joanna, hör auf!«, flehte Mr. Pollard.

Tilda blickte auf und sah ihn neben dem Kopf seiner Frau stehen. »Joanna, bitte hören Sie auf Ihren Mann. Sie wollen doch niemanden töten.«

»Ich habe *niemanden* getötet!«, schrie Joanna.

»*Getötet?*« Mr. Pollard klang entsetzt.

Hadrian umfasste Joannas Handgelenk nun neben Tildas Hand. Ihre Blicke trafen sich und in den blauen Tiefen seiner Augen erkannte sie Sicherheit – und ein Versprechen. »Sie können loslassen«, sagte er leise. »Ich habe sie.«

Tilda ließ Joanna los und atmete tief aus, während ihr Herz weiterpochte. Sie bemerkte, dass die Schnittwunde an Hadrians Hals schnell geronnen war, sodass es nur noch aussah, als hätte er sich beim Rasieren geschnitten. »Wir müssen nach Teague schicken.«

»Leach kann das übernehmen«, meinte Hadrian.

»Lassen Sie mich los!«, schrie Joanna.

Hadrian wandte ihr seine Aufmerksamkeit zu, und sein Gesichtsausdruck wurde hart. »Damit Sie versuchen können, mich noch einmal zu erstechen? Lassen Sie die Schere los und geben Sie sie Tilda.«

Joanna stöhnte und lockerte ihren Griff um die potenzielle Waffe. Mit einem Poltern fiel sie zu Boden und Tilda hob sie auf.

Pollard kniete sich neben den Kopf seiner Frau. »Du hast versucht, den Earl zu erstechen?«

»Das hat sie«, antwortete Tilda. Sie wollte Joanna keine Gelegenheit geben, ihrem Mann eine Lüge aufzutischen. »Und sie hat versucht, mich über das Geländer zu stoßen, genau wie Martha, nehme ich an.«

»Es hat keinen Sinn zu lügen«, meinte Hadrian und sah Joanna fest in die Augen. »Sie werden bereits wegen versuchten Mordes an Miss Wren und mir angeklagt. Wenn Sie die Wahrheit über den Sturz von Martha sagen, können Sie vielleicht der Hinrichtung entgehen.«

Die Frau erbleichte. »Ich konnte nicht riskieren, dass Martha jemandem erzählt, was mit Louis Chambers passiert ist. Sie hat ihn getötet!«

Pollard sah seine Frau voller Verzweiflung an. »Oh, Joanna. Warum hast du das nicht der Polizei erzählt?«

»Weil ich dabei war«, sagte sie leise. »Ich habe Martha am Abend der Dinnerparty kennengelernt. Wir haben uns über unsere Abneigung gegen Louis unterhalten. Wir haben beschlossen, ihm Angst einzujagen, damit er ihr das Geld gibt, weil sie sein Kind erwartete und ich das Geld wollte, das er für den Laden versprochen hatte.«

Das musste das Gespräch gewesen sein, das Hadrian in Louis' Schlafzimmer mitgehört hatte. Joanna, mit ihrem Granatring, hatte mit Martha gesprochen.

»Wie wolltest du ihn erschrecken?«, fragte Pollard entsetzt.

»Martha sagte, wir könnten uns am nächsten Abend, wenn sein Diener weg ist, in sein Schlafzimmer schleichen. Wir wollten ihn mit einem Messer bedrohen. Aber dann hat Martha ihn erstochen. Ich weiß nicht, was über sie gekommen ist.«

»Haben Sie ihr in irgendeiner Weise geholfen?«, fragte Hadrian düster, seine Gesichtszüge zu einer grimmigen Miene verzogen.

Tilda wurde klar, dass Hadrian unten eine Vision gehabt haben musste. Vielleicht sogar mehrere. Er schien überzeugt zu sein, dass Joanna Martha gestoßen haben musste. Und jetzt fragte er Joanna, ob sie bei Louis' Mord beteiligt gewesen war. Was hatte er gesehen?

»Ich ...« Joanna schloss die Augen. »Er fing an, Lärm zu machen.

Wir konnten nicht erlauben, dass er das ganze Haus zusammenbrüllte.«

»Ich werde jetzt aufstehen, und Ihr Ehemann kann Ihnen aufhelfen«, sagte Hadrian. »Unternehmen Sie keinen Fluchtversuch. Wir werden die Polizei holen.«

Hadrian stand auf und trat von Joanna zurück, die gerade die Augen öffnete. Sie wirkte niedergeschlagen.

Pollard nahm die Hand seiner Frau und half ihr auf, sein Gesicht war eine Maske aus Unglauben und Verzweiflung. »Was hast du getan?« Er ließ ihre Hand los, als hätte er ein heißes Eisen berührt.

»Louis Chambers hat alles ruiniert«, fauchte sie nun. »Wie sollten wir diesen Laden eröffnen, wenn er nicht bezahlen konnte, was er versprochen hatte?« Sie starrte ihren Mann mit wilden Augen an. »Er hätte uns in den Ruin getrieben, und du hast das einfach zugelassen.«

»Das habe ich *nicht*.« Pollards buschige Augenbrauen zogen sich vor Wut zusammen. »Ich habe mich bemüht, Oliver in das Geschäft aufzunehmen.«

»Das hast du dir von Louis verbieten lassen!«, kreischte sie. »Ich musste versuchen, Louis zu überzeugen. Wusstest du, dass er sogar versucht hat, mich zu verführen? Dieser widerliche, lüsterne Kerl.«

Pollards Schultern sackten herab. »Das wusste ich nicht.«

»Weil ich dir nichts gesagt habe.« Joanna atmete tief aus. »Was hätte das gebracht? Ich wusste, dass du dich gegen Louis nicht widersetzen würden. Er musste aufgehalten werden.« Sie warf ihrem Mann einen finsteren Blick zu.

»Sie haben Martha also besucht, um sicherzugehen, dass sie ihr Geheimnis hütet?«, fragte Tilda.

»Sie hat mich um mein Kommen gebeten, denn sie brauchte Geld. Sie wollte eine Brosche gegen Geld eintauschen.« Joanna spottete. »Ich habe ihr geraten, zu einem Pfandleiher zu gehen, aber sie sagte, das habe sie schon versucht, und er habe sie des Diebstahls der Brosche bezichtigt. Ich muss ihm zustimmen. Ich kann mir nicht vorstellen, warum eine Frau wie sie etwas so Teures besitzen sollte.«

»Anstatt sie einfach abzuweisen, haben Sie sie gedrängt?«, fragte Hadrian mit leicht erhobener Stimme. Er drückte kurz seine Hände an die Schläfen, und Tilda nahm an, dass ihm der Kopf von den Bildern schmerzte, die er unten gesehen hatte.

Pollard zeigte auf Hadrian. »Mylord, Sie haben sich immer noch nicht gesetzt. Fühlen Sie sich immer noch unwohl?«

Er hatte sich unwohl gefühlt? Tildas Puls hatte sich in den letzten Minuten beruhigt, aber nun schlug er wieder schneller, als sie sich Sorgen um Hadrian machte. Sie ging zu ihm hinüber, beugte sich zu ihm und berührte sanft seinen Rücken. »Möchten Sie sich setzen?«, fragte sie leise.

»Im Moment nicht, aber danke.« Ihre Blicke trafen sich kurz, und sie erkannte die Qual hinter all den Emotionen, die in seinen Augen brodelten.

»Warum gehen wir nicht nach unten?«, schlug Tilda vor. »Mr. Pollard, haben Sie einen Sitzbereich, wo wir auf Detective Inspector Teague warten können?« Sie würde zu Leach eilen und ihn bitten, Teague zu holen.

Joanna ließ seine Arme los und wandte sich an ihren Mann. »Du kannst nicht zulassen, dass sie die Polizei rufen! Er wird mich verhaften. Ich habe nichts Unrechtes getan! Ich habe nur versucht, unser Geschäft, unsere Existenzgrundlage zu schützen!«

Pollard wirkte verzweifelt. »Joanna, ich glaube, du musst dich setzen. Oder hinlegen.«

Als er sich bewegte, um seine Frau am Arm zu nehmen, riss sie sich los und stürzte zur Treppe. Tilda folgte ihr. Aber auf der Hälfte der Wendeltreppe rutschte Joanna aus. Sie schlug mit den Armen um sich, als sie nach vorne fiel und mehrere Stufen hinunterstürzte, bis sie auf das Geländer prallte. Wäre es eine gerade Treppe gewesen, wäre sie bis zum Fuße der Treppe gestürzt.

»Joanna, meine Liebe!« Pollard eilte zu seiner Frau, die zusammengesunken auf dem Boden lag.

Tilda stieg hinunter und blieb direkt über ihnen stehen. »Ich glaube, sie hat sich den Kopf gestoßen.«

Pollard drehte seine Frau so, dass ihr Gesicht zu sehen war. Ihre Augen waren geschlossen, und sie schien bewusstlos zu sein.

Hadrian trat zu Tilda. »Das wirkt fast poetisch«, flüsterte er.

Die Tränen aus Pollards Augen fielen auf die Wangen seiner Frau, und Tilda empfand Mitleid für ihn. Er schien von der gewalttätigen Ader seiner Frau überhaupt nichts gewusst zu haben.

Joannas Augenlider flatterten. »Edgar?«, krächzte sie, als sie den Blick auf ihren Mann richtete.

»Ich bin hier, meine Liebe. Bist du verletzt?«

Sie nickte, zuckte aber zusammen. »Mein Kopf. Und mein Knöchel.«

»Ich trage dich nach unten«, versprach Pollard.

»Ich helfe Ihnen«, bot Hadrian an.

Tilda legte ihre Hand auf seinen Arm. »Ist das eine gute Idee? Sind Sie sicher, dass Sie das können?«

»Er braucht Hilfe. Ich komme schon zurecht.«

Hadrian und Pollard halfen Joanna gemeinsam die Treppe hinunter und brachten sie ins Erdgeschoss, wo mehrere Stühle standen. Sie setzten Joanna auf einen davon, dann rückte Pollard einen weiteren Stuhl heran, damit sie ihre Füße hochlegen konnte.

Pollard sah Hadrian an. »Wenn Sie die Polizei rufen, würden Sie bitte auch einen Arzt kommen lassen?«

»Ich gehe hinaus, um mit Hadrians Kutscher zu sprechen«, sagte Tilda. »Lassen Sie Mrs. Pollard nicht weg.«

»Ich kann nicht laufen«, entgegnete Mrs. Pollard und hob ihren Rock bis zu den Waden. »Edgar, würdest du mir bitte meinen Stiefel ausziehen? Es tut mir furchtbar weh.«

»Kommen Sie, wir werden Leach losschicken«, sagte Hadrian und berührte Tildas Arm.

Sie drehten sich gemeinsam um und eilten zur Tür, die zur Oxford Street führte. Tilda sah ihn an, während sie gingen. »Geht es Ihnen gut? Wirklich? Sie müssen eine Vision gehabt haben, vielleicht sogar mehrere.«

»Ich hatte drei«, entgegnete er und verzog dabei leicht das Gesicht. »In ziemlich schneller Folge. Ich habe mich danach noch nie so miserabel gefühlt, aber jetzt geht es mir besser.« Als sie die Tür erreichten, sah er ihr kurz in die Augen, ehe er sie öffnete »Nichts lässt einen seine Schmerzen so schnell vergessen wie ein gehöriger Schreck.«

Tilda zögerte. »Was meinen Sie damit?«

»Sobald ich wusste, dass Joanna eine Mörderin ist – sie hat

Martha in den Tod gestoßen – und dass Sie allein mit ihr oben waren, musste ich zu Ihnen. Meine Kopfschmerzen und meine Übelkeit waren mir vollkommen einerlei.«

Die Übelkeit war neu, aber Tilda schenkte dem keine weitere Beachtung. Sie war völlig fasziniert von der Intensität seines Blicks und der Vehemenz seiner Worte. Er hatte zu ihr gemusst.

»Leach!«, rief Hadrian, während er die Tür festhielt.

Aus ihren lächerlichen Gedanken gerissen, eilte Tilda nach draußen. Leach kam auf sie zu.

»Sie müssen zum Scotland Yard und Detective Inspector Teague holen«, sagte Hadrian.

»Sagen Sie ihm, er soll Constables mitbringen«, fügte Tilda hinzu. »Er wird Joanna Pollard wegen des Mordes an Martha Farrow und Louis Chambers verhaften.«

Leach hob die Augenbrauen. »Sofort.« Er hielt einen Moment inne und musterte Hadrian. »Sind Sie wohlauf, Mylord? Sie sehen etwas blass aus.«

»Mir geht es gut«, antwortete Hadrian. »Ein Arzt wäre jedoch auch hilfreich – nicht für mich. Mrs. Pollard ist gestürzt und hat sich verletzt.«

»Ja, Sir«, sagte Leach mit einem entschiedenen Nicken, bevor er zurück zur Kutsche eilte. Er bog bereits um die Ecke in die Straße ein, als Tilda und Hadrian wieder in das Geschäft traten.

»Versprechen Sie mir, dass Sie sich hinsetzen«, sagte Tilda streng.

»Ich verspreche es, vor allem, weil Sie diesen autoritären Ton verwenden.« Er schenkte ihr ein Lächeln. »Ich freue mich über Ihre Sorge.«

»Natürlich mache ich mir Sorgen. Ich mag Sie sehr, Hadrian.« Das hatte sie nicht sagen wollen. Tatsächlich war sie selbst von diesen Worten überrascht. Aber sie wusste auch, dass sie der Wahrheit entsprachen.

Seine Gesichtszüge wurden weicher. »Und ich empfinde dasselbe für Sie.«

Er bot ihr seinen Arm an, und sie nahm ihn – um ihn zu stützen, falls er Hilfe brauchen sollte. Und vielleicht auch, weil sie ihn einfach berühren wollte. Ja, es fühlte sich ... richtig an.

*H*adrian hatte seit seinem Sturz auf den Bürgersteig, als er vor zwei Monaten niedergestochen worden war, keine so schrecklichen Kopfschmerzen mehr gehabt. Diese waren jedoch nicht auf den Schlag auf den Kopf zurückzuführen, sondern eine direkte Folge der aufeinanderfolgenden Visionen, die er erlebt hatte. Er bereute sie jedoch nicht, da sie ihn dazu veranlasst hatten, bei Tilda zu sein, bevor Joanna Pollard ihr körperlichen Schaden zufügen konnte.

Glücklicherweise traf Teague relativ schnell mit zwei Constables ein. Er hatte Joanna befragt, und sie hatte ihm alles genauso berichtet, wie sie es Hadrian und Tilda erzählt hatte. Sie hatte auch gestanden, dass sie das Messer, das Martha aus der Küche genommen, um Louis zu erstechen, am Tag der Beerdigung in Beryls Schublade gelegt hatte. Sie hatte gehofft, dass Beryl für den Mord verantwortlich gemacht werden würde.

Teague hatte Joanna verhaftet und Hadrian und Tilda gebeten, sich mit ihm bei Scotland Yard zu treffen, damit sie ihre offiziellen Aussagen machen konnten.

Als sie in der Kutsche saßen, schilderte Hadrian die Visionen in allen Einzelheiten, die er gehabt hatte, während Tilda an seinen Lippen hing. Er saß neben ihr und war froh über ihre Nähe und Wärme. Sie hatte sich ihm zugedreht und schenkte ihm ihre volle Aufmerksamkeit.

Das linderte zwar seine Kopfschmerzen nicht, aber ihre Aufmerksamkeit tat ihm gut.

»Beryl wird freigelassen, jetzt wo Joanna in Gewahrsam ist«, sagte Tilda, als sie sich Scotland Yard näherten. »Ich nehme an, Sie werden sie nach Hause bringen.«

»Das wollte ich gerade vorschlagen«, antwortete Hadrian. »Ich muss gestehen, dass ich nicht besonders erpicht darauf bin, ihr weiter zu helfen. Ich bin froh, dass diese Angelegenheit abgeschlossen ist.« Er sah ihr in die Augen. »Und Sie?«

»Das bin ich auch, selbst wenn es für mich noch nicht ganz vorbei ist. Es fehlen noch einige Schmuckstücke, die sie mich suchen ließ.«

Sie kamen bei Scotland Yard an und wurden zu Teagues Büro geführt, wo sie eine Weile warteten. Ein junger Angestellter brachte ihnen Tee, der sehr willkommen war. Hadrians Kopfschmerzen ließen endlich nach.

Ein Constable setzte sich zu ihnen, um ihre Aussagen aufzunehmen. Teague kam gerade, als er fertig war.

Der Inspector schenkte sich eine Tasse Tee ein und ließ sich auf einen Stuhl fallen. »Ich muss Ihnen beiden für Ihre Unterstützung heute danken. Das Geständnis von Mrs. Pollard haben mich ziemlich schockiert.«

»Haben Sie sie wegen Mordes angeklagt?«, fragte Tilda.

»Zumindest werde ich sie wegen Totschlags anklagen, aber ich bin noch dabei, Beweise zu sammeln.«

Hadrian war enttäuscht. Er hatte gesehen, wie Joanna Martha Farrow gestoßen und Louis Chambers festgehalten hatte. »Weil sie Louis Chambers nicht erstochen hat?«

Teague nickte. »Sie hatte auch nicht die Absicht, Martha Farrow in den Tod zu stoßen – zumindest nicht, als sie sie ursprünglich besuchen wollte. Sie sagt, sie sei in Panik geraten und habe sie gestoßen. Ich neige dazu, ihr zu glauben. Warum sollte Martha jemandem erzählen, was passiert ist? Damit würde sie sich nur selbst belasten.« Er schüttelte den Kopf. »Außerdem ist es schwierig, zu sagen, was genau passiert ist, da es außer Mrs. Pollard keine direkten Zeugen gibt.«

Hadrian blieb ausdruckslos, während er einen Blick auf Tilda warf. In Momenten wie diesen war seine Fähigkeit, Dinge zu sehen, sowohl ein Segen als auch ein Fluch. »Was ist mit Joannas Angriff auf Tilda?«

»Und auf Sie«, fügte Tilda hinzu. »Sie hat Hadrian mit ihrer Schere an der Kehle verletzt. Ich habe es mit eigenen Augen gesehen.« Sie warf Teague einen erwartungsvollen Blick zu.

»Sie wird auch für diese beiden Verbrechen angeklagt werden – entweder wegen Körperverletzung oder wegen schwerer Körperverletzung«, sagte Teague.

»Wird sie auch angeklagt, weil sie versucht hat, Beryl für den Mord an ihrem Mann verantwortlich zu machen?«, fragte Hadrian.

»Möglicherweise. Allerdings ist da noch die Sache mit der Vergiftung. Wie Sie bereits gehört haben, bestreitet Joanna, etwas damit zu tun zu haben.« Teague hatte sie noch im Geschäft dazu befragt.

Tilda richtete ihren Blick auf Teague. »Wussten Sie, dass Beryl Chambers im Januar einige Zeit krank war? Sie hat sich jedoch wieder erholt. Ihre Symptome waren dieselben wie diejenigen, die bei der Untersuchung erwähnt wurden.«

Teague runzelte die Stirn. »Sie glauben, sie wurde vergiftet?«

»Das halte ich für möglich. Aber wenn dem so ist, hat der Giftmischer irgendwann aufgehört.«

»Vielleicht wurde sie versehentlich anstelle ihres Mannes vergiftet?«, überlegte Teague. »Das ist merkwürdig. Ich glaube, ich muss meine Aufmerksamkeit auf das Hauspersonal richten. Nur die Dienstboten hatten die Möglichkeit, sowohl Mr. als auch Mrs. Chambers zu vergiften. Ich weiß nur nicht, was ihr Motiv gewesen sein könnte.«

»Ich glaube, keiner von ihnen mochte Mr. Chambers«, sagte Tilda. »Aber ich weiß nicht, ob sie ihn so sehr gehasst haben, dass sie ihn umbringen wollten.«

Hadrian sah von Tilda zu Teague. »Vielleicht wollten sie ihn nur für eine Weile krank machen, so wie sie es mit Beryl getan hatten?«

Teague seufzte. »Ich nehme nicht an, dass Sie einen Weg finden könnten, den Täter zu einem Geständnis zu provozieren, so wie Sie es bei Mrs. Pollard getan haben?« Er warf beiden einen sarkastischen Blick zu.

»Wir können es versuchen«, sagte Tilda.

»Das war nur ein Scherz, aber ich würde jede Hilfe, die Sie anbieten können, sehr begrüßen«, antwortete Teague mit einem Lächeln. »Sie sind sehr hilfreich, Miss Wren. Ich denke, ich sollte in Betracht ziehen, Sie in Zukunft bei neuen Fällen zu konsultieren.«

»Haben Sie dafür die Unterstützung Ihrer Vorgesetzten?«, fragte Tilda trocken.

Er lachte leise. »Noch nicht.«

Tilda stand auf, und Hadrian folgte ihr.

Teague stand ebenfalls auf. »Sie bringen Mrs. Chambers nach Hause?«

»Wenn sie gehen darf«, sagte Hadrian.

»Das darf sie«, sagte Teague. »Die Ermittlungen wegen der

Vergiftung werden fortgesetzt, aber ich habe keine stichhaltigen Beweise gegen sie. Ich werde sie draußen zu Ihnen bringen.«

Teague ging, und Tilda und Hadrian folgten ihm aus dem Büro.

Sie warteten ein paar Minuten draußen, bevor Beryl in Begleitung von zwei Constables aus einer anderen Tür kam. Sie sah müde aus, ihre Kleidung war zerknittert.

Hadrian lächelte sie freundlich an. »Beryl, du siehst gut aus.«

»Das tue ich nicht«, sagte sie gereizt und seufzte dann. »Verzeih mir, ich bin bereit, diesen Ort zu verlassen, um hoffentlich nie wieder zurückzukehren.«

»Natürlich«, sagte Hadrian. »Meine Kutsche steht dort drüben.« Er deutete auf Leach.

»Danke.« Ihr Blick war voller Dankbarkeit, als sie zur Kutsche ging.

Leach half ihr einsteigen, und sie nahm den vorderen Sitz ein. Tilda kletterte als Nächste hinein und setzte sich ihr gegenüber. Hadrian setzte sich neben Tilda, und kurz darauf waren sie unterwegs.

Beryl sah Hadrian an und wirkte verwirrt. Lag das daran, dass er sich entschieden hatte, neben Tilda zu sitzen?

»Ich kann kaum glauben, dass Mrs. Pollard versucht hat, mir die Schuld an Louis' Mord zu geben.« Beryl schnalzte mit der Zunge. »Ich bin froh, dass sie wegen des Verbrechens angeklagt wird. Und dafür, dass sie die arme Martha gestoßen hat. Das ist alles so schockierend.«

»In der Tat«, murmelte Tilda.

Alle schwiegen für einen Moment. Beryl sah sie misstrauisch an. Schließlich sagte sie: »Ich weiß, dass Sie über Oliver und mich Bescheid wissen, und dass Sie wahrscheinlich keine gute Meinung von dieser ... Situation haben.«

»Es steht uns nicht zu, darüber zu urteilen«, entgegnete Tilda ruhig.

Hadrian war froh, dass sie auch für ihn gesprochen hatte, da er genauso dachte. Außerdem gefiel es ihm, dass sie ihn in ihre Gefühle einbezog. Das zeigte, dass sie enge Partner und Freunde waren.

Beryl schniefte. »Ich war sehr unglücklich mit Louis. Diese Ehe war nicht das, was ich mir erhofft hatte.« Sie warf Hadrian einen kurzen Blick zu.

»Das kann ich mir gut vorstellen«, sagte Hadrian. Er glaubte nicht, dass sie die Wahrheit darüber wusste, warum Louis sie geheiratet hatte – aus Rache an Hadrian –, und das würde er ihr auch nie sagen. Vielleicht würde sie es irgendwann herausfinden, aber nicht von ihm.

»Nochmals vielen Dank für Ihre Hilfe.« Beryls Blick fiel auf Tilda. »Was ist mit meinem verschwundenen Schmuck? Ich weiß, dass meine Brosche bei Marthas Sachen gefunden wurde und ich sie bald zurückbekommen werde, und dass meine Perlenschmuckstücke offenbar verkauft wurden.« Sie runzelte traurig die Stirn. »Aber werden Sie weiter nach den anderen suchen?«

Tilda warf Hadrian einen unsicheren Blick zu. »Ich habe erfahren, dass Louis Ihre Rubine seiner Geliebten geschenkt hat. Er hat sie seinen Freunden in seinem Club gezeigt. Es tut mir leid.«

Beryl starrte ihn an. »Dieser Schurke! Haben Sie keine Ahnung, wer sie ist?«

»Ich fürchte nicht«, sagte Tilda mit einem leichten Grinsen. »Und ich bezweifle, dass ich Ihre anderen fehlenden Stücke finden kann – es sei denn, jemand meldet sich.«

Ein leises Wimmern entrang sich Beryls Kehle. »Was soll ich jetzt tun? Ich wollte meinen Schmuck zurückhaben, weil er mir gehört und viele der Stücke Erbstücke sind. Aber jetzt muss ich ihn wohl verkaufen, um leben zu können. Oliver sagt, Louis hatte Schulden und dass sein vierteljährliches Einkommen dafür ausgegeben werden muss. Er sagt, es wird Jahre dauern, bis sie vollständig beglichen sind.« Sie warf Hadrian einen verzweifelten Blick zu.

Erwartete sie, dass er ihr Hilfe anbot? Das würde er nicht tun. »Vielleicht solltest du deinen Eltern schreiben.«

Sie verschränkte die Arme vor der Brust. »Ich bezweifle, dass sie mir helfen würden.«

Den Rest des Weges zu Beryls Haus verbrachten sie in unangenehmer Stille. Hadrians Kopf schmerzte immer noch, aber nur noch leicht. Trotzdem freute er sich darauf, bald zu Hause zu sein.

»Wir begleiten Sie hinein, Beryl«, bot Tilda an und warf Hadrian einen Blick zu, der ihm sagte, dass dies wichtig war.

Als sie sich der Haustür näherten, öffnete Oswald sie. Er blinzelte Beryl an. »Mrs. Chambers, Sie sind zurück.« Er wirkte überrascht, und das vielleicht nicht im positiven Sinne. Zumindest lächelte er nicht.

»Endlich«, sagte Beryl, als sie die Eingangshalle betrat. »Ich brauche ein Bad und Tee.«

»Sofort, Mrs. Chambers.« Der Butler entfernte sich.

Beryl legte ihren Hut und ihre Handschuhe ab. Sie sah Tilda und Hadrian mit mürrischem Gesichtsausdruck an. »Ich nehme an, ihr müsst nicht bleiben. Vielen Dank, dass ihr mich nach Hause gebracht habt.«

Ein Klopfen an der Tür ließ alle aufhorchen. Da Oswald nicht da war, öffnete Hadrian.

Mrs. Styles-Rowdon stand vor der Tür. Sie trug weder Hut noch Handschuhe und wirkte etwas gehetzt. »Meine Haushälterin sagte, sie habe Beryl kommen sehen.«

Hadrian öffnete die Tür weiter und gab den Blick auf Beryl frei.

»Ich bin hier, Gillian.« Beryl sah ihre Freundin erleichtert an.

»Meine Güte, was für eine Tortur! Heißt das, du bist frei?«, fragte die Nachbarin, als sie hereinstürmte. Ihr kirschroter Rock streifte Hadrians Stiefel, als sie an ihm vorbeiging, um Beryl zu umarmen.

»Sie haben Joanna Pollard verhaftet«, erklärte Beryl, als sie sich voneinander lösten. Sie erzählte Mrs. Styles-Rowdon, wie Joanna zusammen mit Martha geholfen hatte, Louis zu töten, und dann Martha ermordet hatte.

Mrs. Styles-Rowdon fasste sich mit der Hand an die Brust. »Wie grauenvoll.«

»Leider sagte der Kriminalinspector, dass ich immer noch verdächtigt werde, Louis vergiftet zu haben.« Beryl verzog das Gesicht. »Was spielt das für eine Rolle? Das Gift hat ihn nicht getötet – das haben Martha und Joanna Pollard getan.«

»Es spielt eine Rolle, weil es ein Verbrechen ist, jemanden zu vergiften«, sagte Tilda ruhig, obwohl Hadrian ein wenig Feuer in ihren Augen sehen konnte.

»Natürlich ist es das«, sagte Mrs. Styles-Rowdon mit einem Nicken. »Beryl, darüber musst du dir jetzt keine Gedanken machen. Du brauchst sicher Ruhe. Und ein Bad.« Sie rümpfte die Nase.

»Oje, rieche ich etwa schrecklich?«, fragte Beryl entsetzt. »Das muss wohl so sein.« Sie wandte sich an Tilda. »Würden Sie mich bitte nach oben begleiten? Ich möchte Sie zu den Ermittlungen wegen der Vergiftung befragen.«

»Selbstverständlich«, murmelte Tilda. Sie warf Hadrian einen Blick zu, ihre Augen wurden leicht rund, bevor sie Beryl aus der Eingangshalle folgte.

»Ich schaue später noch einmal nach dir«, rief Mrs. Styles-Rowdon Beryl hinterher. Dann wandte sie sich an Hadrian. »Wie schön, dass Sie und Miss Wren Beryl nach Hause gebracht haben. Sie und Miss Wren scheinen viel Zeit miteinander zu verbringen.«

»Wir sind Geschäftspartner. Ich unterstütze sie bei ihren Ermittlungen.«

Mrs. Styles-Rowdons weizenblonde Augenbrauen hoben sich elegant. »Ist das der einzige Grund?«

»Wir sind auch befreundet.« Hadrian hatte den deutlichen Eindruck, dass Mrs. Styles-Rowdon herauszufinden versuchte, ob er ein Verhältnis mit Tilda hatte.

»Davon kann man nie genug haben«, sagte sie mit einem verführerischen Lächeln. »Beryl kann sich glücklich schätzen, Sie als Freund zu haben.«

Sie waren keine Freunde, aber Hadrian wollte die Frau nicht korrigieren. Er freute sich darauf, wenn Beryl wieder nur eine Erinnerung sein würde. Er nickte Mrs. Styles-Rowdon lediglich zu.

»Sie müssen erleichtert sein, dass der Mord aufgeklärt ist. Ich kann mir nicht vorstellen, dass Ihnen die Rolle des Verdächtigen gefallen hat.« Sie schaute ihn besorgt an und formte mit ihren Lippen einen perfekten Bogen.

»Das war es nicht.« Hadrian hoffte, dass Tilda nicht zu lange wegbleiben würde. Mrs. Styles-Rowdon war dichter an ihn herangetreten.

Sie schnappte nach Luft. »Was ist mit Ihrem Hals passiert?« Sie streckte die Hand aus und strich mit den Fingern über die Stelle, an der Joanna Pollard ihn geschnitten hatte.

Plötzlich befand sich Hadrian nicht mehr in der Eingangshalle. Er stand in einer kleinen Küche. Eine weibliche Hand goss etwas in eine Suppenschüssel auf einem Tablett. Er sah die Erinnerung von

Mrs. Styles-Rowdon. Sie stellte die Flasche ab und schaute aus dem Fenster auf das Meer in der Ferne. Dann nahm sie das Tablett und trug es in ein Schlafzimmer.

Ein Mann lag mit mehreren Kissen am Kopfende des Bettes gestützt. Seine Augen waren müde, sein Gesicht blass. Er brachte ein kleines Lächeln zustande, als die Frau, deren Erinnerung er sah – Mrs. Styles-Rowdon – das Tablett auf den Tisch neben dem Bett stellte. Dann begann sie, den Mann mit der Suppe zu füttern.

»Mylord?«

Hadrian blinzelte, und Mrs. Styles-Rowdon kam wieder in sein Blickfeld. »Entschuldigen Sie bitte. Ich fürchte, es war ein anstrengender Tag.« Seine Kopfschmerzen waren besser geworden, doch nun kehrten sie mit voller Wucht zurück. Tilda hatte vielleicht recht, dass er seine Visionen rationieren sollte, wenn er konnte. Nicht, dass er diese hier provoziert hätte. Mrs. Styles-Rowdon hatte ihn berührt. »Joanna Pollard hat mich mit einer Schere geschnitten.«

Mrs. Styles-Rowdon schnappte nach Luft. »Sie armer Mann. Wie schade, dass Sie keine Countess haben, die sich um Sie kümmert. Ich würde dafür sorgen, dass Sie ein heißes Bad und ein großes Glas Brandy bekommen.«

»Genau das habe ich mir für mich selbst vorgenommen, wenn ich nach Hause komme. Eine Frau brauche ich dafür nicht«, fügte er mit einem Lächeln hinzu.

»Aber mit einer Frau wäre das doch noch viel verlockender, oder?« Ihre Augen verdunkelten sich auf fast verführerische Weise.

Obwohl er nichts lieber wollte, als Abstand zwischen sich und diese Frau zu bringen, die vielleicht jemanden vergiftet hatte, wollte er Tilda nicht enttäuschen. Nach dem, was er gerade gesehen hatte, hatte er Fragen, und er musste sie stellen, Kopfschmerzen hin oder her. »Haben Sie oft dafür gesorgt, dass Ihr Mann ein Bad und ein Glas Brandy bekam?«

Überrascht und vielleicht auch unbehaglich zuckte sie zusammen. »Natürlich.«

»Sie müssen ihn vermissen«, sagte Hadrian mit übertriebenem Mitgefühl. »Wie lange sind Sie schon verwitwet?«

»Drei Jahre.«

»Sie arme Frau«, murmelte er und wiederholte damit ihre Worte. Er hielt ihren Blick fest, in der Hoffnung, dass sie seine Fragen weiter beantworten würde. »War das hier in London oder woanders?«

»In Portsmouth.«

Leider kam Tilda in die Eingangshalle und unterbrach ihren Moment der Offenbarung. Tildas Blick blieb skeptisch auf Mrs. Styles-Rowdon haften, dann wanderte er unruhig zu Hadrian. Er konnte sich gut vorstellen, wie das aussah.

Hadrian trat von der Frau zurück und sah Tilda erwartungsvoll an. »Wollen wir aufbrechen?«

»Ja.«

»Ich sollte auch gehen.« Mrs. Styles-Rowdon ging zur Tür, und Hadrian eilte ihr voraus, um sie ihr zu öffnen. »Vielen Dank.« Sie neigte den Kopf in ihre Richtung und ging hinaus.

Hadrian hielt Tilda die Tür auf, die vor ihm ins Freie trat. Sie gingen schweigend zur Kutsche. Er wartete, bis sie sich gesetzt hatten, bevor er das Wort ergriff.

Doch sie kam ihm zuvor.

»Hat Mrs. Styles-Rowdon mit Ihnen geflirtet?«

»Ja, und ich habe mit ihr geflirtet.« Hadrian rieb sich die Stirn und verzog das Gesicht. »Sie hat mich berührt, und ich habe etwas gesehen.«

»Eine weitere Vision?« Tilda berührte seinen Arm. »Geht es Ihnen gut?«

»Mir geht es gut.« Das konnte er nur hoffen – denn sein Kopf fühlte sich an, als würde er zerbrechen. »Ich sah, wie sie etwas in eine Suppe goss und sie einem Mann gab, der krank im Bett lag. Ich glaube, es war ihr Ehemann. Sie waren in der Nähe des Meeres, und sie sagte, ihr Mann sei in Portsmouth gestorben.«

Tildas Augen wurden groß. »Sie hat ihn vergiftet?«

»Ich glaube schon.« Er schloss kurz die Augen. Das tat gut.

»Ich mache mir Sorgen um Sie«, sagte Tilda leise. Ihre Hand lag immer noch auf seinem Arm.

»Mir geht es gut«, wiederholte er. »Nehmen wir an, sie hat ihren Mann vergiftet. Warum? Und warum sollte sie Louis Chambers vergiften?«

Tilda nahm ihre Hand von seinem Arm, und Hadrian öffnete die Augen. Sie wirkte nachdenklich.

Ihr Blick traf seinen. »Was, wenn Mrs. Styles-Rowdon Louis' Geliebte war? Das würde bedeuten, dass beide Männer etwas gemeinsam hatten – ihre intime Beziehung zu ihr. Das ist jedoch kein Motiv.« Sie wandte den Blick ab und ihr Gesichtsausdruck wurde entschlossen. »Ich gehe zurück zu Scotland Yard, nachdem Leach Sie nach Hause gebracht hat. Teague sollte wohl ein Telegramm nach Portsmouth schicken können. Wir können herausfinden, wie ihr Ehemann gestorben ist und auch anderes, was hilfreich sein könnte.«

»Ich möchte mit Ihnen kommen.«

Tilda schüttelte entschieden den Kopf und wandte ihre Aufmerksamkeit wieder ihm zu. »Auf keinen Fall. Sie müssen sich ausruhen.«

Hadrian runzelte die Stirn, was ihn erneut zusammenzucken ließ. »Lassen Sie sich wenigstens von Leach fahren und dann nach Hause bringen.«

»In Ordnung.« Sie warf ihm einen strengen Blick zu. »Sie müssen mir versprechen, dass Sie sich ausruhen.«

»Das werde ich. Ich werde etwas Brandy trinken, ein warmes Bad nehmen, etwas Leichtes zu Abend essen und diese Kopfschmerzen wegschlafen.« Das hoffte er zumindest. Das Einzige, was er von seiner Fähigkeit und den damit verbundenen Kopfschmerzen erwarten konnte, war, dass er immer auf Unerwartetes gefasst sein musste, wie zum Beispiel mehrere Visionen in kurzer Zeit, die ihm das Gefühl gaben, als wäre er in einem Boot über den Ärmelkanal katapultiert worden.

»Hoffentlich müssen Sie morgen nicht nach Westminster«, sagte sie. »Sie sollten sich schonen.«

Er lehnte sich an die Rückenlehne und streckte die Beine aus, sodass er mit den Zehen fast den anderen Sitz berührten. »Das muss ich tatsächlich nicht. Ich werde Ihren Rat befolgen. Aber Sie müssen mir berichten, was Sie von Teague erfahren haben.«

»Natürlich werde ich das – schon allein, um mich zu vergewissern, dass es Ihnen gut geht.« Ihre Augen funkelten mit einem warmen Versprechen, das ein Gefühl in ihm auslöste. Er genoss diese

Vertrautheit zwischen ihnen. Und er freute sich, dass sie sich so sehr um ihn sorgte.

»Vergessen Sie nicht, mir eine Rechnung mitzubringen, damit ich Sie bezahlen kann.«

»Angesichts Ihres Beitrags zu unseren Ermittlungen erscheint es mir kaum angemessen, dass Sie mich bezahlen.«

Er winkte ab. »Sie verdienen eine Bezahlung für Ihre Arbeit.«

»Und was ist mit Ihrer Arbeit?« Sie hob eine Augenbraue. »Und ich spreche nicht nur von Ihren Visionen. Sie haben sehr gute Ermittlungsfähigkeiten entwickelt. Denken Sie nur daran, was Sie heute mit Mrs. Styles-Rowdon gemacht haben.«

Hadrian schwoll die Brust vor Stolz und sein Herz schlug für einen Moment schneller, als die Begeisterung über ihr Lob ihn durchströmte. »Das ist ein großes Kompliment von Ihnen. Vielen Dank.« Wieder trafen sich ihre Blicke, und sie sahen sich einfach einen langen Moment lang an. Sie brach den Blickkontakt als Erste ab und wandte ihre Aufmerksamkeit der anderen Seite der Kutsche zu. Sein Blick fiel auf ihren Mund, und das erinnerte ihn an ihr Gespräch über das Küssen. Er wollte sie küssen. Würde sie das wirklich zulassen?

Heute war nicht der richtige Tag, um das herauszufinden. Angesichts seiner Kopfschmerzen und all der Ereignisse hielt er einen Kussversuch für unangemessen. Ganz zu schweigen davon, wie sich das auf ihre Freundschaft auswirken könnte, die ihm sehr viel bedeutete.

Hadrian würde sich damit begnügen, einfach neben ihr zu sitzen – und ihr Kompliment in seinem Kopf wiederholen.

»Sie sollten Leach zum Ravenhurst House umdirigieren«, sagte Tilda.

»In der Tat.« Er klopfte auf das Dach und Leach verlangsamte die Kutsche. Bald waren sie auf dem Weg zu Hadrians Haus statt zu Tildas.

Als sie sich der Curzon Street näherten, lockerte Hadrian seinen Krawattenschal. »Ich möchte Ihnen sagen, wie froh ich bin, dass alles gut ausgegangen ist. Und falls ich Ihnen noch nicht dafür gedankt habe, dass Sie Joanna davon abgehalten haben, meinem Hals weiteren Schaden zuzufügen, möchte ich Ihnen meinen aufrichtigen Dank aussprechen.«

»Ich bin Ihnen dankbar, dass Sie rechtzeitig nach oben gekommen sind. Sie hätte mich wahrscheinlich mit der Schere angegriffen, da sie mich nicht über das Geländer stoßen konnte.«

»Gott sei Dank«, sagte er mit großer Erleichterung. »Worüber wollte Beryl mit Ihnen sprechen?«

Tilda verdrehte die Augen. »Sie wollte darauf hinweisen, dass sie wahrscheinlich vergiftet worden war, weshalb es keinen Sinn ergab, dass sie die Giftmischerin sei.«

»Es sei denn, es war ein Zufall«, sagte Hadrian ironisch.

»Ich glaube, wir wissen, dass es kein Zufall war. Jetzt, da wir wissen, *dass* Mrs. Styles-Rowdon ihren Mann vergiftet hat, ist *das* ein zu großer Zufall, um ihn zu ignorieren. Aber hätte sie neben Louis auch Beryl vergiftet?« Tildas Gesicht zeigte eine tiefe Nachdenklichkeit, als die Kutsche anhielt.

Leach öffnete die Tür, und Tilda schreckte aus ihren Gedanken auf und lächelte Hadrian an. »Bitte passen Sie auf sich auf.«

Hadrian wandte sich von ihr ab und stieg aus der Kutsche. Er fragte sich, ob ihn der Gedanke sie zu küssen heute Nacht wach halten würde.

KAPITEL 21

Tilda hielt vor Scotland Yard eine Mietdroschke an und wies den Kutscher an, sie zum Ravenhurst House zu fahren. Sie hatte Hadrian viel zu berichten und wollte außerdem erfahren, wie es ihm heute ging. Sie hoffte, dass er sich erholt hatte, denn sie hatten jede Menge zu erledigen.

Besonders freute sie sich über die Neuigkeiten, die ihre Gedanken beschäftigen, weil sie auf diese Weise nicht allzu viel über die den vergangenen Tag nachgrübeln konnte – insbesondere über die elektrisierenden Momente, die sie mit Hadrian in der Kutsche erlebt hatte.

Es war nur natürlich, dass sie nach all diesen Ereignissen besonders besorgt war. Hadrian hatte über die Maßen unter den Visionen gelitten, und er hatte Tilda vor dem Angriff von Joanna Pollard geschützt, wobei er selbst eine geringfügige Verletzung am Hals davongetragen hatte. Tilda nahm an, dass sie beide von Sorge und Erleichterung überwältigt gewesen waren. Es war verständlich, dass sie im Anschluss an die Begebenheit eine besondere Nähe zueinander empfunden hatten.

Sie hoffte nur, dass nicht mehr dahinter steckte.

Die Droschke hielt in der Curzon Street vor dem Ravenhurst House und Tilda stieg aus. Als sie sich der Eingangstür näherte, fragte sie sich, ob sie sich jemals wohlfühlen würde, hier an die Tür zu klopfen. Obwohl sie das schon einige Male getan hatte, befiel sie auch weiterhin dieses nagende Gefühl, dass sie hier fehl am Platz war.

Der Butler Collier begrüßte sie herzlich. »Seine Lordschaft erwartet Sie schon. Er ist in seinem Arbeitszimmer.«

»Vielen Dank.« Tilda folgte dem Butler in das Arbeitszimmer, ein durch und durch maskuliner Raum, der in Blau- und Grüntönen gehalten war. An einer Wand standen Bücherregale, und ein Kaminsims mit kunstvoll geschnitzten Hirschen zog den Blick auf sich.

Hadrian stand von einem Stuhl neben dem Kamin auf und legte ein Buch auf einen kleinen Tisch. »Tilda, endlich sind Sie da.«

Der Butler zog sich zurück, und Tilda ging zu Hadrian hinüber, um ihn zu begrüßen. »Ich hatte gehofft, früher zu kommen, aber ich war mit Teague bei Scotland Yard.«

»Bitte setzen Sie sich und erzählen Sie mir alles.« Hadrian deutete auf einen Sessel ihm gegenüber.

Tilda setzte sich in den Sessel und strich mit ihren behandschuhten Händen über ihr Kleid – sie hatte wieder das neue graue angezogen. Zumindest sah sie fast so aus, als würde sie hierher gehören.

Tilda begann, zu erzählen, was sie bei Teague erfahren hatte. Es war seltsam, diesen Teil der Aufgabe ohne Hadrian an ihrer Seite zu erledigen, stellte sie fest. »Gestern habe ich Teague bei Scotland Yard erzählt, dass ich vermute, dass Mrs. Styles-Rowdon Louis' Geliebte ist und dass sie möglicherweise ihren Ehemann vergiftet hat.«

Hadrian hob eine Augenbraue. »Hat Teague gefragt, wie Sie auf diese Vermutung gekommen sind?«

»Ich sagte, sie habe scherzhaft bemerkt, dass es wahrscheinlich eine große Anzahl von Frauen gibt, die ihre Ehemänner vergiftet haben, ohne dass jemand davon weiß.« Tilda zuckte mit den Schultern. »Das könnte passieren.«

»Dass sie das gesagt hat oder dass es viele Frauen gibt, die ihre Ehemänner vergiften?«

»Wahrscheinlich beides.« Tilda lächelte. »Ich habe Teague gebeten, ein Telegramm an die Polizei in Portsmouth zu schicken, um alles über Mrs. Styles-Rowdons Ehemann herauszufinden. Meiner Vermutung nach handelt es sich dabei um Mr. Rowdon.«

»Es sei denn, sie hat ihren Namen geändert, um ihre Identität zu verschleiern«, bemerkte Hadrian.

»Das hat sie nicht, wie sich herausstellte. Teague sagte, er würde mich informieren, sobald er etwas erfährt. Ich habe dann später eine Nachricht erhalten, dass ich mich bei Scotland Yard melden soll.«

Hadrian grinste. »Ich kann mir vorstellen, dass Sie es kaum erwarten konnten, dorthin zu kommen.«

Tilda neigte den Kopf und lächelte kurz. »Ich bin so schnell wie möglich hingefahren und habe erfahren, dass Mr. Frederick Rowdon im September 1865 an einer Magen-Darm-Erkrankung gestorben ist. Seine Frau, Gillian Styles-Rowdon, war seine einzige Erbin und hat Portsmouth kurz darauf verlassen.«

»Einzige Erbin … Gab es eine beträchtliche Erbschaft?«

»Das ist ungewiss. Mr. Rowdon war bei seinem Tod in den Fünfzigern und hatte in der Marine gedient. Er besaß einige Fischerboote.«

»Mrs. Styles-Rowdon war deutlich jünger als er.«

»Ja. Ich habe viele Fragen, aber Teague ist sich nicht sicher, ob er genügend Beweise hat, um weiter zu ermitteln. Der Tod des Mannes könnte durch Arsen verursacht worden sein, aber es könnte auch eine Krankheit gewesen sein, sogar Cholera. Teague wird mich informieren, wenn er etwas Neues erfährt.« Tilda runzelte leicht die Stirn. »Ich frage mich, ob wir nicht nach Portsmouth fahren sollten.« Sie waren während ihrer letzten Ermittlungen nach Brighton gereist.

Hadrian klopfte mit dem Finger auf die Armlehne seines Sessels. »Vielleicht. Allerdings würde ich gerne sehen, was wir von Mrs. Styles-Rowdon erfahren können.« Er zuckte mit den Schultern. »Ich konnte herausfinden, wo sie mit ihrem Mann gelebt hat und wann er gestorben ist.«

»Sie scheint Sie zu mögen«, meinte Tilda und dachte daran, wie die Frau Hadrian am Vortag angesehen hatte – als wäre er eine köstliche Mahlzeit. »Allerdings sind Ihre Visionen leider keine Beweise. Hoffen Sie, ihr ein Geständnis zu entlocken?«

»Genau das habe ich vor. Ich bin nicht zu stolz, ihre Zuneigung zu mir zu unserem Vorteil zu nutzen.«

»Sie sagten, Sie hätten gestern mit ihr geflirtet und dabei Ergebnisse erzielt.« Sie lächelte ihm anerkennend zu. »Sie werden ein versierter Ermittler. Hoffentlich beschließen Sie nicht, diesen Beruf zu ergreifen und mir meine Kunden wegzunehmen.«

»Niemals«, sagte er ziemlich vehement, aber mit einem Augenzwinkern. »Ich habe von Ihnen gelernt, jemanden darzustellen, der ich nicht bin. Sie sind eine hervorragende Lehrerin in allen investigativen Belangen.«

»Was schlagen Sie vor, was wir mit Mrs. Styles-Rowdon machen?«, fragte Tilda. »Könnten Sie sie irgendwohin einladen? Ich könnte die Zeit nutzen, um mich in ihr Haus zu schleichen und nach Beryls Rubinen zu suchen. Das würde bestätigen, dass sie tatsächlich die Geliebte von Louis Chambers war.«

»Was ist mit ihren Bediensteten? Wie wollen Sie unbemerkt ins Haus gelangen?«

»Ich muss mich erst einmal erkundigen, wie ich hineinkommen kann und wie viele Bedienstete sie hat.« Sie sah Hadrian an. »Das bedeutet wohl, dass wir zu Beryl zurückkehren müssen. Es tut mir leid. Ich weiß, dass Sie das alles gerne hinter sich hätten.«

Er legte seine Handfläche flach auf die Armlehne seines Stuhls. »Einerseits möchte ich meine Vergangenheit mit Beryl ein für alle Mal hinter mir lassen. Andererseits ist der Giftmord noch nicht aufgeklärt, und Gerechtigkeit muss walten.«

Sie faltete die Hände im Schoß. »Ich bin so froh, dass Sie das denken.«

»Einer der Gründe, warum ich meine andere Tätigkeit – meinen Dienst im Oberhaus – so schätze, ist die Möglichkeit, mich für Gerechtigkeit für alle einzusetzen.«

»Sie betrachten es als eine edle Berufung.«

Er nickte einmal. »Das tue ich. Es freut mich, dass Sie das verstehen.«

»Befürworten Sie die Abschaffung öffentlicher Hinrichtungen?« Tilda vermutete, dass er dafür war, aber sie hatten noch nicht darüber gesprochen.

»Mit größter Überzeugung. Ich spreche so oft ich kann darüber. Ehrlich gesagt würde ich es vorziehen, wenn wir überhaupt keine Menschen hinrichten würden.«

»Selbst im Falle eines Mordes?«

»Einem Menschen das Leben zu nehmen, ist keine Kleinigkeit«, sagte Hadrian leise. »Morde geschehen aus verschiedenen Gründen. Wenn jedoch der Staat jemanden tötet, sind viele Menschen daran beteiligt, die alle diese Last tragen müssen.«

»Das schließt Sie mit ein.« Tilda sah ihm in die Augen. »Und mich. Wir haben dazu beigetragen, Joanna Pollard vor Gericht zu bringen. Wenn sie gehängt wird, weiß ich nicht, ob ich mich belastet fühlen würde. Der Tod des Mannes, den wir kürzlich gefasst haben, bereitet mir keine Sorgen.«

Hadrian runzelte die Stirn. »Er war wirklich schrecklich. Er hat vergewaltigt und gemordet. Und er hätte es wieder getan. Eine lebenslange Haftstrafe hätte jedoch sichergestellt, dass er es nicht getan hätte.«

»Das tut der Tod auch«, entgegnete Tilda und genoss die Debatte. »Sie sind also für die Todesstrafe?«

»Ich bin unentschlossen«, sagte sie. »Sie haben mich zum Nachdenken gebracht. Danke. Wo waren wir mit unseren Plänen noch einmal stehengeblieben, weitere Nachforschungen über Mrs. Styles-Rowdon anzustellen?«

»Wir sind zu dem Schluss gekommen, dass wir zuerst Beryl aufsuchen müssen. Ich werde die Kutsche bereit machen lassen.« Hadrian stand auf und ging zur Wand, wo er an einer Schnur zog.

»Sie ziehen daran und Leach erscheint auf magische Weise mit der Kutsche?«, fragte sie mit einem Lächeln.

Er lachte, als er zu seinem Stuhl zurückkehrte. »Wenn es nur so funktionieren würde. Es läutet unten, und Collier oder Mrs. Kenworth kommen, um sich zu erkundigen, was ich brauche.«

Collier erschien in der Tür, und Hadrian bat ihn, die Kutsche vorfahren zu lassen.

Hadrian wandte seine Aufmerksamkeit wieder Tilda zu. »Unser Plan ist also, dass ich Mrs. Styles-Rowdon ablenke, damit Sie ihr Schlafzimmer nach Beryls verschwundenen Rubinen durchsuchen können. Was werden Sie tun, wenn Sie den Schmuck finden?«

»Ich habe nicht vor, sie an mich zu nehmen. Ich werde Teague informieren, dass sie tatsächlich Louis' Geliebte ist. Das würde bedeuten, dass sie einen toten Ehemann und einen toten Liebhaber hat, die beide vergiftet wurden – möglicherweise.«

»Aber warum sollte sie die Männer töten?«, fragte Hadrian.

»Die offensichtliche Antwort wäre finanzieller Gewinn.«

»Wenn sie das Vermögen ihres Mannes erbt, kann ich ein Motiv erkennen. Allerdings frage ich mich, warum sie ihren Mann töten musste, es sei denn, sie wollte unabhängig sein. Oder sie mochte ihn einfach nicht.« Er runzelte die Stirn. »Was würde sie durch Louis' Tod gewinnen?«

»Das ist eine sehr gute Frage. Er hat ihr den Schmuck geschenkt und Unsummen für sie ausgegeben. Allerdings schienen seine Möglichkeiten zunehmend zu schwinden.« Tilda beugte sich leicht vor. »Louis wollte sich angeblich von Beryl scheiden lassen. Hatte er vor, Mrs. Styles-Rowdon zu heiraten? Vielleicht erkannte sie, dass er nicht der wohlhabende Ehemann sein würde, für den sie ihn gehalten hat.«

»Ich verstehe immer noch nicht, warum sie ihn vergiften musste.«

Tilda hob eine Augenbraue. »Wie Sie in Bezug auf Mrs. Styles-Rowdon gesagt haben, mochte sie ihn vielleicht, wie so viele andere auch, einfach nicht.«

Hadrian lachte leise. »*Das* könnte ich mir vorstellen.«

~

Kurz darauf erreichten sie Beryls Haus. Oswald ließ sie beide ins Haus und kündigte ihnen an, dass Beryl im Salon sei.

Beryl begrüßte sie vom Sofa aus. »Trinkt doch eine Tasse Tee mit mir. Oswald, bitten Sie Mrs. Blank, zwei weitere Tassen zu bringen.«

Der Butler verschwand, und Hadrian wartete, bis die Damen Platz genommen hatten, bevor er sich neben Tilda setzte. Sie saßen Beryl gegenüber.

»Verzeihen Sie mir«, sagte Beryl. »Ich fürchte, ich habe gerade die letzten von Gillians köstlichen Zimtkeksen gegessen. Ich hatte die Kekse so vermisst. Es gibt jedoch Zitronenkuchen.«

Tilda runzelte die Stirn. »Mrs. Styles-Rowdon hat Ihnen diese Kekse gebracht?«

Hadrian erinnerte sich nun wieder an diese Begebenheit. Die Nachbarin hatte an dem Tag, an dem die Untersuchung verschoben worden war, eine Dose mitgebracht. Ihm gefror das Blut in den Adern. Das war ein Lebensmittel, das nicht im Haus zubereitet worden war, und Mrs. Styles-Rowdon war als Giftmörderin bekannt – wenn man seinen Visionen Glauben schenken durfte. Und bisher hatten sie sich nicht geirrt.

»Ja, sie hat sie früher öfter mitgebracht, aber das ist schon eine Weile her«, erklärte Beryl. »Sie sagt, es sei ihr Geheimrezept. Der Brandy macht sie so köstlich. Das hat mir Gillian zumindest verraten, als sie sie mir das erste Mal mitgebracht hat. Meine Güte, wann war das noch gleich?« Beryl dachte einen Moment nach. »Ah ja, am Tag nach dem Dreikönigstag. Wir gaben eine Dinnerparty und hatten Gillian eingeladen. Sie brachte die Kekse mit, um sich zu bedanken. Das war der Beginn unserer Freundschaft.«

»Aber sie hat Ihnen danach keine Kekse mehr mitgebracht?«, fragte Tilda. »Oder doch?«

Beryl neigte den Kopf. »Ich bin mir nicht sicher.«

»Hat sie Ihnen Kekse gebracht, als Sie krank waren?«, hakte Tilda nach. Sie beugte sich leicht vor und sah Beryl intensiv an.

»Nein«, sagte Beryl schnell. Aber dann verengten sich ihre Augen kurz. »Eigentlich könnte das doch der Fall gewesen sein.«

Mit dieser Enthüllung verlor ihr Besuch seinen Sinn – zumindest für Hadrian. Sah Tilda das auch so? Sie schienen Beweise dafür zu haben, dass Mrs. Styles-Rowdon Beryl wahrscheinlich vergiften wollte. Aber warum?

Tilda sah Hadrian an, und er hatte die Antwort.

Beryl war inzwischen kreidebleich geworden.

In diesem Moment kam Mrs. Blank mit den Teetassen für Tilda und Hadrian herein. Sie stellte sie auf das Tablett, das auf einem Tisch stand, der neben das Sofa und den Stuhl, auf dem Tilda saß, gerückt worden war.

Die Haushälterin hielt inne, als sie Beryl ansah. »Geht es Ihnen gut, Mrs. Chambers?«

»Ich weiß es nicht«, sagte sie leise.

»Ihr geht es gut«, meinte Tilda lächelnd zur Haushälterin. »Es war eine anstrengende Woche.«

»In der Tat, das war es«, sagte Mrs. Blank mit einem Kopfschütteln, ehe sie wieder hinausging.

Beryl starrte Tilda und Hadrian an. »Hat Gillian mich vergiftet? Das kann ich nicht glauben.«

»Wir sollten keine voreiligen Schlüsse ziehen«, sagte Tilda. »Allerdings ist es verdächtig, dass Sie sich unwohl gefühlt haben, als sie Ihnen Kekse gebracht hat.«

»Ich esse sie schon seit Samstag.« Panik blitzte in Beryls Augen auf. »Werde ich krank? Werde ich ... sterben?« Sie sank gegen die Rückenlehne und Hadrian befürchtete, sie könnte ohnmächtig werden, wie damals, als Teague gesagt hatte, sie sei des Mordes an Louis verdächtig.

»Ich glaube, Sie wären bereits krank, wenn die Kekse vergiftet wären«, sagte Tilda. »Wie schnell nach dem Dreikönigstag haben Sie sich unwohl gefühlt?«

»Ich glaube, innerhalb weniger Tage.« Beryl legte ihre Hand auf die Stirn. »Warum sollte Gillian mich vergiften? Wir sind doch Freundinnen«, krächzte sie und schien die Tränen zurückzuhalten. Sie schüttelte den Kopf und schluckte. »Das ergibt keinen Sinn. Wahrscheinlich war ihr Mehl schlecht. Es gibt schlechtes Mehl. Ich habe gelesen, dass sie dort Dinge hineinmischen, um die Leute zu betrügen, und dass man davon krank wird.«

Die arme Beryl sah sehr aufgewühlt aus. Ihre Augen waren wild und sie war immer noch blass.

»Wir werden dem nachgehen«, sagte Tilda beruhigend. »Bitte behalten Sie das vorerst für sich, bis wir mehr wissen.«

»Lassen Sie uns einfach Gillian fragen«, sagte Beryl. »Ich bin sicher, es gibt eine vernünftige Erklärung.« Sie verstummte und runzelte die Stirn.

»Sie haben sicher recht«, antwortete Tilda. »Bitte überlassen Sie es Hadrian und mir herauszufinden, was es ist. Sie haben schon genug durchgemacht.«

»Was ist mit Louis?«, platzte Beryl heraus. »Hat Gillian ihn auch vergiftet? Warum sollte sie das tun?«

Hadrian befürchtete, dass Beryl sich in einen aufgeregten Zustand hineinsteigern würde. »Machen wir uns jetzt keine Sorgen«, sagte er sanft, in der Hoffnung, sie zu beruhigen.

»Sie fand Louis schrecklich«, fuhr Beryl fort. »Sie wollte mir so sehr bei der Scheidung helfen. Würde sie ihn vergiftet haben, um mich zu schützen?«

Tilda lächelte ihr beruhigend zu. »Wir werden auch das untersuchen.«

»Ich muss es wissen.« Beryl blinzelte ihn an und sah dann Tilda an. »Wir können einfach nach nebenan gehen und mit Gillian sprechen. Jetzt.«

Hadrian und Tilda tauschten einen weiteren Blick. »Das können wir nicht tun, Beryl«, sagte Hadrian, vielleicht etwas zu streng. »Versprich mir, dass du es Tilda und mir überlässt, das zu regeln. Wir wissen noch nichts Genaues.« Außer, dass sie es doch taten. Er war sich sicherer denn je, dass Mrs. Styles-Rowdon Louis und vielleicht sogar Beryl vergiftet hatte.

Tilda stand auf. »Beryl, ich glaube, Sie sollten sich ausruhen.«

Beryl schüttelte den Kopf. »Ich weiß nicht, ob ich das kann.«

Hadrian stand ebenfalls auf. Er ging zu Beryl und reichte ihr die Hand. »Komm. Du wirst dich besser fühlen, wenn du dich etwas ausgeruht hast. Lassen wir Tilda ihre Ermittlungsarbeit machen, und wenn du dich erholt hast, hat Tilda vielleicht alle Antworten.« Er lächelte ihr aufmunternd zu.

Beryl nahm seine Hand und stand auf. »In Ordnung. Aber ich möchte sofort Bescheid wissen, sobald Sie etwas erfahren.«

Tilda nickte. »Selbstverständlich.«

Beryl verließ das Wohnzimmer, und Tilda folgte ihr in die Eingangshalle.

Hadrian folgte ihnen, und gemeinsam sahen sie Beryl nach, wie sie in die Treppenhalle verschwand und dann die Treppe hinaufging.

Tilda wandte sich an Hadrian, ihre Augen waren größer als sonst. »Wir müssen herausfinden, ob Louis jemals Kekse von Mrs. Styles-Rowdon erhalten hat.«

»Wen sollen wir deshalb denn fragen?«

»Jeden, den wir finden können.« Tilda ging zum hinteren Teil des Hauses.

Hadrian begleitete sie. »Gehen Sie nach unten?«

»Das scheint mir für den Anfang der beste Ort zu sein.« Tilda ging ins Wohnzimmer, wo sich die Tür zur Dienstbotentreppe befand. Aber sie brauchten nicht weiterzugehen, denn Clara kam gerade aus dem Treppenhaus.

Als sie Tilda und Hadrian sah, blieb sie stehen. »Mylord, Miss Wren.«

»Guten Tag, Clara.« Tilda klang ziemlich aufgeregt. Genauso fühlte sich Hadrian. »Wissen Sie, ob Mr. Chambers jemals Kekse von Mrs. Styles-Rowdon erhalten hat?«

Clara runzelte verwirrt die Stirn. »Meinen Sie die Dose mit den Zimtkeksen, die Mrs. Chambers neulich gebracht hat?«

»Ja, genau«, antwortete Tilda.

»Nicht, dass ich wüsste.« Sie blinzelte und neigte kurz den Kopf. »Wenn ich mich recht erinnere, stand kürzlich eine Dose auf seinem Nachttisch. Ich weiß nicht mehr genau, wann das gewesen ist. Und ich habe nicht hineingeschaut.«

Tilda wartete kaum, bis sie fertig war, und fragte: »Die Dose gehörte nicht zu diesem Haushalt?« Clara schüttelte den Kopf, und Tilda fuhr fort: »Wo ist die Dose jetzt?«

Clara zuckte mit den Schultern. »Ich habe sie nicht mehr gesehen. Das hatte ich bis jetzt ganz vergessen.«

»Vielen Dank, Clara.« Tilda neigte den Kopf in Richtung Treppenhaus, wo Beryl nach oben gegangen war. »Sie sollten vielleicht nach Mrs. Chambers sehen. Sie war sehr aufgeregt. Wir dachten, etwas Ruhe würde ihr guttun.«

»Seit ihrer Rückkehr von Scotland Yard ist sie sehr verstört.« Clara runzelte die Stirn. »Den ganzen Morgen hat sie geweint, nachdem sie einen Brief an ihre Eltern geschrieben hatte. Sie wollte die Eltern nicht um Hilfe bitten, aber da offenbar kein Geld für die Führung des Haushalts vorhanden ist, sah sie wohl keine andere Möglichkeit. Meine Stellung werde ich bald verlieren, fürchte ich – das hat sie mir schon gesagt.«

»Vielleicht können Sie Mrs. Chambers zu ihren Eltern begleiten«, schlug Hadrian optimistisch vor.

Ein Ausdruck von Abneigung huschte über das Gesicht des Dienstmädchens. »Ich glaube nicht, dass ich das möchte. Mrs. Chambers tut mir sehr leid, aber seit Mr. Chambers ermordet wurde, ist es wirklich schwierig, für sie zu arbeiten. Aber ich habe keine andere Wahl. Ich habe keine Zuflucht, wo ich hingehen kann, während ich nach einer neuen Stellung suche. Zudem fürchte ich, dass ich nach den Ereignissen hier keine finden werde.«

Hadrian wollte Clara nicht sagen, dass sie zu Recht in Sorge war. »Miss Wren und ich werden dafür sorgen, dass Sie eine Unterkunft finden und eine neue Stellung bekommen.« Er warf Tilda einen Blick zu, die nickte.

»Was ist mit den anderen Angestellten?«, fragte Tilda. »Werden Sie sich auch um deren Zukunft kümmern?«

»Nein. Sie sind schon seit drei verschiedenen Mietern in diesem Haus. Sie scheinen zuversichtlich, dass der Vermieter sie behalten wird.«

»Gibt es keine Möglichkeit, dass Sie hier bei ihnen bleiben können?«, fragte Tilda.

»Das könnte ich versuchen, aber die neuen Mieter benötigen möglicherweise kein Dienstmädchen. Ich kann nicht riskieren, nicht sofort eine neue Anstellung zu finden.« Claras Wangen färbten sich in einem leicht rötlichen Ton. »Aber ich glaube nicht, dass ich das wirklich wollte. Ich muss zugeben, dass es ziemlich einsam ist, seit Martha und Massey weg sind.«

»Das tut mir leid«, sagte Tilda sanft. »Wir werden unser Bestes tun, um eine Unterkunft für Sie zu finden, Clara. Machen Sie sich keine Sorgen.«

»Vielen Dank.« Das Dienstmädchen machte eine kurze Verbeugung vor Hadrian und eilte dann zur Treppe.

Tilda ging ins Arbeitszimmer, und Hadrian folgte ihr. »Ich habe nirgendwo in diesen Räumen eine Blechdose gefunden, als wir sie durchsucht haben.«

»Das habe ich auch nicht.« Er stemmte die Hände in die Hüften und sah sich im Zimmer um. »Sollen wir noch einmal suchen?«

»Es kann wohl nicht schaden.« Sie warf einen Blick auf seine Hände. »Ich bin froh, dass Sie Ihre Handschuhe noch nicht ausgezogen haben. Ich glaube nicht, dass Sie versuchen müssen, etwas zu finden.«

Hadrian ging zu einem Schrank, während sie sich den Schreibtisch vornahm. »Warum glauben Sie, dass Mrs. Styles-Rowdon Louis und Beryl vergiftet hat?«

»Darauf hätte ich auch gern eine Antwort. Ich bin mir fast sicher, dass sie die Giftmörderin ist. Nehmen wir außerdem an, dass sie Louis' Geliebte war. Vielleicht hat sie Beryl aus Eifersucht vergiftet.« Als Tilda mit dem Schreibtisch fertig war, drehte sie sich zu ihm um.

»Und warum hat sie aufgehört?«

Tilda seufzte. »Ich habe keine Ahnung. Das ist äußerst rätselhaft.« Sie gingen ins Schlafzimmer, wo sie alles erneut durchsuchten. Dann machten sie dasselbe im Ankleidezimmer.

»Was nun?«, fragte Hadrian.

»Vielleicht *sollten* wir Mrs. Styles-Rowdon befragen. Oder Teague damit beauftragen. Zumindest sollten wir ihn über unsere Erkenntnisse informieren.«

»Fahren wir zu Scotland Yard.« Hadrian bedeutete ihr, ihm zu folgen. Sie gingen in den Salon zurück, wo sie auf ihrem Weg dorthin jedoch erneut auf Clara trafen, die diesmal in der Eingangshalle war.

»Wie geht es Mrs. Chambers?«, fragte Hadrian das Dienstmädchen.

»Sie hatten recht, sie ist sehr aufgewühlt.« Clara wirkte selbst nervös. »Sie bestand darauf, nach draußen zu gehen, obwohl ich versucht habe, sie davon abzubringen. Ich habe ihr sogar angeboten, ihr einen Schlaftrunk zu bringen. Ich glaube, die Aufregung der letzten Zeit hat ihr sehr zugesetzt.«

Tilda warf Hadrian einen Blick zu, bevor sie sich an Clara wandte. »Wohin ist Mrs. Chambers gegangen?«

»Zu Mrs. Styles-Rowdon«, antwortete Clara mit einem Achselzucken. »Ich bin sicher, dass es ihr gut geht. Zumindest ist sie zu einer Freundin gegangen.«

Clara ging an ihnen vorbei zum hinteren Teil des Hauses.

Hadrian runzelte die Stirn, als er sich zu Tilda umdrehte. »Ich bin mir nicht sicher, ob Mrs. Styles-Rowdon eine Freundin *ist*.«

Tildas Augen funkelten. »Im Gegenteil, ich denke, wir müssen davon ausgehen, dass sie eine Mörderin ist.«

» $\mathcal{U}$ ns bleibt keine Wahl. Wir müssen nach nebenan gehen«, meinte Tilda. »Vielleicht sollten wir Leach zu Scotland Yard schicken, um Teague zu holen.«

Hadrian ging zur Tür, um sie ihr zu öffnen. »Ich glaube, er hat sich schon daran gewöhnt.«

Sie blieben bei der Kutsche stehen, um mit Leach zu sprechen, bevor sie schnell zu Mrs. Styles-Rowdon gingen.

Eine Frau Mitte vierzig öffnete die Tür.

Wieder nutzte Hadrian seinen Status und reichte ihr seine Visitenkarte. »Wir möchten zu Mrs. Styles-Rowdon. Wir sind Freunde von Mrs. Chambers. Ist sie hier?«

»Ich weiß, wer Sie sind, Lord Ravenhurst«, sagte die Frau, die vermutlich die Haushälterin war. Sie sah Tilda an, ohne jedoch etwas zu sagen. Vielleicht war ihr nicht bekannt, wer Tilda war. Das amüsierte Tilda, da es ganz den Anschein hatte, dass Mrs. Styles-Rowdon Hadrian erwähnen würde, aber Tilda nicht.

Die Haushälterin machte die Tür nun weit auf, damit sie eintreten konnten. »Die beiden sind oben. Mrs. Chambers ist vor kurzem angekommen und wollte dringend mit Mrs. Styles-Rowdon sprechen. Sie hat mir nicht einmal gestattet, sie anzumelden.«

»Dann gehen wir auch gleich hinauf«, entgegnete Tilda mit einem Lächeln. Sie hatte nicht die Absicht darum zu bitten, angemeldet zu werden. Jedenfalls jetzt nicht, wo sie herausfinden mussten, was Beryl vorhatte. Sie warf Hadrian einen Blick zu, der ihr unmerklich zunickte.

»Vielen Dank.« Hadrian nickte der Haushälterin zu, während er Tilda in die Treppenhalle begleitete. Das Haus war ähnlich wie das Gebäude nebenan aufgebaut.

Sie gingen nach oben und blieben auf dem Treppenabsatz stehen. Einen Moment später hörten sie Stimmen aus dem hinteren Teil des ersten Stocks.

»Ich werde nicht zulassen, dass du meine Sachen durchwühlst«, rief Mrs. Styles-Rowdon laut.

Tilda und Hadrian tauschten einen Blick und gingen in Richtung der Stimme. Die Tür zu ihrem Schlafzimmer stand offen. Mrs. Styles-Rowdon stand in der Tür zu einem anderen Zimmer – bei dem es sich vielleicht um das Ankleidezimmer handelte –, während Beryl mit dem Rücken zu Hadrian und Tilda vor ihr stand.

»Wenn du nichts zu verbergen hast, zeigst du mir einfach, dass du meine Rubine nicht hast«, forderte Beryl.

Mrs. Styles-Rowdons Gesichtszüge waren angespannt, ihr Blick auf Beryl geheftet. Die Frau stützte sich mit den Händen am Türrahmen ab und versperrte Beryl so den Weg ins Zimmer.

Tilda überlegte, wie sie am besten vorgehen sollte. Sie könnten Mrs. Styles-Rowdon unter Druck setzen, da sie wussten, dass Teague bald hier sein würde. Es sei denn, er war nicht verfügbar. Vielleicht war es am besten, auf seine Ankunft zu warten. In diesem Fall mussten sie Beryl davon überzeugen, sich zurückzuziehen und nach Hause zu gehen.

Tilda entschied sich für Letzteres und trat ins Schlafzimmer. »Beryl, Sie sind außer sich. Bitte lassen Sie sich von Hadrian und mir nach Hause begleiten.«

Beryl fuhr mit dem Kopf herum. Sie wirkte noch aufgeregter als vor kurzem in ihrem Haus. »Natürlich bin ich außer mir. Gillian ist nicht meine Freundin. Sie hat eine Affäre mit Louis. Und sie hat mich vergiftet!«

»Das habe ich nicht getan«, sagte Mrs. Styles-Rowdon mit einem Klicken der Zunge. »Die Aufregung der letzten Woche hat dich endlich eingeholt, meine Liebe. Du weißt, dass ich deine Freundin *bin*.«

Beryl konzentrierte sich weiterhin auf Tilda und Hadrian und fuhr fort: »Nachdem ich Ihnen von der Dinnerparty am Dreikönigstag erzählt hatte, fiel mir etwas ein. Ich habe gesehen, wie Louis an jenem Abend versucht hat, Gillian zu küssen. Sie hat ihn zurückgestoßen. Damals war ich froh über ihre Reaktion und wütend, dass Louis so etwas versucht hatte. Aber als ich an das Ereignis zurückdachte, wurde mir klar, dass Gillian nicht verärgert gewirkt hatte. Sie war eher ... verstohlen gewesen, als wollte sie nicht erwischt werden. Ich weiß, wie das aussieht, weil ich mich selbst so verhalten habe, als ich meine Affäre vor Hadrian geheim halten wollte.«

Tilda warf Hadrian einen Blick zu, aber seine Miene blieb ausdruckslos.

Beryl wandte sich wieder Gillian zu. »Wie konntest du nur? Ich dachte, wir wären Freundinnen. Du warst so nett zu mir, und du hast mir so geholfen, insbesondere, als ich sagte, dass ich mich von Louis scheiden lassen wollte.« Beryl holte tief Luft. »War das, weil du gehofft hast, ihn zu heiraten?«

Gillian schüttelte den Kopf. »Du bist verrückt geworden, Beryl. Ich habe dich nicht vergiftet, und ich wollte Louis ganz sicher nicht heiraten. Er war absolut verachtenswert.« Sie sah an Beryl vorbei zu Tilda und Hadrian. »Ich hatte den Verdacht, dass Beryl ihn vergiftet hat. Sie wollte unbedingt von ihm weg. Um ehrlich zu sein, habe ich mich gefragt, ob sie ihn vielleicht erstochen hat, aber da sie das offenbar nicht getan hat, würde ich wetten, dass sie für die Vergiftung verantwortlich ist.« Sie warf Beryl einen traurigen Blick zu.

Ein urtümlicher Laut drang aus Beryls Kehle hervor, bevor sie sich nach vorne warf und Gillian in die Garderobe stieß. Überrascht stolperte Gillian zurück und strauchelte ohne jedoch das Gleichgewicht zu verlieren.

Tilda eilte ihnen in die Garderobe nach. Beryl stand am Schminktisch und griff nach dem Schmuckkästchen. Aber Gillian hatte sich wieder gefangen und zog heftig an Beryl.

Mit einem Schrei schlug Beryl mit dem Kopf gegen die Ecke einer Kommode und sank zu Boden.

Hadrian war ebenfalls dort. Er packte Gillian am Unterarm. Seine Hand war entblößt, was bedeutete, dass er irgendwann seine

Handschuhe ausgezogen hatte. Tilda sah sie auf dem Boden in der Nähe der Tür liegen.

Da er Gillian festhielt, kniete Tilda sich neben Beryl. Sie schien bewusstlos zu sein, atmete aber noch. Hoffentlich kam sie bald wieder zu sich.

Tildas Herz schlug wild, als sie sich erhob und nach dem Schmuckkästchen griff.

»Nicht!«, rief Gillian.

Tilda öffnete die Schatulle und fand Beryls Rubine ohne Schwierigkeiten. »Kein besonders gutes Versteck, um diesen Schmuck aufzubewahren«, meinte sie düster, als sie zu Gillian zurückblickte.

Da bemerkte Tilda Hadrians Gesicht. Sein Blick war auf Gillian geheftet, aber er schien sie nicht zu sehen.

Tilda wusste, dass er eine Vision haben musste. »Hadrian?« Laut rief sie seinen Namen.

Damit erreichte sie allerdings nur, dass Gillian auf seinen verwirrten Zustand aufmerksam wurde. Sie riss ihren Arm los und stürzte in ihr Schlafzimmer.

Hadrian legte die Hand an den Kopf und blinzelte. »Wo ist sie hin?«

»In ihr Schlafzimmer!« Tilda eilte zur Tür, aber Hadrian war schneller.

Kurz bevor Tilda das Schlafzimmer erreichte, hörte sie einen Pistolenschuss. Hadrian zuckte zurück und er wäre fast mit ihr zusammengeprallt, als er zurückfiel.

Sie fing ihn auf, aber sein Gewicht zwang sie zu Boden. Als sie niedersank, wiegte sie ihn in ihren Armen.

Und ihr Herz setzte einen Schlag aus, als sie befürchtete, ihn verloren zu haben.

~

*D*ie Kugel hatte Hadrian am Bizeps getroffen und riss ihm unter qualvollen Schmerzen das Muskelfleisch auf. Sein erster Gedanke galt der Sterblichkeit, und dass es viel zu früh war, sich erneut damit auseinanderzusetzen.

Sein zweiter Gedanke galt seinem Arm, der trotz der brennenden Schmerzen wieder gesund werden würde.

Sein dritter – und bester – Gedanke galt Tilda, die zu seiner Rettung gekommen war.

»Hadrian!« Sie legte ihre behandschuhten Hände auf seine Brust.

»Es ist mein Oberarm«, brachte er hervor. »Mir geht es gut. Verfolgen Sie Gillian, bevor sie entkommt.«

Mrs. Styles-Rowdon hatte ihre leergeschossene Pistole fallen lassen, und war aus dem Zimmer gerannt.

»Ich möchte Sie nicht allein lassen«, sagte Tilda mit zitternder Stimme.

Hadrian richtete sich auf, damit sein Gewicht nicht mehr auf ihr lastete. Er sah ihr in die Augen. *Laufen Sie.*«

Sie zögerte einen winzigen Moment, bevor sie aufsprang und in einem Wirbel aus grauen Röcken aus dem Zimmer stürmte.

»Hadrian?«, fragte Beryl schwach aus dem Ankleidezimmer.

Hadrian zuckte zusammen, drehte sich um und stützte sich mit seinem unverletzten rechten Arm am Türrahmen ab. Er betrat das Ankleidezimmer, wo Beryl neben der Kommode lag. Sie hob die Hand und drehte den Kopf zur Seite.

Er sah das Blut auf dem Boden und fluchte leise. Er sah sich um, ohne jedoch etwas zu entdecken, was er auf die Wunde drücken konnte. Er ging zur Kommode, öffnete eine Schublade und nahm das Erstbeste, was ihm in die Hände fiel. Mit der rechten Hand hob er Beryls Kopf an und drückte mit der linken Hand das Tuch auf ihre Kopfhaut, wobei er vor Schmerz das Gesicht verzog. Auch hinter seinen Schläfen pochte es heftig, eine Folge der Visionen, die er gehabt hatte, als er Mrs. Styles-Rowdon berührt hatte.

»Kannst du das halten?«, fragte er. »Ich muss Tilda helfen.«

Beryl blinzelte ihn an. »Aber du blutest. Habe ich einen Pistolenschuss gehört?«

»Ja. Deine *Freundin* hat auf mich geschossen. Ich muss mich wirklich um Tilda kümmern. Sie ist Mrs. Styles-Rowdon nachgelaufen.« Er stand auf. »Ich schicke die Haushälterin herauf, die dir behilflich sein kann.«

Hadrian drehte sich um und lief eilig durch das Schlafzimmer. Er rannte die Treppe hinunter und war so schnell, dass er auf den letzten Stufen fast hinunterfiel.

Die Haushälterin stand mit bleichem Gesicht am Fuß der Treppe. »Was ist los?«

»Wo ist Mrs. Styles-Rowdon hin?«

»Durch die Haustür.« Die Frau deutete mit zitternder Hand auf den Eingangsbereich. »Ihre ... wer auch immer ist ihr gefolgt.« Sie starrte auf seinen Arm. »Sie bluten. Hat jemand eine Pistole abgefeuert?« Die Haushälterin wurde noch blasser, und Hadrian befürchtete, dass sie ohnmächtig werden könnte.

Hadrian nahm sie mit einem intensiven Blick ins Visier. »Sie müssen die Ruhe bewahren. Sie müssen in Mrs. Styles-Rowdons Ankleidezimmer gehen und Mrs. Chambers helfen. Sie hat sich den Kopf gestoßen und blutet. Die Polizei wird in Kürze eintreffen.« Hadrian wartete nicht auf die Antwort der Haushälterin, sondern stürmte nach draußen. Er machte sich nicht einmal die Mühe, die Tür hinter sich zu schließen.

Er sah die Straße in beide Richtungen entlang und blieb stehen, als er Tilda entdeckte, die auf Mrs. Styles-Rowdon saß. Die beiden Frauen waren auf dem Bürgersteig direkt hinter Beryls Haus. Sein Arm schmerzte heftig, aber er rannte zu den beiden hin.

Als er bei ihnen war, trat er in Tildas Sichtfeld. »Ist alles in Ordnung?«

Tilda nickte. Sie atmete schwer. »Ich habe sie.« Das hatte sie tatsächlich. Sie saß rittlings auf den Hüften der Frau und hielt ihre Handgelenke fest. Mrs. Styles-Rowdon lag auf dem Rücken und bewegte sich wütend, um sich zu befreien.

»Hören Sie auf, sich zu wehren«, befahl Hadrian. »Sie sind überführt.«

Glücklicherweise bog genau in diesem Moment der Polizeiwagen um die Ecke in den Catherine Place. Hadrian atmete erleichtert aus. »Die Polizei ist da.«

»Lassen Sie mich aufstehen!« Mrs. Styles-Rowdon kämpfte nun noch heftiger, während ihr die Tränen aus den Augenwinkeln liefen.

»Nein«, antwortete Tilda ruhig, obwohl Hadrian den Pulsschlag sehen konnte, der an ihrem Hals pochte.

Der Polizeiwagen hielt am Straßenrand, und Hadrian sah Leach hinter ihnen anhalten. Teague sprang vom Sitz herunter, und zwei Constables stiegen aus dem Wagen.

Der Kriminalinspector bemerkte Hadrians Arm und runzelte die Stirn. »Alles in Ordnung, Ravenhurst?«

»Ich komme schon zurecht. Helfen Sie bitte Tilda auf.«

Teague nickte den Constables, damit sie Mrs. Styles-Rowdon packten. Als sie ihre Arme festhielten, ließ Tilda ihre Gefangene los und Teague half ihr dann auf.

Tilda ging sofort zu Hadrian und sah sich seinen Arm an. »Wir müssen die Blutung stillen.« Sie zog ihre Handschuhe aus und drückte sie auf die Wunde. »Das ist das Beste, was ich im Moment habe.« Erleichterung zeigte sich in ihren Gesichtszügen.

Leach rannte auf sie zu. »Mylord?« Der Kutscher sah erschüttert aus.

»Holen Sie einen Arzt«, sagte Hadrian. »Ich bin angeschossen worden, und Mrs. Chambers hat sich den Kopf gestoßen und blutet.«

»Wirklich?«, fragte Tilda. »Ich hätte bleiben und Ihnen beiden helfen sollen.«

Hadrian schüttelte den Kopf, was er sofort bereute. Tilda berührte ihn an der Wange. Die Berührung ihrer bloßen Hand war beruhigend und aufwühlend zugleich. Er konnte seinen Blick nicht von der zärtlichen Sorge abwenden, die sich in ihren Augen widerspiegelte.

»Ihr Kopf«, flüsterte sie. »Er muss zusammen mit Ihrem Arm schmerzen. Ich weiß, dass Sie etwas gesehen haben, als Sie Mrs. Styles-Rowdon gepackt haben.«

»Das erzähle ich Ihnen später«, sagte er leise und lächelte ihr beruhigend zu. »Mir geht es gut.«

Als Leach ging, um einen Arzt zu holen, wandte sich Teague an die anderen. »Ich nehme an, Mrs. Styles-Rowdon ist tatsächlich unsere Giftmischerin.«

»Ja«, antwortete Tilda. »Sie hat im Januar Zimtkekse für Beryl gebacken, als diese krank war. Sie brachte sie in einer Dose mit, und Clara sagt, sie habe kürzlich eine Dose in Louis Chambers′ Schlafzimmer gesehen.«

Teague nickte. »Zufälligerweise war ich gerade auf dem Weg hierher, um mit ihr zu sprechen, als Ihr Kutscher kam, Ravenhurst.

Ich habe weitere Informationen von der Polizei in Portsmouth erhalten. Es scheint, dass Mrs. Styles-Rowdon eine Lebensversicherung auf ihren verstorbenen Ehemann abgeschlossen hatte. Darüber hinaus hat sie auch Versicherungsgelder für ihren ersten Ehemann, Mr. Styles, und für ihre Eltern erhalten, die alle an einer Magen-Darm-Erkrankung gestorben sind.«

Mrs. Styles-Rowdon machte ein Geräusch in ihrer Kehle, bevor ihr Kopf nach vorne sackte. Sie hatte zwar das Bewusstsein nicht verloren, aber sie war in den Armen der Constables erschlafft.

Tilda sah sich um, und Hadrian bemerkte, dass mehrere Nachbarn aus ihren Häusern gekommen waren, um das Spektakel zu beobachten. »Sollen wir ins Haus gehen?«

»Ich bringe sie zu Scotland Yard, aber ich würde gerne zuerst mit Mrs. Chambers sprechen«, sagte Teague.

»Dann begeben wir uns zu Mrs. Styles-Rowdons Haus«, schlug Tilda vor.

Als sie an Beryls Haus vorbeikamen, stand ihr Personal auf der Veranda. »Wo ist Mrs. Chambers?«, fragte Clara.

»Kommen Sie mit uns«, sagte Tilda. »Sie hat sich am Kopf verletzt und wird wahrscheinlich versorgt werden müssen.«

»Ich hole ein paar Utensilien aus dem Haus«, verkündete Mrs. Dunning streng, bevor sie zurück ins Haus eilte.

Sie gingen weiter zu Mrs. Styles-Rowdons Haus, gefolgt von Beryls Bediensteten.

Die Haushälterin von Mrs. Styles-Rowdon half Beryl gerade in die Eingangshalle, als sie eintraten. Beide Frauen waren überrascht, als die Constables Mrs. Styles-Rowdon hereinbrachten.

Teague betrat den nächsten Raum, den Salon, der wie auch bei Beryl vom Eingangsbereich abging. Alle begaben sich in den Raum, und Tilda bat Hadrian, sich auf das Sofa zu setzen, wo sie sich zu ihm gesellte. Sie übernahm es, ihm die Handschuhe auf den Arm zu drücken, und er lehnte sich entspannt an die Rückenlehne des Sofas, denn er war wirklich froh, sitzen zu können.

Beryl ging zu einem der Sessel und ließ sich fast hineinfallen, während die Haushälterin sagte, sie würde Verbandszeug holen, um Hadrian zu helfen. Er machte sich nicht die Mühe, ihr zu sagen, dass die Köchin aus Beryls Haus bereits damit beschäftigt war.

Teague blieb stehen, ebenso wie die Constables, die Mrs. Styles-Rowdon festhielten. »Sie können ihr jetzt Handschellen anlegen.«

Einer der Constables tat dies und fesselte ihr auf diese Weise die Arme vor dem Körper. Sie war überraschend stoisch. Sie sah zwar niemanden an, wirkte aber nicht so eingeschüchtert wie draußen.

Teague wandte sich an die Frau. »Mrs. Styles-Rowdon, Sie werden wegen der Verbrechen, die ich draußen erwähnt habe, strafrechtlich belangt werden.«

»Welche sind das?«, unterbrach Beryl ihn.

Er wiederholte die Verbrechen, die Mrs. Styles-Rowdon an ihren Eltern und ihren beiden früheren Ehemännern begangen hatte. Beryl und ihre Begleiter schnappten fast gleichzeitig nach Luft. »Sie ist eine Mörderin«, sagte Beryl. »Aber warum hast du mich vergiftet? Was hättest du davon gehabt?«

Als Mrs. Styles-Rowdon nicht antwortete, ergriff Tilda das Wort. »Ich glaube, sie wollte Louis für sich. Er hat ihr großzügige Geschenke gemacht, also dachte sie sicher, er wäre ein guter dritter Ehemann.« Tilda sah die Frau in Handschellen an. »Habe ich das richtig verstanden?«

»Das war mein Plan, ja«, sagte Mrs. Styles-Rowdon mit leiser Stimme. Sie sah Beryl kurz an. »Aber ich habe dich lieb gewonnen und du hast mir wegen Louis leidgetan. Mir wurde klar, dass er kein Geld hatte und ein Idiot war. Außerdem hat er dich schrecklich behandelt und war nicht treu – nicht einmal mir gegenüber, denn ich glaube, dass er schon während unserer Affäre eine Affäre mit dem Dienstmädchen hatte.«

»Du warst also seine Geliebte«, brachte Beryl mit einem Schniefen hervor.

Tilda nickte Beryl zu. »Ich habe Ihre Rubine oben gefunden.«

»Und dann haben Sie versucht, Mr. Chambers zu vergiften?«, fragte Teague an Mrs. Styles-Rowdon gewandt.

Sie nickte. »Es schien mir das Richtige zu sein. Niemand mochte diesen Mann. Seine Angestellten verabscheuten ihn. Sie beschwerten sich bei meiner Köchin und meiner Haushälterin darüber, dass er die Dienstmädchen ausnutzte und Beryl schlecht behandelte, ganz zu schweigen von seiner Trunksucht und seinem ungehobelten Benehmen.«

Da kam Mrs. Dunning herein und stellte ein Tablett mit Verbandszeug auf einen Tisch. Sie zögerte, aber Tilda winkte sie herbei.

Teague sah Clara an. »Sie haben kürzlich eine Blechdose in Mr. Chambers' Zimmer gesehen?« Als sie nickte, fuhr er fort: »Haben Sie zufällig gesehen, was darin war?«

»Nein.«

»Ich habe ihm Kekse gebracht«, spuckte Mrs. Styles-Rowdon. »Aber die anderen Frauen haben ihn zuerst umgebracht. Ehrlich, sie haben allen einen Gefallen getan. Können wir uns nicht alle darauf einigen?« Sie sah sich im Raum um.

Niemand widersprach ihr.

»Dennoch verstößt es gegen das Gesetz, dass Sie entscheiden, wer wegen seiner schlechten Taten sterben muss«, sagte Teague. Er wandte sich an die Constables. »Bringen Sie Mrs. Styles-Rowdon zu Scotland Yard. Ich muss die Rubine als Beweismittel sicherstellen und werde in Kürze nachkommen.«

Die Constables nickten und gingen mit Mrs. Styles-Rowdon, die ihren Kopf hochtrug, als sie aus dem Raum geführt wurde.

»Wir müssen Ihren Frack ausziehen«, meinte Tilda und riss Hadrian aus seiner Lethargie.

»In Ordnung.« Er überließ ihr die meiste Arbeit und zuckte zusammen, als die Schmerzen bei jeder Bewegung wieder einsetzten.

»Ich muss das Hemd aufschneiden«, erklärte Mrs. Dunning. Sie nahm eine Schere vom Tablett und schnitt Hadrians Hemd an der Schulter auf.

Tilda zog dann vorsichtig den Ärmel von seiner Wunde und flüsterte ihm eine Entschuldigung zu, als er das Gesicht verzog. Hadrian war froh, dass sie bei ihm war, denn ihr Verhalten und ihre Fürsorge übten eine überaus beruhigende Wirkung auf ihn aus.

Mrs. Styles-Rowdons Haushälterin kam zurück und kümmerte sich um Beryl und ihre Verletzung.

Teague trat an das Sofa heran. »Es tut mir leid, dass Sie angeschossen wurden, Ravenhurst. Wissen Sie, wo ich die Waffe finden kann?«

»Sie ist oben in ihrem Schlafzimmer«, sagte Tilda. »Die Rubine befinden sich in ihrem Ankleidezimmer in ihrem Schmuckkästchen.

Diese Frau hat sich nicht einmal die Mühe gemacht, sie an einem besonderen Ort zu verstecken.«

»Mrs. Styles-Rowdon ist seit geraumer Zeit eine erfolgreiche Kriminelle«, bemerkte Teague. »Ich bin sicher, dass sie sich ihrer Fähigkeiten als Betrügerin sehr sicher war.«

Die Köchin tupfte Hadrians frisch freigelegte Wunde mit einem feuchten Tuch ab. Ein stechender Schmerz schoss durch seine Schulter. »Gibt es hier vielleicht Brandy oder andere Spirituosen?«

»Im Esszimmer gibt es Brandy«, antwortete Mrs. Styles-Rowdons Haushälterin.

»Ich hole ihn«, bot Mrs. Blank an und eilte aus dem Zimmer.

»Atmen Sie«, flüsterte Tilda und sah ihm in die Augen. »Tut es sehr weh?«

»Nicht viel schlimmer als mein Kopf«, antwortete er mit einem Lächeln, das nur für sie bestimmt war. Er hielt ihren Blick, bis ihre Wangen rosa wurden, dann wandte er seine Aufmerksamkeit wieder Teague zu. »Soll ich mit Ihnen nach oben kommen?«, fragte er den Inspector.

Teague winkte ab. »Nicht nötig. Ich benötige jedoch noch Ihre Schilderung des Vorfalls. Mrs. Styles-Rowdon wird außerdem wegen der Schüsse auf Ravenhurst angeklagt.«

»Und wegen des Angriffs auf Beryl«, fügte Hadrian hinzu. »Mrs. Styles-Rowdon hat sie gegen eine Kommode geschleudert und Beryl ist dabei bewusstlos geworden.«

»Sie wird gehängt werden, nicht wahr?«, fragte Beryl, als Mrs. Styles-Rowdons Haushälterin ihre Kopfhaut vom Blut säuberte.

»Das nehme ich an«, antwortete Teague.

»Gut, denn das hat sie verdient«, sagte Beryl und presste die Kiefer aufeinander.

Mrs. Blank kehrte mit einer Flasche Brandy und zwei Gläsern zurück. Sie reichte Hadrian und Beryl je eines. Hadrian trank die Hälfte davon.

Teague ging nach oben, und Leach kam mit dem Arzt zurück. Zufrieden, dass Hadrian in guten Händen war, kehrte Leach zur Kutsche zurück.

Hadrian bestand darauf, dass der Arzt sich zuerst um Beryl

kümmerte. Er verschrieb ihr Ruhe und bat Clara, Beryl in den nächsten Tagen gut im Auge zu behalten.

»Ich muss möglicherweise bald reisen«, brachte Beryl erschöpft hervor.

»Das sollten Sie mindestens drei Tage lang nicht tun«, wies der Arzt sie an, bevor er sich Hadrian zuwandte.

Tilda blieb neben Hadrian sitzen, während der Arzt seine Wunde untersuchte und säuberte. Dann verschloss er die Wunde mit mehreren Stichen.

Hadrian hatte sein Glas Brandy ausgetrunken, während der Arzt Beryls Wunde versorgte, und trank auf Tildas Drängen hin noch ein weiteres Glas. Der Alkohol betäubte das Stechen der Nadel in seinem Arm.

Der Arzt kündigte an, dass er in ein paar Tagen wiederkommen würde, um zu sehen, wie die Heilung fortschritt und später dann wollte er die Fäden ziehen, was aber frühestens in einer Woche geschehen konnte.

Als der Arzt seine Tasche packte, um sich zu verabschieden, richtete Hadrian die Bitte an Tilda, ihm beim Anziehen seines Fracks zu helfen. Im Moment war er nicht imstande, den Arm in den Ärmel zu schieben, aber er konnte den Stoff über seinen nackten Arm drapieren, anstatt ihn unbedeckt zu lassen.

Teague war wiedergekommen, während Hadrian gerade genäht wurde. Nun nahm er ihre Aussagen, einschließlich der von Beryl, zu den Geschehnissen auf.

»Darf ich jetzt nach Hause gehen, Inspector?«, fragte Beryl.

»Ja. Ich werde Ihnen Bescheid geben, wie weiter mit Mrs. Styles-Rowdon verfahren werden wird.«

Clara sah von Beryl zu Teague. »Was ist, wenn Mrs. Chambers London verlassen will?«

Teague runzelte die Stirn, als er Beryl ansah. »Wohin wollen Sie denn reisen?«

»Heute morgen habe ich an meine Eltern geschrieben. Ich habe sie gefragt, ob ich nach Rutland zurückkehren darf. Möglicherweise werden sie Nein sagen, und dann weiß ich nicht, wo ich bleiben soll. Hier, in meiner jetzigen Adresse zu wohnen, kann ich mir nicht mehr leisten.«

Mrs. Blank sah Beryl erwartungsvoll an. »Hat Mr. Oliver Chambers nicht gesagt, er würde so schnell wie möglich einen Termin mit dem Anwalt vereinbaren, um Ihre finanziellen Angelegenheiten zu klären?«

»Das hat er.« Sie warf Hadrian einen Blick zu. »Oliver hat mir versprochen, mir behilflich zu sein, um alles zu regeln und herauszufinden, was mir noch an Geldmitteln bleibt.« Ihre Miene war äußerst düster.

»Es tut mir leid, dass es so gekommen ist, Beryl. Ich bin sicher, dass Oliver dir helfen kann.«

»Eigentlich hatte ich Gillian fragen wollen, ob ich eine Weile bei ihr wohnen kann, da ich das Haus nebenan nicht länger mieten kann. *Das* ist jetzt offensichtlich keine Option mehr.«

Hadrian konnte nicht übersehen, wie aufgewühlt sie war. »Ich bin sicher, dass nach einer guten Nachtruhe alles besser aussehen wird«, meinte er optimistisch. »Ich setze mein ganzes Vertrauen in deine Eltern.« Er hatte die beiden gemocht, insbesondere ihren Vater, als sie über die Verlobung gesprochen hatten.

»Ich bin froh, dass du so zuversichtlich bist«, sagte Beryl mit einem leichten Schmollmund.

Teague stand von dem Tisch auf, an den er sich gesetzt hatte, um alles zu notieren, was gesagt worden war. »Mrs. Chambers, bitte informieren Sie mich, wenn Sie London verlassen.«

Beryl nickte.

»Kommen Sie Hadrian, Sie müssen nach Hause«, raunte Tilda leise zu Hadrian.

Er nickte und stellte dabei fest, dass seine Kopfschmerzen verschwunden waren. Dann stand er auf. Tilda erhob sich neben ihm.

Oswald half Beryl beim Aufstehen und zusammen mit ihren Bediensteten verließ sie den Salon. Von Teague begleitet folgten Tilda und Hadrian ihnen.

»Ich möchte Ihnen beiden nochmals für Ihre Unterstützung bei der Aufklärung dieses seltsamen Falls danken«, bemerkte Teague in der Eingangshalle. »Hoffentlich wird Ihr Arm nicht allzu sehr schmerzen, Ravenhurst.«

»Das ist eher lästig als schmerzhaft«, antwortete Hadrian. »Informieren Sie uns, wenn wir Ihnen in Zukunft weiterhelfen können.«

Teague hielt ihnen beim Hinausgehen die Tür auf und zusammen gingen sie dann zu Hadrians Kutsche.

»Möchten Sie eine Mitfahrgelegenheit zu Scotland Yard?«, fragte Hadrian.

»Ich nehme eine Droschke«, antwortete Teague. »Wenn Sie nicht direkt nach Hause fahren, um sich auszuruhen, fürchte ich, dass Miss Wren explodieren wird.«

War sie in Sorge um ihn? Hadrian drehte sich zu ihr um und sah, dass sie Teague zunickte. Der Inspector lachte leise und begab sich auf die Suche nach einer Droschke.

Leach half erst Tilda und dann Hadrian in die Kutsche. Tilda bat ihn, Hadrian zuerst nach Hause zu bringen. »Er muss sich so schnell wie möglich ausruhen.«

»Es dauert nicht lange, Sie zuerst nach Hause zu fahren«, sagte Hadrian.

»Unsinn. Wir fahren zuerst zum Ravenhurst House, und ich bringe Sie dann bis zur Tür.«

Leach stimmte Tilda zu, und kurz darauf waren sie auf dem Weg zu Hadrians Haus in Mayfair.

Tilda drehte sich auf der Sitzbank zu Hadrian hin. »Sie müssen mir versprechen, dass Sie gut auf sich aufpassen. Vor nicht allzu langer Zeit sind Sie niedergestochen worden und Sie leiden unter regelmäßigen Kopfschmerzen. Jetzt wurden Sie angeschossen.«

»Mir geht es gut«, versicherte er ihr. »Sind Sie nicht neugierig, was ich gesehen habe, als ich Mrs. Styles-Rowdon oben im Ankleidezimmer gepackt habe?«

»Sie wissen genau, wie neugierig ich bin. Aber meine Sorge um Sie war deutlich größer. Was haben Sie denn gesehen?«

»Zuerst sah ich, wie sie einem grinsenden Louis Chambers in seinem Bett mit diesen verfluchten Zimtkeksen fütterte. Und ich bin froh, dass die Vision dort endete«, fügte er mit einem Lachen hinzu. »Dann sah ich sie neben einem Sarg stehen, in dem eine ältere Frau lag, die ihr ähnlich sah. Nachdem ich gehört hatte, was Teague über ihre Eltern gesagt hatte, nahm ich an, es hat sich um ihre Mutter gehandelt.«

Tilda blinzelte. »Es ist schockierend, dass sie so viele Menschen getötet hat. Ich habe den Verdacht, dass Sie vielleicht ihr nächstes Opfer hätten werden können.«

»Damit haben Sie sicher recht. Ich bin erleichtert, dass ich heute nicht mit ihr flirten musste, wie wir ursprünglich besprochen hatten. Es war schon schlimm genug, dass ich sie packen musste.« Er sah auf seine Hände hinunter. »Mir ist gerade aufgefallen, dass ich meine Handschuhe in ihrem Ankleidezimmer vergessen habe. Und ich muss Ihnen ein neues Paar Handschuhe kaufen, nachdem ich Ihre ruiniert habe.«

»Ich bin nur froh, dass Ihnen nicht Schlimmeres passiert ist.« Sie atmete tief aus. »Als ich den Pistolenschuss hörte, habe ich mit dem Schlimmsten gerechnet.«

»Ich erinnere mich, dass Sie meine Brust nach einer Wunde abgesucht haben.« Das hatte sich eigentlich ganz angenehm angefühlt. Er wünschte, er wäre in einer besseren Verfassung gewesen, damit er den Kontakt mehr hätte genießen können.

Tildas Wangen färbten sich rosig. Sie sah in diesem Moment sehr sanft und feminin aus. »Ich wollte nicht zu weit gehen«, murmelte sie.

»Das sind Sie nicht«, antwortete er. »Das *konnten* Sie nicht.« Ihre Blicke trafen sich und für einen langen Augenblick herrschte Stille. In Hadrians Mitte breitete sich ein Gefühl der Wärme aus.

Von Dankbarkeit und etwas viel Ursprünglicherem überwältigt, beugte er sich zu Tilda hin. Ihre Lippen teilten sich einen Spalt breit.

Hadrian zögerte nicht, und nichts in ihm sagte ihm, dass er es tun sollte. Er schloss die Augen und küsste sie.

KAPITEL 23

Tilda beobachtete, wie er sich zu ihr beugte, doch ihr war nicht ganz klar, was er vorhatte, bis seine Lippen die ihren berührten. Ihre Überraschung mischte sich mit einer wunderbaren Hitze, die sie mit köstlicher Geschwindigkeit durchströmte.

Es war fast so schnell vorbei, wie es angefangen hatte. Ihre Blicke trafen sich, als Hadrian sich zurückzog. Einige feine Furchen zeichneten sich auf seiner Stirn ab. War er besorgt, weil er sie vielleicht nicht hätte küssen sollen?

Gut. Denn das hätte er *nicht* tun sollen, ganz gleich wie schön es gewesen war.

Und es war *sehr* schön gewesen.

»Entschuldigen Sie«, sagte er leise.

Tilda lehnte sich an die Sitzbank zurück und drehte den Kopf nach vorne. Ihr Herz schlug wie wild, und sie kämpfte, um die Kontrolle über ihren Atem wiederzuerlangen. »Das sollte nicht wieder vorkommen.«

Er antwortete nicht sofort, und als er es schließlich tat, hörte sie Verwirrung in seiner Stimme. »Ich dachte, Sie hätten gesagt, es mache Ihnen nichts aus, wenn ich Sie küsse. Wir haben neulich darüber gesprochen. Ich habe von Ihnen gesprochen. Haben Sie das nicht bemerkt?«

Natürlich hatte sie das, und sie hatte geantwortet, es würde ihr nichts ausmachen, was äußerst unklug von ihr gewesen war. Was könnte schon Gutes dabei herauskommen, wenn sie sich küssten?

»Ich hätte das nicht sagen sollen«, meinte sie mit aller Bestimmtheit. »Ich entschuldige mich. Wir müssen unsere professionelle Beziehung aufrechterhalten.«

»Aber wir sind auch Freunde.«

Sie bedachte ihn mit einem Blick, was ein Fehler war, denn er war in ihren Augen mehr als nur ein Freund. Wahrscheinlich lag das an dem Vorfall. Natürlich war sie aufgewühlt, nachdem er angeschossen worden war. Er musste ebenfalls durcheinander sein. Wahrscheinlich war das der Grund, warum er sie geküsst hatte. Beide waren sie erschüttert.

Das bedeutete natürlich, dass sie den Kuss vergessen musste. Er war die Folge eines überwältigenden Ereignisses gewesen, und mehr nicht. Tilda war erleichtert, zumal sie nicht die Absicht hatte, sich auf eine romantische Beziehung einzulassen. Das würde zur Heirat führen, und daran hatte sie absolut *kein* Interesse. Insbesondere nicht mit einem Earl.

Glücklicherweise hielt die Kutsche gerade an, und Tilda erkannte, dass sie vor Hadrians Haus angekommen waren. »Der heutige Tag war außerordentlich intensiv. Ich verstehe, warum Sie ... übertrieben haben. Wir brauchen nicht darüber zu sprechen«, bemerkte sie noch, bevor Leach die Tür öffnete.

Sie stieg aus der Kutsche und sah zu, wie Leach dem armen Hadrian aus der Kutsche half. Leach wartete auf sie, während sie Hadrian zur Tür seines Hauses brachte.

»Ich bitte um Entschuldigung«, meinte Hadrian nun. »Ich wollte Sie nicht beleidigen.« Sein Tonfall war merklich kühler geworden.

»Ich bin nicht beleidigt«, entgegnete Tilda eilig. »Küssen ist einfach etwas, das wir nicht zulassen können. Das führt zu ... einer anderen Art von Bindung.«

Er drehte den Kopf zu ihr, als sie zur Tür gingen. Etwas leuchtete in seinen Augen auf. »Ich würde *niemals* erwarten, dass Sie sich unangemessen verhalten.« Er legte die Stirn leicht in Falten. »Das habe ich allerdings getan, als ich Sie geküsst habe, insbesondere ohne Ihre Erlaubnis einzuholen. Ich entschuldige mich aufrichtig. Das wird nicht wieder vorkommen.«

Sein Butler öffnete die Tür. Dessen Blick fiel auf Hadrians Arm und den seltsam fallenden Frack. »Was um alles in der Welt ist passiert, Mylord?«

»Das werde ich Ihnen drinnen erklären, Collier.« Hadrian sah Tilda an. »Vielen Dank für Ihre Hilfe.« Er ging ins Haus, und Tilda nahm an, dass sie entlassen war.

»Bitte lassen Sie mich wissen, wie es Ihnen geht«, rief sie ihm nach.

Er nickte ihr zu. Tilda lächelte dem Butler zu und kehrte dann zur Kutsche zurück, wo Leach die Tür für sie öffnete.

»Vielen Dank, Leach«, murmelte sie, während ihre Gedanken wild durcheinanderwirbelten und sie innerlich aufgewühlt war.

Sehnlichst wünschte sie nun, er hätte sie nicht geküsst. Aber ...

Sie legte ihre Fingerspitzen auf ihre Lippen, als sie sich das wunderbare Gefühl seiner Lippen auf ihren noch einmal in Erinnerung rief. Seine Lippen hatten sich nur kurz über ihre bewegt, aber mit einer sinnlichen Absicht, die sie tief in ihrem Inneren gespürt hatte. Es war anders als alles, was sie bisher erlebt hatte.

Ehrlich gesagt war es erschreckend gewesen.

Wenn auch vielleicht nicht so beängstigend wie der Gedanke, mit einem Mann wie ihm verheiratet zu sein. Sie konnte sich die Verantwortung und mit einer solchen Rolle verbundenen Erwartungen nicht vorstellen. Genau genommen konnte sie das doch, was auch der Grund war, weshalb es sie nicht interessierte. Ihr Leben gefiel ihr. Es war überschaubar und kontrollierbar, und sie stand kurz davor, einen neuen Weg einzuschlagen und ihre eigenen Ermittlungen durchzuführen. Das war eine Sache, von der sie bisher nur zu träumen gewagt hatte.

Hadrians Beteiligung war jedoch wahrscheinlich einer der Gründe, warum dies möglich und sogar wahrscheinlich schien. Mit der Empfehlung und Unterstützung eines Earls hatte sie tatsächlich eine Chance auf Erfolg.

Wäre er bereit, ihr diese weiterhin zu gewähren? Oder hatte sie alles ruiniert?

Nein, es wäre nicht ihre Schuld. Er hatte sie geküsst.

Weil sie ihn glauben machen wollte, dass es ihr nichts ausmachte.

Argh!

Diese Art von Komplikation konnte sie ganz und gar nicht gebrauchen. Ihr lag viel daran, dass alles wieder so wurde, wie es war, ehe er sie geküsst hatte. Nein, bevor er davon gesprochen hatte, sie zu küssen.

Wenn sie das schaffen könnten, wäre alles in Ordnung.

~

Drei Wochen später kam Tilda in einem neuen Kleid und einer aufwendigeren Frisur als sonst die Treppe herunter. Ihre Großmutter lächelte breit. »Du siehst bezaubernd aus, meine Liebe. Ich bin so froh, dass du dir ein neues Kleid gekauft hast. Das Maulbeerrot steht dir sehr gut. Und Clara hat dein Haar meisterhaft frisiert.«

Clara war vor einigen Tagen zu ihnen gekommen, um vorübergehend bei ihnen zu wohnen, nachdem Beryl zu ihren Eltern nach Rutland zurückgekehrt war. Das Haus in Catherine Place würde bald neue Mieter bekommen, und wie erwartet, wurde Clara nicht mehr gebraucht. Tatsächlich wollte man keinen der bisherigen Bediensteten behalten, und so waren alle auf der Suche nach einer neuen Anstellung. Clara würde sich nach einer Stelle als Dienstmädchen oder Zofe umsehen, aber in der Zwischenzeit konnte sie nirgendwo unterkommen. Also nahmen Tilda und ihre Großmutter sie bei sich auf, wie sie es mit Vaughn getan hatten.

Nun hatten sie zwei neue Mitglieder in ihrem Haushalt, die nicht zwingend nötig waren, aber sich doch als sehr hilfreich erwiesen. Tilda konnte nicht ahnen, dass sie jemanden benötigen würde, der ihr das Haar für einen neuen Auftraggeber frisieren würde. Der neue Auftraggeber war auch der Grund, warum Tilda ein neues Kleid erworben hatte. Es war äußerst wichtig, dass sie gut aussah, denn heute würde sie diesen kennenlernen.

Es handelte sich um die verwitwete Countess of Ravenhurst.

Nun, Tilda nahm an, dass Hadrian ihr erster Auftraggeber gewesen war und Beryl Chambers ihr zweiter. Dies war die erste Kundin, die Tilda speziell für eine Ermittlung vermittelt worden war.

Es war vielleicht ein bisschen störend, dass es sich um Hadrians

Mutter handelte, aber nur, weil Tilda noch immer der Ansicht war, dass sie nicht für jede Untersuchung von ihm oder seiner Familie bezahlt werden sollte. Er hatte ihr schließlich die Zeit bezahlt, die sie für die Suche nach Beryls verschwundenen Schmuck aufgewendet hatte, und das zusätzlich zu ihrer Rechnung für die Ermittlungen, die Hadrian von dem Mord an Louis Chambers entlastet hatten.

Für diese Ermittlung würde Hadrian allerdings nicht aufkommen – das würde seine Mutter übernehmen. Er war jedoch der Grund dafür, und obwohl Tilda ihm dankbar war, war sie auch etwas nervös. Seit dem Ereignis, über das sie nicht sprechen wollte, hatte sie ihn nur einmal besucht, um sich zu vergewissern, dass er sich gut erholte.

Bei diesem Treffen hatte Hadrian ein weiteres Mal seinen Wunsch bekräftigt, Tilda bei ihrer Ermittlungsarbeit zu unterstützen, unter anderem indem er sie an potenzielle Kunden empfahl. Er hatte auch dafür gesorgt, dass sie einen *sehr* fairen Preis für den Druck ihrer Visitenkarten bezahlte. Tatsächlich fragte sie sich, ob er die Kosten übernommen hatte, ohne ihr davon zu erzählen. Das hoffte sie nicht, wenn sie sich auch sagte, dass sie sich nicht von Stolz leiten lassen sollte.

»Vielen Dank, Großmutter.«

Tildas Großmutter schaute sie besorgt an. »Biste du nervös?«

»Ein bisschen vielleicht.« Tilda hatte die Countess zwar schon einmal getroffen, aber für sie zu arbeiten, würde eine völlig andere Ebene der Interaktion darstellen.

»Du wirst das das großartig machen!«, versicherte ihr Großmutter. »Ich wünschte nur, ich könnte mitkommen und deinen Triumph miterleben.«

»Dies ist keine gesellschaftliche Verpflichtung«, erklärte Tilda, wie sie es bereits zuvor betont hatte. Ihr wurde klar, wie verwirrend es für ihre Großmutter sein musste, vollständig zu begreifen, dass Tilda eine Geschäftsfrau war. Diese Vorstellung lag einfach weit außerhalb der Erfahrungswelt ihrer Großmutter.

»Ich weiß, meine Liebe. Voller Spannung werde ich auf deinen ausführlichen Bericht warten.«

Hadrians Kutsche kam an – er hatte darauf bestanden, sie

abholen zu lassen, und Leach half ihr beim Einsteigen. »Schön, Sie zu sehen, Miss Wren.«

»Gleichfalls, Leach«, antwortete sie mit einem Lächeln.

Als sie im Ravenhurst House ankam, führte Collier sie in den Salon, wo Hadrian bereits wartete. Seine Mutter, die verwitwete Countess schien noch nicht eingetroffen zu sein.

Das bedeutete, dass Tilda und Hadrian eine Weile allein sein würden. Tilda würde sich alle Mühe geben, damit die Situation nicht ungemütlich für sie beide würde.

Er begrüßte sie mit seinem üblichen Lächeln auf das Herzlichste. Aller wohlgemeinten Bemühungen, sich nichts anmerken zu lassen, ließ es die Schmetterlinge in ihrem Bauch flattern. Sie musste einfach hinnehmen, dass sie sich zu Hadrian hingezogen fühlte, und alles andere ignorieren. Mit der Zeit würde diese Schwärmerei schon vergehen, nahm sie an. Vor allem, wenn noch mehr Zeit seit dem Ereignis vergangen war, das sie nicht beim Namen nennen wollte.

Sein Blick verweilte auf ihrem Kleid, und sie konnte nicht übersehen, dass er das neue Kleid als solches erkannte. Sie wartete darauf, dass er ihr ein Kompliment machte, wie er es oft tat, doch es blieb aus. Das war wahrscheinlich das Beste. Schließlich hatte sie gesagt, dass die Dinge zwischen ihnen auf einer professionellen Ebene bleiben müssten. Oder so ähnlich.

»Sie scheinen sich vollständig von Ihrer Verletzung erholt zu haben«, bemerkte sie.

»Das habe ich, danke. Seit etwa einer Woche reite ich wieder morgens im Park.«

Die morgendlichen Ausritte im Park waren eine hervorragende Erinnerung daran, warum Tilda keine Zukunft mit Hadrian haben konnte. Sie konnte nicht reiten und hatte auch kein Interesse daran, dies zu lernen.

»Das freut mich zu hören«, sagte Tilda. »Haben Sie eine Ahnung, warum Ihre Mutter mich engagieren möchte?«

Er schüttelte den Kopf. »Sie ist sehr verschwiegen. Sie sagte, sie würde Ihnen heute alles erzählen, wenn sie Sie persönlich trifft. Ich weiß nur, dass Sie in ihrem Namen einige Nachforschungen anstellen sollen.«

»Ich helfe ihr gerne. Und vielen *Dank*, dass *Sie* mich ihr empfohlen haben.«

»Es ist mir ein Vergnügen. Hoffentlich werden wir auch in Zukunft weiter zusammenarbeiten können.«

»Haben Sie vor, mir zu helfen?«, fragte sie zaudernd. Sie war unsicher, welche Antwort sie sich erhoffte. »Mit Ihren Fähigkeiten, meine ich.«

»Wenn Sie es wünschen, würde mich das sehr freuen. Ich muss gestehen, dass ich etwas neidisch bin, da ich eine Passion für Ermittlungen entwickelt habe. Jedenfalls für Ermittlungen mit Ihnen.« Er wandte abrupt den Blick ab. »Wie geht es Ihrer Großmutter?«, fragte er schnell, als wolle er Tilda von dem ablenken, was er gesagt hatte. Das war jedoch unnötig, denn sie wollte nicht daran denken, wie sehr auch sie es genoss, mit ihm zu ermitteln.

»Guten Tag!« Hadrians Mutter rauschte in einem dunkelgelben Seidenkleid in den Raum. »Miss Wren, Sie sind hier, wie schön.« Sie lächelte breit, und Tilda erkannte die Ähnlichkeit zwischen Mutter und Sohn, die sich insbesondere in der Form und Farbe ihrer Augen widerspiegelte.

Tilda machte eine kurze Verbeugung. »Guten Tag, Lady Ravenhurst. Ich fühle mich geehrt, dass Sie meine Dienste in Anspruch nehmen möchten.«

»Es handelt sich um eine heikle Angelegenheit, und da Sie Ravenhurst bereits zuvor geholfen haben, hoffe ich, dass Sie mir ebenfalls behilflich sein können.« Sie ging zu Hadrian und küsste ihn auf die Wange. »Guten Tag, mein Junge. Ich hoffe, dein Arm schmerzt nicht mehr?«

»Es hat mir kaum wehgetan, Mutter«, entgegnete er mit einem geduldigen Lächeln.

»Was für eine schreckliche Sache, angeschossen zu werden«, entgegnete seine Mutter mit einem schnalzenden Geräusch mit der Zunge. »Bei der Sache, mit der ich Sie beauftragen will, wird so etwas nicht vorkommen«, meinte sie zu Tilda, bevor sie sich an den Tisch setzte, auf dem der Tee serviert worden war. »Soll ich einschenken?« Sie sah Hadrian an und dann Tilda.

»Ich kann das übernehmen«, bot Tilda an, obwohl sie sich fragte, warum sie das für nötig hielt. Sie war hier nicht die Gastgeberin.

Vielleicht dachte sie, dass eine Countess keinen Tee einschenken sollte, was natürlich Unsinn war. Als sie den Tee in die Tassen goss, hatte sie ein seltsames Gefühl, und es war fast so, als würde sie sich selbst am Teetisch beobachten. Sie gehörte nicht in den Salon eines Earls, um Tee einzuschenken, um Himmels willen.

Sie fügte Milch und Zucker in die Tassen, wie gewünscht, und gab dann etwas Zucker in ihre eigene Tasse, bevor sie sich setzte. Als Hadrian sich zu ihr setzte, wurde ihr erst spät bewusst, dass sie sich zum Einschenken hätte hinsetzen sollen. Ein weiterer Beweis dafür, dass sie in dieser Umgebung nichts zu suchen hatte. Und doch musste sie lernen, wenn sie Kunden wie die verwitwete Countess of Ravenhurst gewinnen wollte.

Hadrian nippte an seinem Tee und sah dann seine Mutter an. »Ich bin gespannt darauf zu erfahren, warum du die Hilfe von Miss Wren benötigst.«

»Ich möchte keine Vorwürfe hören«, sagte sie streng zu ihm. »Verstehst du das?«

Hadrian runzelte alarmiert die Stirn. »Natürlich, aber eine solche Warnung ist nicht gerade beruhigend.«

»Ich möchte nur nicht, dass du mir Ratschläge gibst«, fügte seine Mutter mit einem Schniefen hinzu.

»Das werde ich nicht, Mama.«

Lady Ravenhurst wandte sich an Tilda. »Ich habe vor kurzem begonnen, mich von einem Medium beraten zu lassen.«

Hadrian hatte einen Schluck Tee getrunken und hustete nun, weil er sich verschluckt hatte.

Seine Mutter warf ihm einen kurzen Blick zu, bevor sie sich wieder Tilda zuwandte. »Sie sagt, sie kann mit Gabriel kommunizieren. Miss Wren, ich möchte, dass Sie herausfinden, ob sie echt ist.«

Tilda warf Hadrian einen Blick zu und bemerkte, dass sein Hals über dem Kragen rot angelaufen war. Seine Lippen waren fest aufeinandergepresst, als würde er sich sehr bemühen, nichts zu sagen. Sie konnte seine Aufregung zwar verstehen – die Vorstellung, mit den Toten zu sprechen, war lächerlich –, aber sie musste auch ihrer Kundin zuhören.

Es sei denn, sie kam zu dem Schluss, dass sie ihr nicht helfen konnte. Wie Tilda nicht für Männer arbeitete, die eine Scheidung erkämpfen wollten, würde sie auch keine Untersuchung durchführen, von der sie nicht überzeugt war, dass sie nicht durchführbar war. Und die Überprüfung der Echtheit eines Medium fiel sehr wohl in diese Kategorie.

Außer.

Außer, dass Hadrian Visionen hatte, die unerklärlich waren. Was, wenn dieses Medium tatsächlich mit den Toten kommunizieren *konnte*? Musste Tilda nicht zumindest versuchen, Antworten zu finden? Das wollte sie jedenfalls unbedingt.

Außerdem musste Hadrian ihr behilflich sein. Vielleicht konnte dieses Medium *ihm* sogar mit seiner Gabe helfen.

Tilda lächelte Hadrians Mutter an. »Ich helfe Ihnen gerne, Lady Ravenhurst. Darf ich mir Notizen machen, während Sie mir die notwendigen Einzelheiten mitteilen?«

Sie wagte einen weiteren Blick auf Hadrian, der sie finster ansah. Er war nicht glücklich darüber, dass Tilda diese Herausforderung angenommen hatte.

Es wäre an ihr, ihn von der Notwendigkeit zu überzeugen – um seiner Mutter willen und auch für ihn selbst.

Verpassen Sie den nächsten Band der Raven & Wren-Reihe nicht, EIN WISPERN UND EIN FLUCH, in dem Tilda und Hadrian in ein tödliches Spiel verwickelt werden. In ganz London fallen Medien dem »Levitation Killer« zum Opfer.

Möchten Sie erfahren, wann mein nächstes Buch erscheint, und über Sonderangebote und Rabatte informiert werden? **Melden Sie sich für meinen Leserclub-Newsletter an,** wo Ihnen exklusive Bonusbücher und Materialien angeboten werden.

Facebook: https://facebook.com/darcyburkeautorin
Instagram: darcyburkeautorin

Ich würde mich sehr freuen, wenn Sie eine Rezension bei Ihrem bevorzugten Online-Händler oder auf Ihrer bevorzugten Netzwerkseite hinterlassen würden.

Ich schätze meine Leser sehr. Vielen Dank fürs Lesen!

Sind Sie an Regency-Romantik interessiert? Schauen Sie sich meine Serien an:

Regeln für Halunken

Als eine junge Lady ruiniert wird, schwören ihre Freundinnen, dass keine von ihnen sich jemals wieder von einem Herzensbrecher umgarnen lässt. Sie werden dem Charme eines jeden Gentleman widerstehen, selbst – und vor allem – wenn dies bedeutet, sich damit den Ruf zu erwerben, unmöglich zu erobern zu sein. Es braucht schon außergewöhnliche Herzensbrecher, um ihre Regeln zu brechen ...

Der Phönix Club

Die exklusivste Einladung der feinen Gesellschaft ...

Willkommen im Phönix Club, in dem Londons waghalsigste, anrüchigste und intriganteste Ladys und Gentlemen Skandale, Erlösung und eine zweite Chance finden.

Die Unberührbaren

Geraten Sie ins Schwärmen über zwölf der begehrtesten und schwer fassbaren Junggesellen der feinen Gesellschaft und die Blaustrümpfe, Mauerblümchen und Außenseiterinnen, die sie in die Knie zwingen!

Die Unberührbaren: Die Prätendenten

In der faszinierenden Welt der Unberührbaren spielend, handelt die Saga von einem Geschwistertrio, die sich darin auszeichnen, sich als jemand auszugeben, der sie nicht sind. Werden ein unerschrockene Bow Street Ermittler, ein niedergeschmetterter Viscount und eine desillusionierte Dame der feinen Gesellschaft es schaffen, ihre Geheimnisse zu lüften?

Chroniken der Ehestiftung

Der Pfad der wahren Liebe verläuft niemals geradlinig. Manchmal ist eine Hausparty zur Ehestiftung vonnöten. Wenn Paare sich auf einer Hausparty kennenlernen, ereignen sich provokative Flirts, heimliche Rendezvous und Verliebtheit im Überfluss.

Ruchlose Geheimnisse und Skandale
Sechs unglaubliche Geschichten, die sich in den glamourösen Ballsälen Londons und den herrlichen Landschaften Englands abspielen.

Die Liebe ist überall
Herzerwärmende Nacherzählungen klassischer Weihnachtsgeschichten im Regency-Stil, die in einem gemütlichen Dorf spielen und von drei Geschwistern und dem besten Geschenk von allen handeln: der Liebe.

Der Club der verruchten Herzöge
Sechs Bücher, geschrieben von meiner besten Freundin, Erica Ridley, und mir. Lernen Sie die unvergesslichen Männer von Londons berüchtigtster Taverne, dem Verruchten Herzog, kennen. Verführerisch attraktiv, mit Charme und Witz im Überfluss, wird eine Nacht mit diesen Wüstlingen und Filous nie genug sein ...

Die Bräute von Marrywell
Kommen Sie nach Marrywell, im schönen England, denn hier findet schon seit Hunderten von Jahren alljährlich das Maifest zur Partnerfindung statt, bei dem hoffnungsvolle Romantiker zusammenkommen. Die Herzöge und Halunken des Regency-Zeitalters begegnen hier temperamentvollen und bezaubernden Ladys, die ihnen ihre Herzen stehlen könnten.

BÜCHER VON DARCY BURKE

Historische Mysterium

Ein Wispern des Todes

Ein Wispern um Mitternacht

Ein Wispern und ein Fluch

Historische Romantik

Regeln für Halunken

Falls der Herzog es wagt

Frohsinn für den mürrischen Baron

Wenn der Viscount lockt

Wie es dem Grafen beliebt

Bis der Wüstling kapituliert

Der Phönix Club

Ungehörig: Das Mündel des Earls

Leidenschaftlich: Eine zweite Chance für das Eheglück

Intolerabel: Die Schwester des besten Freundes

Unschicklich: Eine Vernunftehe

Unmöglich: Eine Schöne und ein Scheusal im Liebesglück

Unwiderstehlich: Eine Scheinehe mit dem Spion

Untadelig: Eine geheime, verbotene Affäre

Unersättlich: Der geläuterte Lebemann und die unwillige Debütantin

Die Unberührbaren

Ein Earl als Junggeselle (prequel)

Der verbotene Herzog

Der wagemutige Herzog

Der Herzog der Täuschung

Der Herzog der Begierde

Der trotzige Herzog

Der gefährliche Herzog

Der eisige Herzog

Der ruinierte Herzog

Der verlogene Herzog

Der betörende Herzog

Der Herzog der Küsse

Der Herzog der Zerstreuung

Der unverhoffte Herzog

Der charmante Marquess

Der verwundete Viscount

Die Unberührbaren: Die Prätendenten

Geheimnisvolle Kapitulation

Ein skandalöser Pakt

Des Gauners Rettung

Regeln für Halunken

Falls der Herzog es wagt

Frohsinn für den mürrischen Baron

Wenn der Viscount lockt

Wie es dem Grafen beliebt

Bis der Wüstling kapituliert

Chroniken der Ehestiftung

Unerwartetes Weihnachtsglück

Der verstockte Herzog

Ein Earl als Junggeselle

Der ausgerissene Viscount

Die unechte Witwe

Die Bräute von Marrywell

Ein Herzog wird verzaubert

Erbin dringend gebraucht

Die Heiratsvermittlerin und der Marquess

Die Liebe ist überall

(eine Regency Weihnachtstrilogie)

Der Earl mit dem flammendroten Haar

Das Geschenk des Marquess

Eine Freude für den Herzog

Ruchlose Geheimnisse und Skandale

Ihr ruchloses Temperament

Sein ruchloses Herz

Die Verführung des Halunken

Verliebt in eine Diebin

Die Schöne und der Halunke

Einmal Halunke, immer Halunke

Der Club der verruchten Herzöge

Eine Nacht zum Verführen by Erica Ridley

Eine Nacht der Hingabe by Darcy Burke

Eine Nacht aus Leidenschaft by Erica Ridley

Eine Nacht des Skandals by Darcy Burke

Eine Nacht zum Erinnern by Erica Ridley

Eine Nacht der Versuchung by Darcy Burke

Darcy Burke ist die USA Today Bestsellerautorin für sexy, emotionale, historische und zeitgenössische Romantik. Darcy schrieb ihr erstes Buch im Alter von 11 Jahren – mit einem Happy End – über einen männlichen Schwan, der von der Magie abhängig war, und einen weiblichen Schwan, der ihn liebte, mit nicht sehr gelungenen Illustrationen. Schließen Sie sich ihr an newsletter!

Darcy, die in Oregon an der Westküste der Vereinigten Staaten geboren wurde, lebt am Rande des Wine Country mit ihrem auf der Gitarre spielenden Ehemann und ihren beiden ausgelassenen Kindern, die das Schreiben geerbt zu haben scheinen. Sie sind eine nach Katzen verrückte Familie mit zwei bengalischen Katzen, einer kleinen, familienfreundlichen Katze, die nach einer Frucht benannt ist, und einer älteren, geretteten Maine Coon, die der Meister der Kühle und der fünf-Uhr-morgens-Serenade ist. In ihrer ›Freizeit‹ ist Darcy eine regelmäßige ehrenamtliche Mitarbeiterin, die in einem

12-stufigen Programm eingeschrieben ist, in dem man lernt, ›Nein‹ zu sagen, aber sie muss immer wieder von vorne anfangen. Ihre Lieblingsplätze sind Disneyland und das Labor Day Wochenende in The Gorge. Besuchen Sie Darcy online unter <u>https://www.darcy-burke.de</u>.

facebook.com/darcyburkeautorin
instagram.com/darcyburke_autorin
pinterest.com/darcyburkewrites

ANMERKUNG DER AUTORIN

Mit der Verabschiedung des „Matrimonial Causes Act" im Jahr 1857 nahm die Zahl der Scheidungen im Vereinigten Königreich immer mehr zu. Vor diesem Gesetz konnten Scheidungen nur durch ein parlamentarisches Sondergesetz erwirkt werden. Nach 1857 wurden Scheidungen aufgrund von Ehebruch gestattet, wobei eine Frau allerdings zusätzlich einen zweiten Grund wie Verlassenwerden, Grausamkeit oder Bigamie nachweisen musste.

In der viktorianischen Ära waren Arsenvergiftungen keine Seltenheit. Arsen wurde als Pigment in grüner Farbe verwendet, um „Scheeles Grün" oder Smaragdgrün herzustellen. Mitte des 19. Jahrhunderts erfreute sich diese Farbe großer Beliebtheit und fand sich in allen erdenklichen Objekten, darunter Tapeten und Bekleidung. Diese Objekte richteten großen Schaden an. Menschen erkrankten oder fanden sogar den Tod. Da Grün meine Lieblingsfarbe ist, wäre ich wahrscheinlich davon betroffen gewesen! Natürlich wurde Arsen auch vorsätzlich zur Vergiftung von Menschen eingesetzt, wie im Fall von Mary Ann Cotton, die 1873 des Mordes an mehreren ihrer Kinder, Ehemännern und Liebhabern für schuldig befunden wurde.